W0023267

mtb

Der Preis dieses Bandes versteht sich einschließlich der gesetzlichen Mehrwertsteuer.

Umwelthinweis:
Dieses Buch wurde auf chlor- und säurefreiem Papier gedruckt.

Susan Mallery

Kuss und Kuss gesellt sich gern

Roman

Aus dem Amerikanischen von
Ivonne Senn

MIRA® TASCHENBUCH
Band 25844
1. Auflage: April 2015

MIRA® TASCHENBÜCHER
erscheinen in der Harlequin Enterprises GmbH,
Valentinskamp 24, 20354 Hamburg
Geschäftsführer: Thomas Beckmann

Titel der nordamerikanischen Originalausgabe:
Two Of A Kind

erschienen bei: HQN Books, Toronto

Published by arrangement with
Harlequin Enterprises II B.V./S.àr.l

Konzeption / Reihengestaltung: fredebold&partner GmbH, Köln
Umschlaggestaltung: pecher und soiron, Köln
Redaktion: Daniela Peter
Titelabbildung: Thinkstock / Getty Images, München
Illustration: Matthias Kinner, Köln
Autorenfoto: © Harlequin Enterprises S.A., Schweiz
Satz: GGP Media GmbH, Pößneck
Druck und Bindearbeiten: CPI books GmbH, Leck – Germany
Printed in Germany
Dieses Buch wurde auf FSC®-zertifiziertem Papier gedruckt.
ISBN 978-3-95649-190-0

www.mira-taschenbuch.de

1. KAPITEL

Logisches Denken und ausgezeichnete Nahkampfkenntnisse halfen leider wenig angesichts der gemeinen Hausspinne.

Felicia Swift stand wie erstarrt in der Ecke der Lagerhalle und blickte panisch auf das Netz, in dem der niederträchtige Achtbeiner ohne Zweifel gerade überlegte, wie er sie überwältigen konnte. Schlimmer noch: Wo eine Spinne war, gab es auch weitere, und die hatten es garantiert alle auf sie abgesehen.

Der rational arbeitende Teil ihres Gehirns lachte sie laut aus. Und rein vernunftmäßig war Felicia ja auch völlig klar, dass Spinnen nicht in riesigen Horden durchs Land zogen und wahllos Menschen überfielen. Doch eine echte Arachnophobikerin gab nichts auf Intelligenz und Logik. Da konnte sie noch so lange irgendwelche Flowcharts erstellen und wissenschaftliche Abhandlungen lesen – das alles würde nichts an der Tatsache ändern, dass sie Angst vor Spinnen hatte und diese Mistviecher das genau wussten.

„Ich ziehe mich jetzt langsam zurück", sagte sie mit sanfter, beruhigender Stimme.

Genau genommen hatten Spinnen keine Ohren. Sie spürten Vibrationen, doch so leise, wie sie gerade sprach, vibrierte da wohl kaum etwas. Trotzdem fühlte Felicia sich besser, wenn sie mit ihnen redete. Also sprach sie weiter, während sie sich Zentimeter für Zentimeter zum Ausgang schlich. Dabei behielt sie ihren Blick die ganze Zeit fest auf den Feind gerichtet.

Licht fiel durch die offene Tür. Licht bedeutete Freiheit und spinnenfreies Atmen. Licht bedeutete …

Unvermittelt wurde es dunkel. Felicia zuckte zusammen und drehte sich um, bereit, sich dem Kampf mit der riesigen Mutter aller Spinnen zu stellen. Stattdessen sah sie sich einem großen Mann mit zerzausten Haaren und einer Narbe an der Augenbraue gegenüber.

„Ich, ähm, habe Schreie gehört und wollte nachschauen, was da los ist.“ Er musterte sie aus zusammengekniffenen Augen. „Felicia?“

Weil Spinnen ja auch noch nicht schlimm genug sind, dachte sie panisch.

Fortes fortuna adiuvat.

Sie versuchte, ihre durchgehenden Gedanken zu zügeln. *Das Glück ist mit den Mutigen.* Wie sollte ihr das jetzt helfen? Hinter ihr lauerte ein Monster, vor ihr der Mann, der ihr die Jungfräulichkeit genommen hatte. Und ihr fiel nichts Besseres ein als irgendwelche lateinischen Sprichwörter?

Sie atmete tief durch und sammelte sich. Immerhin war sie Logistikexpertin. Es hatte noch keine Krise gegeben, die sie nicht in den Griff bekommen hatte, und das würde heute auch so sein. Sie stemmte alles, von großen bis zu kleinen Projekten, und belohnte sich dann damit, das Kreuzworträtsel in der Sonntagsausgabe der *New York Times* in weniger als vier Minuten zu lösen.

„Hallo Gideon“, sagte sie und wappnete sich für die hormonelle Reaktion auf diesen Mann.

Er kam näher. In seinen dunklen Augen schimmerten Emotionen. Felicia war nie sonderlich gut darin gewesen, die Gefühle anderer zu lesen. Doch selbst sie erkannte Verwirrung, wenn sie sie direkt vor sich sah.

Als Gideon näher kam, wurde ihr seine Größe bewusst – die unglaublich breiten Schultern. Das T-Shirt, das sich zum Zerreißen straff über seine Brust und seinen Bizeps spannte. Er sah tödlich, aber trotzdem anmutig aus. Ein Mann, der in den gefährlichsten Zonen der Welt zu Hause war.

„Was tust du hier?“, fragte er.

Mit *hier* meinte er vermutlich Fool's Gold im Allgemeinen und nicht das Lagerhaus im Besonderen.

Sie straffte die Schultern – ein lächerlicher Versuch, größer zu wirken und so, als hätte sie alles unter Kontrolle. Wie eine Katze, die einen Buckel machte und ihr Fell sträubte. Doch jede fauchende Katze würde Gideon vermutlich mehr beeindrucken, als sie es vermochte.

„Ich lebe inzwischen hier", murmelte Felicia.

„Das weiß ich. Ich meinte, was tust du hier in diesem Lagerhaus?"

Oh. Mit dieser Antwort hatte sie jetzt nicht gerechnet. Mit einem Mal fühlte sie sich noch unsicherer – woran natürlich nur die verflixte Spinne schuld war. Die Macht dieser Viecher reichte unglaublich weit. Sie hatte eigentlich vorgehabt, Gideon noch mindestens ein paar Monate aus dem Weg zu gehen. Dieser Plan war keine fünf Wochen alt und schon vereitelt worden.

„Ich arbeite", beantwortete sie endlich seine Frage. „Woher wusstest du, dass ich in der Stadt bin?"

„Justice hat es mir erzählt."

„Ach, hat er?" Interessant, dass ihr Geschäftspartner das ihr gegenüber unerwähnt gelassen hatte. „Wann?"

„Vor ein paar Wochen." Gideons Mund verzog sich zu einem Lächeln. „Er hat mir geraten, mich von dir fernzuhalten."

Diese Stimme, dachte sie und versuchte, die Erinnerungen zu verdrängen, die sie sofort wieder einholten. Obwohl olfaktorische Wahrnehmungen am stärksten auf das Gedächtnis wirkten, konnten auch Geräusche oder Klänge einen Menschen in eine andere Zeit versetzen. Felicia hatte keinen Zweifel, dass Gideons Duft sie sofort in die Vergangenheit reisen lassen konnte. Doch im Moment machte ihr seine Stimme mehr Sorgen.

Es war eine tiefe, sinnliche Stimme. Aus irgendeinem merkwürdigen Grund ließ die Kombination von Tonfall und Rhythmus sie immer an Schokolade denken. Tja, dachte Felicia. Wenn Gideon etwas sagte, nahmen die Spinnen dahinten garantiert die Vibrationen wahr. Ihn würden sie nicht so einfach ignorieren. Vielleicht war es daher gar keine schlechte Idee …

Ruckartig hob sie den Kopf, als seine Worte zu ihr durchdrangen.

„Justice hat dir gesagt, du sollst dich von mir fernhalten?"

Gideon hob eine mächtige Schulter. „Er hielt es zumindest für ratsam. Nach allem, was passiert ist."

Empört stemmte sie die Hände in die Hüften. Dann fiel ihr ein, dass Justice zu schlagen die weitaus bessere Idee wäre. Leider war er gerade nicht hier.

„Was zwischen dir und mir passiert ist, geht ihn nichts an", sagte sie.

„Du bist seine Familie."

„Das gibt ihm nicht das Recht, sich in mein Privatleben einzumischen."

„Du hast nie versucht, mich zu finden", erwiderte Gideon. „Also bin ich davon ausgegangen, dass du mit seiner … Intervention einverstanden warst."

„Natürlich nicht", setzte Felicia empört an. Nur um im selben Moment zu erkennen, dass sie Gideon tatsächlich aus dem Weg gegangen war. Allerdings nicht aus den Gründen, die er annahm. „Das ist kompliziert."

„Das merke ich." Er schaute sie an. „Geht es dir gut?"

„Natürlich. Unsere sexuelle Begegnung ist mehr als vier Jahre her." Sie hatte keine Ahnung, ob er wusste, dass sie damals noch Jungfrau gewesen war. Doch jetzt war wohl kaum der geeignete Moment, das Thema aufs Tapet zu bringen. „Unsere gemeinsame Nacht war … befriedigend." Die reinste Untertreibung, dachte Felicia und erinnerte sich daran, welche Gefühle Gideon in ihr geweckt hatte. „Es tut mir leid, dass Justice und Ford am nächsten Morgen die Hotelzimmertür aufgebrochen haben."

Gideons Miene nahm einen amüsierten Zug an. Es war ein Anblick, den Felicia nur zu gut kannte. Für gewöhnlich bedeutete das, dass sie irgendein Stichwort übersehen oder einen Witz zu wörtlich genommen hatte.

Sie unterdrückte ein Seufzen. Sie war klug. Beängstigend klug, wie man ihr oft genug versichert hatte. Während ihrer Kindheit war sie von Wissenschaftlern und Studenten umgeben gewesen. Wenn es darauf ankam, konnte sie aus dem Stegreif eine wissenschaftliche Vorlesung über den Ursprung des Universums halten. Doch alles Zwischenmenschliche war schwer für sie.

Ich bin so verdammt ungeschickt, dachte sie düster. Aus irgendeinem Grund schien sie ständig das Falsche zu sagen oder klang wie ein schlecht programmierter Roboter. Und das, obwohl sie doch einfach nur sein wollte wie alle anderen.

„Ich meinte, geht es dir *jetzt* gut?“, riss Gideon sie aus ihren Gedanken. „Du hast geschrien. Deshalb bin ich ja überhaupt nur reingekommen.“

Sie presste die Lippen aufeinander. Zum ungefähr tausendsten Mal in ihrem Leben dachte sie, dass sie nur zu gerne dreißig IQ-Punkte oder mehr gegen eine etwas erhöhte soziale Wahrnehmung eintauschen würde.

„Mir geht es gut.“ Sie schenkte ihm ein beruhigendes Lächeln. „Könnte nicht besser sein. Danke, dass du zu meiner Rettung herbeigeeilt bist – auch wenn das völlig unnötig war.“

Er trat einen Schritt vor. „Ich freue mich immer, wenn ich einer schönen Frau helfen kann.“

Er flirtet, dachte sie und beobachtete sofort die Aktivität seiner Pupille, um zu sehen, ob es echt war oder aus reiner Höflichkeit geschah. Wenn ein Mann sexuell interessiert war, weiteten sich seine Pupillen. Doch hier drinnen war es zu dunkel, um das mit Sicherheit sagen zu können.

„Wieso hast du geschrien?“, wollte er wissen.

Sie atmete tief ein. „Da war eine Spinne.“

Er hob eine Augenbraue.

„Sie war groß und aggressiv“, fügte sie hinzu.

„Eine Spinne?“

„Ja. Ich habe ein Problem mit Spinnen.“

„Sieht wohl so aus.“

„Ich bin nicht dumm. Ich weiß, dass das nicht rational ist.“

Gideon lachte leise. „Du bist ja so einiges, Felicia. Aber wir wissen alle, dass dumm nicht dazugehört.“

Bevor sie eine Antwort darauf finden konnte, hatte er sich schon umgedreht und ging zur Tür. Sie war so sehr in den Anblick der Jeans vertieft, die sich an seinen knackigen Hintern schmiegte, dass ihr Kopf total leer war. Dann war Gideon fort und sie blieb alleine mit offenem Mund zurück – und mit einer Horde amerikanischer Hausspinnen, die finstere Pläne gegen sie schmiedeten.

Gideon Boylan kannte die Gefahren von Flashbacks. Sie überfielen ihn ohne Vorwarnung und ließen ihn orientierungslos zurück. Diese kurzen Aussetzer waren lebhaft, betrafen alle seine Sinne, und wenn sie vorbei waren, wusste er nicht mehr, was echt war und was nur eingebildet. Während seiner zweijährigen Gefangenschaft hatte er kurz davorgestanden, sich dem Wahnsinn zu ergeben.

Doch dann war er in letzter Sekunde gerettet worden. Als Einziger aus seiner Truppe. Für seine Mitgefangenen kam jede Hilfe zu spät. Doch selbst nach seiner Befreiung hatte er keinen wahren Frieden empfunden. Die Erinnerungen waren genauso schmerzhaft, wie es die Gefangenschaft gewesen war.

Konzentrier dich, ermahnte er sich, als er die CD lud und seine Playlist für die nächsten drei Stunden überprüfte. Er hatte die Vergangenheit hinter sich gelassen. Zumindest glaubte er das an einigen Tagen. Felicia vorhin zu sehen war wie ein Tritt in den Magen gewesen, doch einen Flashback zu einer schönen Frau in seinem Bett würde er jederzeit mit Kusshand begrüßen. Trotzdem hatte er erst einmal fünf Meilen laufen und danach für beinahe eine Stunde meditieren müssen, bevor er sich ruhig genug gefühlt hatte, um sich auf den Weg zum Radiosender zu machen.

„Heute Abend machen wir es auf die altmodische Art“, sagte er ins Mikrofon. „Genau wie immer.“

Abgesehen von dem kleinen Studio, in dem er saß, lag der Radiosender im Dunkeln. So mochte er es am liebsten. Ihm machte die Dunkelheit nichts aus. Ganz im Gegenteil: Dadurch fühlte er sich sicher. Sie waren nie im Dunkeln zu ihm gekommen. Vorher hatten sie immer das Licht angeschaltet.

„Es ist dreiundzwanzig Uhr in Fool’s Gold, und hier ist

Gideon. Den ersten Song des heutigen Abends widme ich einer zauberhaften Frau, der ich heute zufällig über den Weg gelaufen bin. Du weißt, dass ich dich meine."

Er drückte einen Knopf, und die ersten Töne von „Wild Thing" erklangen.

Gideon lächelte vor sich hin. Er wusste nicht, ob Felicia zuhörte, aber ihm gefiel die Idee, ein Lied nur für sie zu spielen.

An der Wand leuchtete ein rotes Licht auf. Er schaute hoch. Irgendjemand klingelte an der Tür. Außerhalb der Bürozeiten wurde das Signal ins Studio weitergeleitet. Eine interessante Zeit für Besuch. Er ging zur Eingangstür und schloss sie auf. Vor ihm stand Ford Hendrix, in jeder Hand ein Bier.

Gideon grinste und winkte seinen Freund herein. „Ich habe schon gehört, dass du in der Stadt bist."

„Ja. Ich bin seit zwei Tagen zurück und bereue die Entscheidung bereits."

Gideon nahm das angebotene Bier. „Es gab wohl ein großes Hallo für den siegreichen Helden?"

„So in der Art."

Gideon kannte Ford seit Jahren. Obwohl sein Freund ein SEAL war, hatten sie gemeinsam in einer Spezialtruppe gedient, und später, als Gideon in dem Gefängnis der Taliban zu verrotten drohte, war Ford einer derjenigen gewesen, die sein Leben riskiert hatten, um ihn dort herauszuholen.

„Komm mit rein. Ich muss den nächsten Song anspielen."

Gemeinsam gingen sie den langen Flur hinunter. „Ich kann nicht glauben, dass dir das hier gehört." Ford folgte ihm ins Studio. „Ein Radiosender."

„Tja, das erklärt die viele Musik."

Ford setzte sich gegenüber von Gideon hin, der seine Kopfhörer aufsetzte und einen Schalter umlegte.

„Und weiter geht es mit den Widmungen", sagte er. „Sorry, dass ich schon wieder unterbreche, aber gerade ist jemand hereinspaziert, für den ich das nächste Lied spiele. Willkommen daheim, Ford."

Der Anfangsakkord von „Born to be Wild“ erklang.
„Du bist echt ein Mistkerl“, sagte Ford leichthin.
„Ich finde, ich bin eigentlich ein recht amüsanter Geselle.“
Ford war ungefähr genauso groß wie Gideon. Er war stark und wirkte nach außen hin locker. Doch Gideon wusste, dass jeder, der dort gewesen war und getan hatte, was sie getan hatten, mit einer ganzen Armee an Geistern durchs Leben reiste.
„Was bringt dich so spät am Abend her?“, fragte er.
Ford verzog das Gesicht. „Ich bin aufgewacht und fand meine Mom an meinem Bett stehend vor. Glücklicherweise habe ich sie erkannt, bevor ich reagiert habe. Ich muss da raus.“
„Dann such dir eine Wohnung.“
„Glaub mir, das ist das Erste, was ich morgen früh machen werde. Sie hat mich angefleht, zu warten, und ich dachte, nach Hause zurückzuziehen dürfte nicht allzu schwer sein. Du weißt schon, wieder Kontakt mit der Familie aufnehmen und so.“
Den Versuch hatte Gideon auch schon hinter sich. Er war nicht allzu gut verlaufen.
„Mit meinen Brüdern ist es okay“, fuhr Ford fort. „Aber meine Mom und meine Schwestern engen mich viel zu sehr ein.“
„Sie freuen sich, dass du wieder zu Hause bist. Du warst sehr lange weg.“
Die genauen Einzelheiten kannte Gideon nicht. Er hatte allerdings gehört, dass Ford kurz nach seinem zwanzigsten Geburtstag Fool’s Gold verlassen hatte und in den letzten vierzehn Jahren auch kaum zu Besuch gekommen war.
Ford nahm einen großen Schluck von seinem Bier. „Meine Mom fragte ständig, ob ich mich jetzt endlich häuslich niederlasse.“ Er schüttelte sich.
„Hast du noch keine Sehnsucht nach einer Frau und dem Tapsen kleiner Füße?“
„Nein. Obwohl ich nichts dagegen hätte, mal wieder flachgelegt zu werden.“ Er schaute ihn an. „Du steckst übrigens mächtig in Schwierigkeiten, mein Freund.“

„Das tue ich doch immer."

Ford lachte. „Felicia hat heute Nachmittag Justice zur Schnecke gemacht. Sie meinte, er hätte kein Recht, dir zu raten, sich von ihr fernzuhalten. Es ist immer eine ziemliche Show, wenn sie wütend wird. Definitiv eine Frau, die mit Worten umzugehen weiß."

„Du kennst sie?"

„Nicht gut. Aber ich habe sie ja damals in Thailand kurz getroffen."

Getroffen. Tja. So konnte man das natürlich auch beschreiben, dachte Gideon. Jene verhängnisvolle Nacht in Thailand. Oder besser gesagt den darauf folgenden Morgen, als Justice und Ford sein Zusammensein mit Felicia abrupt beendet hatten. Was nur die höfliche Umschreibung dafür war, dass die beiden die Tür aufgebrochen hatten und Justice sofort mit Felicia verschwunden war. Gideon hatte versucht, ihnen nachzulaufen, aber Ford hatte das verhindert.

Danach hatten Felicia und er sich nie wieder gesehen. Bis zu jenem ungeplanten Zusammenstoß heute, als er sie vor den marodierenden Spinnen retten wollte.

„Felicia war wütend auf Justice?", fragte er.

Ford schüttelte den Kopf. „Halt mich da raus. Damit will ich nichts zu tun haben. Wir sind nicht mehr auf der Highschool. Ich werde keine Zettelchen in der Pause verteilen oder sie fragen, ob sie dich mag. Das musst du schon selber tun."

Gideon war durchaus versucht. Die Nacht mit ihr war unvergesslich gewesen. Felicia verfügte über eine faszinierende Mischung aus Entschlossenheit, Sex-Appeal und Intelligenz. Aber er wusste, dass er nicht ihr Typ war. Er war für keine Frau der richtige Typ. Einem untrainierten Beobachter mochte es vielleicht so vorkommen, als wäre er geheilt. Doch er selbst wusste nur zu gut, was unter der Oberfläche lauerte. Nein, er war kein Mann für eine feste Beziehung. Andererseits … Sollte Felicia nach etwas weniger Festem und mehr Nacktem suchen, war sie bei ihm genau richtig.

Ford trank sein Bier aus. „Hast du was dagegen, wenn ich in einem der Büros übernachte?“

„Im Pausenraum liegt ein Futon.“

„Danke.“

Gideon machte sich nicht die Mühe, ihn darauf hinzuweisen, dass das wohl kaum besonders bequem war. Für einen Mann wie Ford war ein durchgelegener Futon genauso gut wie ein Bett in einem Nobelhotel. In ihrem Beruf lernte man, sich mit dem zufriedenzugeben, was gerade verfügbar war.

Ford ließ die Flasche in den blauen Recyclingeimer fallen und ging dann den Flur hinunter. Gideon legte eine neue CD ein und suchte, bis er das entsprechende Lied gefunden hatte.

Kurz darauf lief „You Keep Me Hanging On“ durch den Äther.

Felicia eilte zum *Brew-haha*. Sie war zu spät, was normalerweise nie vorkam. Sie liebte ihr Leben geordnet und ruhig. Strukturiert. In anderen Worten: Sie wusste immer, wann sie wo sein würde und was sie dort tun wollte. Zu spät zu kommen gehörte nicht zu ihrem Plan.

Doch seitdem sie Gideon am Tag zuvor gesehen hatte, war sie irgendwie durcheinander. Der Mann verwirrte sie. Nein, korrigierte sich Felicia, als sie am Park vorbeiging. Es war ihre *Reaktion auf ihn*, die sie verwirrte.

Sie war es gewohnt, von durchtrainierten Männern umgeben zu sein, schließlich hatte sie jahrelang mit Soldaten gearbeitet. Doch Gideons Anblick hatte sie sofort aus der Ruhe gebracht. Was vermutlich an ihrer Vergangenheit lag, an dieser gemeinsam verbrachten Nacht. Schon merkwürdig: Eine Nacht war im Grunde doch nur ein winziger Teil des gesamten Lebens. Andererseits konnte ein einziger traumatischer Moment ausreichen, um einen Menschen dauerhaft aus der Bahn zu werfen – das war wissenschaftlich erwiesen. Aber die Zeit mit Gideon war ja nicht traumatisch gewesen, sondern wunderschön. Warum also wirbelten die Gedanken plötzlich so wild in ihrem Kopf umher? Warum war sie so durcheinander? Sie wusste es nicht.

Und als ein Mensch, der ein geordnetes Leben und geordnete Gedanken schätzte, passte ihr dieses ganze Chaos gar nicht.

Sie blieb an der roten Ampel stehen. Während sie wartete, entdeckte sie eine Mutter mit zwei kleinen Jungen. Die beiden waren vielleicht zwei und vier Jahre alt. Der Jüngere lief noch ein wenig unsicher über den Rasen des Parks. Dann blieb er stehen, drehte sich um und lächelte strahlend beim Anblick seines Bruders und seiner Mutter.

Felicia starrte ihn beinahe gierig an, sog die pure Freude des Augenblicks in sich auf, das unbefangene Glück des kleinen Jungen. Das ist einer der Gründe, warum ich nach Fool's Gold gekommen bin, erinnerte sie sich. Um irgendwo zu sein, wo es normal war. Wo sie versuchen konnte, so zu sein wie alle anderen. Wo sie sich vielleicht verlieben und eine Familie gründen könnte. Wo sie dazugehörte.

Für jemanden, der als Überflieger auf einem Collegecampus aufgewachsen war, klang ‚normal' wie der Himmel auf Erden. Sie wollte das, was andere Menschen als selbstverständlich betrachteten.

Die Ampel sprang um, und sie beeilte sich, die Straße zu überqueren, um nicht noch später zu kommen als ohnehin schon. Bürgermeisterin Marsha hatte nicht gesagt, wozu dieses Treffen anberaumt worden war, und Felicia hatte nicht gefragt. Vermutlich wurden ihre organisatorischen Fähigkeiten für irgendein Projekt benötigt. Vielleicht um ein Bestandsverzeichnis für die Stadt zu installieren.

Sie ging durch die offen stehende Tür des Kaffeehauses. *Brew-haha* hatte erst vor einigen Monaten eröffnet. Der Holzfußboden glänzte in der Sonne, die durch die großen Fenster fiel. Es gab ausreichend Tische, eine verlockende Auswahl an Gebäck und köstlichen Kaffee in allen Varianten.

Patience, die Besitzerin, die eine enge Freundin von Felicia war, lächelte. „Du bist zu spät", sagte sie fröhlich. „Freut mich zu sehen, dass du auch Fehler hast. Das lässt uns Normalsterbliche hoffen."

Felicia stöhnte, als ihre Freundin auf einen Tisch im hinteren Bereich des Cafés zeigte, an dem bereits Bürgermeisterin Marsha und Pia Moreno auf sie warteten.

„Ich bringe dir einen Latte", fügte Patience hinzu und griff bereits nach einem großen Becher.

„Danke."

Felicia bahnte sich einen Weg durch die Tische zu den anderen Frauen. Marsha, Kaliforniens dienstälteste Bürgermeisterin, war eine gut angezogene Frau Anfang siebzig. Sie trug meistens Kostüme und hatte ihr weißes Haar während der Arbeit immer zu einem ordentlichen Knoten hochgesteckt. Sie war, wie Felicia sehnsüchtig bemerkte, die perfekte Kombination aus kompetent und mütterlich.

Pia, eine schlanke Brünette mit lockigen Haaren und einem breiten Lächeln, sprang auf die Füße, als Felicia sich dem Tisch näherte. „Du hast es geschafft. Danke, dass du gekommen bist. Im Sommer fühlt es sich immer an, als gäbe es alle fünfzehn Minuten ein neues Stadtfest. Ich freue mich, endlich mal aus dem Büro rauszukommen, auch wenn es nur für ein Geschäftsmeeting ist."

Felicia überraschte sich selbst damit, die Umarmung von Pia zu erwidern. Sie hatten sich erst ein paarmal getroffen, und Felicia fand nicht, dass sie einander schon so nahestanden. Dennoch empfand sie den körperlichen Kontakt als durchaus angenehm.

Patience brachte den Latte macchiato und einen Teller mit Keksen. „Kostproben von der Bäckerei nebenan", sagte sie grinsend. „Sie sind einfach zu köstlich." Mit der linken Hand schob sie den Teller in die Mitte. Ihr Brillantring blitzte.

Bürgermeisterin Marsha berührte Patience' Ringfinger. „Was für eine wunderschöne Fassung", sagte sie. „Da hat sich aber jemand viel Mühe gegeben, den richtigen Ring auszusuchen."

Patience seufzte und betrachtete ihren Verlobungsring. „Ich weiß. Ich schaue ihn ständig an, obwohl ich arbeiten sollte. Ich kann einfach nicht anders."

Sie kehrte hinter den Tresen zurück. Pia sah ihr hinterher.

„Junge Liebe", sagte sie grinsend.

„Du bist auch noch jung und sehr verliebt“, erinnerte die Bürgermeisterin sie.

„Ja, ich bin noch verliebt.“ Pia lachte. „Allerdings fühle ich mich an den meisten Tagen nicht mehr sonderlich jung. Doch was den Ring angeht, gebe ich dir recht. Er ist wirklich beeindruckend.“

Bürgermeisterin Marsha wandte sich an Felicia und schaute sie fragend an. „Kein Fan von Diamanten?“

„Ehrlich gesagt verstehe ich die ganze Aufregung nicht“, entgegnete Felicia. „Sie glitzern, ja, aber trotzdem handelt es sich einfach nur um gepresste Kohle.“

„Sehr teure Kohle“, zog Pia sie auf.

„Aber nur, weil wir ihr eine Bedeutung zuschreiben. Von sich aus besteht der Wert dieser Steine nur in ihrer Härte. In einigen Industriezweigen …“ Sie hielt inne, als ihr bewusst wurde, dass sie nicht nur zu viel sprach, sondern auch auf ein Thema zusteuerte, das alle anderen vermutlich langweilig fanden. „Fossilien sind wesentlich interessanter“, murmelte sie. „Ihre Formation wirkt zufälliger.“

Die beiden anderen Frauen schauten erst einander, dann wieder sie an. Ihre Mienen waren höflich, doch Felicia erkannte die Zeichen. Beide hielten sie für einen Freak. Traurigerweise hatten sie damit recht.

Augenblicke wie dieser waren der Hauptgrund, warum sie sich Sorgen machte bezüglich der Familie, die sie so gerne haben wollte. Was, wenn sie keine Kinder bekommen konnte? Nicht in biologischer Hinsicht. Es gab keinen Grund, anzunehmen, dass sie sich nicht wie jede andere Frau auch fortpflanzen konnte. Doch war sie emotional gesund genug dafür? Könnte sie lernen, was sie nicht wusste? Sie vertraute ihrem Gehirn blind, ihren Instinkten hingegen weniger, und von ihrem Herzen wollte sie gar nicht erst reden.

In ihrer Kindheit und Jugend hatte sie nie dazugehört – eine Erfahrung, die sie einem möglichen Kind auf keinen Fall zumuten wollte.

„Bernstein ist Baumharz, oder?", fragte Pia. „War das nicht die Grundlage dieses Films mit den Dinosauriern?"

„*Jurassic Park*", sagte die Bürgermeisterin.

„Stimmt. Raoul liebt diesen Film. Er und Peter schauen ihn sich gerne gemeinsam an. Ich passe allerdings immer auf, dass die Zwillinge nicht in der Nähe sind. Sie würden wochenlang nicht schlafen können, nachdem sie gesehen haben, wie der T-Rex den Mann frisst."

Felicia wollte schon anfangen, die vielen logischen Ungereimtheiten des Films aufzuzählen, doch dann presste sie ihre Lippen zusammen. Sie glaubte, dass in Sprichwörtern viele Lektionen zu finden waren, und in diesem Moment kam ihr der Satz „Weniger ist mehr" in den Kopf.

Bürgermeisterin Marsha trank einen Schluck Kaffee. „Felicia, Sie fragen sich sicher, warum wir uns heute mit Ihnen treffen wollten."

Pia schüttelte den Kopf. „Stimmt, unser Treffen hat ja einen Grund." Sie lächelte. „Ich bin schwanger."

„Herzlichen Glückwunsch."

Das ist die richtige Reaktion, dachte Felicia, auch wenn sie nicht sicher war, warum die andere Frau diese Information mit ihr teilte. Andererseits hatten sie einander zur Begrüßung umarmt. Vielleicht glaubte Pia, dass sie sich näherstanden, als Felicia dachte. Sie war nicht sonderlich gut darin, solche Dinge zu beurteilen.

Pia lachte. „Danke. Ich habe wochenlang nicht gewusst, was mit mir nicht stimmt. Du kannst die arme Patience fragen. Es ist noch gar nicht lange her, dass ich vor ihr einen wahren Nervenzusammenbruch hatte. Ich war total vergesslich und desorganisiert. Dann fand ich heraus, dass ich schwanger bin. Es ist schön, einen körperlichen Grund für meine Zerstreutheit zu haben und mir nicht Sorgen darüber machen zu müssen, ob ich langsam verrückt werde."

Sie legte ihre Hände um ihre Teetasse. „Ich habe bereits drei Kinder. Peter und die Zwillinge. Ich liebe meine Arbeit, aber mit einem vierten Kind im Anmarsch schaffe ich das nicht mehr. Es hat eine Weile gedauert, aber jetzt habe ich mich damit abgefunden, dass ich mich nicht mehr um die Organisation der Festivals kümmern kann."

Felicia nickte höflich. Sie bezweifelte, dass die beiden Frauen sie um Rat fragen wollten, wer Pias Platz einnehmen könnte. Das wussten sie sicher selbst am besten. Außer die beiden wollten, dass sie bei der Suche half. Es wäre ihr ein Leichtes, eine Liste mit Kriterien aufzustellen und …

Bürgermeisterin Marsha lächelte ihr über den Rand ihres Bechers zu. „Wir hatten an Sie gedacht."

Felicia öffnete den Mund und schloss ihn gleich wieder. Sie war tatsächlich sprachlos – eine vollkommen neue Erfahrung für sie. „Für den Job?"

„Ja. Sie verfügen über ungewöhnliche Fähigkeiten. Ihre Zeit beim Militär hat Sie gelehrt, mit Bürokratie umzugehen. Und obwohl ich gerne denke, dass wir weniger erstarrt sind als die meisten Stadtverwaltungen, laufen unsere Mühlen doch sehr langsam und für alles gibt es irgendein Formular. Und genau da kommen Sie ins Spiel. Logistik ist Ihr Thema, und bei den Festen geht es eigentlich ausschließlich um Logistik. Sie würden einen frischen Blick auf das, was wir tun, mitbringen."

Bürgermeisterin Marsha hielt kurz inne und lächelte Pia an. „Nicht, dass du nicht brillant gewesen bist."

Pia lachte. „Keine Angst, mein Stolz ist nicht verletzt. Felicia darf ruhig besser sein als ich. Dann muss ich mich wenigstens nicht schuldig fühlen."

„Ich verstehe nicht", flüsterte Felicia. „Sie wollen, dass ich die Organisation der Stadtfeste übernehme?"

„Ja", bestätigte die Bürgermeisterin entschlossen.

„Aber die sind so wichtig für Fool's Gold. Ich weiß, wir haben auch andere Industriezweige, aber ich denke, Tourismus ist unsere Haupteinnahmequelle. Die Universität und das Krankenhaus sind vermutlich die größten Arbeitgeber, aber die Besucher bedeuten bares Geld."

„Ganz genau“, sagte Pia. „Lass uns das Thema bloß nicht vertiefen, denn ich kann dir haargenau vorrechnen, wie viel jeder einzelne Tourist uns im Jahr einbringt.“

Felicia dachte daran, darauf hinzuweisen, dass sie Mathe sehr gerne mochte. Doch dann überlegte sie, dass das im Moment nicht wichtig war.

„Warum sollten Sie mir diese Verantwortung anvertrauen?“, fragte sie die Bürgermeisterin, denn das war die einzige Frage, die zählte.

„Weil Sie dafür sorgen werden, dass alles richtig abläuft“, erwiderte Marsha. „Sie stehen für das ein, woran Sie glauben. Aber vor allem liegen Ihnen die Festivals genauso am Herzen wie uns.“

„Das können Sie doch gar nicht wissen“, wunderte Felicia sich.

Die Bürgermeisterin lächelte. „Oh doch, das kann ich, meine Liebe.“

2. KAPITEL

Felicia fuhr den Berg hinauf. Die Stadt hatte sie schon vor ein paar Meilen hinter sich gelassen, und nun befand sie sich auf einer zweispurigen Straße mit einer sanften Steigung und einem breiten Seitenstreifen. Sie nahm die Kurven langsam, denn sie hatte keine Lust, sich plötzlich Kühlergrill an Nase einem Wildtier gegenüberzusehen, das in der warmen Sommernacht auf Nahrungssuche war. Über ihr am Himmel glitzerten die Sterne, und der Mond schien durch das dichte Blattwerk der Bäume.

Es war zwei Uhr morgens. Sie war zur üblichen Zeit ins Bett gegangen, hatte aber nicht schlafen können. Den ganzen Tag über war sie schon rastlos gewesen. Ehrlich gesagt seit dem Treffen im Café. Irgendwie kam sie mit diesem Vorschlag von Pia und der Bürgermeisterin nicht klar. Ausgerechnet *sie* sollte die Stadtfeste leiten?

Ihre übliche Reaktion auf schwierige Probleme war, nach so vielen Lösungen wie möglich zu suchen. Nur war das hier nicht so eine Art von Problem. Hier ging es um Menschen und Traditionen und immaterielle Werte, die sie nicht näher identifizieren konnte. Die ganze Sache war zu gleichen Teilen aufregend und Furcht einflößend. Bislang hatte sie sich nie vor Verantwortung gedrückt, doch das hier war anders, und sie wusste nicht, was sie tun sollte.

Weshalb sie jetzt diesen Berg hinauffuhr.

Sie bog auf eine kleine Straße ab, die als Privatweg gekennzeichnet war. Eine Viertelmeile später tauchte das Haus zwischen den Bäumen auf. Gideons Haus.

Sie hatte nicht gewusst, mit wem sie sonst reden sollte. Inzwischen hatte sie angefangen, ein paar Freundschaften in der Stadt zu knüpfen. Sie hatte sogar ein paar Frauen kennengelernt, die sie verstanden und ihre Anstrengungen, sich mit ihnen anzufreunden, zu schätzen wussten. Lustige, charmante Frauen, die alle tief mit Fool's Gold verwurzelt waren. Was ein Teil des

Problems war. Diese Frauen konnten ihr jetzt nicht weiterhelfen. Sie musste mit jemandem reden, der einen Blick von außen auf die ganze Sache werfen konnte.

Normalerweise hätte sie sich an Justice gewandt, doch der war seit Kurzem mit Patience verlobt. Felicia war nicht sicher, was alles dazugehört, wenn man sich verliebte. Höchstwahrscheinlich sollte man aber keine Geheimnisse voreinander haben. Was bedeutete, Justice würde Patience alles berichten, was Felicia ihm erzählte, womit sie wieder am Ausgangspunkt war. Nämlich dass sie mit einem Außenstehenden reden musste.

Sie parkte auf der breiten Auffahrt und stieg aus. An der Vorderseite des Hauses zog sich eine Veranda entlang, und große Fenster ließen viel Licht herein. Sie konnte sich vorstellen, dass einem Mann wie Gideon Licht und die Möglichkeit, den Himmel zu sehen, wichtig waren.

Sie ging zur Veranda und setzte sich auf die Stufen, um zu warten. Seine Schicht endete um zwei, also sollte er jede Minute eintreffen. Er wirkte auf sie nicht wie ein Mann, der auf dem Weg nach Hause noch in einer Bar einkehrte. Wobei sie nicht sagen konnte, woher dieser Eindruck stammte.

Die wenigen Informationen, die sie über Gideon hatte, waren höchst oberflächlich. In ihrer gemeinsamen Zeit vor vier Jahren hatten sie sich eher auf das Körperliche als auf Unterhaltungen konzentriert. Sie wusste, dass er mal beim Militär gewesen war, dort für Undercovereinsätze eingesetzt wurde und Dinge gesehen hatte, die kein Mensch jemals sehen sollte. Sie wusste auch, dass er und sein Team beinahe zwei Jahre in Gefangenschaft verbracht hatten. Das war passiert, bevor sie sich zum ersten Mal trafen.

Sie kannte keine Einzelheiten über seine Gefangenschaft, was hauptsächlich daran lag, dass die Informationen für jemanden von ihrem Dienstgrad gesperrt waren. Technisch gesehen hätte sie sich in die Ordner hacken können, doch Felicia machte sich meist weniger Gedanken darüber, ob sie etwas tun *konnte*, als vielmehr, ob sie es tun *sollte*. Was sie allerdings wusste, war, dass

Gideon in eine dieser Missionen verwickelt gewesen war, die im Kino immer so aufregend aussahen, im wirklichen Leben aber oft tödlich endeten. Eine Mission, bei der ein Agent auf keinerlei Hilfe hoffen konnte, wenn er vom Feind gefasst wurde. Gideon hatte zweiundzwanzig Monate in den Händen der Taliban verbracht. Höchstwahrscheinlich war er so lange gefoltert und misshandelt worden, dass der Tod ihm am Ende fast als Erlösung erschienen war. Doch dann hatte er Glück gehabt und war gerettet worden. Seine Kameraden hatten es nicht geschafft.

Zwischen den Büschen blitzten Scheinwerferlichter auf. Felicia schaute zu, wie Gideon mit seinem Truck hinter ihrem Wagen stehen blieb. Er schaltete den Motor ab, stieg aus und kam auf sie zu.

Er war groß mit breiten Schultern. Im Sternenlicht konnte sie keine Einzelheiten erkennen – nur die Silhouette eines kräftig gebauten Mannes. Ein Schauer überlief sie. Ein erwartungsvoller Schauer, wie sie erstaunt feststellte. Ihr Körper erinnerte sich daran, was Gideon mit ihr gemacht hatte. An diese Mischung aus Zärtlichkeit und Traurigkeit, mit der er sie berührte. Und an diesen Hunger, der all ihre Nervosität blitzartig vertrieb.

Sie hatte sich intensiv mit den Studien zur sexuellen Intimität beschäftigt. Aber diesen Vorgang zu begreifen war eine Sache. Ihn zu erleben eine ganz andere. Zum Beispiel die verschiedenen Erregungsstadien: Was dazu in den Büchern stand, war lächerlich im Vergleich mit der Wirklichkeit. Oder diese Sache mit den Brustwarzen: Trotz all ihrer Studien war sie nicht im Geringsten auf die feuchte Hitze und dieses köstliche Gefühl vorbereitet gewesen, als sein Mund ihre Brust fand. Auch über den Orgasmus hatte sie sich natürlich im Vorfeld informiert. Doch die zitternde Erlösung, die sie dann erfasste, hatte sämtliche Beschreibungen bei Weitem übertroffen.

„Was machst du denn hier?“, fragte er und blieb am Fuß der Treppe stehen.

In der Dunkelheit konnte sie seinen Gesichtsausdruck nicht erkennen, konnte nicht sehen, ob er sich auch erinnerte. „Ich muss mit jemandem reden", gab sie zu. „Da habe ich an dich gedacht."

Er stieg die ersten beiden Stufen hinauf. „Okay. Das ist neu. Wir haben uns seit vier Jahren nicht gesehen, und ich bin der Erste, der dir einfällt?"

„Technisch betrachtet haben wir uns im Lagerhaus gesehen."

Es zuckte um seinen Mundwinkel. „Ja. Und das war eine sehr eindrucksvolle Erfahrung." Das leichte Lächeln verschwand. „Worüber möchtest du reden?"

„Es geht um einen Job", erklärte sie und beobachtete, wie er noch ein Stück näher kam. „Aber wenn du nicht reden willst, kann ich auch wieder fahren."

Er betrachtete sie einen Moment. „Komm rein. Ich bin nach der Arbeit sowieso noch zu aufgekratzt, um ins Bett zu gehen. Normalerweise mache ich dann Tai-Chi, um mich zu entspannen, aber eine Unterhaltung tut's auch."

Er ging an ihr vorbei, und sie stand auf und folgte ihm.

Das Haus war groß und offen, mit viel Holz und hohen Decken. Gideon schaltete die Lichter an, während er durch den sparsam eingerichteten Raum mit dem Kamin am einen Ende ging. Hinter den Fenstern, die vom Boden bis zur Decke reichten, war nur Dunkelheit zu erkennen. Obwohl Felicia nichts sehen konnte, hatte sie das Gefühl von großer Weite.

„Liegt das Haus am Rande eines Canyons?", fragte sie.

„An der Seite eines Berghangs."

Er ging in die Küche, die mit allerlei Schränken, Arbeitsplatten aus Granit und Edelstahlarmaturen ausgestattet war. Aus dem Kühlschrank holte er zwei Bier und reichte ihr eines.

„Ich dachte, du würdest mir aus dem Weg gehen", sagte er.

„Das bin ich auch, aber jetzt, wo wir miteinander gesprochen haben, finde ich es wenig sinnvoll, damit weiterzumachen."

„Hm."

Sein dunkler Blick war ruhig, aber unlesbar. Sie hatte keine Ahnung, was er dachte. Seine Stimme klang warm und freundlich, aber das tat sie immer. Nicht umsonst arbeitete Gideon als Radio-Moderator. Dieser Mann konnte Putzmittel lecker klingen lassen, wenn er es wollte.

Er schaltete das Küchenlicht aus, und Felicia blinzelte in der plötzlichen Dunkelheit. Sie hörte ihn durch das Zimmer gehen und eine Glasschiebetür öffnen. Dann erkannte sie im Mondlicht eine Silhouette, die jetzt um die Ecke verschwand. Vermutlich in Richtung der rückwärtigen Veranda. Sie folgte ihm.

Auf der Terrasse standen ein paar bequeme Stühle und einige kleine Tischchen. Unterhalb der Balustrade erstreckte sich ein Wald.

Sie setzte sich auf den Stuhl auf der anderen Seite des Beistelltischchens. Dann lehnte sie den Kopf zurück und schaute in den mit Sternen übersäten Himmel. Der Halbmond war beinahe um den Berg herumgekommen und beleuchtete den stillen Wald und den majestätisch aufragenden Berghang.

Die Luft war kühl, aber nicht kalt. In der Ferne hörte Felicia den leisen Ruf einer Eule. Ab und zu raschelte es im Laub.

„Ich kann verstehen, warum es dir hier gefällt." Sie griff nach ihrem Bier. „Es ist so friedlich. Nah genug an der Stadt, um bequem zum Sender fahren zu können, aber weit genug weg, um nicht allzu viele unangekündigte Besucher auf der Matte zu haben." Sie lächelte. „Abgesehen von mir natürlich."

„Mir gefällt es."

„Schneist du hier im Winter ein?"

„Letztes Jahr nicht. Da hatten wir allerdings auch kaum Schnee. Aber irgendwann wird es passieren." Er zuckte mit den Schultern. „Ich bin vorbercitet."

Das glaube ich gerne, dachte sie. Allzeit bereit. Gideon war ein Mann, der keine Sekunde verschwendete. Genau das hatte Justice ihm damals vorgeworfen. Und wo sie gerade an ihren besten Freund dachte …

„Ich kann darüber nicht mit Justice reden", sagte sie.

Gideon hob nur eine Augenbraue. „Okay."

„Ich dachte, du wüsstest gerne, wieso ich dich so unvermittelt überfalle. Aber Justice und ich sind quasi wie Geschwister."

Sie drehte den Stuhl ein wenig, sodass sie Gideon besser ansehen konnte.

Sie konnte nur seinen Umriss erkennen. Ein mächtiger Mann, der momentan gezähmt war. Ihr Blick glitt seinen Körper entlang. Er war so groß, dass sie sich neben ihm fast zierlich vorkam. Damals, im Bett mit ihm, hatte sie sich für ein paar Stunden nicht wie ein Freak gefühlt. Sie war einfach eine Frau gewesen wie alle anderen auch.

„Also, was hast du für ein Problem?"

Eine Sekunde lang glaubte sie, die Frage bezöge sich auf ihr Studium seiner Hände und die daraus resultierenden Erinnerungen. Doch dann fiel ihr wieder ein, wieso sie hier war. „Die Stadt."

„Gefällt sie dir nicht?"

„Doch, sogar sehr." Sie holte tief Luft. „Die Bürgermeisterin hat mich gefragt, ob ich die Organisation der Festivals übernehmen will. Pia Moreno hat das die letzten Jahre gemacht, aber sie hat schon drei Kinder und erwartet ihr viertes. Das wird ihr einfach zu viel."

Gideon zuckte mit den Schultern. „Du wärst perfekt für den Job."

„Oberflächlich betrachtet vielleicht schon. Die Organisation wäre für mich ein Leichtes, aber darum geht es nicht. Das Problem ist viel mehr die Bedeutung."

„Der Stadtfeste?"

Sie nickte. „Sie sind der Herzschlag von Fool's Gold. Hier wird die Zeit anhand der Festivals gemessen. Wenn ich mit meinen Freundinnen ausgehe, sprechen sie die ganze Zeit darüber. Wieso ist Bürgermeisterin Marsha gewillt, mir so eine wichtige Aufgabe anzuvertrauen?"

„Weil sie glaubt, dass du die Arbeit gut machen wirst."

„Natürlich würde ich das. Aber das ist doch nicht alles."

„Du hast Angst."

Felicia atmete zitternd ein. „Angst ist ein bisschen zu viel gesagt."

Er trank einen Schluck Bier. „Du kannst es nennen, wie du willst, aber du fürchtest dich zu Tode. Du willst sie nicht enttäuschen, hast aber Angst, dass es dazu kommen könnte."

„Ich dachte immer, *ich* wäre gnadenlos ehrlich", murmelte sie.

Gideon lehnte sich in seinem Stuhl zurück und schloss die Augen. Das war sicherer, als Felicia anzuschauen. Vor allem im Mondschein. Mit ihren großen grünen Augen und den flammend roten Haaren war sie eine klassische Schönheit. Wie würde sie sich wohl selber beschreiben? Ätherisch vielleicht. Er schmunzelte.

„Das ist nicht lustig", beschied sie ihm.

„Irgendwie schon." Doch nicht aus dem Grund, den sie annahm. Ihre Situation war wirklich zu ironisch.

Er hatte sein Haus und sein Leben so gebaut, dass er entscheiden konnte, ob und wann er mit anderen Leuten in Kontakt trat. Gestern Abend war Ford als Überraschungsgast aufgetaucht. Heute war es Felicia. Der Unterschied bestand darin, dass er sich in Gegenwart seines Freundes wohlgefühlt hatte. Was bei Felicia ein wenig anders war.

Er fühlte sich in ihrer Nähe nicht gerade *unbehaglich*. Nein, das nicht. Es war eher so, dass er sich ihrer sehr bewusst war. Sie überdeutlich wahrnahm. Den Klang ihres Atems. Die Art, wie ihre Haare ihr über die Schultern fielen. Wie sie ihn ab und zu anschaute, als erinnere sie sich daran, nackt in seinen Armen zu liegen.

Urplötzlich regte sich Lust in ihm – stark, fast schmerzhaft, als das Blut mit aller Macht in seine Körpermitte schoss. Verdammt! Was jetzt? An etwas Unverfängliches zu denken half auch nicht. Was hauptsächlich daran lag, dass ihm in Felicias Gegenwart sowieso nichts Unverfängliches einfallen wollte. Jetzt saß er hier also mit einem Steifen und wusste nicht, wohin damit.

Er schaute Felicia an und fragte sich, was passieren würde, wenn er ihr sagte, dass er sie wollte. Jede andere Frau würde erröten oder nervös werden. Einige würden vielleicht sogar anfangen, sich zu entkleiden. Aber was würde Felicia tun?

Die Chancen standen 50:50. Entweder würde sie sofort damit beginnen, den biologischen Prozess der Erregung ausführlich zu beschreiben. Spätestens bei der Detailanalyse einer Erektion würde sich sein Blut dann ganz von selbst zurückziehen. Oder Felicia würde tun, was sie in Thailand getan hatte: ihm direkt in die Augen schauen und ihn fragen, ob er mit ihr Sex haben wollte.

„Du warst damals die schönste Frau in der Bar", sagte er. „Ich war überrascht, als du zu mir kamst, um mit mir zu reden."

„Du hast nett gewirkt", erklärte sie.

„Das hat schon lange niemand mehr über mich gesagt."

Sie lächelte. Der abrupte Themenwechsel hatte sie offenbar nicht weiter aus dem Konzept gebracht. „Ich war damals immer noch beim Militär und habe mit den Jungs der Sondereinsatzkräfte gearbeitet. Wieso ich dich ausgewählt habe, kann ich nicht genau erklären. Ich fand dich einfach ansprechend. Außerdem hatte ich vermutlich irgendeine chemische Reaktion, wahrscheinlich auf deine Pheromone. Anziehung ist keine besonders exakte Wissenschaft."

Sie senkte kurz den Kopf und schaute dann wieder auf. „Es war mein erstes Mal."

„Das erste Mal, dass du einen fremden Mann angesprochen hast? Dafür hast du das ziemlich gut gemacht. Ich war sofort fasziniert von dir."

„Ich habe ja auch ein tief ausgeschnittenes Sommerkleid getragen. Die meisten Männer fühlen sich von Brüsten angezogen. Außerdem bin ich ein paar Minuten auf der Stelle gelaufen, bevor ich die Bar betreten habe. Der Geruch von weiblichem Schweiß ist für Männer auch sehr attraktiv."

„Jetzt fühle ich mich aber benutzt."

Sie lachte. „Nein, tust du nicht."

„Stimmt." Und wie es stimmte. Sie hatten eine großartige Nacht zusammen verbracht. „Ich wollte dich wiedersehen, aber ich habe dich nirgendwo gefunden."

Sie zog die Nase kraus. „Ich wurde in die Staaten zurückgeschickt. Ich bin sicher, da hatte Justice seine Finger im Spiel." Sie schwieg einen Moment. „Ich meinte nicht, dass du der erste Mann warst, den ich angesprochen habe. Ich meinte, dass du mein erstes Mal warst, Gideon. Ich war noch Jungfrau."

Er hatte gerade die Bierflasche an den Mund führen wollen, hielt nun aber mitten in der Bewegung inne. Immer schneller schossen die Erinnerungen an jene Nacht durch seinen Kopf. Von Felicia, wie sie seinen Körper erkundete, als könnte sie nicht genug von ihm kriegen. Ihre begierigen Schreie nach „mehr" und „härter". Sie war so klar gewesen in dem, was sie wollte, dass er angenommen hatte ... Kein Mann hätte ahnen können ...

„Mist."

„Mach dir keine Sorgen", sagte sie. „Bitte. Ich habe damals nichts gesagt, weil ich Angst hatte, dass du mich dann zurückweist. Oder dass es die Sache kompliziert macht und du zu zart oder zu zögerlich bist."

„Wie alt warst du?", fragte er.

„Vierundzwanzig." Sie seufzte. „Was Teil des Problems war. Niemand wollte mit mir schlafen. Ich war es leid, nicht zu wissen, wie es ist. Ich war es leid, anders zu sein als alle anderen. Natürlich ist es völlig in Ordnung, Jungfrau zu sein. Und in einer perfekten Welt hätte ich auch darauf gewartet, dass ich mich zuerst verliebe. Aber so, wie mein Leben war, wäre das niemals passiert."

Sie setzte sich auf und schaute ihn an. „Ich bin auf dem Campus einer Universität aufgewachsen. Im Grunde genommen war ich eine Art Experiment. Danach bin ich zur Armee gegangen und schnell zur Logistik einer Sondereinsatztruppe versetzt worden. Nur Männer um mich herum, richtig? Leider war ich sozial so ungeschickt, dass ich ihnen Angst gemacht habe. Oder sie in mir eine Schwester gesehen haben, so wie Justice. Ich habe immer darauf gewartet, jemanden kennenzulernen. Habe auf den ersten Kuss, das erste Mal gewartet. Aber es passierte nicht."

Sie verschränkte ihre Finger. „Ich bin schon drei Abende in der Bar gewesen, bevor ich dich getroffen habe. Aber dann wusste ich sofort, dass du derjenige bist."

Er wusste nicht, was er mit diesen Informationen anfangen sollte.

„Bist du böse?", fragte sie leise.

„Nein. Nur verwirrt. Ich habe es nicht gemerkt. Du wirktest so, als würdest du genau wissen, was du tust."

Sie lächelte. „Ich bin eben gut im Recherchieren."

„Trotzdem hätte es mir auffallen müssen."

„Du hattest eine unglaublich gut aussehende Frau im Bett – du warst abgelenkt."

Sie lachte, als wäre es ein Witz. Dabei war das die reine Wahrheit.

„Es war für mich schon eine Weile her", gab er zu. „Nach der Gefangenschaft warst du die erste Frau, die ich so nahe an mich heranlassen konnte."

Ihr Lachen verschwand. „Das wusste ich nicht."

„Wir haben uns ja auch nicht sonderlich viel unterhalten. Sobald mir klar wurde, was du vorhattest, war ich dabei. Ich habe zwei Jahre in einem Loch im Boden verbracht und dann noch einmal anderthalb Jahre auf Bali."

„Auf Bali gibt es viele bezaubernde Frauen."

„Das mag stimmen. Aber mein Lehrer beharrte darauf, dass nur Enthaltsamkeit zur Heilung führt."

„Deshalb der Trip nach Thailand."

„Vielleicht." Er trank einen Schluck von seinem Bier. „Es gab da verschiedene Gründe. Vor allem habe ich eine Pause gebraucht. Und dich zu finden, damit hatte ich nun wirklich nicht gerechnet."

„Du hast mich nicht gefunden – ich habe *dich* gefunden."

Ein Punkt für sie. „Es hat leider nicht so geendet, wie ich es gerne gehabt hätte."

„Geht mir genauso."

Er und Felicia hatten gemeinsam im Bett gelegen, als zwei

Männer die Tür aufgebrochen hatten. Zu dem Zeitpunkt hatte er Justice noch nicht gekannt, aber natürlich wusste er, wer Ford war. Sein Kumpel hatte nur entschuldigend mit den Schultern gezuckt und war dann ohne ein Wort wieder verschwunden.

„Ich hätte schneller reagieren müssen", sagte er.

„Es ist gut, dass du das nicht getan hast. Sonst hättest du dir nur einen Kampf mit Justice geliefert, und einer von euch wäre verletzt worden."

Tja. Die Frage war nur, wer. Er war damals wütend genug gewesen, um Justice ungespitzt in den Boden zu rammen. Allerdings hatte sein letzter Kampf da schon einige Zeit hinter ihm gelegen. Ob Ford sich in die ganze Sache eingemischt hätte, war stark zu bezweifeln. Obwohl sein Freund vermutlich schon versucht hätte, das Schlimmste zu verhindern. Ein schwacher Trost. Vielleicht war es tatsächlich gut, dass dieser Kampf nicht stattgefunden hatte.

„Und jetzt sitzen wir beide hier", sagte er nach einer kurzen Pause.

„Was kein Zufall ist. Du und Justice seid beide Freunde von Ford. Justice hat ihn kennengelernt, als er als Teenager eine Zeit lang hier gewohnt hat."

Von dieser Geschichte hatte er schon gehört. Justice war damals im Zuge eines Zeugenschutzprogramms nach Fool's Gold geschickt worden. Ein perfekter Ort, um sich zu verstecken, dachte Gideon. Niemand würde auf die Idee kommen, in so einem idyllischen Städtchen nach jemandem zu suchen.

Jahre später war Justice hierher zurückgekommen und hatte sich in Patience verliebt – ein Mädchen, an dem ihm schon auf der Highschool sehr viel gelegen hatte. Wenn das nicht eine kitschige Geschichte war. Und doch musste Gideon zugeben, dass er eine Art Neid verspürte. Justice hatte Frieden gefunden – etwas, das ihm selbst nie gelingen würde, dessen war er sich sicher. Von außen betrachtet mochte er zwar wie jeder andere Mann wirken. Aber er wusste, was sich in seinem Inneren abspielte. Er konnte es nicht zulassen, dass jemand ihm zu nahe kam.

Liebe machte einen Mann schwach. Und dieses Risiko konnte er nicht eingehen.

Felicia schob sich eine Haarsträhne hinters Ohr. „Ford hat dir von Fool's Gold erzählt, und du bist hergekommen, um es dir anzusehen."

Das stimmte. Und was er sah, hatte ihm gefallen. Der Ort war groß genug, um alles zu bieten, was er brauchte. Und klein genug, um einen Platz am Rand zu finden. Hier konnte er ein Teil des Ganzen sein und trotzdem allein.

„Wirst du den Job annehmen?", fragte er.

„Ich würde gerne." In ihrer Stimme lag ein Hauch Sehnsucht.

„Dann solltest du es tun. Du wirst das großartig machen. Hauptsächlich geht es um logistische Fragen, und darin bist du unschlagbar."

„Das weißt du doch gar nicht."

Er zuckte mit den Schultern. „Ich habe Ford nach dir gefragt. Und das ist so ziemlich das Einzige, was er mir erzählt hat."

„Oh." Sie wickelte sich eine Haarsträhne um den Zeigefinger. „Der operative Teil der Arbeit macht mir keine Sorgen. Aber alles andere. Ich bin nicht gut, was Gefühle angeht. Ich bin zu rational." Sie senkte den Kopf. „Ich wünschte, ich wäre mehr wie du. Jemand, der ganz im Hier und Jetzt leben kann. Du wirkst nicht so, als wenn du immer alles genau durchdenken müsstest. Das ist schön."

Ganz im Hier und Jetzt? Das war das Letzte, was er sich momentan erlauben konnte, dachte Gideon grimmig. Denn wenn er das täte, läge Felicia längst stöhnend in seinen Armen. Er hätte bereits jeden Zentimeter ihres Körpers erkundet und würde sich gerade mit heißer Zunge zwischen ihren Beinen beschäftigen.

Bei der Vorstellung kochte sein Blut. Er wollte ihren abgehackten Atem hören, wenn sie dem Höhepunkt immer näher kam. Er wollte spüren, wie sich ihr Körper anspannte, bevor sie sich fallen ließ, und alle Gedanken in einem Nebel aus Lust und Vergnügen untergingen.

„Gideon?"

Er zwang sich, in die Gegenwart zurückzukehren. „Ich könnte dir ein paar Atemtechniken beibringen, die helfen."

Sie lachte.

Das süße, fröhliche Geräusch erfüllte die Stille der Nacht. Es war ein Klang, der einen Mann retten konnte – oder in die Knie zwingen.

Sein Verlangen wuchs und mit ihm die Erkenntnis, dass er dieses Risiko nicht eingehen konnte.

„Es ist schon spät", sagte er.

„Ich bin mir der Zeit wohl bewusst. Die Bewegungen der Sterne und des Mondes sind deutliche Anzeichen …" Sie verstummte. „Oh. Du bittest mich, zu gehen."

„Du hast noch eine lange Heimfahrt vor dir."

Sie stand auf. „Es sind gerade mal drei Komma sieben Meilen, aber das ist nicht der Punkt. Es tut mir leid. Ich wollte dich nicht so lange aufhalten. Danke, dass du mit mir gesprochen hast. Das hat mir sehr geholfen."

Er fühlte sich, als hätte er ein Kätzchen getreten. „Felicia, interpretiere hier nicht zu viel hinein." Er erhob sich. „Sieh mal, du hast es selber gesagt, es ist kompliziert."

Sie schaute ihm in die Augen. „Das sagen die Menschen immer, wenn sie nicht die Wahrheit sagen wollen."

Die Wahrheit? Augenblicklich kehrte seine Anspannung zurück. Plötzlich verspürte er das dringende Bedürfnis, sich zu bewegen. Er wollte laufen, rennen, nur weg von hier. Doch irgendetwas schien ihn festzuhalten. Als wären seine Füße mit dem Boden verwurzelt.

Felicia legte eine Hand auf seine Schulter und strich dann mit den Fingern über seinen Bizeps. „Du bist sehr stark. Du hast mehr Muskeln als Justice. Sein Körper ist schlanker, und er muss hart daran arbeiten, Muskeln aufzubauen. Deine Physiologie erlaubt dir, schneller Muskelmasse zuzulegen. Das ist … interessant."

So wie die Wärme deiner Haut, dachte er und sah, dass ihre grünen Augen sich ein wenig verdunkelt hatten und ihr Blick eindringlicher wurde. Die Luft zwischen ihnen schien elektrisch geladen zu sein. Er wusste nicht genau, was Felicia in diesem Moment dachte. Aber er glaubte, eine ziemlich gute Ahnung zu haben.

„Sieh mich nicht so an", befahl er.

Ihre Mundwinkel glitten nach oben. „Ich versuche, mit dir zu flirten. Sorry. Es ist schwerer, als es aussieht. Ich schätze, das liegt an den ganzen Zwischentönen, die mir entgehen."

Sie lehnte sich ein wenig gegen ihn. „Unsere letzte Begegnung war wirklich sehr befriedigend. Seitdem hat es für mich zwei andere Männer gegeben, doch das war nicht das Gleiche. Ich schätze, das liegt an irgendetwas, das man nicht messen kann. Mit dir habe ich mich wohler gefühlt. Wir haben uns nicht nur geliebt, sondern auch gelacht und uns unterhalten. Ich erinnere mich, dass wir Champagner bestellt haben. Und dann hast du ..."

Er wusste genau, was er mit dem Mundvoll Champagner gemacht hatte. Er erinnerte sich an jedes einzelne Detail jener Nacht – ob er es wollte oder nicht.

Und natürlich wollte er es nicht. Das wäre völlig falsch. Er durfte jetzt nicht ... Im nächsten Moment hatte er die Hände ausgestreckt und Felicia an der Hüfte gepackt, um sie an sich zu ziehen. Sie folgte ihm nur zu willig, den Kopf bereits ein wenig nach hinten geneigt, sodass er sich kaum vorbeugen musste, um sie zu küssen.

Ja, dachte Felicia, als Gideons Mund sich auf ihren senkte. Sie schloss die Augen und verlor sich in dem Gefühl seiner Lippen.

Der Kuss war zärtlicher als in ihrer Erinnerung. Ein behutsamer erster Schritt auf dem Weg zurück in die Vergangenheit. Sie spürte die Hitze, die von irgendwo tief in ihr ausstrahlte, und stellte sich vor, wie Feuer über ihre Haut tanzte.

Mit beiden Händen hielt sie sich an seinen Schultern fest und vertiefte den Kuss. Seine Hände glitten von ihrer Hüfte auf ihren Rücken, wo sie sanft auf und ab strichen. Sie wollte sich recken und schnurren. Gleichzeitig katalogisierte ihr Gehirn die verschiedenen Gefühle: das Prickeln seines Kusses, die Hitze, die dort entstand, wo ihre Brust und seine sich berührten. Sie schlang die Arme um seinen Nacken und öffnete den Mund. Er verspannte sich und zog sich ein wenig zurück.

Obwohl sie normalerweise nicht sonderlich gut im Interpretieren von Gesten war, spürte sie, dass er gerade eine Entscheidung treffen musste. Der Kuss war weniger geplant als vielmehr eine Reaktion gewesen, und Gideon befand sich immer noch in einem Zustand, in dem er Nein sagen konnte. Sie wusste nicht, *warum* er das tun sollte, doch sie verstand, dass es im Bereich des Möglichen war.

Sie öffnete die Augen und schaute ihn an. Sein Unterkiefer war vorgestreckt, die Muskeln angespannt, sein Blick unentschieden.

„Du weißt nicht, was du da tust", stieß er beinahe knurrend aus.

Sie lächelte. „Oh doch, das weiß ich genau."

Vor vier Jahren hatte sie sich Gideon ausgesucht. Von all den Männern in der Bar hatte er es sein sollen. Denn er hatte irgendetwas an sich. Zum einen natürlich seine Kraft. Beinahe jede Frau würde auf einen so starken Mann reagieren, das war rein biologisch bedingt. Doch da war noch etwas anderes gewesen. Ein kaum fassbares Gefühl – als wäre es einfach richtig so. Wenn sie ein wenig recherchieren würde, könnte sie vermutlich herausfinden, was genau es war.

Der Drang, mit ihm zusammen zu sein, war heute genauso stark wie damals. Und die Gründe dafür waren ebenfalls die gleichen. Sie war unruhig. Verwirrt. Es hatte in ihrem Leben so viele Veränderungen gegeben. Das Jobangebot war der Tropfen, der das Fass schließlich zum Überlaufen brachte. Sie musste sich verankert, sich sicher fühlen. Wie seltsam, dass sie dieses Gefühl in Gideons Armen suchte.

Sie war kein Mensch, der oft auf sein Bauchgefühl hörte. Dazu lebte sie zu sehr in ihrem Kopf. Doch sie hatte gelernt, ihrem Bauch zu vertrauen, wenn er sich einmal meldete. Und im Moment sagte er ihr, dass sie mit diesem Mann Sex haben wollte. Heißen, wilden Sex.

„Ich will das", murmelte sie, während sie immer noch die verschiedenen Fragen durchging.

Sie musterte ihn, die breiten Schultern, das leichte Zittern seiner Hand. Ihr Blick glitt nach unten, und sie sah die Erektion, die gegen den Stoff der Jeans drückte.

Vorfreude mischte sich mit Befriedigung. Es hatte keinen Zweck, um den heißen Brei herumzureden. Sie würde direkter werden müssen.

Also zog sie sich schnell das T-Shirt aus und ließ es auf den Sessel neben sich fallen. Dann öffnete sie ihren BH und warf ihn auf das T-Shirt.

Gideons Kiefermuskel zuckte, aber ansonsten rührte er sich nicht. Sie griff nach seinen Händen und legte sie auf ihre bloßen Brüste.

Vielleicht war es bloßer Instinkt, vielleicht konnte er ihr einfach nicht widerstehen – auf jeden Fall schloss er seine Finger um ihre Brüste und rieb mit seinen Daumen über ihre Brustwarzen. Als Felicia nach unten schaute, stellte sie überrascht fest, dass diese hart geworden waren.

Der sanfte Druck seines Daumens sandte Schauer der Erregung durch ihren gesamten Körper. Seine Haut wirkte braun gegen ihre Blässe. Seine Hände riesig. Er streichelte sie immer weiter, bis ihre Lider sich schließlich wie von allein senkten, sodass sie die Gefühle, die er in ihr weckte, noch intensiver genießen konnte.

Sie atmete zitternd ein. „Ich genieße alles, was du tust, und ich …"

„Halt den Mund."

Sie riss die Augen auf und sah ihn lächeln.

„Zu viel Gerede?"

„Ja. Das hier ist ein Moment, in dem man am besten schweigt."

Vor Erleichterung wurden ihr die Knie fast so butterweich, wie sich die Berührung seiner Hände auf ihren Brüsten anfühlte. Weich, warm, sanft. Und so verführerisch.

„Also werden wir Sex haben?“

Seine Antwort bestand darin, dass er sie an sich zog und seine Zunge in ihren Mund drängte. Sie erwiderte den Kuss mit aller Leidenschaft. Sie wollte, nein, sie *musste* mit diesem Mann intim werden. Verletzlich sein.

Noch während der Gedanke durch ihren Kopf schoss, merkte sie, dass sie anfing, seine Bedeutung zu analysieren. Sie bemühte sich, ihr analytisches Denken abzuschalten und sich stattdessen auf das T-Shirt und die harten Muskeln unter ihren Fingern zu konzentrieren.

Er vertiefte den Kuss, löste sich dann abrupt von ihr und trat ein paar Schritte zurück. Innerhalb weniger Sekunden hatte er sein T-Shirt ausgezogen und von sich geworfen. Seine Stiefel und Socken folgten. Als er nach dem Gürtel seiner Jeans griff, öffnete Felicia auch ihre Hose und schob sie mitsamt dem Slip an ihren Beinen hinunter, um sie auf dem Terrassenboden liegen zu lassen.

Bevor sie seine Nacktheit bewundern konnte, war er an ihr vorbei zu einem der Gartenstühle gegangen. Er löste eine Verankerung der Rückenlehne, und der Stuhl wurde zu einer Liege.

„Wie clever“, schaffte sie gerade noch zu sagen, dann wurde sie auch schon halb zur Liege getragen, halb geführt. Gideon setzte sie auf dem unteren Ende ab und ging auf die Knie.

Dann vergrub er seine Hände in ihren Haaren und küsste sie. Seine Zunge strich über ihre Lippen, bevor sie in ihren Mund glitt. Felicia erwiderte den Kuss und erkundete dabei mit ihren Händen seine Arme, seinen Rücken.

Er ließ seine Hände zu ihren Brüsten sinken. Als er anfing, eine heiße Spur aus Küssen über ihren Hals zu ziehen, drückte er sie dabei gleichzeitig rückwärts in eine liegende Position.

Ihr Rücken lag auf dem Kissen, ihre Knie waren gebeugt, ihre Füße ruhten auf dem Holzfußboden der Terrasse. Während seine Finger ihre empfindlichen Brustwarzen streichelten, suchte sein Mund sich einen Weg über ihren Bauch und immer tiefer zu seinem endgültigen Bestimmungsort.

Das hat er schon mal gemacht, erinnerte sie sich. Keiner der anderen beiden Männer, mit denen sie etwas gehabt hatte, war auf die Idee gekommen. Aber Gideon hatte ihr ihren ersten Orgasmus mit der Zunge beschert. Sie erschauerte leicht, als er sich seinen Weg über ihren Bauch küsste und kurz innehielt, um mit der Zunge ihren Bauchnabel zu lecken.

Sie nahm einen Arm herunter und benutzte ihre Finger, um sich für ihn zu öffnen. Das hat er mir auch beigebracht, dachte sie. Ihr Atem ging bereits schneller.

Je näher er ihrem Zentrum kam, desto mehr zogen sich ihre Muskeln zusammen. Sie war so geschwollen; ihre Klitoris war bestimmt vollgepumpt mit Blut und daher äußerst empfindlich.

Er bewegte seine Hände, sodass sie flach auf ihren Brüsten lagen. Er massierte sie, lenkte sie so eine Sekunde lang ab. Sie spürte seinen warmen Atem, dann seine Zunge, die gegen ihre Perle schnellte. Nur kurz. Doch das genügte, um sie laut keuchen zu lassen. Er lachte unterdrückt und machte es gleich noch einmal.

Dieses Mal war sie vorbereitet und ließ sich in das Gefühl fallen. Er erforschte sie, ließ seine Zunge in sie hineingleiten, bevor er sich wieder ihrer Klit widmete. Dann verfiel er in einen steten Rhythmus, während er mit den Händen weiter ihre Brüste massierte.

Die vorhersehbaren Bewegungen erlaubten ihr, sich auf das zu konzentrieren, was sie empfand, anstatt sich darüber Gedanken zu machen, was als Nächstes kommen würde. Als sich ihre Muskeln immer mehr anspannten und ihre Synapsen schneller feuerten, spürte sie, wie ihr Gehirn herunterfuhr. Nun gab es nur noch Gefühle. Sie, die in einer Welt der Gedanken und Ideen lebte, war darauf reduziert, einfach nur zu fühlen. Es war unglaublich.

Vor und zurück und im Kreis – mit jedem Schlag seiner Zunge kam ihr Körper dem Gipfel der Erlösung ein Stück näher. Sie nahm den Rhythmus mit ihren Hüften auf, ein instinktives Signal, dass sie mehr wollte. Ihr Atem ging schneller und war durchsetzt von leisem Stöhnen.

Gideon ließ eine Hand an ihrem Körper entlanggleiten, bevor er einen Finger tief in sie hineinschob und leicht krümmte. Die Wissenschaftler streiten sich noch um die Existenz des G-Punkts, dachte sie verschwommen, während sie versuchte, die Beine weiter zu spreizen. Sie persönlich war momentan sehr überzeugt davon, dass es ihn gab. Und wenn Gideon ihn so rieb wie jetzt, war sie ...

Der Orgasmus traf sie vollkommen unerwartet. In der einen Sekunde war sie noch angespannt und bereit gewesen. Und in der nächsten schwebte sie, ritt auf den Wellen der Lust, rief seinen Namen, keuchte und bettelte und schrie vielleicht sogar. Sie war sich nicht sicher. Ein Schauer nach dem nächsten durchlief ihren Körper.

Zu Gideons einem Finger gesellte sich ein zweiter. Sie drängte sich ihm entgegen, wollte ganz von ihm ausgefüllt werden. Mit der Zunge fuhr er fort, sie zu verwöhnen, zog den Orgasmus immer weiter hinaus, bis nichts mehr übrig war. So fühlt es sich an, innerlich zu schmelzen, dachte sie und versuchte, die Augen zu öffnen.

Er richtete sich auf.

Sie stützte sich halb auf den Ellbogen und betrachtete seine große Erektion. Lächelnd griff sie nach ihr und lenkte sie dorthin, wo sie sie haben wollte.

Er war so groß, dass er sie dehnte, als er in sie hineinglitt. Sie schlang die Beine um seine Hüften und nahm seine Hand. Er verschränkte seine Finger mit ihren. Sie versuchte, die Augen offen zu halten, ihn zu beobachten, während er immer schneller in sie eindrang, doch ihr Blick verschwamm. Die Lust in ihr war einfach zu groß. Erneut näherte sie sich in großen Schritten dem Höhepunkt und zögerte ihn so lange hinaus, bis sie mit ihm gemeinsam Erlösung fand.

3. KAPITEL

Felicia kam auf die Minute pünktlich zu ihrem morgendlichen Meeting. Als sie an dem Lagerhaus parkte, in dem sich die neuen Büros von CDS befanden, ertappte sie sich dabei, ununterbrochen zu lächeln.

Die letzte Nacht hatte sie bei Gideon verbracht. Sie waren in einem Knäuel aus Armen und Beinen eingeschlafen und dann in der Morgendämmerung aufgewacht, um sich erneut zu lieben. Gegen fünf Uhr war sie ausgestanden und zurück zu ihrem Haus gefahren, um zu duschen und sich auf den Tag vorzubereiten.

Obwohl es sich um schlichte biologische Vorgänge handelte, klang das, was sie getan hatte, so verboten. Das gefiel ihr. Normalerweise war sie die Langweilige. Die berechenbare Freundin, die immer da war und selten Pläne hatte. Sie war niemand, der Sex mit einem Mann hatte, den sie seit Jahren nicht gesehen hatte – und schon gar nicht draußen, in der Nacht.

Sie hatte ein Jobangebot und einen Haufen zufrieden schnurrender Hormone. In diesem Moment war das Leben sehr, sehr gut. Immer noch grinsend schnappte sich Felicia ihren Rucksack und betrat das Gebäude.

Der einst riesige, offene Raum war in Büros, Klassenzimmer, Umkleidekabinen und ein Fitnesscenter unterteilt worden. Die Installationsarbeiten hatten am längsten gedauert. Zusätzlich zu den üblichen Toiletten und Waschbecken gab es nun im Umkleidebereich auch nach Geschlechtern getrennte Duschen und Spinde. Angel hatte vorgeschlagen, die Frauenumkleiden kleiner zu machen. Nach einem Blick auf Felicia hatte er seine Meinung jedoch eilig geändert. Justice und Ford hatten sich nicht die Mühe gemacht, zu seiner Verteidigung zu eilen. Vermutlich, weil sie wussten, dass man sich bei gewissen Themen besser nicht mit Felicia anlegte.

Justice war bereits da. Sein mächtiger Körper schien den Raum auszufüllen. Er saß an dem abgenutzten Tisch, den er vor ein paar Wochen auf einem Flohmarkt erstanden hatte. Ihre echten Büromöbel waren bereits bestellt, aber die Lieferung ließ noch auf sich warten.

„Hey." Ohne von seinem Laptop aufzuschauen, begrüßte er sie. „Hast du die Anträge für die Schießanlage eingereicht?"

„Ja." In ihrem Ton schwang ein „natürlich" mit, aber sie verzichtete darauf, das Offensichtliche laut auszusprechen. „Ich habe sie persönlich beim entsprechenden Amt abgegeben. Sie werden bis zum Fünfzehnten bearbeitet sein."

Auf ihrer Homepage präsentierten sie sich als Trainings-Akademie. Aber im Grunde war CDS schlicht und einfach eine Schule für Bodyguards. Sie boten Kurse für Anfänger und Fortgeschrittene an. Ford würde mit den Unternehmen arbeiten, die CDS für Teambuilding-Events buchten, während Angel die Verantwortung für die eigentliche Ausbildung hatte. Justice leitete die Firma.

Neben dem Hauptgeschäft bot CDS verschiedene Kurse für die Gemeinde an. Hauptsächlich ging es dabei um Selbstverteidigung, aber es gab auch Seminare zum Thema Waffensicherheit und Grundlagen des Personenschutzes.

Felicia hatte man angeboten, in der Firma jeden Posten zu übernehmen, den sie wollte. Doch sie wusste, dass sie etwas anderes brauchte. Sie war endlich bereit, so normal wie möglich zu leben. Sie wollte ein Teil der Gemeinschaft sein, sich verlieben, heiraten und Kinder bekommen. Ein ganz normaler Traum, dachte sie, aber einer, der für sie besonders schwer zu verwirklichen schien.

Die Stelle, die Bürgermeisterin Marsha ihr angeboten hatte, wäre ein großer Schritt in diese Richtung. Felicia seufzte.

Sie holte ihren Laptop aus dem Rucksack und ging zu dem Tisch. Dort zog sie sich einen Stuhl heran und setzte sich Justice gegenüber. Sobald der Computer hochgefahren war, loggte sie sich ins Internet ein und tippte los.

„Die Ausrüstung, die Angel und Ford für den Hindernisparcours bestellt haben, wird Ende der Woche geliefert. Die hydraulische Arbeitsbühne zum Aufbau der Hängebrücke kommt nächsten Montag."

Justice schaute sie an. Seine Augen funkelten vor Aufregung. „Ich kann es kaum erwarten, sie auszuprobieren."

„Sie ist hoch, sie ist eine Brücke – was ist daran so spannend?"

Er schwieg und grinste.

Höchstwahrscheinlich freute er sich darauf, einen seiner Freunde auf die Brücke zu schicken und zu versuchen, ihn herunterzuschütteln. Die drei Geschäftspartner wirkten alle tough und kräftig, doch in ihren Herzen waren sie immer noch kleine Jungs, die einander gerne Streiche spielten.

Wenigstens passen sie dabei auf, dachte sie. Die Jungs waren sich bewusst, dass jeder von ihnen zum Killer ausgebildet worden war. Situationen konnten nur zu leicht außer Kontrolle geraten, und die drei achteten darauf, dass das nicht passierte.

Die Eingangstür wurde geöffnet, und Angel und Ford kamen herein. In Jeans und T-Shirt hätten sie eigentlich wie ganz normale Männer aussehen müssen, doch das taten sie nicht. Nach Jahren beim Militär war Felicia Expertin darin, Männer mit Spezialausbildung zu erkennen. Und bei diesen beiden waren die Anzeichen unübersehbar.

Da war zum einen die Selbstsicherheit in ihrem Gang. Ein Blick genügte, um zu wissen, dass sich diese Männer in jeder Situation zu helfen wussten. Ford war ein paar Zentimeter größer und vielleicht zwanzig Pfund schwerer. Er hatte dunkle Haare und dunkle Augen und lachte viel. Oberflächlich betrachtet war er derjenige in der Gruppe, der am meisten Spaß hatte. Doch Felicia wusste, das war nur Fassade. Darunter war er emotional genauso distanziert wie jeder Mann, der seine Berufslaufbahn damit verbracht hatte, die Welt durch das Fadenkreuz eines Heckenschützen zu betrachten.

Angel war zwar früher als die anderen aus der Armee ausgetreten, aber er war von da in ein privates Sicherheitsunternehmen gewechselt, dessen Arbeit genauso gefährlich war wie die der Sondereinheiten. Er hatte blassgraue Augen, die zu viel gesehen hatten, und quer über seinen Hals verlief eine faszinierende Narbe, als hätte jemand versucht, ihm die Kehle durchzuschneiden.

Felicia hatte ihn einmal danach gefragt, doch er hatte sie nur so lange stumm angeschaut, bis sie den Blick abgewandt hatte. Da sie sich normalerweise nicht von den Männern einschüchtern ließ, mit denen sie arbeitete, schrieb sie das seinen unglaublich starken mentalen Kräften zu. Sie wusste, dass Angel verheiratet gewesen war und Frau und Sohn bei einem Autounfall verloren hatte. Wie traurig, alles zu haben und es dann zu verlieren, dachte sie.

Justice, Ford und Angel waren die Gesellschafter in der Firma. Zudem würde es demnächst einige Festangestellte geben, darunter ihre Freundin Consuelo, die jeden Tag eintreffen musste. Felicia wusste, dass die drei Männer sich fragten, ob sie für das Leben in einer Kleinstadt gemacht waren, ob sie sich einfügen konnten. Sie selber lebte erst seit ein paar Monaten in Fool's Gold, doch sie war sicher, dass die Stadt die Männer schon in die Knie zwingen würde. Justice hatte sich bereits verändert. Es war nur noch eine Frage der Zeit, bis auch die anderen sich auf eine Weise verhielten, die sie bislang noch für unmöglich hielten.

Es gab nur wenige wissenschaftliche Daten, die ihre These untermauerten. Aber Felicia war gewillt, ihren guten Ruf jederzeit ihrer Vorahnung zu opfern.

„Ist mein Fitnessraum schon fertig?“, fragte Angel. „Ich bin es leid, den in der Stadt zu benutzen. Da sind mir zu viele Leute.“

Felicia lächelte. „Frauen, meinst du wohl.“

Angel drehte sich zu ihr um. „Hör mal, Puppengesicht, du weißt nicht, wie das ist.“

„Es liegt an Eddie.“ Ford kicherte. „Sie kam gestern zu ihm und hat ihn nach seiner Narbe gefragt. Dann wollte sie seinen Bizeps anfassen.“

Angel verzog das Gesicht. „Die Frau ist wie alt? Hundert? Was zum Teufel macht sie in einem Fitnessstudio?“

„Sich süße Jungs angucken“, erwiderte Felicia fröhlich. „Nach allem, was ich gehört habe, machen sie und ihre Freundin Gladys das öfter. Ich glaube übrigens, dass sie erst um die siebzig ist. Nur für den Fall, dass das einen Unterschied macht.“

Angel funkelte sie böse an, Justice und Ford lachten.

Felicia grinste und freute sich, dass es ihr gelungen war, einen Scherz zu machen. „Die Ausrüstung für den Fitnessraum kommt noch diese Woche“, sagte sie als eine Art Friedensangebot. „Und sie wird noch vor dem Wochenende installiert und bereit zur Nutzung sein.“

Ford zog sich einen Stuhl heran und setzte sich an den Tisch. „Hatten wir nicht gesagt, wir würden die Leute aus der Stadt hier trainieren lassen, wenn sie wollen? Sollten wir Angels neuer Freundin eine Einladung schicken?“

Kühle, graue Augen blickten noch kälter. „Du willst dich wirklich mit mir anlegen, oder?“, fragte Angel.

„Jederzeit, alter Mann.“

Felicia schaute zu Justice, der den Kopf schüttelte. Das war das übliche Spiel zwischen Angel und Ford. Sie stichelten den ganzen Tag, warfen sich gegenseitig Beleidigungen an den Kopf, forderten einander zu lächerlichen Wettbewerben heraus und trieben sich gegenseitig in den Wahnsinn.

Da Angel ungefähr vierzig oder einundvierzig Jahre alt war, gehörte der Spruch mit dem alten Mann zu ihrem üblichen Geplänkel.

„Können wir jetzt mit unserem Meeting weitermachen?“, fragte Justice. „Vielleicht könnt ihr zwei euch noch für ein paar Minuten zusammenreißen. Felicia, bring sie bitte auf den neuesten Stand.“

Die nächsten zwei Stunden verbrachten sie damit, sich über das Geschäft zu unterhalten. Ford hatte ein paar Kontakte zu führenden Geschäftskunden aufgenommen, und Angel hatte ein paar interessante Ideen für Teambuilding-Übungen entwickelt. Als das Meeting vorbei war, gingen Ford und Angel, um miteinander zu ringen oder um die Wette zu laufen oder irgendetwas anderes zu tun, bei dem einer gewinnen und der andere verlieren würde. Felicia fuhr ihren Laptop herunter und schaute Justice an.

„Ich habe Gideon getroffen."

Er musterte sie. „Okay."

Sie überlegte, ob sie erwähnen sollte, dass sie Sex gehabt hatten. Aber vermutlich wollte ihr Freund so viele Einzelheiten gar nicht wissen. „Kann sein, dass wir uns noch öfter treffen." Hoffentlich mit und ohne Kleidung, dachte sie. Sie wollte Gideon besser kennenlernen. Vielleicht war das nicht der übliche Ablauf einer Beziehung, aber sie hatte bislang noch keinen traditionellen Weg gefunden, der für sie funktionierte.

„Ich weiß, du willst mich beschützen, Angel", fuhr sie fort. „Aber das kannst du nicht. Es ist wichtig, dass ich es auf meine Art lerne. Eigene Fehler machen und die Konsequenzen erfahren."

„Solange du zugibst, dass Gideon ein Fehler ist."

Sie seufzte. „Du weißt, was ich meine."

„Das tue ich. Sieh mal, ich gebe zu, dass ich den Kerl nicht sonderlich mag."

„Du kennst ihn doch gar nicht."

„Ich weiß, was er dir angetan hat."

Felicia verdrehte die Augen. „Ich habe ihn in einer Bar aufgegabelt. Ich habe ihn förmlich angefleht, mit mir ins Bett zu gehen, und er hat mir den Gefallen getan. Er hat nichts falsch gemacht."

Justice zuckte zusammen. „Könnten wir diesen Teil bitte außen vor lassen?"

„Warum? Das ist doch der Grund, warum du sauer bist. Justice, ich war vierundzwanzig. Es ist nicht ungewöhnlich, in dem Alter eine sexuelle Beziehung mit jemandem haben zu wollen. Ich habe nicht unverantwortlich gehandelt. Du hattest damals kein Recht, dich einzumischen, und das hast du heute auch nicht. Ich liebe dich. Du bist meine Familie. Aber ich bin achtundzwanzig Jahre alt und lasse mir von dir nicht mehr sagen, was ich mit meinem Privatleben anstellen darf und was nicht."

Justice öffnete den Mund und schloss ihn wieder. „Okay."

Sie wartete.

„Ich meine es ernst", grummelte er. „Ich werde nichts mehr über Gideon sagen. Du kannst dich gerne mit ihm treffen, wenn du willst."

Sie unterdrückte den Drang, ihn darauf hinzuweisen, dass sie sich gerade jegliche Einmischung seinerseits verbeten hatte. „Danke."

„Warte dieses Mal einfach nur, bis du mit ihm ins Bett gehst, okay? Lerne ihn erst mal ein bisschen besser kennen."

Sie bemühte sich, ihr Lächeln zu unterdrücken. „Da hast du vermutlich recht."

„Habe ich."

Wie so viele Dinge in Fool's Gold widersprach auch *Jo's Bar* allen Erwartungen. Anstatt sich um Männer und ihre Vorliebe für Bier und Sport zu kümmern, drehte sich bei *Jo's* beinahe alles um Frauen – von der schmeichelhaften Beleuchtung über die feminine Einrichtung bis hin zu den großen Flachbildfernsehern an den Wänden, auf denen Shoppingsender und Reality-TV-Shows liefen. Männer waren willkommen, solange sie sich in den hinteren Raum verzogen, wo es einen großen Billardtisch und viele Fernseher gab, die Sportereignisse übertrugen. Wenn sie darauf bestanden, im vorderen Bereich zu bleiben, wurde von ihnen erwartete, den Mund zu halten über die Schilder, die verkündeten, wie viele Tage es noch waren, bis die nächste Staffel von *Dallas Cowboy Cheerleaders – Wer schafft es ins Team?* losging.

Felicia mochte die Bar. Hier traf sie sich meistens mit ihren Freundinnen. Denn obwohl sie erst wenige Monate in der Stadt wohnte, hatte sie schon Freundschaften geschlossen. Mit Frauen, denen es nichts auszumachen schien, dass sie sozial ein wenig ungelenk war und oft das Falsche sagte.

Jetzt saß sie mit Isabel, Patience und Noelle an einem Tisch. Sie hatten bereits ihre Bestellungen aufgegeben und jede eine Cola oder einen Eistee vor sich stehen.

„Ich dachte an den Labor Day", sagte Noelle und rührte mit dem Strohhalm in ihrer Cola light herum. Sie lachte. „Ein traditioneller Weihnachtsfeiertag."

Noelle hatte vor, einen neuen Laden in der Stadt zu eröffnen. Er sollte *Christmas Attic* heißen und alles anbieten, was man für die Weihnachtssaison brauchte. Wie Felicia war auch Noelle neu in Fool's Gold. Die große, schlanke Blondine war nett und lustig, aber in ihren Augen lag etwas, das Felicia nicht deuten konnte. Sie wirkte, als hätte sie Geheimnisse, aber Felicia hatte keine Ahnung, welche.

Isabel, ebenfalls blond, aber etwas kurviger, war hier in der Gegend aufgewachsen. Sie war nur für ein paar Monate in der Stadt, um ihrer Familie mit *Paper Moon*, dem Brautmodengeschäft, zu helfen. Isabel war respektlos und selbstironisch. Sie war diejenige, die als Erste einen Scherz machte und am längsten lachte. Felicia bewunderte sie heimlich für ihren Stil und ihre leichtfüßige Anmut.

Patience hatte Felicia am Anfang am nervösesten gemacht. Die zierliche Brünette war alleinerziehende Mutter eines zehnjährigen Mädchens und mit Justice verlobt. Als Felicia hergezogen war, hatte Patience zunächst gedacht, zwischen ihr und Justice wäre mehr als nur Freundschaft. Doch bald hatte sie erkannt, dass sie wirklich wie Geschwister waren. Seitdem hatte sie Felicia in ihre Welt aufgenommen und willkommen geheißen.

„Zu der Zeit kommen viele Touristen", sagte Isabel. „Die vielen Feiertage stehen an, und am Labor Day wollen alle noch mal einen letzten Hauch von Sommer erleben. Deshalb findet zu diesem Zeitpunkt auch immer das Stadtfest statt. Ich denke, dein Laden wird gerappelt voll sein."

Noelle seufzte. „Ich hoffe, du hast recht. Vielleicht ist es aber auch noch zu früh für die Leute, um an Weihnachten zu denken."

„Ich weiß, was du meinst“, sagte Patience. „Ich muss mich auch noch entscheiden, wann ich für die verschiedenen Feiertage umdekoriere. Darüber hab ich mir bisher nie Gedanken machen müssen.“

Felicia half Patience oft im *Brew-haha* aus, indem sie während der Woche die eine oder andere Schicht übernahm. Die Arbeit war nicht sonderlich herausfordernd, aber sie liebte es, in entspannter Atmosphäre ihre Fähigkeiten im Umgang mit anderen Menschen zu trainieren. Außerdem konnte sie die Unterhaltungen der Gäste belauschen und versuchen, von ihnen zu lernen.

„Ich denke, du solltest diese Flut an Touristen nutzen. Selbst wenn Weihnachten noch etwas weiter entfernt ist“, wandte Felicia ein.

„Da hat sie recht“, sagte Isabel. „Die Herbstsaison fängt traditionell nach dem Labor Day an. Und dann kommt auch schon der Weihnachtsmann.“

„Ihr habt recht.“ Noelle nickte langsam. „Wenn ich bis dahin alles zusammenhabe, eröffne ich am Labor Day.“

Patience lehnte sich zu Isabel hinüber. „Justice und ich sind dabei, ein Datum festzulegen. Wie lange braucht ihr, wenn ich ein Hochzeitskleid bei euch bestelle?“

Isabel grinste. „Ich kann es kaum erwarten, dass du zur Anprobe vorbeikommst. Was das Timing angeht, das hängt von dem Hersteller ab.“

Felicia wusste nicht viel über Patience’ Vergangenheit. Aber sie hatte gehört, dass ihr Ex kurz nach Lillies Geburt abgehauen und nie wiedergekommen war.

„Für Justice ist es die erste Hochzeit“, erinnerte Isabel sie. „Er will sicherlich, dass du wie eine Prinzessin aussiehst. Was du ja im echten Leben schon tust. Wir haben ein paar tolle Kleider da, die du lieben wirst.“

Patience errötete. „Vielleicht. Wir werden sehen. Ich komme diese Woche mal vorbei und probiere ein paar Kleider an.“ Sie winkte ab. „Okay, genug von mir. Jetzt ist eine von euch dran. Ihr müsst doch auch Neuigkeiten haben.“

Felicia dachte an ihr Jobangebot. Sie wollte es annehmen, war aber immer noch nicht sicher, ob sie die Richtige für den Posten war.

„Wow, das habe ich gesehen. Dieses nachdenkliche Stirnrunzeln." Isabel schaute sie an. „Okay, nun musst du es uns erzählen."

„Ich bin nicht sicher, dass ich ..." Felicia zögerte kurz und entschied sich dann, einfach ins kalte Wasser zu springen. „Pia Moreno gibt ihren Posten als Leiterin des Stadtfestkomitees auf. Bürgermeisterin Marsha hat mich gebeten, die Stelle zu übernehmen."

Alle drei Frauen schauten sie an.

„Das ist doch großartig", sagte Patience. „Du bist für die Stelle wie gemacht. Es geht doch hauptsächlich darum, alles zu organisieren, und darin bist du wirklich gut."

Isabel nickte. „Ich weiß nicht, wie Pia das mit drei Kindern alles schafft. Und nun ist noch ein viertes unterwegs. Die Stadt hat Glück, dass sie überhaupt so lange durchgehalten hat."

Noelle tätschelte Felicias Arm. „Ich habe keine Ahnung von Stadtfesten, aber ich kann mir nicht vorstellen, dass du in irgendetwas nicht brillant bist: also herzlichen Glückwunsch."

„Danke." Felicia hasste die Unsicherheit, die in ihr aufwallte. „Ich war nicht sicher, was die Leute denken. Immerhin bin ich neu in der Stadt. Vielleicht würde jemand, der schon länger hier lebt, die Feinheiten des Ganzen besser verstehen."

Patience schüttelte den Kopf. „Nein, nein und nein. Noelle hat recht. Du bist perfekt für den Job. Und was das Neusein angeht, tut mir leid, aber du bist bereits eine von uns." Sie stieß einen schweren Seufzer aus. „Ich schätze, das bedeutet, du kannst mir im *Brew-haha* nicht mehr aushelfen."

„Ich fürchte, die Zeit habe ich dann nicht mehr."

„Mach dir keine Sorgen. Ich muss sowieso mehr Vollzeitpersonal engagieren. Ich bin mit vielen Kunden gesegnet." Sie hob ihr Glas. „Auf unsere Stadtfeste und ihre neue Organisatorin."

Alle stießen miteinander an.

Isabel beugte sich zu Felicia. „Okay, was ist dran an der Sache, dass irgend so ein Kampf-Babe in die Stadt kommen soll? Ich habe Gerüchte gehört, dass wir bald unsere eigene Soldatin bekommen. Stimmt das?"

„Ja", erwiderte Felicia. „Meine Freundin Consuelo Ly wird in den nächsten Wochen herkommen. Ich habe in letzter Zeit nichts von ihr gehört, deshalb weiß ich das genaue Datum nicht. Sie wird am CDS unterrichten. Selbstverteidigung und fortgeschrittenes Training an der Waffe."

„Ehrlich?" Noelle schaute sie mit großen Augen an. „Ich weiß nicht, ob ich mich freue, sie kennenzulernen, oder ob ich Angst vor ihr habe."

„Ich freue mich", sagte Isabel. „Hast du gesehen, wie Ford und Angel durch die Stadt stolzieren, als ob sie so heiß wären, dass wir alle bei ihrem Anblick sofort in Ohnmacht fallen müssten?"

„So sind sie gar nicht", widersprach Patience.

„Ford schon. Er stolziert. Das habe ich selbst gesehen."

Patience grinste. „Da macht sich wohl jemand Sorgen um seine Vergangenheit."

„Tu ich nicht", sagte Isabel fest. „Ich war damals noch ein Kind, das kann er nicht gegen mich verwenden."

Soweit Felicia gehört hatte, war Isabel vor Jahren mal in Ford verknallt gewesen. Sein Weggang aus Fool's Gold hatte sie am Boden zerstört. Es gab außerdem Gerüchte, dass sie ihm regelmäßig geschrieben hatte.

„Ich denke nicht, dass Consuelo an Ford interessiert ist", sagte Felicia. „Oder an Angel. Sie kennt sie seit Jahren und sagt, keiner von beiden wäre ihr Typ."

„Zu schade", sagte Patience. „Ich bin inzwischen ein großer Fan des Verliebtseins. Eine von euch muss sich mir anschließen. Ich will darüber reden, wie wunderbar Justice ist und wie mein Herz schneller schlägt, wenn er den Raum betritt."

„Darüber kannst du auch so reden", erwiderte Noelle.

„Das ist aber nicht das Gleiche.“ Patience schaute die anderen Frauen der Reihe nach an. „Ich will, dass sich eine von euch verliebt. Das meine ich ernst.“

„Ich verlasse die Stadt im März“, sagte Isabel. „Das ist also gerade ein ganz schlechter Zeitpunkt für eine Beziehung. Ich weigere mich nämlich, mich in einen Mann zu verlieben und mich dann zwischen ihm und meiner Karriere entscheiden zu müssen. Das wird auf keinen Fall passieren.“

Noelle zuckte mit den Schultern. „Tut mir leid, aber ich bin noch dabei, eine gescheiterte Beziehung zu verarbeiten.“

Patience presste ihre Lippen aufeinander. „Bist du sicher, dass du weder Ford noch Angel attraktiv findest?“

„Sie sind sehr sexy, aber nicht die Richtigen für mich.“

Patience wandte sich an Felicia. „Wie sieht es mit dir aus? Du magst doch sowohl Ford als auch Angel.“

„Ja, aber so, wie ich Justice mag“, erwiderte sie. „Biologisch gesprochen fühlen Menschen sich nicht zu Familienmitgliedern hingezogen. Das sorgt dafür, dass der Genpool gesund bleibt.“

„Ich bin sehr enttäuscht, dass ihr mich alle im Stich lasst“, erklärte Patience ihnen.

Felicia wusste, dass ihre Freundin nur Witze machte, aber trotzdem fühlte sie sich ein wenig schuldig. Ein seltsames Phänomen, das sich sehr unbehaglich anfühlte.

„Ich habe mit Gideon geschlafen“, platzte es da auf einmal aus ihr heraus.

Drei Augenpaare starrten sie an.

Isabel hob die Augenbrauen. „Es sind immer die stillen Wasser, ist euch das mal aufgefallen?“

„Gideon?“, fragte Noelle. „Der Gideon aus dem Radio mit der unglaublichen Stimme? OMG, ich könnte ihm stundenlang zuhören.“

Patience schaute Noelle ungläubig an. „Du hast nicht gerade OMG gesagt, oder?“

Noelle lachte. „Tut mir leid. Ich lese einfach zu gerne Teenie-Romane. Aber das ist ein Makel, mit dem ich leben kann.“

Isabel lehnte sich über den Tisch. „Patience, meine Liebe? Das war nicht der Punkt. Felicia hatte Sex mit dem geheimnisvollen Gideon."

Patience wandte sich an Felicia. „Wie ist das passiert?"

„Auf die übliche Weise. Wir sind raus auf die Terrasse gegangen und ..." Felicia verstummte und räusperte sich. Die drei Frauen schauten sie verwirrt an.

„Ach so, ihr wollt wissen, was zu diesem Ereignis geführt hat. Nicht wie und in welcher Position wir es gemacht haben."

Isabel lehnte sich in ihrem Stuhl zurück. „Lass mich darüber mal kurz nachdenken. Diese Frage hat mir bislang noch nie jemand gestellt."

Noelle tätschelte Felicias Arm. „Du bist einfach wunderbar, weißt du das?"

„Weil ich ein Freak bin?"

„Nein, du bist kein Freak. Du bist ehrlich. Es gibt nicht genügend ehrliche Menschen auf dieser Welt. Woher kennst du Gideon? Denn du musst ihn irgendwoher kennen. Ich kann mir nicht vorstellen, dass du mit einem vollkommen Fremden ins Bett gehst."

Eine liebevolle Einschätzung, dachte Felicia, wenn auch vollkommen falsch. Denn genau das hatte sie getan. Und zwar zwei Mal.

„Wir haben uns vor vier Jahren in Thailand kennengelernt. Es war nur eine, äh, kurze Begegnung. Als ich hierhergezogen bin, hörte ich ihn eines Abends im Radio und erkannte, dass es der gleiche Mann war. Ich wusste nicht, was ich tun oder sagen sollte, also bin ich ihm in den letzten Monaten aus dem Weg gegangen."

Ein Plan, der gut funktioniert hatte – bis die Spinnen mit ihrer achtbeinigen Hexerei alles verändert hatten. Obwohl das Ergebnis ehrlich gesagt ganz erfreulich war.

„Ich wollte mit jemandem über das Jobangebot reden", fuhr sie fort. „Also bin ich letzte Nacht zu seinem Haus rausgefahren, um mit ihm zu reden."

„Du bist zu seinem Haus gefahren?“, wiederholte Patience. „Einfach so? Du bist so mutig. Ich wünschte, ich wäre auch so. Direkt und furchtlos. Ich denke immer zu viel über alles nach.“

Felicia überlegte, ob sie erklären sollte, warum sie sich ausgerechnet für Gideon als Gesprächspartner entschieden hatte, entschied sich dann aber dagegen. Es war möglich, dass ihre Freundinnen die Zurückhaltung, mit ihnen über den Job zu sprechen, nicht verstehen würden.

„Wie ist sein Haus so?“, wollte Noelle wissen. „Bestimmt unglaublich, oder?“

„Der Teil, den ich gesehen habe, ist sehr schön.“

„Sie haben es auf der Veranda gemacht“, sagte Isabel und griff nach ihrem Glas. „Ich schätze, da gab es vorher keine Hausbesichtigung.“

„Stimmt. Die Terrasse. Das ist echt heiß.“ Noelle lächelte. „Ihr beide seid ein süßes Paar. Oh, ich frage mich, ob er dir heute Abend ein Lied widmet. Ich muss unbedingt seine Show anhören.“

„Ich bin sicher, das tut er nicht“, sagte Felicia, wusste aber, dass sie heute Abend auch vor dem Radio sitzen würde – nur für den Fall.

Würde ein Mann so etwas nach einer Nacht mit einer Frau tun? Sie war nicht sicher, was normale Menschen in Beziehungen so taten. Obwohl sie mit Gideon geschlafen hatte, war er ihr immer noch ein Rätsel. Genau wie diese ganze Sache mit der Liebe. Sie hatte Sex gehabt, aber noch nie einen Freund. Sie kannte sich inzwischen mit körperlichen Begegnungen aus. Doch sie war noch nie zu einer traditionellen Verabredung gegangen.

Und leider hatte sie auch keinen blassen Schimmer, wie sie das ändern sollte. Wie sollte sie denn einen Mann zum Verlieben finden, wenn sie es noch nicht mal schaffte, zu einem simplen Date eingeladen zu werden?

„Guten Abend, Fool's Gold", sagte Gideon ins Mikrofon. „Ich würde die heutige Nacht gerne mit einem meiner Lieblingslieder einläuten, das ich für eine Freundin spiele." Er drückte einen Knopf und „I Saw Her Standing There" von den Beatles erklang. Er überlegte kurz, die Spinnen zu erwähnen, doch er wusste, das würde nur zu Fragen führen. Also ließ er es bleiben. Denn er liebte diese ruhigen Abende und hatte keine Lust, dass jetzt ständig das Telefon klingelte.

Das rote Licht an der Wand leuchtete auf.

So viel zu einem ruhigen Abend. Gideon ging zur Hintertür. Ganz kurz blitzte der Gedanke in seinem Kopf auf, dass Felicia vielleicht vorbeigekommen war. Doch nein, das war ja Quatsch. Wenn sie ihn sehen wollte, würde sie an seinem Haus warten und ihn nicht bei der Arbeit stören.

Er öffnete die Tür und sah sich Angel gegenüber, der mit einem Sixpack im Arm auf der Treppe stand.

„Hey", sagte Gideon und bedeutete seinem Freund, ihm ins Studio zu folgen. „Sag mir nicht, dass du nach einem Schlafplatz suchst. Ford hat den Pausenraum bereits für sich beansprucht."

Sie betraten das Studio. „Nein, keine Angst", sagte Angel. „Und bald bist du auch Ford los. Wir mieten uns zusammen mit Consuelo ein Haus. Es ist sogar möbliert. In wenigen Tagen bekommen wir die Schlüssel."

Er reichte ihm ein Bier.

Gideon nahm es und öffnete die Dose. „Du willst mit Ford zusammenziehen?"

„Du klingst überrascht."

„Ihr werdet einander umbringen."

Ford und Angel hatten schon immer miteinander im Wettstreit gelegen. Ständig forderten sie sich heraus und dachten sich die absurdesten Wettbewerbe mit noch viel absurderen Siegprämien aus.

„Wir kommen schon klar", erwiderte Angel. „Consuelo wird uns auf Spur halten."

„Oder euch mit einem Kissen ersticken, wenn ihr zu viel Ärger macht."

Gideon hatte die temperamentvolle Brünette erst ein paarmal getroffen. Sie war klein, aber muskulös, und sie kämpfte mit schmutzigen Mitteln. Er hatte mit eigenen Augen gesehen, wie sie einen Trainer, der weit außerhalb ihrer Gewichtsklasse war, auf die Matte gelegt hatte, ohne auch nur einen Tropfen Schweiß zu vergießen.

Er drückte einen anderen Knopf, und das nächste Lied ging los.

„Außerdem", sagte Angel und winkte mit seiner Bierdose, „gewinne ich immer."

„Das stimmt nicht. Zugegeben: Du gewinnst mehr als die Hälfte eurer komischen Wettkämpfe. Aber genau das ist ja das Problem. Ford wird dann defensiv und du übermütig. Und dann geht das Ganze von vorne los. Als würden zwei Terminatoren miteinander kämpfen, die danach ihrer Wege gehen, während hinter ihnen die Stadt in Schutt und Asche liegt."

Angel grinste. „Ich mag die Terminator-Filme. Ich sehe mich als T-1000."

Gideon verdrehte die Augen. „Ich sehe dich als den alten, abgekämpften Schwarzenegger."

„Hey."

„Ich meine ja nur. Du bist über vierzig, mein Freund."

„Immer noch besser als die Alternative."

Gideon hob seine Dose. „Darauf trinken wir. Wie läuft das Geschäft?"

„Gut." Angel schaute sich im Studio um. „Du solltest mitmachen. Du musst mal aus deiner Höhle rauskommen."

„Mir gefällt es hier."

„Die Arbeit fehlt dir doch bestimmt."

Gideon wusste, was er meinte. Für einige Männer war es schwer, ihrem alten Leben den Rücken zu kehren. Sie sehnten sich nach der Aufregung, den ständigen Reisen. Ohne die Gefahr konnten sie nicht entspannen. Das war eine von diesen widersprüchlichen Wahrheiten, die Felicia sicher wissenschaftlich erklären konnte.

„Ich bin froh, wie jeder andere zu sein", erwiderte er.

Er konnte nicht zurückkehren. Konnte nicht wieder eine Waffe in die Hand nehmen und erneut töten. Von seinem Inneren war nicht mehr viel übrig. Der angerichtete Schaden war dauerhaft und seine vorgetäuschte Normalität nur ein hauchdünner Schleier. Er wollte einen gewissen Gleichklang in seinen Tagen. Er wollte das Normale, Gewöhnliche.

„Wir haben mehr als genug Arbeit", fuhr Angel fort. „Ford hat unglaublich viele Firmen an Land gezogen, die mit uns zusammenarbeiten möchten. Ich habe mit den großen Sicherheitsfirmen gesprochen, die jetzt ihre Leute von uns ausbilden lassen wollen. Das ist für sie einfacher und billiger. Wir könnten deine Hilfe wirklich gut gebrauchen."

„Nein danke."

„Du wirst deine Meinung noch ändern", behauptete Angel.

„Werde ich nicht. Genauso wenig, wie du wieder zurück in die Schlacht ziehst."

Ein Muskel in Angels Wange begann zu zucken. „Ich habe genügend Tote für ein ganzes Leben gesehen."

Traurig, aber wahr, dachte Gideon. Sein Blick glitt zu der Narbe am Hals seines Freundes. Er kannte nur Bruchteile der Geschichte, aber er wusste, dass Angel nur um Haaresbreite mit dem Leben davongekommen war.

Gideons Entscheidung, seinen Beruf aufzugeben, war mit der Zeit gekommen. Während seiner Gefangenschaft hatte er zwei Jahre Zeit gehabt, um zu überlegen, was er tun würde, falls er überlebte. Als er dann endlich befreit wurde, war sein Kopf weiter unter der Kontrolle dieser Folterknechte geblieben. Er hatte sich eingesperrt gefühlt, dem Wahnsinn nahe. Sich davon zu lösen war unglaublich schwer gewesen. Und er bezweifelte, dass seine Albträume jemals enden würden.

„Ich habe das Gerücht gehört, du hättest zwei Radiosender gekauft", sagte Angel.

„Das Gerücht stimmt. Auf der AM-Station gibt es Interviews und Nachrichten aus der Region. Auf FM läuft hauptsächlich Musik. Nachts sind es ausschließlich Oldies."

Angel hob den Kopf und lauschte der Musik. „Was ist das für Zeug? Das ist doch mindestens hundert Jahre alt."

„Sehr lustig. In meiner Sendung gibt es alles aus den Sechzigern. Genauer gesagt aus den 1960ern, falls du Probleme mit Mathe hast oder so."

„Probier es doch mal mit etwas aus diesem Jahrhundert."

„Nein danke. Ich bin leider vierzig Jahre zu spät geboren." Er dachte an Felicia. „Zumindest was die Musik angeht."

Angel schüttelte den Kopf. „Du bist echt seltsam, Kumpel."

„Wem sagst du das."

4. KAPITEL

Felicia goss den Milchschaum so ein, dass er aussah wie ein stilisiertes Blatt. Dann reichte sie den großen Becher ihrem Kunden.

„Einen schönen Tag noch", wünschte sie lächelnd.

Die Frau, eine Touristin mit ihrem Ehemann, schaute sich das Design an. „Oh, das ist entzückend. Da mag man ja kaum von trinken."

Die Blätter waren sehr beliebt, genau wie die Herzen. Felicia hatte versucht, die Kunden für das Pi-Symbol oder Sternenkonstellationen zu begeistern, doch das war nicht auf allzu große Gegenliebe gestoßen. Deshalb war sie zu den einfacheren Mustern zurückgekehrt.

Das hier war ihre letzte Schicht im *Brew-haha*. Sie hatte die ganze Zeit über nur halbtags gearbeitet, um Patience zu helfen und überhaupt etwas zu tun zu haben. Die Bodyguard-Schule aufzubauen und zum Laufen zu kriegen war nicht sonderlich zeitintensiv. Die Programme zu verwalten war leicht, und für die körperlichen Arbeiten wie Regale aufstellen oder Möbel rücken brauchten die Jungs sie nicht.

Ihr neuer Job würde mehr von ihrer Zeit in Anspruch nehmen. Darauf freute sie sich schon. Gestern hatte sie noch mal mit der Bürgermeisterin gesprochen und den Posten in der Stadtverwaltung offiziell angenommen. Danach hatte sie stapelweise Papiere ausfüllen müssen, wobei ihr die ganze Zeit über Ideen gekommen waren, wie man diesen Prozess vereinfachen könnte. Am Ende hatte sie jedoch beschlossen, das erst einmal für sich zu behalten, um die Leute nicht zu früh einzuschüchtern. In ein paar Wochen könnte sie vielleicht einmal mit der Personalabteilung sprechen. Wenn sie nicht mehr die Neue war.

Im Café war es gerade sehr ruhig. Nur wenige Kunden saßen an den Tischen. Felicia nutzte die Gelegenheit, um die Milchkännchen und Löffel abzuwaschen. Plötzlich hörte sie hinter sich ein Geräusch. Das Quietschen der Eingangstür. Als sie sich umdrehte, sah sie Charlie Dixon hereinkommen.

Charlie gehörte zu den besten Feuerwehrleuten der Stadt. Sie war groß und kräftig und pflegte eine praktische und pragmatische Herangehensweise ans Leben. Felicia war gern mit ihr zusammen und freute sich immer auf ihre Besuche.

„Das Übliche?", fragte sie.

Charlie nickte. Sie nahm jedes Mal einen großen Latte macchiato. Keine fettarme Milch, keinen Sirup. Keinen Schnickschnack, dachte Felicia und drückte lächelnd auf den Knopf an der Maschine, um die richtige Menge Bohnen zu mahlen.

„Ich wollte dir sagen, dass ich eine Nachricht von Helen bekommen habe", sagte Charlie. „Du weißt schon, die Frau, die von ihrem Ehemann misshandelt wurde."

„Ach ja." Kurz nach Felicias Ankunft in Fool's Gold war das Paar ins *Brew-haha* gekommen. Der Mann hatte sich schrecklich benommen, und Felicia hatte entsprechend reagiert. Dabei hatte sie ihm eine Schulter ausgekugelt.

Sie hatte sie auch wieder eingerenkt, aber der Schmerz hatte ihn lange genug abgelenkt, damit Charlie und die Bürgermeisterin Helen wegbringen konnten.

„Wie geht es ihr?" Felicia fürchtete sich ein wenig vor der Antwort. So viele Frauen waren nicht in der Lage, den Kreislauf zu durchbrechen und die Beziehung mit dem Täter wirklich zu beenden.

„Sie hat getan, was sie angekündigt hat. Sie hat den Mistkerl verlassen und in einem anderen Staat unter anderem Namen neu angefangen. Sie hat sich sogar für einige Kurse am örtlichen Community College eingeschrieben."

„Das freut mich."

„Mich auch. Ich soll dir sagen, dass du sie inspiriert hast."

Felicia goss die heiße Milch in den Pappbecher und reichte ihn über den Tresen. „Das ist nett. Danke. Ich bin normalerweise nicht sonderlich inspirierend für andere."

Charlie schob ihr eine bunte Karte hin. „Hier. Das ist eine

Einladung zu einer Party." Sie zuckte mit den Schultern. „Wir geben ein Lu'au im neuen Hotel."

Das *Lady Luck*, ein Casino und Hotel am Rande der Stadt, würde nächste Woche Eröffnung feiern. Am Morgen hatte die Bürgermeisterin noch erwähnt, wie dieser neue Komplex helfen sollte, die Veranstaltungen in der Stadt zu unterstützen. Unter anderem wurden überregionale Anzeigen geschaltet, um die Touristen anzulocken.

„Danke." Felicia betrachtete die Karte, auf der ein Strand mit Hawaiipalmen zu sehen war. „Soll ich mich verkleiden?"

„Nein, nicht nötig. Es ist eine ganz zwanglose Veranstaltung." Charlie seufzte. „Clay und ich können uns immer noch nicht wegen der Hochzeit einigen. Ich will mit ihm durchbrennen, er will die große kirchliche Feier. Verrückter Kerl. Wir kriegen ganz schön Druck von den Leuten in der Stadt, die wollen, dass wir uns endlich entscheiden. Wir glauben, eine große Party wird die Gemüter erst einmal beruhigen."

„So eine große Feier zu veranstalten ist sehr großzügig von euch", sagte Felicia. „Aber ich denke nicht, dass sie das Problem lösen wird. Eure Freunde sind nicht scharf auf die Party, sondern auf das Ritual. Eine Hochzeit ist ein Statement gegenüber eurer sozialen Gruppe, dass ihr in eine neue Lebensphase eingetreten seid. Früher bedeutete der Übergang vom Singlesein zum Ehepaar oft, dass die Verantwortlichkeiten anders verteilt wurden und ..."

Felicia unterbrach sich. „Tut mir leid. Du warst vermutlich nicht auf der Suche nach einer Vorlesung über die Ehe."

„Das war sehr interessant", sagte Charlie.

Felicia wünschte, das wäre wahr. „Ich bin sicher, die Party wird ein großer Spaß."

„Das hoffe ich. Oh, und du darfst gerne in Begleitung kommen." Charlie grinste. „Das war ein Angebot, kein Befehl. Du musst nicht, wenn du nicht willst. Es gibt ausreichend Essen und gute Gesellschaft. Komm einfach und hab Spaß."

„Danke, das werde ich."

Eine weitere Frau betrat das *Brew-haha* und eilte sofort auf Charlie zu. „Hör auf, dich vor mir zu verstecken!“, sagte sie laut. „Ich schwöre, Charlie, du machst aus dieser Hoch…“ Sie hielt inne und schenkte Felicia ein Lächeln. „Hi. Ich bin Dellina, Charlies Partyplanerin.“

Felicia erwiderte das Lächeln der hübschen Blondine. „Sie hat gerade das Lu'au erwähnt. Klingt, als würde es ein toller Abend.“

„Das wird er auch.“ Dellina funkelte Charlie an. „Wenn gewisse Menschen endlich mal eine Entscheidung treffen würden.

Charlie murmelte etwas vor sich hin. „Okay. Ich wähle ja schon die dummen Blumen aus.“ Sie schaute zu Felicia. „Ignoriere mein Gejammer einfach. Die Party wird großartig.“

„Ich freue mich schon drauf.“

Charlie nahm ihren Latte und verließ gemeinsam mit Dellina den Coffeeshop.

Felicia befühlte die Einladung. Sie wollte gerne zu der Hawaiiparty gehen, doch sie wusste nicht, was sie wegen der Begleitung unternehmen sollte. Der einzige Mann, den sie fragen könnte, war Gideon. Doch sie war nicht sicher, wie er das sehen würde – sowohl ihre Frage als auch die Party selber. Sie hatten miteinander geschlafen, aber sie wusste, das war etwas anderes als eine Beziehung. Frauen mochten während des Geschlechtsverkehrs eine Bindung zu dem Mann aufbauen, aber der Mann genoss oft nur die körperliche Befriedigung. Außer er war in einer Beziehung, dann könnte die Begegnung auch für ihn emotional bedeutend sein.

Diese ganze verflixte Beziehungssache, das ist alles so verwirrend, dachte Felicia. In dem Moment betrat ein älteres Pärchen das Café.

„Hallo“, sagte sie mit geübtem Lächeln. „Was kann ich für Sie tun?“

Sie gaben ihre Bestellung auf, und Felicia machte sich an die Arbeit.

Angesichts all der Variablen und Unsicherheiten war es ein Wunder, dass Männer und Frauen überhaupt jemals zusammenfanden. Zeugte das von der Hartnäckigkeit der menschlichen Rasse oder von einer höheren Macht mit einem besonderen Sinn für Humor? Sie war sich nicht sicher.

Gideon ging den Bürgersteig entlang und wusste, dass er eine Entscheidung treffen musste. Sollte er sich einen Kaffee holen oder nicht?

Oberflächlich betrachtet war das keine lebensverändernde Entscheidung. Ja nicht einmal etwas, worüber man überhaupt nachdenken würde. Doch er wusste, dass sein Wunsch, ins *Brew-haha* zu gehen, wesentlich mehr mit der Frau zu tun hatte, die hinter dem Tresen stand, als mit seinem Wunsch nach einem Heißgetränk.

Er hatte mit Felicia Sex gehabt. Und was noch überraschender war – danach hatte er sie nicht gebeten, zu gehen. Sie hatten sich angezogen, angefangen, miteinander zu reden. Und bevor er wusste, was er tat, hatte er sie gebeten, zu bleiben.

In seinem *Haus*.

In dem außer ihm noch nie jemand übernachtet hatte. Er mochte weder Gäste noch Überraschungen oder Veränderungen. Sicher, der Sex war toll gewesen, aber warum hatte er sie nicht ermutigt, zu fahren? Und warum stand er jetzt kurz davor, das *Brew-haha* zu betreten?

Er hielt einem älteren Pärchen die Tür auf und trat dann ein. Felicia stand hinter dem Tresen. Das lange rote Haar hatte sie zu einem Zopf zusammengebunden. Ihr wohlproportionierter Körper wurde von einer fröhlichen Schürze mit dem Logo des Coffeeshops verdeckt.

Sie bemerkte ihn nicht gleich, was ihm die Chance gab, sie kurz zu beobachten. Ihre grünen Augen waren groß und funkelten humorvoll. Sie lächelte. Sonnenlicht fiel durch die blitzblank geputzten Fenster und beleuchtete ihr Gesicht.

Sie war wunderschön – das Ergebnis eines grauenhaften Autounfalls in ihrer Teenagerzeit und der darauf folgenden plastischen Operationen. Nach der Sache in Thailand hatte er versucht, herauszufinden, wer sie eigentlich war. Es hatte zwei Monate gedauert, doch schließlich hatte er sie aufgespürt. Er hatte Bilder von ihr vor der OP gesehen, und obwohl sie jetzt eher dem konventionellen Schönheitsideal entsprach, war sie auch damals sehr attraktiv gewesen. Egal, was er tat, sie war ihm einfach nicht aus dem Kopf gegangen. Er hatte sogar darüber nachgedacht, sie zu besuchen – und gleichzeitig gewusst, dass das keine gute Idee wäre.

Trotz seiner Studien, trotz Meditationen und Thai-Chi, den langen Laufrunden und der oberflächlichen Gelassenheit war er nicht wie alle anderen. Er war an so vielen Stellen kaputt, er würde nie wieder ganz heil werden. Denn das, was nicht kaputt war, fehlte. Er sollte sich ihr wirklich nicht aufdrängen.

Doch jetzt, wo er sie wiedergefunden hatte, wusste er nicht, was er tun sollte.

Er durchquerte den Raum und stellte sich an der Schlange am Tresen an. Er sah sie nicht direkt an, doch er spürte genau, in welchem Augenblick sie ihn bemerkte. Ihr Körper spannte sich überrascht an und entspannte sich dann wieder.

Er gab seine Bestellung bei dem Teenager auf, der an der Kasse stand, und ging dann weiter zu Felicia, die gerade einem Kunden einen Latte macchiato reichte.

„Hi, Gideon." Sie griff nach einem Pappbecher und lächelte ihn an. „Du willst eine Latte? Wirklich?"

Er zuckte mit den Schultern. „Sehe ich eher nach einem Espresso-Typen aus?"

„Ja."

„Tja, weißt du, ab und zu probiere ich mal Neues aus, um das Leben interessant zu halten."

„Das verstehe ich."

Sie arbeitete effizient, gab einen doppelten Espresso in den Becher und fing dann an, die Milch aufzuschäumen.

„Hast du eine Entscheidung getroffen?", fragte er.

Sie nickte. „Ich habe das Angebot angenommen."

„Gut. Es wird dir gefallen."

„Ich hoffe, ich kann die Erwartungen erfüllen. Diese Stadt legt großen Wert auf Traditionen und Bindungen."

Zwei Dinge, mit denen Felicia keine großen Erfahrungen hat, dachte er. Aber sie versuchte es. Das bewunderte er an ihr. Die meisten Leute liefen vor Schwierigkeiten davon. Aber nicht Felicia. Sie stürzte sich kopfüber hinein.

„Das Logistische wirst du problemlos managen, und der Rest kommt mit der Zeit." Er lächelte. „Genau wie alles andere."

Anstatt sein Lächeln zu erwidern, biss sie sich auf die Unterlippe. „Ich will einfach nur als normal angesehen werden." Sie schaute sich um, als wollte sie sehen, wer in der Nähe stand. Dann senkte sie die Stimme. „Ich sollte dich vermutlich warnen. Ich habe unsere Begegnung ein paar Freundinnen gegenüber erwähnt. Ich wollte es nicht ... es ist einfach passiert."

Er lehnte sich gegen den Tresen. „Eine davon war Patience?"

Sie nickte. „Die Chancen stehen leider gut, dass sie es Justice erzählen wird."

„Du machst dir Sorgen um mich? Ich denke, ich kann es mit ihm aufnehmen."

Sie reichte ihm seinen Latte. „Du bist größer und stärker als er. Aber Justice arbeitet immer noch im Schutzdienst, was bedeutet, er ist trainierter als du. Mir wäre es lieb, wenn ihr beide euch nicht schlagt."

Sie ist so verdammt ernst, dachte er. „Ich werde mein Bestes tun."

„Danke."

„Gern geschehen. Warum hast du deinen Freundinnen von uns erzählt?"

Sie biss sich erneut auf die Unterlippe. „Ich bin mir nicht sicher. Wir haben uns unterhalten, und auf einmal platzte es aus mir heraus. Sie waren übrigens schwer beeindruckt – was auch immer das bedeutet. Die Frauen der Stadt lieben den Klang deiner Stimme. Du hast außerdem so eine geheimnisvolle Aura um dich herum erschaffen, die sehr ansprechend ist. Vermutlich geht das auf die Zeiten der Marodeure zurück, als Frauen von benachbarten Stämmen entführt wurden. Von einem gut aussehenden Fremden überwältigt zu werden ist immer noch die Lieblingsfantasie vieler Frauen."

Er nippte an seinem Latte. „Wirklich?"

Sie nickte. „Kulturell gesehen erzählen wir einander Geschichten, um Bindungen zu schaffen und Verhaltensmuster zu erlernen. In den Marodeur-Geschichten ist der Fremde in Wahrheit ein netter Kerl und sichert somit unser Leben und die Zukunft unserer ungeborenen Kinder." Sie hielt inne. „Damit meine ich nicht, dass du dir Sorgen um eine ungeplante Schwangerschaft machen musst. Ich nehme die Pille."

Er hätte sich beinahe verschluckt. „Danke für die Info." Denn er hatte überhaupt nicht daran gedacht, sich oder sie zu schützen. Dafür war er viel zu sehr mit ihrem heißen Körper beschäftigt gewesen. Und dem Verlangen, sich in ihm zu vergraben.

Er fluchte innerlich. Er hätte es besser wissen sollen. Schon als Teenager hatte ihn sein Vater zur Seite genommen, um mit ihm darüber zu reden. Wie schaffte es diese Frau nur, ihn dermaßen zu erschüttern, dass er so etwas vergaß?

„Ich frage mich, ob Patience und Justice Kinder haben werden." Ihre Stimme klang sehnsüchtig. „Das wäre schön."

Er unterdrückte den Drang, sich zurückzuziehen. „Suchst du nach dem Häuschen mit dem weißen Lattenzaun?"

„Wenn du damit das meinst, wofür er steht, dann ja. Im richtigen Leben hingegen fand ich diese Art des Zauns schon immer höchst uneffektiv. Alleine ihn in Schuss zu halten ist eine entmutigende Vorstellung."

Okay, er wusste nicht, wie Felicia das machte. Aber in der einen Sekunde wollte er weglaufen, und in der nächsten wollte er sie an sich ziehen und um den Verstand küssen. Sie konnte ihm in die Augen schauen und ihm in allen Einzelheiten von ihrem sexuellen Interesse erzählen und war dennoch unruhig, weil sie einen neuen Job annahm und nicht wusste, ob sie die emotionale Seite der Aufgabe meistern würde.

„Du bist nicht wegen des Kaffees hier", sagte sie.

„Nicht?"

Sie schüttelte den Kopf. „Du wolltest nach mir sehen. Du wolltest wissen, ob es mir gut geht, was echt süß ist, wenn man bedenkt, dass ich diejenige war, die unsere sexuelle Begegnung angeregt hat."

„Und, geht es dir gut?"

„Ja, sehr gut. Danke. Die körperliche Intimität war noch besser, als ich sie in Erinnerung hatte. Was erstaunlich ist, denn ich habe ein hervorragendes Gedächtnis. Ich möchte nicht, dass du dir Sorgen machst. Ich habe nicht das Gefühl, dass aufgrund meiner Orgasmen ein tieferes Band zwischen uns entstanden ist, aber sollte es dazu kommen, werde ich das mit mir alleine ausmachen."

Was sie eigentlich zur perfekten Frau für ihn machte. Doch alles, woran er denken konnte, war, dass sie so viel Zeit in ihrem Leben allein verbracht hatte. Getrennt von allen anderen, niemals ganz zugehörig. Sie musste sehr einsam gewesen sein.

Irgendetwas regte sich in ihm. Der Wunsch, Felicia zu beschützen. Er kannte die Gefahren, die lauerten, wenn man sich auf jemanden einließ. Deshalb hatte er sich geschworen, es niemals zu tun. Aber verdammt noch mal, sie hatte etwas an sich, das ihn an seinem Schwur zweifeln ließ.

Sie lächelte. „Es kommt mir unfair vor, nur über meine Gefühle zu sprechen. Geht es dir gut mit dem, was zwischen uns passiert ist?"

„Ich fühle mich ein wenig benutzt, aber ich komme damit klar." Er neigte den Kopf. „Du tauchst mitten in der Nacht an meinem Haus auf und verlangst Sex. Was soll ein Mann davon halten?"

Sie lachte. „Ich denke, du kannst mit dem Druck umgehen."

Er hätte sie am liebsten gefragt, wann sie ihn wieder unter Druck setzen würde, hielt sich aber gerade noch zurück. Er war kein Typ für den weißen Gartenzaun. Vielleicht war er das einst gewesen, aber dieser Teil seiner Seele war schon vor langer Zeit zu Staub verfallen.

Sie griff nach etwas auf dem Tresen und hielt eine kleine, bunte Karte hoch. „Möchtest du …“

Ihr Lächeln verblasste, und Unsicherheit füllte ihre großen grünen Augen.

Der innere Kampf war ihr genau anzusehen. Ihre Schultern schoben sich nach hinten, als wappne sie sich dafür, damit fortzufahren, was sie gerade hatte sagen wollen.

„Meine Freundin Charlie und ihr Verlobter geben bald eine Party in dem neuen Casino-Hotel, das Ende nächster Woche eröffnet. Sie meinten, ich könnte jemanden mitbringen.“ Sie hielt inne. „Ich bin noch nie irgendwo in Begleitung gewesen. Ich würde gerne wissen, wie das ist. Das heißt, natürlich nur, wenn du Lust hast, mitzukommen.“

Ihm wäre lieber gewesen, sie hätte ihn erschossen. Oder mit einem Elektroschocker niedergestreckt. Oder ihm das Herz herausgeschnitten.

Nein. Seine Antwort lautete Nein. Er ging nicht auf Verabredungen, er ließ sich auf nichts ein, er …

Die Karte zitterte leicht in ihren blassen Fingern. Die Frau, die ganz ruhig ihr T-Shirt und ihren BH ausgezogen und seine Hände auf ihre nackten Brüste gelegt hatte, war noch nie von einem Mann eingeladen worden? Wie konnte er das ignorieren? Wie könnte er *sie* ignorieren? Wie sollte er ihre Träume und Hoffnungen zerquetschen?

„So ein Mann bin ich nicht“, sagte er. „Also einer für die Ewigkeit.“

„Ich nehme an, du beziehst dich auf die Ehe und nicht auf die Unsterblichkeit.“

„Genau.“

Um ihren Mundwinkel zuckte es amüsiert. „Es ist eine Party, Gideon. Keine Verpflichtung auf Lebenszeit.“

„Ja, ich weiß. Klar. Ich komme mit.“

Die Erleichterung war ihr anzusehen. „Danke. Ich freue mich darauf.“

„Ich mich auch.“ Was sogar irgendwie stimmte. Er wandte

sich zum Gehen und drehte sich dann noch mal um. „Felicia?“

„Ja?“

„Nur damit das klar ist: Das ist ein Date.“

„Die neuen Büroräume sind fertig“, sagte Pia. „Schon seit einer ganzen Weile. Ich fühle mich ein wenig schuldig, weil ich sie nicht in Anspruch genommen habe. Aber zusätzlich zu all dem, was sowieso schon los ist, habe ich es einfach nicht geschafft, noch einen Umzug zu wuppen.“ Sie zeigte auf das winzige Büro, das mit Schränken und Kisten voller Promotion-Artikel vollgestopft war. „Es ist das reinste Chaos.“

Felicia schaute sich um. „Du bist definitiv über diesen Raum hinausgewachsen.“

Pia seufzte. „Ja, ganz eindeutig. Ich fühle mich wie das letzte Faultier. Normalerweise hatte ich immer alles im Griff.“

„Bevor du einen Mann und drei Kinder bekommen hast?“

Pia nickte. „Aber andere Frauen mit Familie arbeiten doch auch.“

Felicia hatte nie verstanden, warum Frauen sofort Schuldgefühle bekamen, wenn sie sich mal überfordert fühlten, aber sie erkannte die Symptome. „Pia, du bist innerhalb eines Jahres von einer arbeitenden Singlefrau zu einer Ehefrau mit drei Kindern geworden. Und zwei der Kinder sind auch noch Zwillinge.“

Und nicht mal biologisch ihre. Als eine enge Freundin starb, hatte sie Pia die Fürsorge für ihre eingefrorenen Eizellen überlassen. Pia hatte sich diese einpflanzen lassen und sich kurz darauf in Raoul Moreno verliebt. Noch vor der Geburt der Zwillinge hatten Raoul und sie dann gemeinsam den zehnjährigen Peter adoptiert.

„Deine Erwartungen sind unrealistisch“, fuhr Felicia fort. „Dein Leben hat sich innerhalb von nicht einmal zwei Jahren komplett verändert. Du hast dich weiter um die Organisation der Festivals gekümmert und parallel eine Familie aufgebaut. Du solltest verdammt stolz auf dich sein.“

Pias Augen füllten sich mit Tränen. „Das ist nett von dir“, sagte sie schniefend. „Danke.“ Sie wedelte mit beiden Händen vor ihren Augen herum, als könnte sie so die Tränen trocknen. „Tut mir leid, dass ich hier zusammenbreche. Das liegt an den Hormonen.“

Felicia schätzte, dass sie außerdem körperlich und emotional völlig erschöpft war. „Ich hoffe, ich mache die Arbeit so gut wie du“, sagte sie und fragte sich, ob das überhaupt möglich war.

„Du wirst es besser machen“, erklärte Pia. „Einen Vorteil hat das ganze Chaos hier zumindest: Du kannst dir das neue Büro so einrichten, wie du willst.“ Sie griff in die oberste Schreibtischschublade und holte einen Umschlag heraus. „Die Adresse und die Schlüssel. Ehrlich, es steht da einfach leer herum. Der Vermieter sagte, ich solle ihn wissen lassen, wann ich einziehen will, dann würde er es noch einmal streichen. Ich schätze, ich sollte ihn jetzt anrufen.“

„Das mach ich“, sagte Felicia. „Von jetzt an sagst du mir, was getan werden muss, und ich kümmere mich darum.“

Pia seufzte. „Gilt das auch für zu Hause? Denn das klingt einfach wundervoll.“

„Ich fürchte, du wirst mich zu detailverliebt finden.“

Pia grinste. „Geht das überhaupt? Ich glaube nicht.“ Sie schaute zu ihrem Schreibtisch. „Okay, bist du bereit? Dann schalte ich den Informationsfluss jetzt an.“

Sie drehte sich um und zeigte auf das Whiteboard, das an der einen Wand lehnte. „Das ist der Hauptkalender. Es gibt ihn auch auf dem Computer, aber ich arbeite lieber hiermit. So habe ich jederzeit im Überblick, was wann passiert.“

Sie ging zu den Schränken. „Hierin befinden sich die Informationen über die vergangenen Veranstaltungen. In dem Schrank daneben ist alles zu den Händlern. Es gibt auch eine ganze Abteilung über Händler, mit denen die Zusammenarbeit katastrophal war. Die solltest du jedes Mal zurate ziehen, wenn sich jemand neu bewirbt. Die Genehmigungen befinden sich im dritten Schrank.“

Felicia hatte angefangen, sich auf ihrem Laptop Notizen zu machen. Jetzt schaute sie auf. „Die Genehmigungen werden noch per Hand auf Papier ausgestellt?“

Pia verzog das Gesicht. „Wir bieten auch die Möglichkeit, das online zu machen, aber damit habe ich mich nie befasst. Es sind sowieso die immer gleichen Leute, also mache ich mir nur eine Notiz, dass die Informationen unverändert sind, und lass es damit gut sein. Verurteilst du mich jetzt?“

„Natürlich nicht“, erwiderte Felicia automatisch, obwohl sie bereits dabei war, eine To-do-Liste zu erstellen. Direkt unter dem Punkt „Vermieter informieren“ stand da nun „Händlerdatenbank anlegen“.

„Ich würde dir zu gerne glauben“, murmelte Pia. „Okay, die Stadtfeste.“ Sie kehrte zu der großen Tafel zurück. „Es gibt jeden Monat mindestens eins. In den meisten Monaten zwei und im Dezember ungefähr eine Million. Von Mitte November bis zum Krippenspiel herrscht hier der reine Wahnsinn. Zum Glück ist dieses Büro nicht auch noch für den Tanz des Winterkönigs zuständig, der an Heiligabend aufgeführt wird. Sobald die Tiere also nach dem Live-Krippenspiel wieder daheim sind, sind wir für das Jahr fertig.“

Pia grinste. „Natürlich geht es dann im Januar mit den Hüttenkollertagen weiter.“

Sie stand auf und trat an das kleine Bücherregal neben der Tür. „Notizbücher“, sagte sie und zeigte auf dicke Bände. „Eines für jedes Festival. Worum es geht, wie lange es dauert, ob es Köpfe in Betten generiert.“

Felicia schaute sie an und runzelte die Stirn. „Köpfe in Betten? Du meinst Übernachtungen für die Hotels?“

„Genau. Je länger die Touristen in der Stadt bleiben, desto mehr Geld geben sie aus. Neben den monatlichen Sitzungen mit dem Stadtrat triffst du dich alle drei Monate mit den Hotel-, Motel- und Bed & Breakfast-Besitzern der Stadt. Sie wollen über alle angedachten Veränderungen bei den zukünftigen Festivals informiert werden. Außerdem sind sie eine gute Werbequelle, weil sie die Feste in ihren Broschüren und auf ihren Webseiten erwähnen."

Pia kehrte zu ihrem Stuhl zurück und begann, die logistische Seite zu erklären. Dazu holte sie weitere Notizbücher heraus und ein großes, leicht abgegriffenes Rolodex voller Namen und Telefonnummern.

Sie blätterte es durch. „Diese Informationen hättest du vermutlich auch lieber in einer Datenbank, oder?"

„Das wäre einfacher", stimmte Felicia zu.

„Wir haben eine. Also eine Datenbank. Sie soll angeblich toll sein. Ich habe nie gelernt, wie man sie benutzt." Sie seufzte. „Es gibt außerdem verschiedene Checklisten, was wie weit im Voraus bestellt werden muss. Für die Dixie-Klos haben wir jetzt einen Jahresvertrag, was die Sache wesentlich vereinfacht, das kannst du mir glauben. Aber es gibt ja auch noch so Dinge wie die Dekorationen und ..." Pia schüttelte den Kopf. „So etwas wie deinen Umzug musst du in den Kalender der Stadt eintragen, damit die Kollegen von der entsprechenden Abteilung sich darum kümmern. Was ein weiteres Problem ist. Im Sommer haben alle echt viel zu tun. Ich weiß, es ist nicht viel, was in dein neues Büro gebracht werden muss, aber es könnte trotzdem eine Weile dauern. Tut mir leid. Daran hätte ich denken sollen."

Felicia schaute sich die Schränke und den kleinen Tisch an. „Muss ich dafür die Leute von der Stadt beauftragen oder kann ich auch meine eigenen Umzugshelfer engagieren?"

„Hast du welche?"

Felicia grinste. „Ich kenne ein paar Jungs, die schwere Sachen tragen können."

„Ach, stimmt ja. Die Bodyguards. Klar, wenn sie dir helfen, mach das. Sag es nur keinem von der Stadt, sonst machen die sich wieder Sorgen wegen der Versicherung im Falle eines Arbeitsunfalls."

„Die Jungs werden mir gerne helfen." Dessen war Felicia sich ganz sicher. Justice und Ford waren ihr beide noch was schuldig. Und sie hatte das Gefühl, dass man Angel ziemlich leicht dazu bringen konnte, ebenfalls mit anzupacken. Sie musste nur andeuten, dass Ford mehr tragen konnte als er, dann wäre er sofort dabei. Männer wurden zwar oft als das stärkere Geschlecht bezeichnet, aber was Gefühle anging, waren sie doch meist sehr empfindlich.

Gideon erkannte die Zelle sofort. Sie war vielleicht drei mal sechs Meter groß. Steinerne Wände, ein vergittertes Fenster weit oben und eine große Holztür, die zu massiv war, um sie einzutreten. Was er sowieso nicht geschafft hätte, denn er war angekettet.

Der Boden bestand aus gestampftem Lehm. Die Toilette war ein Eimer in der Ecke, der alle paar Tage geleert wurde. Gideon saß mit dem Rücken an die Wand gelehnt. Schweiß tropfte ihm vom Gesicht, als die Temperaturen auf knappe fünfzig Grad Celsius stiegen.

„Gideon, bitte."

Er ignorierte die Worte, das Flehen. Dan bat ihn schon seit Tagen. Nein, er bat nicht, er bettelte.

„Ich kann nicht mehr", sagte sein Freund, die Stimme nur noch ein Schluchzen. „Sie bedrohen meine Familie. Ich ertrage es nicht mehr. Die Folter. Alles. Ich werde einbrechen, das spüre ich."

Dan, einst ein großer, stolzer Soldat, lag zusammengerollt an der Wand. Er war blutverschmiert und hatte einen gebrochenen Arm. Gideon hatte versucht, ihn zu richten, doch er fürchtete, das war ihm nicht gut genug gelungen.

Nach sechzehn Monaten und zweiundzwanzig Tagen Gefangenschaft war Dan neben ihm der Letzte, der überlebt hatte. Die anderen waren entweder ihren Verletzungen erlegen oder hatten ihre Geiselnehmer dermaßen provoziert, dass diese sie getötet hatten.

„Maddie", stöhnte Dan. „Maddie."

Maddie war seine Frau. Sie hatten keine Kinder. Dan sagte, sie würden es versuchen, sobald er wieder zu Hause wäre. Er sprach die ganze Zeit über sie, behauptete, ihre Liebe würde ihn am Leben halten, doch Gideon wusste, dass er sich irrte. Dans Liebe hielt ihn an diesem Ort gefangen. Seine Liebe machte es ihm unmöglich, so tief in seinen eigenen Kopf abzutauchen, dass die Männer ihm nicht mehr wehtun konnten.

Gideon schaute zum Fenster hoch und sah, dass die Sonne beinahe am Zenit stand. Was bedeutete, sie würden bald zu ihm kommen.

Später spürte er die Schläge, die wieder und wieder auf ihn einprasselten. Spürte, dass er sich übergab, obwohl sein Magen leer war. Gideon wehrte sich gegen seine Geiselnehmer, doch das machte es nur noch schlimmer. Als sie schließlich fertig waren, zerrten sie ihn über den Flur zurück in seine Zelle. Er spürte den Dreck in seinen Wunden, den trockenen Staub, der sich in seinem Mund sammelte und sich dort mit dem Kupfergeschmack seines Blutes vermischte.

Dann schwang die Tür auf, und er konnte den Blick nicht abwenden. Dan saß vornübergesackt da, die Kette, mit der er an die Wand gekettet war, eng um den Hals geschlungen.

Die Wachen warfen Gideon beiseite und rannten zu Dan, doch es war zu spät. Gideon hatte sich geweigert, ihn zu töten, also hatte Dan sich selber getötet. Gideon lag auf der schmutzigen Erde und fragte sich, ob sein Freund verzweifelt schwach oder unglaublich stark gewesen war.

Und dann, so blitzschnell, wie sie gekommen war, verschwand die Zelle, und er war wach. Wach und in Schweiß gebadet.

Er wusste, es hatte keinen Sinn, wieder einschlafen zu wollen. Also stand er auf, riss sich das T-Shirt vom Leib und trat hinaus auf die Terrasse. Die kalte Nachtluft ließ ihn frösteln, aber das war ihm egal. Er setzte sich im Schneidersitz auf den Boden, schloss die Augen und begann, ruhig zu atmen.

5. KAPITEL

Consuelo Ly betrachtete das einstöckige Haus im Rancherstil. Beinahe rechnete sie damit, dass es verschwunden wäre, sollte sie es wagen, zu blinzeln. Oder vielleicht würde sie auch Einhörner im Garten grasen sehen. Denn soweit es sie betraf, waren Vororte und Einhörner gleich unrealistisch.

Natürlich hatte sie von beidem gehört. Fernsehserien machten sich gerne über das Leben in Vorstädten lustig, und sie liebte die Sendung *Modern Family* wie jeder andere auch. Aber in so etwas zu leben? Doch nicht sie. Sie war immer davon ausgegangen, ihr Leben würde in einem Kugelhagel enden. Oder – in ihren weniger dramatischen und mehr realistischen Momenten – mit gebrochenem Genick in irgendeinem Straßengraben. Aber nun war sie hier und starrte dieses Haus an. Dieses modernisierte Haus, wie ihr auffiel, als ihr Blick über das neue Dach und die großen Fenster glitt.

Sie stellte ihren Wagen auf der Einfahrt neben Fords fürchterlichem Jeep ab. Es war gar nicht mal so sehr das Fahrzeug, das ihr missfiel, als vielmehr der schwarz-goldene Lack. Jeeps waren Arbeitsmaschinen und hatten mehr Respekt verdient. Neben dem Jeep stand eine Harley, was bedeutete, Angel war auch da.

Und richtig, sie war kaum ausgestiegen, als die Haustür geöffnet wurde und zwei Männer heraustraten. Sie waren beide breit und groß und überragten ihre eins siebenundfünfzig um Längen. Trotzdem war Consuelo nicht im Mindesten eingeschüchtert. In einem fairen Kampf würde sie keinen von ihnen besiegen können, aber wenn sie es schmutzig wollten, würde sie keine zehn Sekunden benötigen, um sie außer Gefecht zu setzen. Zum Glück wussten die beiden das und respektierten ihre Fähigkeiten.

„Ladies", sagte sie und grinste.

Ford erreichte sie als Erster. „Consuelo!"

Er schlang beide Arme um sie und zog sie an sich. Es war, als würde sie gegen eine warme, muskulöse Wand prallen. Bevor sie Atem holen konnte, reichte Ford sie an Angel weiter, der genau das Gleiche tat.

„Chica“, murmelte er an ihrem Ohr. „Du siehst immer noch so gut aus.“

Sie schob ihn von sich und verdrehte die Augen. „Ihr beide seid ganz schön aus dem Leim gegangen“, beschwerte sie sich. „Wir werden gleich morgen mit den Work-outs anfangen.“

Ford setzte eine verletzte Miene auf. „Bin ich gar nicht.“ Er zog sein T-Shirt hoch, um ein perfektes Sixpack zu präsentieren. „Los, schlag mich.“

„Das hättest du wohl gerne.“

Sie ging zum Kofferraum ihres Wagens, öffnete ihn und holte zwei Seesäcke heraus. Die Jungs blieben stehen, wo sie waren; sie schienen nicht ganz sicher zu sein, ob sie ihr helfen sollten oder nicht. Gut so, dachte Consuelo. Sie mochte es, jederzeit die Kontrolle über alles zu haben.

„Da.“ Sie reichte ihnen die Seesäcke. „Wir lange wohnt ihr schon hier?“

„Wir haben erst heute Morgen die Schlüssel bekommen“, antwortete Ford. „Gerade als du kamst, wollten wir in den Supermarkt fahren. Um Bier und vielleicht was zu essen zu kaufen. Heute Abend bestellen wir Pizza.“

„Einer von euch sollte anfangen, kochen zu lernen“, sagte sie und ging voran ins Haus. Sie unterdrückte ein Lachen, denn sie wusste, keiner der beiden würde sich trauen, ihr den Platz am Herd vorzuschlagen. Ja, sie war eine Frau, aber man konnte ihr nicht vorwerfen, ein Hausmütterchen zu sein.

Sie ging durch die Eingangstür und stand in einem großen Wohnzimmer. Die Möbel waren ein wenig mächtig, wirkten aber gemütlich. Ein schwarzes Ledersofa mit passenden Sesseln und einem niedrigen Couchtisch. Dahinter sah sie das Esszimmer und eine Tür, die, wie sie vermutete, in die Küche führte.

Sie drehte sich in die andere Richtung und ging den Flur hinunter. Dabei kam sie an einem Badezimmer und zwei mittelgroßen Schlafzimmern vorbei. Ganz am Ende des Ganges stand eine Flügeltür weit offen.

„Das Hauptschlafzimmer?", fragte sie und ging schon darauf zu.

„Äh, ja, wir waren uns nicht einig, wer von uns ..." Ford verstummte.

Consuelo betrat den Raum. Er war mit einem Kingsize-Bett, einer lang gestreckten Kommode und einem Schreibtisch ausgestattet. Das angrenzende Badezimmer war klein, verfügte aber über alles, was sie benötigte. Und der Schrank war mehr als ausreichend für ihre Bedürfnisse.

Sie sah die Seesäcke am Fußende des Bettes stehen und hob die Augenbrauen.

Ford und Angel tauschten einen Blick und legten schnell die Seesäcke, die sie mit hineingebracht hatten, auf dem Bett ab, bevor sie ihr eigenes Gepäck schweigend rausbrachten. Eine leise Unterhaltung drang an Consuelos Ohren. Sie hörte nur vereinzelte Satzfetzen, wie: „Nein, das kannst *du* ihr sagen", und lächelte. Es war gut, das gemeinste, schlimmste Luder im Haus zu sein.

Dreißig Minuten später hatte Consuelo geduscht und sich eine Jeans und ein Tanktop übergezogen. Sie bürstete ihre dicken braunen Haare und dachte, dass sie sich nie zu dem Stufenschnitt hätte überreden lassen dürfen. Ihre Haare waren leicht wellig, und diese Wellen traten zutage, wenn sie die Haare kürzer als schulterlang trug. Schnell fasste sie die widerspenstige Mähne in einem Zopf zusammen. Dann schlüpfte sie in ein paar Sandalen und steckte Handy und Portemonnaie in die Gesäßtaschen ihrer Jeans. Sie schloss die Tür ihres Schlafzimmers hinter sich und ging in den Hauptbereich des Hauses.

Ford und Angel waren in der Küche. Am Fenster stand ein Tisch, und vor dem Tresen mit der Granitarbeitsplatte gab es einige Barhocker. Edelstahlarmaturen glänzten vor den Einbauschränken. Die Jungs hatten jeder ein Bier in der Hand.

Eine Sekunde lang spürte sie den Unterschied zwischen ihnen und ihr. Nicht nur, weil sie eine Frau war, sondern weil die beiden echte Krieger waren. Sie hingegen würde sich immer nur als Straßenkind betrachten, das zufällig in Umstände geraten war, unter denen es glänzen konnte.

„Willst du auch eins?", fragte Ford und zeigte auf den Kühlschrank.

„Nein danke. Ich treffe mich gleich mit Felicia."

Sie zog einen Hundertdollarschein aus ihrem Portemonnaie und legte ihn auf den Tresen. „Jeder von euch legt die gleiche Summe dazu, und davon decken wir uns mit dem Grundlegenden ein. Frühstück und Snacks. Wir kümmern uns jeder selber um unser Mittag- und Abendessen." Sie neigte den Kopf. „Außer ihr zwei wollt eine von euren Wetten abschließen. Der Verlierer kocht eine Woche lang, und die anderen beiden bezahlen die Lebensmittel. Wie klingt das?"

Die Männer nickten.

„Ich erledige den ersten Einkauf", fuhr sie fort. „Danach wechseln wir uns ab. Achtet auf die richtigen Marken und Verpackungsgrößen." Sie kniff die Augen zusammen. „Ihr werdet eure eigene Wäsche waschen und keine Klamotten in der Waschmaschine oder im Trockner liegen lassen. In diesem Haus arbeite ich für keinen von euch. Ist das klar?"

Erneutes Nicken.

Sie würden eine Putzfrau engagieren müssen, doch das hatte noch Zeit. Consuelo hatte schon vorher mit Männern zusammengelebt und wusste, solange sie gleich zu Beginn entsprechende Regeln aufstellte, lief das alles reibungslos. Falls nicht, würde sie einfach ein paar Köpfe zusammenschlagen müssen, doch das bedeutete, dass unweigerlich jemand verletzt würde. Nicht sie, natürlich, aber einer der anderen.

Sie musterte die beiden Männer, die sie mit Vorsicht betrachteten. „Ich kenne euch beide. Bei euch ist alles ein Wettkampf.

Ich habe damit kein Problem, aber tragt das außerhalb dieser vier Wände aus."

Damit drehte sie sich um und verließ das Haus.

Felicia wartete vor dem *Brew-haha*. Consuelo hatte ihr eine SMS geschickt, dass sie auf dem Weg war. Angespannt beobachtete sie die Straße. Sie freute sich, ihre Freundin wiederzusehen.

Während ihrer Zeit beim Militär und später in der Sicherheitsfirma hatte Felicia meistens mit Männern zusammengearbeitet. Weibliche Soldaten waren im direkten Kampfeinsatz nicht zugelassen. *Ipso facto* hatte sie nicht viel Gelegenheit gehabt, mit Frauen Freundschaften zu schließen. Consuelo war eine der wenigen im Team gewesen. Sie war wunderschön, aber tödlich und wurde oft zu streng geheimen Einsätzen entsandt.

Es hatte Zeiten gegeben, in denen Consuelo den Feind verführte, die benötigten Informationen sammelte und ihn dann tötete, bevor sie in der Nacht verschwand. Eine andere Art Attentäter, dachte Felicia. Heckenschützen töteten auch, aber was Consuelo getan hatte, war persönlicher und gefährlich.

Felicia drehte sich um und sah ihre Freundin die Straße überqueren. Obwohl Consuelo nicht mal eins sechzig groß war, war sie stark. Eine sexuell ansprechende Mischung aus Kurven und Muskeln. Die meisten Männer starrten ihr unweigerlich hinterher. Doch wenn sie einen Blick in ihre dunklen Augen warfen, hörte das Starren sofort auf. Consuelo hatte ihren „Mach mich nicht an"-Blick, wie sie ihn nannte, perfektioniert.

Felicia hatte versucht, diesen tödlichen Blick zu kopieren. Doch jedes Mal, wenn sie sich daran versuchte, fragten die Leute sie nur, ob ihr nicht wohl sei. Es lag wohl einfach nicht in ihren Genen.

Jetzt schaute sie zu, wie die kleine Kämpferin über den Bürgersteig auf sie zukam. Sie trug Jeans, ein limonengrünes Tanktop und Sandalen. Eigentlich müsste sie wie eine ganz normale Touristin aussehen, doch das tat sie nicht. Von der Spitze ihres langen, glänzenden Pferdeschwanzes bis zu ihrem kontrollierten Gang strahlte alles an ihr Selbstbewusstsein und Gefährlichkeit aus.

Consuelo sah sie und lächelte. Sie eilten aufeinander zu und umarmten sich.

„Endlich“, sagte Felicia lächelnd. „Ich warte schon eine gefühlte Ewigkeit darauf, dass du endlich herkommst. Okay, eigentlich sind es nur drei Monate, aber weil du mir so sehr gefehlt hast, schien die Zeit im Kontext unserer Freundschaft wesentlich langsamer zu vergehen.“

Consuelo lachte. „Du bist so ein Freak.“

„Ich weiß.“

„Das macht dich ja so besonders, und deshalb mag ich dich umso mehr.“ Ihre Freundin lächelte sie an. „Wie geht es dir? Ich habe dich auch vermisst.“

Sie umarmten einander noch einmal, dann gingen sie ins Café und bestellten Eiskaffees. Nachdem sie ihre Getränke an sich genommen hatten, ging Felicia nach draußen vor und setzte sich an einen der Tische, die unter einem Sonnenschirm standen.

„Also, erzähl mir alles“, sagte Consuelo, bevor sie von ihrem Kaffee trank. „Wie ist es hier denn so?“

„Du meinst Fool's Gold? Eine sehr interessante Stadt. Groß genug, um alle Annehmlichkeiten bereitzuhalten, aber trotzdem klein genug, um ein Gemeinschaftsgefühl zwischen den Einwohnern entstehen zu lassen.“

Consuelo rümpfte die Nase. „Klingt seltsam. Hast du das Haus gesehen, das Ford und Angel gemietet haben? Das ist irgendwann in den Sechzigerjahren gebaut worden.“

„Ja, im Ranchstil. Damals hat man den Platz sehr effizient genutzt, indem man den Wohnbereich von den Schlafräumen trennte. Ein sehr traditioneller Grundriss.“

„Es ist komisch und gefällt mir nicht.“

Felicia wusste, der Widerstand ihrer Freundin kam daher, dass sie mit der Situation nicht umzugehen wusste. Consuelo war es gewohnt, im Einsatz zu sein oder in einer Stadt zu wohnen. Das kleinstädtische Amerika machte sie nervös.

„Meine Beschwerden mal beiseite, du siehst glücklich aus", sagte Consuelo.

„Das bin ich auch", erwiderte Felicia und stellte fest, dass es stimmte. „Ich wollte ein Zuhause finden, und ich glaube, das ist mir gelungen. Außerdem habe ich einen neuen Job."

Sie erzählte von den Stadtfesten und was ihre Aufgabe dabei war. „Ich mache mir allerdings ein wenig Sorgen, ob ich die Erwartungen der Leute erfüllen werde."

„Du wirst das großartig machen."

„Mein Problem ist weniger die Organisation als dieser undefinierbare Menschlichkeitsfaktor."

„Du kannst mit Menschen besser umgehen, als du immer sagst", erklärte Consuelo. „Jeder hat einen anderen Stil. Du hast deinen. Er funktioniert. Bleib dabei."

„Ich wünschte …" Felicia schüttelte den Kopf. „Ach, egal. Wünschen ist eine ziemlich fruchtlose Tätigkeit."

„Das bedeutet aber nicht, dass man es einfach lassen sollte. Schau auf das Gute. Das Schlimmste, was jemand über dich herausfinden kann, ist, dass du verdammt klug bist. Danach ist alles ganz leicht."

Felicia verstand den unausgesprochenen Teil der Aussage. Das Schlimmste, was jemand über Consuelo herausfinden konnte, war ihre Vergangenheit. Menschen, die nicht in der Grauzone von Sondereinheiten und Geheimmissionen lebten, würden sie womöglich verurteilen oder Angst vor ihr haben. Sie würden vielleicht nicht hinter die Fassade und die Killerinstinkte blicken und die einsame Frau sehen, die einfach nur irgendwo dazugehören wollte.

Ganz früh in ihrer Freundschaft hatte Consuelo Felicia ein wenig über sich und ihre Arbeit erzählt. Anfangs hatte Felicia gedacht, das gehöre dazu, wenn man eine Frauenfreundschaft aufbaute. Doch mit der Zeit hatte sie erkannt, dass Consuelo sie auf die Probe stellte. Sie wollte sehen, ob sie eine echte Freundin war oder jemand, der die Wahrheit nicht ertrug. Irgendwann war es Felicia gelungen, sie davon zu überzeugen, dass sie sich durch nichts schockieren ließ. Sie hatte regelmäßig an den Debriefings nach den Einsätzen teilgenommen. Die Soldaten, die sie kannte, waren Mörder. Consuelo war nicht anders und hatte ihre eigenen Gespenster, mit denen sie klarkommen musste.

„Du brauchst einen Mann", sagte Felicia.

Consuelo starrte sie an. „Wohin auch immer deine Gedanken gerade wandern, halte sie auf. Wenn ich flachgelegt werden will, finde ich schon jemanden."

„Ich habe nicht an sexuelle Entspannung gedacht, auch wenn die sehr angenehm ist. Du brauchst eine Beziehung, Consuelo. Einen Platz, an dem du einem Mann erlauben kannst, dich wirklich kennenzulernen und dir zu zeigen, wie sehr du ihm am Herzen liegst."

Die dunklen Augen funkelten gefährlich. „Diese Unterhaltung führen wir nicht."

„Allen Beweisen zum Trotz?"

Consuelo gab ein Geräusch von sich, das verdächtig nach einem Knurren klang. „Bring mich nicht dazu, dir wehzutun."

„Deine Drohungen berühren mich nicht. Sie sind bedeutungslos. Du würdest nie deine körperliche Überlegenheit ausnutzen und erwähnst sie nur, weil das bei den Jungs funktioniert." Sie erlaubte sich ein Lächeln. „Ich bin aber klüger als sie."

„Außerdem bist du eine Nervensäge."

„Eine elektrische?"

Consuelo lachte. „Ja, eine elektrische. Okay, ich kann dich also nicht mit Drohungen zum Schweigen bringen. Aber trotzdem will ich keinen Mann."

„Ich denke, du willst, was ich auch will. Einen Platz, an den du gehörst."

„Der ist ganz sicher nicht hier."

„Warum nicht? Du trittst hier einen Job an. Logistisch betrachtet würde es Sinn ergeben, dir eine Beziehung in der Nähe deines Arbeitsplatzes zu suchen."

„So funktioniert das nicht."

„Ich erkenne sehr wohl an, dass Zufall bei der Paarbildung eine große Rolle spielt. Ich meine nur, es schadet doch nichts, dich umzuschauen, solange du hier bist."

„Ich bin einfach nicht so ein Typ."

„Also hör mal, ich glaube, du bist für viele Männer genau ihr Typ."

Consuelo hob ihre Augenbrauen.

„Oh", sagte Felicia langsam. Wieder einmal war sie der Unterhaltung auf der Nebenspur gefolgt. Der Unterschied war nur, dass sie sich bei Consuelo deswegen nicht schämte. „Ich verstehe. Du bist nicht der Typ für die traditionelle Beziehung mit Ehe und Kindern und kleinem Häuschen. Ich auch nicht, obwohl ich mich bemühe, mich dorthin zu entwickeln." Sie dachte an die Frauen, die sie so in der Stadt sah. Junge Mütter mit Kindern. Teenager, die sich unterhielten und miteinander lachten.

„Du klingst, als hättest du jemand Bestimmten im Auge", sagte Consuelo.

„Ja. Gideon."

Die dunklen Augen ihrer Freundin weiteten sich. „Gideon aus Thailand? *Der* Gideon?"

Felicia nickte.

„Er lebt in Fool's Gold?"

„Ihm gehören hier zwei Radiostationen. Wir hatten Sex."

Die letzte Bemerkung brachte ihr einen ungläubigen Blick von Consuelo ein, was sehr befriedigend war.

„Es war nicht geplant. Ich bin zu ihm gefahren, um mit ihm zu reden, aber je mehr Zeit ich mit ihm verbrachte, desto mehr fühlte ich mich zu ihm hingezogen." Sie lächelte. „Es war spätnachts, und wir haben es auf seiner Terrasse gemacht. Es war sehr ursprünglich."

„Gutes Mädchen! Und danach?"

„Er ist vorbeigekommen, um zu sehen, wie es mir geht. Das war süß. Er wirkte hin- und hergerissen zwischen Sorge um mich und dem Wunsch, wegzulaufen."

„Das ist typisch für Männer. Was hast du gemacht?"

„Ich habe ihn gefragt, ob er mich zu einer Party begleitet. Er hat Ja gesagt." Ihr Mund verzog sich unwillkürlich zu einem Lächeln. „Es ist eine echte Verabredung."

„Mein kleines Mädchen wird langsam erwachsen."

„Gideon hat mir erklärt, dass er kein Mann für die Ewigkeit ist. Das bedeutet …" Sie hielt inne und erinnerte sich daran, dass sie die Einzige war, die Probleme mit Redewendungen hatte. „Du weißt, was es bedeutet."

„Er will sich nicht festlegen. Schau mal, Felicia, wenn ein Mann dir so etwas sagt, meint er es ernst. Wenn er sagt, dass er nie treu war oder nichts Langfristiges will, solltest du ihm glauben."

„Das tue ich auch. Er hat keinen Grund, mich anzulügen."

„Ich meine damit, dass du dich nicht in ihn verlieben sollst."

„Ich bin mir nicht sicher, ob ich meine Gefühle kontrollieren kann, wenn ich mehr Zeit mit ihm verbringe. Ich mag es, mit ihm zusammen zu sein. Ich freue mich darauf, ihn zu sehen, und ich hoffe, dass wir noch mal miteinander schlafen. Sind das nicht die ersten Anzeichen dafür, dass ich mich in ihn verlieben werde?"

Felicia kannte ihre Freundin gut genug, um die Gefühle entziffern zu können, die sich in ihrer Miene spiegelten. Unentschlossenheit gesellte sich zu Sorge, und sie verstand die Gründe für beides.

„Ich will das", gab sie zu. „Ich will wissen, wie es ist, Schmetterlinge im Bauch zu haben. Ich will mehr fühlen, anstatt die ganze Zeit zu denken. Ich war noch nie auf einem Date, ganz zu schweigen davon, dass ich mich noch nie verliebt habe. Wenn er mir wehtut, werde ich wieder heilen. Das tun Menschen nun mal."

„Das klingt immer so leicht", murmelte Consuelo. „Aber nur, bis dir das Herz herausgerissen wird. Na gut. Mach nur. Verliebe dich in Gideon und hab großartigen Sex. Vielleicht wird ja alles gut."

Felicia grinste. „Vielleicht verliebe ich mich ja auch nicht in ihn. Allerdings freue ich mich schon auf mehr Sex mit ihm."

„Es ist gut, einen Plan zu haben.“ Consuelo setzte ihre Sonnenbrille auf und erhob sich. „Komm. Zeig mir diese kleine verrückte Stadt. Und sag mir bitte, dass es hier mehr als nur zwei Ampeln gibt.“

„Gibt es. Außerdem haben wir die dienstälteste Bürgermeisterin von Kalifornien und jeden Monat mindestens ein Stadtfest. Zu Weihnachten gibt es ein Krippenspiel. Ich habe gehört, dass letztes Jahr sogar ein Elefant mitgemacht hat.“

„Beim Krippenspiel?“

Felicia nickte. „Ihr Name ist Priscilla. Sie lebt mit mehreren Ziegen und einem Pony auf einer Ranch. Soll ich dir von dem Hundefestival im Sommer erzählen?“

„Nur wenn du mir versprichst, mich vorher zu erschießen.“

Gideon traf ein paar Minuten zu früh ein. Als Geschäftsmann gab es ein paar Termine, bei denen sein Erscheinen erwartet wurde. Er ließ sich gerade oft genug blicken, um zu verhindern, dass er negativ auffiel. Fool’s Gold war eine kleine Stadt, in der jeder jeden kannte. Also war es besser, nach den Regeln zu spielen. Er schaute sich im Raum um und suchte sich einen Platz ziemlich weit hinten.

Nach ein paar schlimmen Nächten war es ihm endlich gelungen, etwas Schlaf zu finden. Er war immer dankbar, wenn die Albträume ihn nicht überfielen.

Auf dem Weg durch den Raum nickte er ein paar Leuten zu, die er kannte. Die Bürgermeisterin betrat gemeinsam mit Charity Golden, der Stadtplanerin, den Saal. Sie gingen direkt nach vorne. Dabei sah Bürgermeisterin Marsha ihn und bedeutete ihm, sich vorne ans Podium zu setzen. Er schüttelte den Kopf, woraufhin die ältere Frau belustigt grinste.

Sein Blick glitt immer wieder zur Tür. Er wusste nicht, ob Felicia auch kommen würde. Und obwohl er sie sehen wollte, war so ein Treffen vielleicht keine gute Idee. Er konnte immer noch nicht glauben, dass er sie bei sich hatte übernachten lassen. Den Sex verstand er. Vor vier Jahren war Felicia genau das gewesen, wonach er gesucht hatte – eine wilde, unkomplizierte Affäre. Sie hatte seine Welt erschüttert, und er war schockiert gewesen, dass ihre gemeinsame Zeit so abrupt geendet hatte. Sie nun ein zweites Mal zu treffen war ein unerwarteter Bonus.

Wenn eine Frau wie Felicia Interesse zeigte, musste man schon ein Mönch sein, um sie abzulehnen. Sex war relativ einfach – aber die Nacht miteinander zu verbringen? So etwas tat er nicht. Er mochte es nicht mal. Und doch war es ihm genauso leichtgefallen, mit ihr zu schlafen, wie neben ihr. Eine unbequeme Wahrheit, die er sich noch einmal gründlich durch den Kopf gehen lassen musste.

Und da war sie auch schon. Sie betrat den Konferenzraum in Begleitung mehrerer anderer Frauen. Er erkannte die eine, die den Weihnachtsladen aufmachen wollte. Und bei der großen Blonden handelte es sich vermutlich um Isabel. Ihr gehörte entweder der Schuhladen oder diese Boutique.

Für das Treffen war kein Konferenztisch aufgebaut worden, sondern die Stühle standen in Reihen hintereinander. Felicia schaute zu ihm und lächelte. Er spürte ein Flattern in seinem Magen und eine gewisse Hitze, die sich in seiner Leibesmitte sammelte. Verdammt, sie sieht aber auch gut aus, dachte er.

Sie sprach kurz mit ihren Freundinnen, dann gesellte sie sich zu Bürgermeisterin Marsha. Isabel und die Weihnachtsladen-Lady suchten sich ein paar Reihen vor ihm einen Platz.

„Meinst du, er kommt auch?“, fragte Isabel gerade so laut, dass er sie hören konnte.

Ihre Freundin seufzte. „Du wirst dich schon entscheiden müssen. Entweder willst du Ford sehen oder nicht.“

„Warum muss ich mich entscheiden, Noelle? Warum kann ich meine Meinung nicht je nach Stimmung ändern? Ich trage ja auch nicht jeden Tag die gleichen Schuhe.“

„Weil du die Hälfte der Zeit damit verbringst, herauszufinden, wo er sich gerade aufhält, und die andere Hälfte damit, genau diese Orte zu meiden. Das ist ziemlich anstrengend.

Außerdem hast du tausend Paar Schuhe. Ich bin überrascht, dass du überhaupt welche zweimal anziehst."

Isabel schaute zur Tür. „Oh Gott. Da ist Justice. Ford könnte bei ihm sein. Ich muss mich verstecken."

Gideon folgte ihrem Blick und sah Justice mit Patience zusammen eintreten. Die beiden setzten sich zusammen in die zweite Reihe. Isabel rutschte unruhig auf ihrem Stuhl hin und her.

„Sieht nicht so aus, als ob er noch kommt", bemerkte Noelle. „Ist das nun gut oder schlecht?"

Isabel sackte in sich zusammen. „Ich weiß es nicht."

Weitere Menschen strömten in den Saal. Gideon erkannte die Stryker-Jungs. Zum einen Rafe und seinen Geschäftspartner Dante, denen eine große Immobilien- und Baufirma gehörte. Dann Shane Stryker, der eine Pferdezucht besaß, und ihr Bruder Clay, der auf der Castle Ranch Ferien auf dem Bauernhof anbot. Rafes Frau Heidi setzte sich zu ihnen. Sie verkaufte Ziegenkäse und Seife.

„Sitzt hier schon jemand?"

Er schaute nach rechts und sah eine zierliche blonde Gestalt neben sich stehen. Sie hatte große, braune Augen und sah aus, als wäre sie gerade mal zwölf.

„Das hier ist ein Treffen für Erwachsene, Schätzchen", sagte er. „Solltest du nicht woanders sein und deine Hausaufgaben machen?"

Sie lachte und setzte sich neben ihn. „Die Hausaufgaben sind bereits erledigt. Ich bin übrigens vierundzwanzig. Wollen Sie meinen Ausweis sehen?"

Er war sicher, man sah ihm an, wie peinlich ihm das war. „Tut mir leid. Aber nein."

Ihr Grinsen wurde breiter. „Keine Sorge. Das bin ich gewohnt. Ich bin klein und süß, also glauben die Menschen, ich wäre noch ein Kind. Und meine gelegentlichen Wutausbrüche helfen nicht gerade, mich erwachsener wirken zu lassen."

Er schaute nach links und überlegte, ein paar Stühle weiterzurutschen.

„Die Sache ist die“, flüsterte sie verschwörerisch. „Ich sollte gar nicht hier sein. Denn technisch gesehen habe ich noch gar keine Firma.“

„Dann finden Sie solche Versammlungen einfach nur so interessant?“

„Nein. Aber ich denke darüber nach, eine Firma zu gründen. Einen Imbisswagen. Den renoviere ich aber gerade noch.“ Sie hielt inne, als warte sie auf eine Reaktion.

„Eine Wurstbude?“

Sie zuckte sichtlich zusammen. „Ja, so in der Art. Nur etwas mehr in Richtung Gourmet. Obwohl ich eine gute Bratwurst durchaus zu schätzen weiß. Diese Straßenwagen sind in letzter Zeit eine ziemlich große Sache geworden. In Los Angeles und San Francisco gibt es sogar Messen, wo die Verkäufer sich und ihr Essen vorstellen und bewertet werden.“

„Gut zu wissen.“

„Ich bin übrigens Ana Raquel Hopkins.“

„Gideon.“

Sie neigte den Kopf. „Sie sind der Radiomann, der die Musik aus den Sechzigern spielt, oder? Die Oma meiner besten Freundin liebt Sie.“

Gut zu wissen, wer die eigenen Fans waren, dachte er grimmig.

„Sie sagt, alle Welt spricht über einen Schlafzimmerblick, aber eine Schlafzimmerstimme wäre viel besser.“ Ana Raquel grinste. „Sie wird ausflippen, wenn ich ihr erzähle, dass ich Sie getroffen habe. Ich werde ihr sagen, dass Sie wirklich ziemlich heiß sind. Also, Sie wissen schon. Für einen älteren Mann.“

Er war sechsunddreißig. Nicht gerade das, was man normalerweise als älteren Mann bezeichnete. Aber für eine Vierundzwanzigjährige war er wohl definitiv nicht mehr interessant.

Er schaute nach vorne, wo Bürgermeisterin Marsha aufs Podium getreten war.

„Ich danke Ihnen allen für Ihr Erscheinen“, fing sie an. „Ich dachte, es wäre eine gute Idee für alle, die hier in Fool's

Gold eine Firma gründen oder ein Geschäft eröffnen wollen, sich kennenzulernen. Das hier wird keine formelle Präsentation. Ich möchte nur die Gelegenheit nutzen, Sie willkommen zu heißen und sämtliche Fragen zu beantworten, die Sie vielleicht haben. Außerdem möchte ich Ihnen die Mitglieder des Stadtrats vorstellen, mit denen Sie häufiger Kontakt haben werden. Ich fange mit Felicia Swift an. Felicia hat erst kürzlich die Leitung unserer Veranstaltungsabteilung übernommen, und wir freuen uns sehr, dass sie ihr Fachwissen und ihre Energie jetzt unserer schönen Stadt zur Verfügung stellt."

Die Rede ging weiter, doch Gideon hörte nicht mehr zu. Stattdessen musterte er die langbeinige Rothaarige dort vorne auf dem Podium. Er ließ seine Gedanken zu ihrem Mund schweifen. Und dann noch ein Stück tiefer. Beim Liebesspiel war sie völlig hemmungslos; für sie zählte nur der Moment und das gemeinsame Vergnügen.

Er mochte es, dass sie keine Spielchen spielte. Sie war brutal ehrlich. Bei ihr wusste ein Mann immer, woran er war. Er suchte zwar nicht nach einer Beziehung, aber sie war definitiv eine Verlockung.

„Wow!"

Er drehte sich zu Ana Raquel um und sah, dass sie ihn anstarrte.

Dann wandte sie den Kopf und sah Felicia an. „Was für ein heißes Pärchen!"

Er versteifte sich. „Was soll das heißen? Und wie kommen Sie überhaupt darauf?"

„Wegen der Art, wie Sie sie anschauen. Meine Güte, wenn ein Mann mich jemals mit dieser Mischung aus Leidenschaft und Begierde ansieht, gehe ich vermutlich in Flammen auf." Sie ließ sich gegen die Stuhllehne sinken. „Ist es hier drinnen so heiß, oder bin das nur ich?"

Er verlagerte unbehaglich sein Gewicht. „Ich habe keine Ahnung, wovon Sie reden."

Sie grinste. „Klar. Verstehe. Sie wollen nicht, dass alle es erfahren. Keine Sorge, ich bin diskret. Vertrauen Sie mir, ich weiß, wie sensibel Männer sein können."

„Ich bin nicht sensibel. Überhaupt nicht. Und vielleicht können wir jetzt endlich mal das Thema wechseln? Haben Sie nicht irgendwo einen Imbisswagen, der renoviert werden muss?"

„Ja, aber der kann warten. Das hier ist wesentlich interessanter."

Er verschränkte die Arme vor der Brust. „Felicia und ich gehen miteinander aus."

„Wie lange schon?"

„Unser erstes Date ist in ein paar Wochen. Wir gehen zusammen auf eine Party."

„Ernsthaft? Sie wollen mit Ihrem ersten Date so lange warten? Ich denke nicht, dass Sie das durchhalten. Außerdem, sehen Sie diese Frau doch mal an. Meinen Sie nicht, dass es jemand anderes bei ihr probieren wird?"

„So ist das nicht."

Ana Raquel tätschelte seine Schulter. „Tut mir leid, es Ihnen sagen zu müssen, aber wenn ein Mann eine Frau so ansieht, ist es *immer* so."

Gideon richtete seine Aufmerksamkeit wieder auf die Präsentation. Felicia war mit ihrem Vortrag fertig, und jemand anderes aus dem Stadtrat hatte ihren Platz eingenommen. Immer wieder glitt sein Blick zu ihr. Er betrachtete den Schwung ihrer Wangenknochen, die aufmerksame Art, mit der sie zuhörte und sich ohne Zweifel jedes Wort merkte.

Sie schaute ihn an und lächelte. Ana Raquel neben ihm murmelte etwas, das verdächtig nach „Sag ich doch" klang.

Er ignorierte sie.

Doch nach dem Ende der Versammlung fand er sich auf einmal im vorderen Bereich des Saals wieder. Er blieb vor Felicia stehen, ohne zu wissen, was er sagen oder tun sollte.

„Hi", stieß sie hervor. „War das nicht toll? Ich finde das eine Superidee von Bürgermeisterin Marsha, dass sie den neuen

Geschäftsleuten hilft, einander kennenzulernen. Wir werden als Gesellschaft besser, wenn wir eine emotionale Verbindung miteinander haben. Das stärkt die Gemeinschaft."

Wenn er sie danach fragte, würde sie ihm vermutlich sofort die mathematische Formel für den Ursprung des Universums aufschreiben. Er schätzte, sie wusste mehr über Flugzeuge und das Toleranzverhalten von Nutzfahrzeugen als die meisten Ingenieure. Sie sprach ein Dutzend Sprachen, und doch war sie – wie sie kürzlich zugegeben hatte – noch nie auf einem Date gewesen.

Wir werden zu der Party gehen, dachte er. *Das sollte reichen.*

Doch das tat es nicht. Er war ihr erster Liebhaber gewesen – ein Gedanke, bei dem ihm immer noch der kalte Schweiß ausbrach. Trotzdem wollte er nicht, dass irgendjemand anderes sie ausnutzte.

„Darf ich dich zum Essen einladen?", fragte er. „Heute Abend, bei mir?"

Sie presste die Lippen aufeinander. „Du lädst mich zum Essen ein?"

„Ja."

„Wie bei einem …"

„Wie bei einem Date."

„Wir haben doch schon eine Verabredung. Für die Party."

„Willst du so lange warten, um mit mir zusammen zu essen?"

„Nein. Ich verbringe gerne Zeit mit dir. Danke. Ein Abendessen bei dir wäre nett."

„Dann sehen wir uns um sieben."

Sie nickte.

Er drehte sich um und sah Ana Raquel an der Tür stehen. Sie grinste und hielt beide Daumen hoch. Er unterdrückte ein Stöhnen.

6. KAPITEL

Felicia wusste, dass Wein ein traditionelles Mitbringsel war, wenn man irgendwo zum Essen eingeladen wurde. Sie hatte im Internet noch andere Optionen gefunden, zum Beispiel einen Nachtisch mitzubringen, Blumen oder ein kleines Geschenk für die Gastgeberin. Sie war sich jedoch ziemlich sicher, dass Gideon nicht der Typ für hübsche Silberrahmen oder Servietten mit passenden Serviettenringen war.

Also stand sie nun mit einer Flasche Wein in der Hand pünktlich auf die Minute vor der Tür und klopfte.

Während sie darauf wartete, dass sich die Tür öffnete, atmete sie bewusst langsam, um ihren Herzschlag zu senken und die Anspannung auf ein etwas erträglicheres Maß zu bringen. Ihr Nervositätslevel war überraschend hoch. Und obwohl sie tagsüber nicht viel gegessen hatte, verspürte sie das dringende Bedürfnis, sich zu übergeben.

Vielleicht hatte sie sich zu viele Gedanken um ihr Aussehen gemacht. Sie hatte verschiedene Outfits anprobiert, und obwohl keines davon unangemessen war, hatte sie das Ergebnis nicht zufriedengestellt. Jeans waren zu leger und ein Kleid zu formell. Schließlich hatte sie sich für eine weiße Leinenhose und ein dunkelgrünes T-Shirt aus Seide entschieden. Der V-Ausschnitt war tief genug, um den Ansatz ihres Dekolletés zu zeigen, was Männern zu gefallen schien. Sie war nicht sicher, ob ihre Wahl ihr schmeichelte, denn dazu kannte sie sich nicht gut genug mit Mode aus. Das war ein Forschungsgebiet, das sie bislang vernachlässigt hatte.

Die Tür wurde geöffnet, und Gideon stand vor ihr.

„Hey“, sagte er mit leiser, sinnlicher Stimme.

Felicias Magen zog sich zusammen. „Hi.“ Sie hielt ihm die Weinflasche hin. „Ich habe im Internet nachgeschaut und mehrere Optionen gefunden. Da ich nicht wusste, was es heute Abend zu essen gibt, war die Wahl etwas schwierig, aber statistisch gesehen ist die Wahrscheinlichkeit, dass es bei einem

Barbecue rotes Fleisch gibt, größer. Also habe ich einen vollmundigen Rotwein mitgebracht."

Er lächelte. „Das ist schön, denn es gibt Steaks. Komm doch rein."

Sie folgte ihm ins Haus.

Zu dieser Jahreszeit waren die Tage lang, sodass auch um diese Uhrzeit noch Sonnenlicht durch die Fenster strömte. Felicias Blick glitt durch das Wohnzimmer über die Terrasse und immer weiter. Das letzte Mal, als sie hier gewesen war, hatte sie die Weite nur spüren können. Jetzt konnte sie sie auch sehen.

Bäume bedeckten die eine Seite des Berghangs. Dahinter erhoben sich weitere Berge, und dazwischen war ein tiefes Tal zu erahnen.

Gideon ging voran in die große Küche mit den Edelstahlarmaturen. Das Licht der Deckenbeleuchtung spiegelte sich in den Arbeitsplatten aus Granit.

Er öffnete die Weinflasche, nahm zwei Gläser aus einem Schrank und schenkte ein. Sie nahm ein Glas, er das andere, und gemeinsam gingen sie auf die Veranda hinaus.

Aus der Nähe war der Blick noch beeindruckender. Felicia trat an die Brüstung und zeigte auf eine Stelle am Berghang.

„Man kann sehen, wo eine Lawine Bäume mitgerissen hat", sagte sie. „Die Gruppe da in der Mitte ist wesentlich kürzer. Unter Berücksichtigung der durchschnittlichen Wachstumsquote würde ich sagen, das ist irgendwann in den letzten vierzig Jahren passiert." Sie schaute nach links. „Da dieser Teil des Geländes geebnet wurde, ist es unwahrscheinlich, dass so etwas noch mal vorkommt. Aber es muss damals ein beeindruckendes Schauspiel gewesen sein."

Gideon lächelte. „Vorausgesetzt, man musste nicht von unten zusehen."

Sie lachte. „Ja. Es hat sich als vorteilhaft erwiesen, sich oberhalb oder seitlich von einer Lawine aufzuhalten."

Neugierig betrachtete sie die Möbel auf der Terrasse. Sie standen nicht genauso wie beim letzten Mal, doch wenn sie den

Kopf ein wenig zur Seite drehte, konnte sie den Loungechair sehen, auf dem sie Sex gehabt hatten.

Die Lust brandete mit überraschender Stärke in ihr auf. Gerne wäre sie jetzt zu Gideon gegangen, hätte sich an ihn gelehnt und sich von ihm halten lassen. Sie wollte ihn küssen und berühren.

„Arbeitest du heute Abend?“, fragte sie.

„Ja. Meine Schicht beginnt um elf.“

Sie rechnete im Kopf kurz nach. „Dann ist eine sexuelle Begegnung heute wohl eher unwahrscheinlich.“

Er hatte gerade einen Schluck Wein getrunken und verschluckte sich nun daran. Sie beobachtete ihn genau, um zu sehen, ob sie ihm Hilfe anbieten sollte, entschied dann aber, dass er sich alleine erholen würde. Ein paar Sekunden später kam er wieder zu Atem.

„Das ist keine Frage der Zeit“, sagte er mit rauer Stimme.

„Ich schätze, das stimmt. Wir können auch aufs Essen verzichten.“

Er schüttelte den Kopf. „Ich dachte mehr daran, dass das hier unser erstes Date ist. Ich bin nicht der traditionellste Mann der Welt, aber ich bin ziemlich sicher, dass wir damit noch warten und uns erst einmal kennenlernen sollten.“

„Oh.“ Sie dachte darüber nach. „Du meinst, wir sollten erst eine emotionale Bindung aufbauen, bevor wir körperlich intim werden. Da hast du vermutlich recht. So läuft das wohl üblicherweise.“

Obwohl sie es sehr genoss, mit Gideon zu schlafen, sah sie auch den Vorteil darin, zu warten. Nach allem, was sie gehört hatte, war Sex mit jemandem, an dem einem etwas lag, noch viel besser. Sie konnte sich zwar nicht vorstellen, wie das mit Gideon gehen sollte, denn der Sex war so schon umwerfend. Aber es herauszufinden wäre ein hervorragendes Experiment. Außerdem, wenn sie ein normales Leben wollte, musste sie anfangen, sich normal zu benehmen.

„Du hast recht“, bestätigte sie noch einmal. „Heute ist unsere erste offizielle Verabredung. Wir sollten einander besser kennenlernen." Sie drehte sich zum Haus um. „Wie lange wohnst du schon hier?"

„Ein knappes Jahr. Irgendein Typ aus Los Angeles hat das Grundstück gekauft und angefangen, zu bauen. Doch dann hat er schnell festgestellt, dass ihm die Nähe zur Großstadt fehlte. Ich habe ihm das Haus abgekauft und es fertiggestellt und ein wenig umgebaut."

Vermutlich hatte er mehr Fenster und vielleicht auch die Deckenlichter eingebaut.

„Was passiert, wenn du hier oben aufgrund des Wetters festsitzt?"

„Darauf bin ich vorbereitet. Ich habe einen Notstromgenerator und immer genügend Vorräte im Haus."

„Die Macht der Gewohnheit."

Er zuckte mit den Schultern und griff nach seinem Weinglas. „Vorbereitet zu sein ist nichts Schlechtes. Was ist mit dir? Wo bist du aufgewachsen?"

Sie atmete tief durch. Stimmt ja – er würde etwas über ihre Vergangenheit wissen wollen. In ihrer ersten gemeinsamen Nacht vor vier Jahren hatten sie sich nicht sonderlich viel unterhalten.

„Außerhalb Chicagos." Sie hielte inne, nicht sicher, wie viel Details sie preisgeben sollte. Die Menschen reagierten sehr unterschiedlich, wenn sie davon erzählte. „Ich war kein einfaches Kind", fing sie an. „Mit zwei Jahren konnte ich schon lesen, und mit drei habe ich mathematische Aufgaben gelöst. Als ich vier war, habe ich aus Sachen, die ich in der Küche unter der Spüle gefunden habe, eine Bombe gebaut."

Gideon schaute sie fragend an. „Absichtlich?"

„Ich wusste, es würde eine Explosion geben, und dachte, das wäre lustig. Ich wollte nichts kaputt machen. Meine Eltern haben das allerdings anders gesehen."

„Da hast du dir wohl ordentlich Probleme eingehandelt, was?"

„Sie meinten, ich bräuchte eine strukturiertere Umgebung, die mich mental herausfordert. Ich war einfach mehr, als sie bewältigen konnten."

Sie wusste, dass sie ihre Eltern in Schutz nahm, und sagte, was sie immer an dieser Stelle sagte. Und obwohl es der Wahrheit entsprach, war es auch eine gute Möglichkeit, ihre emotionale Reaktion auf diese krassen Umstände zu verbergen. Ihre Eltern hatten Angst vor ihr gehabt. Sie hatten sie nicht bei sich haben wollen.

Sie nippte an ihrem Wein. „Einige Professoren von der Uni sprachen sie an. Ich sollte mit ihnen studieren, so viel lernen, wie ich wollte, und im Gegenzug würden sie zu verstehen versuchen, was mich so anders machte."

Meine Eltern haben zugelassen, dass aus mir ein Laborexperiment wurde, dachte sie und sagte sich, dass das in Ordnung war. *Sie* war in Ordnung.

„Ich durfte jede Vorlesung besuchen, bei den besten Professoren studieren. Ich habe mit Nobelpreisträgern und Wissenschaftlern gearbeitet. Es war eine einmalige Gelegenheit."

Er schaute sie an. „Aber du warst ganz allein."

„Es gab immer einen Erwachsenen, der sich um mich gekümmert hat. Dafür hat die Univerwaltung gesorgt."

„Aber du hattest keine Familie. Keine Freunde."

In seiner Stimme lag kein Mitleid, aber tief in ihrem Inneren spürte sie ihr eigenes Mitgefühl für das kleine Mädchen, das sie einst gewesen war. „Ich befand mich nicht in der Position, Freunde zu haben", gab sie zu. „Für die anderen Studenten war ich zu jung, und die Erwachsenen sahen mich nicht als gleichwertig an, sondern als Forschungsobjekt. Einige von ihnen hatten Angst vor meiner Intelligenz. Mit vierzehn wurde ich offiziell für volljährig erklärt. Ich habe Artikel veröffentlicht und ein paar Bücher geschrieben, um meine Rechnungen zu bezahlen. Mit sechzehn beschloss ich, dass ich etwas anderes machen wollte."

„Ich wusste, dass du schon in jungen Jahren aufs College gegangen bist, aber ich hatte keine Ahnung ..." Seine Stimme verebbte, und ein mitfühlender Ausdruck legte sich über sein Gesicht.

„Ich muss dir nicht leidtun", erklärte sie. „Ich war glücklich. Ja, ich habe einsamer gelebt als die meisten Menschen, aber ich bin mir nicht sicher, ob es bei mir mit einer normalen Kindheit besser gelaufen wäre. Ich hatte eine unglaubliche Ausbildung."

„Das Leben besteht aber aus mehr als nur aus dem, was man in der Schule lernt."

„Das stimmt. Einige der Studenten haben sich wirklich bemüht. Einer von ihnen war vor dem Studium Soldat gewesen. Er war verwundet worden und hatte beide Beine verloren. Es war nicht leicht für ihn, aber er hat sich nie beschwert. Er war nett und lustig und hat mich wie eine kleine Schwester behandelt." Um ihren Mund zuckte es. „Er ist an den Komplikationen seiner Verletzungen gestorben, als ich sechzehn war. In der darauf folgenden Woche habe ich meinen Ausweis gefälscht und bin in die Armee eingetreten. Ich habe niemandem von meinen verschiedenen Abschlüssen erzählt. Ich war einfach nur jemand, der sich freiwillig gemeldet hatte."

„Wie lange hat das gehalten?"

Sie grinste. „Ziemlich lange. Ich war in der Lage, mich anzupassen. In der Army gibt es Regeln, und ich bin gut darin, Regeln zu befolgen. Mein Interesse an Logistik hat dazu geführt, dass ich einer Sondereinheit zugeteilt wurde. Den Rest kennst du."

Sie schaute zu den Bäumen. „Ich bin sicher, dass es in dem Wald Eulen gibt. Ich frage mich, ob wir sie wohl in der Dämmerung zu sehen bekommen."

„Felicia."

Sie drehte sich zu Gideon um. Sein Blick war eindringlich, aber sie hatte keine Ahnung, was er gerade dachte.

„Mir geht es gut", sagte sie. „Du musst dir um mich keine Sorgen machen."

„Dann werde ich das auch nicht tun."

Aber sie war sicher, dass er nicht die Wahrheit sagte. Und der Gedanke, dass er sich um sie sorgte, machte sie irgendwie froh – was sie sehr verwirrend fand. Sollte es einem Mann nicht lieber sein, wenn die Frau vollkommen eigenständig war? Sie seufzte. Die Balzrituale waren bei allen Spezies kompliziert, aber bei den Menschen schienen sich noch dazu die Regeln ständig zu ändern.

Gideon legte die Steaks auf die Teller, und Felicia trug sie zum Tisch. Sie hatten gemeinsam einen Salat zubereitet, und während sie das Dressing mischte, hatte er die Steaks auf den Grill gelegt. Nun setzten sie sich einander gegenüber an den Tisch, während die untergehende Sonne lange Schatten auf die Terrasse warf.

Felicia schnitt ihr Steak an. „Perfekt", sagte sie. „Ich verstehe zwar, welche Voraussetzungen gegeben sein müssen, um Essen zu kochen. Trotzdem will mir die Übertragung von der Theorie in die Praxis nie so recht gelingen. Kuchenbacken ist besonders schlimm. Consuelo behauptet ja, dass solche Fehler mich liebenswert machen würden, aber ich bin mir nicht sicher, dass das stimmt. Auch wenn ich weiß, dass niemand einen Alleswisser mag."

Er schüttelte den Kopf. „Du bist kein Alleswisser. Das ist einfach nur eine Sache der Haltung." Sie war unglaublich brillant, aber dabei überhaupt nicht eingebildet. Bei ihr war das so wie bei Menschen, die besonders groß waren oder sehr gut werfen konnten. Es gehörte einfach zu ihr.

„Ich hoffe, du hast recht. Ich möchte, dass die Leute mich mögen. Das finde ich an dieser Stadt ja so nett. Ich habe hier Freunde." Sie seufzte. „Freundinnen sogar. Wir essen gemeinsam zu Mittag und treffen uns nach der Arbeit auf einen Drink."

Ganz normale Sachen, dachte er. Und etwas, das Felicia in ihrer Jugend nicht kennengelernt hatte. Die Armee hätte ihr das eigentlich bieten sollen, doch bei den Spezialkräften gab es kaum Frauen. Bei den langen Arbeitszeiten und den vielen Reisen hatte sie keine Chance gehabt, andere Frauen kennenzulernen und sich mit ihnen anzufreunden.

Sie lächelte ihn an. In ihren grünen Augen funkelte es amüsiert. „Du bist in dieser Stadt übrigens ein ständiges Gesprächsthema", erklärte sie ihm. „Die Frauen finden deine Stimme sexuell sehr ansprechend. Außerdem bewundern sie deinen Körper, wenn du durch die Stadt läufst."

Er schaffte es, seinen Bissen Steak zu essen, ohne sich daran zu verschlucken. „So etwas will ich gar nicht wissen."

„Warum nicht? Es stimmt und ist zudem sehr schmeichelhaft."

„Finde ich nicht."

Ihr Blick fiel auf seinen linken Arm. Sanft berührte sie die Tätowierung, die unter dem Ärmel seines Hemdes herausschaute. „Das hier fasziniert sie ebenfalls. Für die älteren Frauen sind deine Tattoos und dein ehemaliger Beruf gleichbedeutend mit Gefahr. Die Jüngeren finden dich einfach nur sexy. Und doch können beide dich abends im Radio hören, was dich so viel nahbarer macht. Es ist einfach eine verlockende Mischung." Sie hielt kurz inne. „Wie Katzengras für eine Katze."

„Du und deine Klischees."

„Ich finde sie in sozialen Situationen hilfreich. Meine Sprachstruktur ist ansonsten ja eher sehr formal."

„Das könnte auch an deiner Wortwahl liegen."

Sie nickte. „Stimmt. Ich kenne zu viele Wörter und mag es, in meiner Sprache präzise zu sein. Andere empfinden das aber oft als abschreckend."

„Die müssen dann einfach etwas mehr Humor entwickeln."

„Ich wünschte, den hätte ich auch. Oft verstehe ich Witze nicht. Ich habe Schwierigkeiten mit kulturellen Anspielungen. Allerdings habe ich inzwischen schon ein wenig nachgeholt, was Fernsehen und Bücher angeht." Sie ließ ein Lächeln aufblitzen. „Ich verstehe inzwischen sogar die Welten von Harry Potter und Twilight."

„Magie und Vampire? Das ist eher nicht mein Ding."

„Okay, aber du hast trotzdem gerade meinen Punkt bestätigt. Du weißt, worum es sich dabei handelt, obwohl du weder die Bücher gelesen noch die Filme gesehen hast. Von frühester Kindheit an habe ich all das verpasst. Ich könnte dir von den

Fortschritten erzählen, die bei der Erforschung des Urknalls gemacht wurden, aber den Siegeszug der American-Girl-Puppe habe ich völlig verpasst."

Sie wollte noch etwas sagen, hielt sich dann aber zurück. Ihr Blick verengte sich. „Du weißt genau, wovon ich rede", sagte sie leise. „Während deiner Gefangenschaft hast du das gleiche Phänomen erlebt. Eine Existenz außerhalb jeglicher Zeit."

Erneut berührte sie seinen Arm. Ihre Finger fühlten sich warm auf seiner Haut an. „Wobei ich das, was du durchgemacht hast, nicht mit meinem Leben vergleichen will."

„Ich habe nicht täglich die *New York Times* geliefert bekommen, wenn du das wissen wolltest."

Er bemühte sich um einen lockeren Tonfall, während er sich gleichzeitig bereit machte, jede weitere Frage abzuschmettern. Über seine Vergangenheit sprach er nicht. Mit niemandem. Es war vorbei, er hatte sich weiterentwickelt. Nur zu gerne hätte er sich als geheilt betrachtet, aber er wusste, das würde niemals passieren. Dafür waren die Albträume Beweis genug. Manche Wunden blieben für immer offen. Doch er kam klar, und die meiste Zeit gelang es ihm, alle davon zu überzeugen, dass er genauso war wie sie.

„Ich hätte weitergesucht", sagte sie und richtete ihre Aufmerksamkeit wieder auf das Essen. „Ich meine, wenn du einer aus meinem Team gewesen wärst. Es war falsch, dass sie die Suche eingestellt haben."

Ihm fiel auf, dass sie, obwohl sie von ihrem Steak fasziniert zu sein schien, nicht aß.

„Keiner hat davon gewusst", sagte er nur. „Das war ja die Voraussetzung für meine Mission."

„Irgendjemand weiß es immer. Irgendjemand hat dich losgeschickt und dir eine Ausrüstung zur Verfügung gestellt. Also gab es einen Plan, und sie hätten dich einfach nicht zurücklassen dürfen."

Sie kannte keine Einzelheiten, war aber mit den generellen Abläufen vertraut. Und sie hatte völlig recht – irgendjemand *hatte* von seinem Auftrag gewusst. Sein Team war abgesetzt worden und ab da auf sich allein gestellt gewesen. Aber irgendjemand hatte gewusst, wo sie waren.

„Politik“, murmelte er und griff nach seinem Weinglas.

„Wie viele waren bei dir?“, fragte sie.

„Drei.“

Drei Männer, die er hatte sterben sehen. Langsam. Schmerzhaft. Einer nach dem anderen war der Folter erlegen, dem Wahnsinn.

Er stellte sein Glas ab. „Sie hatten Familien, einige sogar Kinder. Sie haben mir erzählt, wie sehr sie sie vermissen und sich auf ein Wiedersehen freuen. Sie hatten Hoffnung. Sie haben geglaubt. Sie haben mir erzählt, es mache sie stark, aber sie haben sich geirrt. Etwas zu haben, wofür es sich zu leben lohnt, bedeutet auch, etwas verlieren zu können. Das war der Grund, warum diese Mistkerle ihnen noch viel schlimmer wehgetan haben als mir. Ich bin nur davongekommen, weil für mich leben und sterben das Gleiche war.“

Damals hatte er seine Lektion gelernt. Es war sicherer, auf sich allein gestellt zu sein. Sich um niemanden zu kümmern. Nichts zu verlieren zu haben hatte ihm das Leben gerettet.

„Liebe bedeutet Tod?“, fragte sie.

„So in der Art.“

„Ich würde dir gerne erklären, dass du dich irrst. Aber du hast keinen Grund, mir zu glauben. Die mentalen und emotionalen Narben deiner Gefangenschaft müssen beträchtlich sein. Und Lektionen, die wir unter traumatischen Umständen gelernt haben, begleiten uns ein Leben lang.“ Sie schenkte ihm ein zittriges Lächeln. „Ich bin als Fünfjährige mal mit einer Spinne zusammen in einem Schrank eingeschlossen worden. Es dauerte nur ein paar Minuten, aber ich erinnere mich immer noch daran, wie ich geschrien habe.“

Sie drehte ihren Stuhl ein wenig zu ihm. „Gehe ich recht in der Annahme, dass du an einer emotionalen Verbindung nicht interessiert bist? Dass du zwar meine Gesellschaft genießt und den Sex angenehm findest, aber trotzdem keinerlei Verpflichtung eingehen möchtest?"

Ganz so hätte er das zwar nicht ausgedrückt, aber es stimmte. „Ja."

„Ich würde gerne irgendwo dazugehören", gestand sie ihm. „Ich möchte mich verlieben. Ich weiß, die meisten Gefühle beruhen auf chemischen Vorgängen im Körper, aber ich möchte trotzdem wissen, wie es ist. Irgendwann möchte ich auch heiraten und Kinder kriegen. Ich möchte Teil einer Familie sein, Wurzeln haben. Das ist alles nichts, woran du interessiert bist."

„Nein."

„Zeit mit dir zu verbringen hilft mir also nicht dabei, mein Ziel zu erreichen."

Klare Worte, dachte er und war überrascht über das merkwürdige Gefühl in seiner Magengegend. Doch Felicia wusste, was sie wollte, und er hatte kein Recht, sie davon abzuhalten.

„Ich habe dir gesagt, dass ich kein Mann für die Ewigkeit bin."

Sie nickte. „Trotzdem spüre ich in mir Widerstand, wenn ich daran denke, dich von jetzt ab nicht mehr zu sehen. Vielleicht bin ich von den Bad-Boy-Elementen deiner Persönlichkeit angezogen. Es könnte allerdings auch an unserer sexuellen Kompatibilität liegen. Ich mag es, wie wir einander lieben und gemeinsame Orgasmen erleben." Sie seufzte. „Ich bin nicht sicher, was ich tun soll."

Sein Vorschlag – der hauptsächlich aus der Richtung seines plötzlich knallharten Schwanzes kam – war, dass sie ein paar dieser Orgasmen gleich hier und jetzt ausprobieren könnten. Essen und Ziele konnten warten. Doch er mochte Felicia beinahe genauso sehr, wie er sie begehrte. Und er würde auf keinen Fall alles vermasseln, nur weil er unbedingt Sex haben wollte.

„Du solltest dich von mir fernhalten." Die Worte auszusprechen tat ungeahnt weh.

„Ein durchaus praktischer Vorschlag." Sie schaute ihn an. „Aber ich will nicht praktisch sein. Die Frage ist nur: warum nicht?"

„Weil du eine Frau bist?“

Sie lachte. „Ich glaube, meine Fähigkeit zu rationalem Denken ist weitaus größer als deine, aber der sexistische Kommentar ist durchaus charmant.“ Sie nickte. „Ich muss darüber nachdenken. Macht es dir etwas aus, wenn ich mir darüber klar werde, was ich will, und dann auf dich zurückkomme?“

Verdammt! Noch nie hatte eine Frau so zu ihm gesprochen. Und das Schlimmste daran war, dass es sein Verlangen nur noch weiter steigerte. Er holte tief Luft. „Nimm dir so viel Zeit, wie du brauchst.“

„Und ist es für dich in Ordnung, wenn wir erst aufessen?“

„Klar.“

„Gut.“ Sie strahlte. „Würdest du gerne über Sport reden? Ich kenne mich ganz gut mit Baseball aus und kann mich gerne mit dir über die Tabellen und Spielerstatistiken unterhalten.“

Er fing an zu lachen und beugte sich dann vor, um sie zu küssen.

Sie starrte ihn an. „Warum hast du das gemacht?“

„Weil ich nicht widerstehen konnte.“

Sie lächelte. „Und gibt es noch mehr Dinge, denen du nicht widerstehen kannst?“

„Oh nein, meine Liebe. So nicht. Du musst erst deine Wahl treffen. Entweder Sex ohne Bindung plus ausgiebiges Date-Training. Oder du entscheidest dich dafür, wegzugehen und auf den Richtigen zu warten.“

Sie nickte. „Ja, ja, du hast recht. So ist es sicher besser.“ Ihre Augen wurden groß. „Das ist also gemeint, wenn Frauen sagen, dass jemand der Falsche zum richtigen Zeitpunkt ist. Sie fühlen sich dann zu einem Mann wie dir hingezogen.“

„Tja, vielleicht“, murmelte er.

7. KAPITEL

Es könnte noch höher sein", rief Ford von der Spitze des Seils herunter, das an einem dicken Ast ungefähr sieben Meter über dem Boden hing.

„Könnte es", rief Consuelo zurück. „Wir könnten auch eine Grube ausheben und ein paar Alligatoren hineinsetzen. Wie klingt das?"

„Super!"

Gideon schüttelte den Kopf. Irgendwann würden Ford und Angel einander mit ihren hirnlosen Wettbewerben noch umbringen. Aber da sie seit Jahren versuchten, sich gegenseitig zu übertrumpfen, wusste er, dass er dagegen nichts mehr ausrichten konnte. Sie hatten ihn hergebeten, weil sie Vorschläge von ihm haben wollten, wie sie den Hindernisparcours für die Profis noch herausfordernder gestalten könnten, während er gleichzeitig für die Normalbürger noch zu bewältigen blieb. Gideon war nicht sicher, warum sie glaubten, er hätte mehr Ahnung davon als Ford, Angel oder Consuelo. Aber er hatte auch nichts dagegen, einen Vormittag im Wald zu verbringen.

Angel klopfte gegen einen der größeren Bäume. „Die Stämme haben fast alle eine flachere Seite. Da könnten wir Zielscheiben dranhängen."

„Keine Schusswaffen im Wald", beschied Consuelo. „Oder willst du, dass jemand getötet wird? Wir kriegen direkt neben dem Lagerhaus einen Schießstand. Was zum Teufel ist nur mit dir los?"

Angel starrte sie an. „Was?"

„Sag's ihm", forderte Consuelo Gideon auf. „Sag ihm, dass er ein Idiot ist."

„Du bist ein Idiot", gehorchte Gideon.

Angel funkelte ihn an. „Hey, wieso stellst du dich auf ihre Seite? Wir beide sind alte Freunde. Und sie hast du gerade erst kennengelernt."

„Ich mag sie einfach lieber."

Consuelo grinste. „Gleichfalls", sagte sie.

Angel schnaubte angewidert und stapfte davon.

Gideon lachte leise. So war es im Einsatz auch immer gewesen. Klar, es war gefährlich und stressig, aber in den Pausen hatten sie immer viel Spaß gehabt. Das Leben musste in diesen Zeiten umso mehr genossen werden, denn es konnte jederzeit enden.

Consuelo war klein, aber stark, und sie bewegte sich, als wüsste sie genau, was sie tat. Ford hatte sie einander vorgestellt und erklärt, dass Consuelo Nahkampf und ein paar taktische Klassen unterrichten würde. Gideon schätzte, sie kannte ein paar Tricks, die den härtesten Mann in Angst und Schrecken versetzen würden.

Doch was wesentlich wichtiger war: Consuelo gehörte zu den wenigen alten Freunden, die Felicia besaß. Und da er aus diversen Gründen den Drang verspürte, sich um die wunderschöne Rothaarige zu kümmern, war er geneigt, sich auf Consuelos Seite zu schlagen.

Ford rutschte am Seil herunter nach unten und trat ein paar Schritte zur Seite. „Wo geht der Parcours weiter?"

Gideon zeigte nach Westen. „Ein leichter Zweimeilenlauf bis zum Rand des Weinbergs, dann eine weitere Meile Richtung Norden. Dort sind Ziele aufgebaut. Geschossen wird aus einhundert Fuß Entfernung." Er schaute sich um. „Wollt ihr beide es versuchen? Ich habe auf dem Weg etwas zurückgelassen. Einer von euch könnte es mit zurückbringen." Angel und Ford nickten mit funkelnden Augen. Gideon nickte. „Okay, los."

Angel und Ford rannten los.

„Wie war das mit dem leichten Lauf?", fragte Consuelo.

„Hast du sie jemals etwas auf die leichte Art tun sehen?"

„Guter Punkt." Sie seufzte. „Ich hoffe, Ford gewinnt. Der Verlierer muss eine Woche lang kochen, und Angel ist in der Küche einfach besser." Sie schaute ihn an. „Ich bin Felicias Freundin."

Er schaute in ihre dunklen Augen. „Das habe ich gehört."

„Wie stehen die Chancen, dass sie das hier mit heilem Herzen übersteht?"
„Sie hat sich noch nicht entschieden, ob wir miteinander ausgehen oder nicht."
Was Consuelos Frage zwar nicht beantwortete, aber er sollte wenigstens Punkte dafür bekommen, dass er es versucht hatte.
Consuelo hob ihre Augenbrauen. „Was hat das damit zu tun?"
„Ich will ihr nicht wehtun", sagte er. „Ich will, dass sie glücklich ist."
„Mit dir?"
„Nein", gab er zu. „Nicht mit mir." Irgendwann vielleicht einmal. Aber das lag noch in weiter Ferne. Ganz davon abgesehen, dass er die entsprechenden Fähigkeiten gar nicht besaß, war er auch nicht daran interessiert, sich auf jemanden einzulassen. Er mochte es, am Rand zu leben und vorzugeben, er würde irgendwann dazugehören, wenn er so weit war. So war es einfacher. Sicherer. Tröstlicher.
„Hast du ihr das gesagt?"
„Auf viele verschiedene Arten."
„Wird sie darauf hören?"
„Hat das je eine Frau getan?"
Okay, wie würde Consuelo reagieren? Würde sie versuchen, ihn über die Schulter zu werfen, bis er hart auf dem Boden aufkam und ihren Stiefel auf seiner Kehle spürte? Wahrscheinlich standen ihre Chancen gar nicht schlecht. Er kannte zwar die nötigen Abwehrhaltungen und trieb regelmäßig Sport. Aber seine aktive Zeit war schon eine ganze Weile her, und er war kein Nahkampfexperte.
„Frauen hören normalerweise das, was sie hören wollen", entgegnete Consuelo gelassen. „Felicia mag zwar klüger sein als die meisten, aber wenn es darum geht, aus Männern schlau zu werden, ist sie wie alle anderen."
Zum Teil lag das an ihrer mangelnden Erfahrung, das wusste Gideon. Felicia hatte vieles verpasst, was die meisten Frauen ih-

res Alters als selbstverständlich ansahen. Sie war nie mit Jungs ausgegangen. Und es war höchste Zeit, das zu ändern. Er würde ihr zwar nicht den weißen Gartenzaun geben können, den sie sich trotz aller gegenteiligen Behauptungen zu wünschen schien. Aber er konnte sie an sich üben lassen. Dann lernte sie zumindest, wie es mit einem Mann war, der nur das Beste für sie wollte. Ja, dachte er. Das könnte funktionieren – wenn sie beide im Hinterkopf behielten, dass es nicht für immer war.

In der Ferne hörte er zwei Schüsse, die schnell aufeinanderfolgten. Keine fünfzehn Sekunden später hallte ein zweiter Satz Schüsse durch die Luft.

„Was hast du denn im Wald für die beiden Verrückten zurückgelassen?“, wollte Consuelo wissen.

„Einen USB-Stick.“ Gideon grinste.

„Verdammt“, murmelte sie. „Ich hoffe wirklich, dass Ford gewinnt.“

Felicia fühlte sich in Pias Büro immer noch nicht zu Hause. Es war ihr dritter Tag, aber sie kam sich weiterhin vor wie ein Eindringling. Natürlich wusste sie, dass das in Wahrheit nicht stimmte. Rein technisch gesehen zumindest nicht. Man hatte ihr ja die Schlüssel zu dem Büro gegeben. Ihr Problem war allerdings nicht, dass sie ihr Recht anzweifelte, den Schlüssel im Schloss drehen zu dürfen. Ihr Problem war, was passierte, wenn sie den Raum betrat.

Das Büro an sich war klein. Es passten gerade mal ein Schreibtisch, ein paar Stühle und sehr viele Aktenschränke hinein. Auf der großen Wandtafel standen alle Festivals aufgelistet, und unter jedem Festival gab es eine To-do-Liste. Die restlichen freien Plätze an der Wand wurden von Postern vergangener Veranstaltungen belegt.

Es war egal, dass sie nun wusste, wo alles war. Oder vom Kopf her verstand, dass sie jetzt für die Stadtfeste verantwortlich war. Das Gefühl, nicht hierherzugehören, konnte sie trotzdem nicht abschütteln.

All die Papierstapel und dieses Monstrum von Rolodex ließen ihr kaum Platz auf dem Schreibtisch. Pias Ablagesystem war gut durchdacht, aber es vertraute gänzlich auf Papier. In dem kleinen Büro lag ein bestimmter Geruch in der Luft. Er war nicht unangenehm. Im Gegenteil, er vermittelte Felicia das Gefühl, einen ehrwürdigen alten Ort zu betreten. Ein Heiligtum, in dem jegliche Veränderung verboten war und diejenigen, die es versuchten, bestraft wurden.

Es juckte sie in den Fingern, eine Datenbank zu erstellen und alles in den Computer einzugeben. Dann könnte sie die Aktenschränke in den Keller bringen lassen und hätte etwas mehr Platz. Aber nein, lieber nicht, dachte sie und schalt sich gleich für ihren Aberglauben. Doch sie war nicht gewillt, diesem komischen Gefühl irgendwelche Taten entgegenzusetzen.

Nur noch eine Woche, sprach sie sich Mut zu. Nächsten Montag würde sie umziehen. Justice, Angel und Ford würden ihr helfen. Sie hatte bereits alles vorbereitet. Sobald sie in ihrem neuen Büro war, würde sie sich mit ihrem Job wesentlich mehr verbunden fühlen. Das hoffte sie zumindest.

Sie sorgte sich immer noch, ob sie alles richtig machen würde. Nicht den logistischen Teil ihrer Arbeit – der war leicht. Aber den Rest. Mit den Menschen in Kontakt treten, Erinnerungen schaffen. Was, wenn es ihr nicht gelang? Was, wenn sie die Falsche für den Job war?

Ein Klopfen an der Tür riss sie aus ihren Gedanken. Eine blonde Frau um die fünfzig trat lächelnd ein. Sie war mittelgroß, hatte ein hübsches Gesicht und eine herzliche Ausstrahlung.

„Hi. Ich bin Denise Hendrix. Haben Sie eine Sekunde?"

Felicia kannte die Hendrix-Familie. Ford war der jüngste der drei Brüder. Er hatte noch drei jüngere Schwestern, Drillinge. Das hier musste seine Mutter sein, obwohl sie wesentlich jünger aussah, als sie war.

„Natürlich." Felicia erhob sich. „Ich kenne Ford."

Denise kam mit ausgestreckter Hand auf sie zu. „Die junge Frau, die so gut in logistischen Fragen ist. Ja, Ford hat Sie erwähnt. Nach allem, was ich gehört habe, werden Sie bei unseren Stadtfesten zukünftig die Peitsche schwingen und sie ein wenig auf Vordermann bringen."

„Ich hoffe, ich schaffe es, sie am Leben zu halten", gestand Felicia. „Ich möchte der Geschichte der Stadt und ihren Traditionen Respekt erweisen. Ich bin mir nicht sicher, ob eine Peitsche da das geeignete Instrument ist."

Sie hielt inne und hoffte, dass der Witz Sinn ergab. Tat er, denn Denise lachte und setzte sich dann hin. Felicia ließ sich auf ihren Stuhl hinter dem Schreibtisch sinken, erleichtert, dass es ihr gelungen war, ein wenig lustig zu sein. Humor ist so kompliziert, dachte sie. So subjektiv und nuanciert. Sie zog Situationen vor, bei denen sie das Ergebnis vorhersagen konnte.

Denise beugte sich vor. „Ich würde gerne einen Stand auf dem Straßenfest am 4. Juli buchen. Ist *buchen* das richtige Wort dafür? Ich weiß es nicht. Aber ich hätte gerne einen Stand."

„Dafür müssen Sie einen Antrag ausfüllen", erklärte Felicia. „Das ist ein ziemlich einfacher Vorgang. Werden Sie kochen oder etwas zu essen anbieten? Dann wird es etwas komplizierter, weil bestimmte Hygienegesetze und so berücksichtigt werden müssen."

„Nein, nichts zu essen", versicherte Denise. „Ich möchte an meinem Stand eine Frau für Ford suchen."

Felicia starrte sie ungläubig an. Sie hatte sich bestimmt verhört. Oder nicht genau verstanden, was Fords Mutter meinte, denn …

Denise seufzte. „Sie halten mich für verrückt."

„Nein, Ma'am."

„Okay. Nicht verrückt, aber fehlgeleitet." Denise zuckte mit den Schultern. „Damit kann ich leben. Ich weigere mich, der Verzweiflung nachzugeben, also nehme ich die Sache selbst in die Hand."

Felicia war immer noch fassungslos. „Das hilft, die Kontrolle zu behalten", sagte sie, weil ihr nichts Besseres einfiel.

„Genau." Denise nickte. „Ford war so lange weg. Ich habe ihn jeden Tag vermisst. Ich weiß, warum er gegangen ist, und ich kann ihm wirklich keinen Vorwurf machen. Aber jetzt, wo er zu Hause ist, möchte ich ihn gerne hierbehalten. Also dachte ich, wenn er sich verliebt und ein Mädchen aus der Stadt heiratet, wird er vielleicht bleiben. Soweit ich das beurteilen kann, geht er nicht mit Frauen aus, was bedeutet, es kann noch eine Weile dauern, bis es so weit ist. Da habe ich erkannt, dass ich ihn ja eigentlich gar nicht brauche, um eine Frau für ihn zu finden. Ich kann sie auch alleine suchen."

Felicia wusste wirklich nicht, wie sie darauf reagieren sollte. Was dieses Mal aber höchstwahrscheinlich nicht an ihren mangelnden sozialen Fähigkeiten lag, sondern daran, dass ihr Gehirn plötzlich vollkommen leer war.

„Weiß Ford, dass Sie ..."

„Dass ich ihn verkuppeln will?" Denise schüttelte den Kopf. „Nein. Das wird er noch früh genug herausfinden, aber dann ist es zu spät. Oh, und ich werde auch jemanden für Kent suchen. Er hat nun endlich aufgehört, darauf zu hoffen, dass seine Exfrau zu ihm zurückkehrt. Gott sei Dank. Lorraine hat sich als schreckliche Xanthippe herausgestellt. Ich könnte ihr ja verzeihen, dass sie aus ihrer Ehe ausgebrochen ist. Das ist nicht schön, aber okay, Beziehungen gehen auch mal schief. Aber sie hat auch ihren Sohn, meinen Enkel, einfach verlassen, und das geht zu weit."

Felicia fühlte sich, als hätte sie die Fähigkeit zu logischer Argumentation verloren. Was sie hier hörte, war einfach zu viel, und sie wusste nicht, worauf sie zuerst reagieren sollte.

„Ich, äh ..."

Denise lächelte. „Ich dachte, ich dekoriere den Stand ganz schlicht. Vielleicht mit einem ins Auge stechenden Schild, auf dem steht: ‚Willst du diesen Mann heiraten?', oder so. Ich habe Kinderfotos von meinen beiden Söhnen, die ich den Frauen zeigen kann. So bekommen sie schon mal eine Vorstellung davon, wie ihre Kinder später aussehen könnten." Sie beugte sich noch weiter vor und senkte verschwörerisch die Stimme. „Es ist alles nur wegen der Enkelkinder. Kent hat Reese, und Ethan hat Tyler und Melissa und Abby. Meine Mädchen sind alle verheiratet und haben auch Kinder. Ford ist mir was schuldig. Ich will ihn verheiratet sehen, und wenn er sich nicht selber darum kümmert, tue ich es eben."

Sie griff nach unten und holte eine Mappe aus ihrer Handtasche. „Ich habe hier eine Liste an Eigenschaften, nach denen ich Ausschau halte. Ich dachte, ich lasse die jungen Damen einen Bewerbungsbogen ausfüllen, den ich dann später selber durchsehe." Sie reichte Felicia ein Muster.

Sie schaute es sich an. Tatsächlich, Fords Mutter hatte einen dreiseitigen Bewerbungsbogen entwickelt, der überraschend ausgefeilt war. Es gab Fragen zur Krankheitsgeschichte, zu den bisherigen Beziehungen, und auch die Ziele im Leben wurden abgefragt.

„Intelligenz wird über die Mutter vererbt", murmelte Felicia. „Sie sollten vielleicht auch nach ihrer Schulbildung fragen."

„Gute Idee. Das mache ich." Denise schaute sie an. „Also kann ich einen Stand bekommen?"

„Sicher."

Felicia stand auf und suchte die für die Anmeldung notwendigen Papiere zusammen. „Noch haben wir für das Fest zum 4. Juli genügend Platz. Sie haben also beinahe freie Auswahl."

„Gut. Ich möchte nämlich an einer Stelle mit viel Publikumsverkehr stehen. Ich weiß, irgendwo da draußen laufen die richtigen Frauen für meine Jungs herum, und ich werde sie finden."

Felicia wusste nicht, ob sie lieber dabei oder ganz weit weg sein wollte, wenn Ford herausfand, was seine Mutter im Schilde führte. Auf jeden Fall würde Consuelo sich schlapplachen, wenn sie davon erfuhr.

Denise nahm die Papiere an sich. „Danke für Ihre Hilfe."

„Gern geschehen."

Damit verließ Mrs Hendrix das Büro.

Felicia kehrte an ihren Computer zurück. Dabei fiel ihr auf, dass Denise sie für keinen ihrer „Jungs" auch nur in Erwägung gezogen hatte. Sie war Single, intelligent und einigermaßen attraktiv. Und doch hatte Fords Mutter kein Wort darüber verloren oder auch nur angedeutet, dass sie in der Hendrix-Familie willkommen wäre.

Warum? Konnte sie auf einen Blick sehen, dass Felicia nicht passte? War das irgend so ein Mutterinstinkt? Sie wollte ja gar nicht mit Ford ausgehen, und Kent kannte sie nicht mal, aber trotzdem. Hätte sie es nicht wenigstens auf die Shortlist schaffen müssen?

Offensichtlich nicht, dachte sie traurig. Was bedeutete, dass sie herausfinden musste, wie sie etwas normaler sein konnte, wenn sie sich doch noch verlieben und eine Familie gründen wollte. Sie würde sich besser anpassen müssen. Und sie kannte nur einen Weg, um das zu lernen.

„Habt Vertrauen, Gentlemen", sagte Gideon ins Mikrofon. „Wenn nicht, wisst ihr ja wohl, was passiert." Er drückte einen Knopf und „Suspicious Minds" von Elvis erklang. Gideon lachte leise in sich hinein und streckte sich auf seinem Stuhl.

Wenn er hier war, war die Welt für ihn in Ordnung. Es gab nur ihn und die Nacht und die Musik. Er war in letzter Zeit viel unter Leuten gewesen, was immer sehr an ihm zehrte. Er brauchte seine Einsamkeit, seine Routine.

Als er in Fool's Gold angekommen war, hatte er nicht gewusst, was ihn erwarten würde. Nur das, was Ford ihm erzählt hatte: Die Stadt war klein, aber umtriebig, und vielleicht würde er sich hier niederlassen können. Gideon hatte verschwinden wollen und eigentlich vermutet, das ginge in einer Großstadt besser. Trotzdem war er hergekommen und hatte sich unerwartet von den hübschen Straßen und den freundlichen Einheimischen angezogen gefühlt.

Als Erstes hatte er Bürgermeisterin Marsha kennengelernt. Sie hatte ihn vor dem *Fox and Hound* angehalten, ihn mehrere Sekunden lang angeschaut und dann gefragt: „Gideon oder Gabriel?" Er war so baff gewesen, dass sie nicht nur seinen

Namen, sondern auch den seines Zwillingsbruders kannte, dass er einfach ohne ein Wort weitergegangen war.

Er war in sein Auto gestiegen und ziellos umhergefahren. Dabei hatte er sich die ganze Zeit gefragt, wer diese Frau war und wie sie seine Identität erraten hatte. Zwanzig Minuten später hatte er sich vor dem Radiosender wiedergefunden. Beim Anblick des großen „Zu verkaufen"-Schilds hatte er laut lachen müssen. Es handelte sich um einen Radiosender, um Himmels willen, und nicht um einen Flohmarkt. Aber er war dennoch hineingegangen und hatte um eine Führung gebeten.

Keinen Monat später gehörten ihm die beiden Stationen.

Der Kauf hatte all seine Ersparnisse aufgebraucht. Es blieb gerade noch genug übrig, um das Haus fertigzustellen, aber das war für ihn okay. Die Radiosender liefen gut, und er konnte den Großteil seines Einkommens zurücklegen. Er brauchte nicht viel. Obwohl er niemals ein Businessmogul werden würde, war er doch ungeahnt erfolgreich, und wenn die Nächte zu schlimm wurden, rief er sich das in Erinnerung.

Bürgermeisterin Marsha hatte ihn in seiner ersten Schicht besucht. Sie hatte sich dafür entschuldigt, den Leuten erzählt zu haben, er wäre Gabriel und nicht Gideon. Diese Verwechslung sei zustande gekommen, weil sie sich sicher gewesen wäre, dass sein Bruder nach Fool's Gold ziehen würde. Eine Aussage, die überhaupt keinen Sinn ergab. Sein Bruder war ein Arzt, der mit schwer verwundeten Soldaten arbeitete. Der heilige Gabriel, dachte Gideon grimmig. *Oder war es der Erzengel Gabriel?* Er hatte seit Jahren nicht mehr mit seinem Bruder gesprochen. Nicht wegen eines Streits oder so, sondern weil sie sich einfach nichts zu sagen hatten.

Das Lied war vorbei. Gideon spielte den nächsten Song von seiner Playlist, doch die Gedanken an seinen Bruder führten ihn zu Gedanken an seine Familie. Er sollte seine Mutter mal wieder anrufen. Vielleicht nächste Woche. Sie machte sich immer Sorgen, wenn sie nicht ab und zu etwas von ihm hörte. Doch zuerst musste er ein wenig Zeit allein verbringen. Er würde morgen früh laufen gehen. Die Meilen würden Wunder wirken und ihn heilen.

Das Licht an der Wand blinkte und zeigte, dass jemand an der Tür war. Er schaute auf die Uhr. Es war beinahe Mitternacht – eigentlich zu spät für Besucher. Er stand auf und ging den Flur hinunter.

Obwohl er wusste, dass vermutlich Ford oder Angel vor der Tür stehen würden, zog sich sein Magen beim Gedanken an andere Möglichkeiten leicht zusammen. Beziehungsweise beim Gedanken an *eine* andere Möglichkeit. Und falls sein Bedürfnis, eine langbeinige Rothaarige zu sehen, die immer ihre Meinung sagte und ihn anschaute, als wollte sie ihn auf der Stelle nackt und gefesselt sehen, gefährlich war – tja, dann war er gewillt, mit dieser Gefahr zu leben.

Er ging zur Tür und zog sie auf. Felicia stand vor ihm, den Mund verzogen, ein besorgter Ausdruck auf dem Gesicht. Sehnsucht flammte in ihm auf – sowohl danach, sie in seinem Bett zu haben, als auch danach, sie zu trösten. Er wollte sie halten und ihr sagen, was auch immer ihr Kummer machte, würde wieder gut werden. Das letzte Gefühl machte ihn wütend.

„Was?", bellte er gröber als beabsichtigt.

Sie hob ihr Kinn und funkelte ihn an. „Ich muss mit dir reden."

Er trat einen Schritt zur Seite und bedeutete ihr, hereinzukommen. Dann ging er eilig zum Studio zurück. Denn wenn er vor ihr ging, musste er wenigstens nicht mit ansehen, wie ihre Hüften sich bei jedem Schritt verführerisch wiegten.

Als er sicher hinter seinem Mischpult saß und sie ihm gegenüber, riskierte er es, sie erneut anzuschauen.

„Was ist los?", wollte er etwas weniger feindselig wissen.

Sie atmete tief ein. „Denise Hendrix war heute bei mir."

Es dauerte eine Sekunde, bevor er wusste, wen sie meinte. „Fords Mutter?"

Felicia nickte. „Sie möchte beim Stadtfest zum 4. Juli einen Stand mieten." Dann erklärte sie ihm, um was für eine Art Stand es sich handelte.

„Ich meine, ich bin überhaupt nicht an Ford interessiert. Er ist für mich wie ein Bruder, und Kent habe ich noch nie getroffen, aber das ist nicht der Punkt.“ Sie presste die Lippen aufeinander, als kämpfe sie gegen ihre Gefühle an. „Warum hat sie mich nicht einmal in Betracht gezogen? Ich erfülle ihre Kriterien. Ich bin Single, ich wohne in Fool's Gold, und es gibt keinen Grund, anzunehmen, dass ich keine gesunden Kinder zur Welt bringen kann. Und genau das will sie, hat sie gesagt. Enkelkinder. Also warum bin ich nicht gut genug?“

Er wusste nicht, was schlimmer war – das leichte Zittern in ihrer Stimme, der Schmerz in ihren Augen oder die brutale Eifersucht, die wie ein Messer in sein Herz stach. Der Gedanke an Felicia zusammen mit Ford oder einem anderen Mann weckte in ihm den Wunsch, irgendetwas in Stücke zu schlagen.

Er hatte ein Problem – und das wusste er. In seiner Mitte zu sein, ruhig zu bleiben, war für ihn überlebenswichtig. Er war in der Hölle gewesen und hatte nicht vor, dorthin zurückzukehren.

„Ich denke, sie weiß die Wahrheit über mich“, fuhr Felicia fort. „Irgendwie hat sie gespürt, dass etwas mit mir nicht stimmt.“

„Das ist doch Unsinn.“ Er konzentrierte sich auf ihre Worte und ignorierte sein Unbehagen. „Du bist eine hübsche, intelligente Frau, die sesshaft werden möchte. Welche potenzielle Schwiegermutter würde dich nicht an die Spitze ihrer Liste setzen?“

„Denise Hendrix.“ Felicia schaute ihn an. „Ich möchte so sein wie alle anderen.“

„Wie alle anderen zu sein wird vollkommen überbewertet.“

„Du hast leicht reden. Du passt dich überall an. Du hast kein Problem, mit anderen Leuten zu reden. Du betrittst einen Raum und weißt, was du sagen musst.“

„Ich betrete einen Raum und schaue, wo der Ausgang ist. Das solltest du inzwischen eigentlich wissen.“

Sie nickte langsam. „Du hast recht. Das sollte ich. Tut mir leid.“

Er schüttelte den Kopf. „Nein, mir tut es leid. Ich weiß, was du gemeint hast, Felicia. Das war gemein von mir."

Was daran lag, dass er immer noch sauer darüber war, dass sie gerne in die engere Wahl für Ford gekommen wäre. Obwohl er zugeben musste, dass er natürlich verstand, worum es ihr ging. Zumindest, wenn er seine Eifersucht beiseiteschob.

„Du gehörst hierhin", sagte er.

„Aber nicht so wie alle anderen. Ich möchte dazugehören. Mir gefällt es hier, und ich möchte gerne bleiben. Ich möchte heiraten und Teil einer Familie werden." Ihr Blick hielt seinen fest. „Ich möchte, dass wir miteinander ausgehen."

Er holte tief Luft und überlegte hastig, wie weit es bis zur Tür war.

Sie lachte leise. „Tut mir leid, die beiden Sätze sollten nicht miteinander in Zusammenhang stehen. Du musst nicht gleich in Panik geraten."

Er drehte sich wieder zu ihr um. „Ich gerate nicht in Panik."

„Du bist ganz blass geworden und hast ausgesehen, als würde ein Ungewitter auf dich zukommen." Sie wurde ernst. „Du hast mir sehr klar gesagt, was du willst und was du nicht willst. Ich hatte zwar entschieden, dass mich das meinem Ziel nicht näher bringt, aber inzwischen bin ich mir da nicht mehr so sicher. Du verstehst, wie man dazugehört."

Die Richtung, die das hier nahm, gefiel ihm gar nicht. „Felicia", fing er an und brach dann wieder ab, weil er nicht wusste, was er sagen sollte.

„Ich möchte von dir lernen", sagte sie entschlossen. „Besser gesagt, von uns. Ich möchte mit dir ausgehen, wie normale Pärchen es machen. Zeig mir, wie Menschen sich auf Dates benehmen. Was sie tun. Ich möchte endlich mal so sein wie alle anderen auch."

Er brachte es nicht über sich, ihr zu sagen, dass das nie geschehen würde. Sie war viel zu außergewöhnlich. Doch das würde sie nicht als Kompliment auffassen, und er wollte sie nicht traurig machen.

Sie lächelte. „Im Gegenzug haben wir Sex. Du musst zugeben, unsere sexuelle Chemie ist ausgezeichnet."

Ja, das konnte er ohne zu zögern unterschreiben. „Sex ist gefährlich."

„Das glaube ich nicht. Wir schützen uns. Und solange wir die Orte, an denen wir Sex haben, gut auswählen, sollten wir in der Lage sein …" Ihre Augenbrauen schossen in die Höhe. „Oh. Du sprichst über die Gefahren einer emotionalen Verbindung. Du willst nicht, dass ich mich in dich verliebe."

„Du würdest nur verletzt werden."

„Ich weiß deine Besorgnis sehr zu schätzen. Aber was ist mit dir? Machst du dir um dich selbst gar keine Gedanken?"

Er zögerte, weil er ihre Gefühle nicht verletzen wollte. „Ich bin nicht in der Lage, jemanden zu lieben." Dazu war einfach nicht mehr genug von ihm übrig.

„Ich denke, du bist sehr wohl dazu in der Lage", erklärte sie. „Aber ich verstehe, was du mir gerade mitgeteilt hast."

„Was du sagst."

„Was?"

„Du verstehst, was ich sage."

„Warum solltest du auch nicht? Ich drücke mich doch ganz einfach aus."

Er lachte. „Nein. Ich meine, du sollst nicht sagen: ‚Ich verstehe, was du mir gerade mitgeteilt hast.' Das klingt so förmlich."

Sie runzelte die Stirn und nickte dann. „Ich verstehe." Ein Lächeln erhellte ihr Gesicht. „Du sagst mir also, dass du bereit bist, mit mir auszugehen und mir beizubringen, wie jede andere Frau zu sein?"

Er kannte alle Gründe, warum er das nicht tun sollte. Die Chance, dass das hier böse endete, war größer, als ihm lieb war. Doch wie sollte er einer Beziehung ohne jegliche Verpflichtungen mit einer wunderschönen Frau widerstehen? Und wichtiger noch, er durfte dabei Zeit mit Felicia verbringen – sowohl im Bett als auch außerhalb. Er war vielleicht nicht, was sie wollte oder verdiente. Aber das bedeutete noch lange nicht, dass er ihr widerstehen konnte.

„Ja“, sagte er.

Sie lachte und stand auf. „Willst du mit dem Sex gleich hier im Sender anfangen?“

Er unterdrückte einen Fluch. In der Zeit, die sein Kopf brauchte, um ihre Fragen zu verarbeiten, hatte sein Körper schon reagiert.

„Du musst nicht im Voraus bezahlen“, erwiderte er.

Ihr Lächeln wurde breiter. „Ich betrachte körperliche Intimität mit dir nicht als Bezahlung. Dazu genieße ich das alles viel zu sehr.“

Er stöhnte. „Du bringst mich noch um, das weißt du, oder?“

Sie ging um das Mischpult herum auf ihn zu. Als sie nah genug war, umarmte sie ihn und presste ihre Kurven an seinen Körper.

„Danke“, murmelte sie. „Ich weiß das wirklich zu schätzen.“

„Gern geschehen.“

Er gestattete sich, seine Hände an ihre Taille zu legen. Doch heute Nacht würde zwischen ihm und der Frau in seinen Armen nichts laufen. Wenn sie miteinander ausgingen, würde er den Regeln folgen müssen. Egal, wie sehr er sie wollte.

Sie trat einen Schritt zurück. „Wir sollten unser erstes Date planen.“ Sie hielt inne. „Obwohl wir das technisch gesehen schon hatten, also wird es unser zweites Date.“

„Ich führe dich zum Essen aus“, warf er schnell ein, denn er wusste, wenn sie sich in seinem Haus träfen, würden sie weder ausgehen noch essen.

Sie strahlte ihn an. „Das fände ich schön.“ Dann beugte sie sich vor, gab ihm einen federleichten Kuss auf den Mund und verließ mit einem Winken das Studio.

Er stand wie angewurzelt da, bis er die Tür ins Schloss fallen hörte. Dann sackte er auf seinem Stuhl zusammen und holte tief Luft.

Das hier war gefährlich – und zwar für sie beide. Doch Felicia wollte lernen, so zu sein wie alle anderen. Und er … nun, er wollte wenigstens für ein paar Wochen so tun, als könnte er einem anderen Menschen noch nahe sein.

Er ging seine CDs durch, bis er die gefunden hatte, die er suchte, und legte sie ein. Dann setzte er die Kopfhörer auf und fuhr die Lautstärke hoch. Es war eine Nacht für die Rolling Stones. Mit „You Can't Always Get What You Want" erinnerte die legendäre Band ihn zwar daran, dass man nicht immer alles bekam, was man wollte. Aber mit Felicia kam das der Sache schon verdammt nahe.

8. KAPITEL

Felicia schaute auf die Uhr, die hinter der Bar an der Wand hing, und nahm ihr Weinglas in die Hand. Sie hatte noch ein wenig Zeit, bevor sie nach Hause gehen und sich für ihr Abendessen mit Gideon umziehen musste.

Sie würden miteinander ausgehen. Eine echte Verabredung, dachte sie glücklich und auch etwas verwirrt, dass sie deswegen so aufgeregt war. Denn Gideon würde ihr zwar helfen, die Rituale zu verstehen, die zu Ehe und Kindern führen konnten. Aber er war nicht der Mann, mit dem sie ihr Leben verbringen würde, sondern nur ein Mittel zum Zweck. Also kein Grund zur Aufregung. Doch da war diese Enge in ihrer Brust und das Flattern in ihrem Magen, das sie nicht ignorieren konnte.

„Was ist?“, wollte Patience wissen. „Du hast gerade zum ungefähr vierten Mal in der letzten Viertelstunde auf die Uhr geschaut. Kommst du zu irgendetwas zu spät?“

Isabel, Noelle und Consuelo schauten sie neugierig an.

„Nicht zu spät“, murmelte Felicia. „Aber ich habe eine Verabredung.“

Vier Paare Augenbrauen hoben sich synchron. Wenn sie nicht das Objekt ihrer Spekulationen gewesen wäre, hätte sie sich über diese identische Reaktion amüsiert. So jedoch verspürte sie lediglich den plötzlichen und unerklärlichen Drang, auf ihrem Stuhl hin und her zu rutschen.

„Eine Verabredung“, sagte Isabel. „Mit einem Mann?“

Felicia nickte. „Ich hatte noch nie eine sexuelle Vorliebe für Frauen.“

„Gut zu wissen“, sagte Consuelo und griff nach ihrem Bier.

„Mit wem?“, wollte Noelle wissen.

„Gideon“, sagten Patience und Consuelo wie aus einem Mund.

Isabel und Noelle schauten einander an.

„Offenbar wusstet ihr beide davon.“ Isabel schaute ihre Freundinnen der Reihe nach an. „Habt ihr etwa Geheimnisse vor mir?“

„Uns erzählt nie jemand was", erklärte Noelle ihr. „Das liegt daran, dass wir blond sind. Darauf sind sie eifersüchtig."

„Vielleicht." Isabel wandte sich an Felicia. „Seit wann führt heißer, verrückter Sex dazu, dass man miteinander ausgeht?"

Felicia räusperte sich. „Wir gehen nicht im traditionellen Sinn miteinander aus. Gideon hilft mir nur, zu lernen, wie alle anderen zu sein."

„Und warum musst du das lernen?", wollte Consuelo wissen.

„Weil ich ein Freak bin." Das sollte doch wohl offensichtlich sein, dachte Felicia.

„Du bist so einiges", erwiderte ihre Freundin. „Aber ganz bestimmt kein Freak."

„Ich bin nicht wie ihr anderen."

„Ich bin echt langweilig", sagte Isabel. „So willst du nicht sein."

„Du warst verheiratet. Du hast dich verliebt. Das will ich auch."

Isabel berührte ihre Hand. „Du findest schon den richtigen Mann. Ich sehe das genau wie Consuelo. Ich bin sicher, dass du keine Trainingsstunden brauchst."

Felicia seufzte. „Irgendetwas stimmt aber mit mir nicht. Vor ein paar Tagen kam Denise Hendrix zu mir. Sie will beim Stadtfest am 4. Juli einen Stand mieten."

Sie erklärte, was Denise vorhatte. Als sie fertig war, lehnte sie sich auf der Bank zurück und wartete darauf, dass ihre Freundinnen zustimmend nickten.

Patience blieb der Mund offen stehen. „Auf keinen Fall", hauchte sie. „Ist das dein Ernst? Denise Hendrix nimmt Bewerbungen an, um Frauen für Ford und Kent zu finden?" Sie wandte sich an Isabel. „Du solltest auch eine abgeben."

„Blödsinn. Ich bin nicht an Ford interessiert." Isabels Finger schlossen sich fester um ihr Margaritaglas. „Nein, wirklich, kein Interesse. Das ist Jahre her." Sie seufzte. „Na ja, wenn *er* interessiert wäre, vielleicht." Sie schüttelte den Kopf. „Nein.

Nein, nein, nein. Ich bin entschlossen, so zu tun, als gäbe es ihn nicht. Ich bin stark."

„Und ein wenig verrückt." Consuelo verdrehte die Augen. „Dieser Ich-suche-eine-Schwiegertochter-Stand wird nichts als Ärger machen."

„Denise ist verrückt", warf Isabel ein. „Ford wird darüber nicht glücklich sein. Und Kent vermutlich auch nicht."

„Ich finde es schön, dass sie sich um ihre Söhne sorgt", sagte Noelle. „Selbst wenn man ihren Realitätssinn etwas infrage stellen muss."

Felicia schaute die Frauen der Reihe nach an. „Entschuldigt bitte", sagte sie laut. „Ihr versteht nicht, worum es hier geht. Ich habe direkt vor ihr gesessen. Ich bin eine intelligente, sprachgewandte Singlefrau im besten Alter. Warum hat sie mich nicht gefragt, ob ich an einem ihrer Söhne interessiert bin?"

„Ford kennst du doch schon", erwiderte Consuelo. „Vielleicht dachte sie, wenn ihr beide zusammenpassen würdet, hätte man das schon gemerkt."

„Und was ist mit Kent?", hakte Felicia nach. „Sieh der Tatsache ins Auge. Sie hat mich überhaupt nicht in Betracht gezogen. Ich weiß nicht, warum, aber so ist es nun mal. Die Wahrheit ist, ich bin anders, und ich will nicht länger anders sein. Ich möchte genauso sein wie alle anderen. Also werde ich mit Gideon ausgehen, bis ich herausgefunden habe, wie das geht."

Felicia starrte auf den Tisch, weil sie die mitleidigen Blicke ihrer Freundinnen nicht mit ansehen wollte.

„Ich hoffe, das passiert nie", sagte Consuelo. „Also, dass du so wirst wie alle anderen. Das wäre wirklich eine Schande. Ich finde dich großartig, wie du bist."

Felicia schaute auf. „Danke. Ich weiß deine Unterstützung sehr zu schätzen, aber ich möchte mich weiterentwickeln."

„Dann solltest du da rausgehen und dich nach dem richtigen Mann umschauen", erwiderte Consuelo. „Aber du brauchst definitiv keinen Trainer."

„Ich kann ziemlich ungelenk sein."

„Du hättest mich mal mit Justice sehen sollen“, gab Patience zu. „Ich wusste nicht, was ich sagen sollte, als er vor ein paar Monaten im Salon aufgetaucht ist. Ich war als Teenager so verrückt nach ihm.“ Sie seufzte. „Aber es hat trotzdem irgendwie hingehauen, und nun werden wir bald heiraten.“

„Als kürzlich Geschiedene“, sagte Isabel und hob ihr Glas, „bin ich einfach nur sehr verbittert.“

Noelle hob ihr Glas ebenfalls. „Ich auch. Aber ich freue mich unglaublich für dich.“

Die Unterhaltung wandte sich möglichen Hochzeitsterminen zu. Patience erklärte, dass sie gerne im Herbst heiraten würde, aber Angst vor früh einsetzendem Schneefall hatte.

Felicia schaute auf die Uhr und sah, dass es an der Zeit war, zu gehen. Sie legte zehn Dollar auf den Tisch und rutschte von der Bank. „Ich muss los“, sagte sie.

„Wir wollen einen ausführlichen Bericht“, sagte Isabel. „Mit allen Einzelheiten.“

„Ich sollte auch los“, sagte Patience, nachdem Felicia gegangen war.

„Dein attraktiver Mann wartet wohl schon“, entgegnete Noelle lächelnd. „Ich bin zwar ziemlich neidisch, kann dich aber gut verstehen.“ Sie hielt inne und runzelte leicht die Stirn. „Das war ein ereignisreiches Treffen heute. Ich bin erschöpft.“

Isabel lachte. Consuelo wartete darauf, dass die anderen beiden Frauen auch verkündeten, dass sie gehen mussten. Oder sie auffordernd anschauten, um ihr klarzumachen, dass *sie* jetzt mal verschwinden sollte. Sie hatte die beiden schließlich gerade erst kennengelernt, und das auch nur, weil Felicia sie eingeladen hatte.

Consuelo wusste, dass sie mit den anderen Frauen am Tisch nichts gemeinsam hatte. Sie waren in ruhigen Dörfern und in den richtigen Stadtvierteln aufgewachsen. Ihre Körper wurden bestimmt nicht von irgendwelchen Narben verziert, die sie sich im Kampf zugezogen hatten. Aber das war ja gar nicht das Problem. Problematisch wurde es, wenn die anderen herausfanden, was sie getan hatte – erst aus reiner Notwendigkeit und danach, weil sie gut darin war. Denn dann würden diese Frauen garantiert nie wieder etwas mit ihr zu tun haben wollen.

„Ich wünsche dir viel Spaß mit Justice", sagte Isabel und schaute dann Consuelo an. „Noelle und ich bleiben noch zum Abendessen. Hast du Lust?"

„Sag Ja", drängte Noelle. „Wir können echt lustig sein."

„Danke, die Einladung nehme ich gerne an", sagte Consuelo schnell, bevor ihr ein Grund einfallen konnte, zu gehen. In Wahrheit wollte sie auch dazugehören. Sie teilte Felicias Wunsch danach, normal zu sein, wenn auch aus anderen Gründen. Die Chancen, diesen Zustand zu erreichen, standen eher schlecht. Aber sie konnte ja wenigstens so tun, als ob.

Isabel winkte der Frau hinter der Bar, die nickte und damit anzeigte, dass sie gleich zu ihnen kommen würde. „Einer der Vorteile daran, in Fool's Gold zu leben, ist, dass wir überall zu Fuß hingehen können und uns keine Gedanken um Alkohol am Steuer machen müssen." Sie legte ihre Hände auf den Tisch und beugte sich vor. „Okay, ich weiß, dass du mit Felicia befreundet bist und ihr beide beim Militär wart. Hast du auch in der Logistik gearbeitet?"

„Nicht ganz."

Die beiden Frauen schauten Consuelo erwartungsvoll an.

„Ich war Agentin, hab einige Undercovereinsätze gemacht."

Noelle riss ihre blauen Augen auf. „Du warst eine Spionin? Wie James Bond, nur als Mädchen?"

„Ja, genau so", sagte Consuelo leichthin und lächelte. „Ehrlich gesagt ist es nicht ganz so aufregend. Ich bin irgendwohin geschickt worden, habe mich mit den Einheimischen angefreundet und versucht, herauszufinden, was los ist." Ab und zu habe ich einen feindlichen Agenten verführt und ihn im Notfall getötet, dachte sie – aber den Teil würde sie schön für sich behalten.

„Also bist du in Selbstverteidigung und so ausgebildet?", wollte Isabel wissen.

Consuelo nickte. „Ich werde bei CDS viele Trainingseinheiten leiten."

Noelle wirkte einen Moment verwirrt. „Du meinst die Bodyguard-Schule? So nennen wir Städter sie zumindest."

„Städter?", fragte Consuelo.

Noelle grinste. „Genau."

„Ich muss Consuelo recht geben." Isabel rümpfte die Nase. „Städter? Wo leben wir, in den Vierzigerjahren oder was?" Sie schaute Consuelo an. „Du hast fabelhafte Bauchmuskeln. Vermutlich trainierst du viel, was?"

Consuelo dachte an den Sandsack, mit dem sie am Morgen eine Stunde verbracht hatte. „An den meisten Tagen schon."

Isabel seufzte. „Ich sollte auch Sport treiben. Ich denke oft daran, aber ich schätze, das zählt nicht."

„Ernsthaftigkeit zählt", warf Noelle ein. „Das ist alles nur eine Frage der Haltung."

„Sit-ups helfen auch", erwiderte Consuelo trocken.

Isabel lächelte. „Ich sehe zwar ehrlich gesagt nicht, dass ich das jemals hinbekomme, aber ich werde mich von dir inspirieren lassen."

Die Frau von der Bar kam an ihren Tisch und wandte sich an Consuelo. „Hi, ich bin Jo. Wir haben uns bislang noch nicht kennengelernt."

„Consuelo."

„Du arbeitest für CDS", sagte Jo und lachte leise. „Ford und Angel haben beide Angst vor dir."

„Gut. So soll es sein."

„Ja, kann ich verstehen." Sie ließ ihren Blick über die beinahe leeren Gläser schweifen. „Noch eine Runde?", fragte sie.

„Ja", erwiderte Isabel. „Und Tortilla Chips und Guacamole. Danach entscheiden wir dann, was wir zu Abend essen."

Jo notierte die Bestellung und ging.

Noelle hob ihr Margaritaglas an und stellte es wieder weg. „Wirst du uns gleich darüber belehren, wie man sich richtig ernährt?"

„Nein“, erwiderte Consuelo. „Ich werde eine extra Portion Chips bestellen.“

„Wir werden so gute Freundinnen werden.“ Noelle setzte sich aufrechter hin. „Das spüre ich einfach. Wie wäre es, wenn du einen Kurs für uns anbietest? So etwas wie ‚Sport für die Jämmerlich-aus-dem-Leim-Gegangenen‘? Da könnte ich mitmachen – mit dir macht das bestimmt Spaß.“

Isabel nickte. „Das sehe ich auch so, obwohl ich mir schmerzhaft bewusst bin, dass du uns ganz schön in den Hintern treten würdest. Aber ich werde in ein paar Jahren dreißig, ich muss langsam mal was unternehmen.“

Consuelo lächelte. Sie mochte Isabels lebhafte Persönlichkeit. „Du hast doch gerade noch gesagt, dass du kein Interesse an Sport hast.“

„Habe ich auch nicht, aber ich lasse mich durch Angst motivieren. Früher oder später setzt die Schwerkraft uns allen zu, zumindest sagt das meine Mutter immer.“

„Lebt deine Mutter auch hier?“, wollte Consuelo wissen.

„Im Moment nicht. Sie und mein Vater sind gerade auf einer Kreuzfahrt um die Welt. Eigentlich sind es mehrere Kreuzfahrten mit einigen Wochen Aufenthalt in den verschiedenen Ländern. Sie werden beinahe ein ganzes Jahr weg sein. Das ist einer der Gründe, warum ich wieder in Fool's Gold bin. Ich leite so lange das Familiengeschäft.“ Sie machte eine effektvolle Pause. *„Paper Moon.“*

„Ein Brautmodenladen“, fügte Noelle hinzu. „Sehr hübsch. Sie führen auch Ballkleider und andere Roben.“

Isabel verdrehte die Augen. „Meine Schwester ist zu sehr damit beschäftigt, Kinder in die Welt zu setzen, um sich um das Geschäft zu kümmern. Meine Eltern wollen es verkaufen, und ich erhole mich gerade von meiner Scheidung, also bin ich hier. Ich werde es in Schuss bringen, einen Käufer finden, und wenn ich es verkauft bekomme, erhalte ich einen Anteil des Erlöses. Danach heißt es für mich *adios*.“

„Du bleibst nicht hier?“, fragte Consuelo nach.

Isabel schüttelte den Kopf. „Hier bin ich lange genug gewesen. Ich habe einen ganzen Schrank voller Fool's-Gold-Festival-T-Shirts."

Eine der Bedienungen kam mit zwei Margaritas, einem Bier, Tortilla Chips, Salsa und Guacamole an den Tisch.

Noelle nahm sich einen Tortilla Chip. „Ich verstehe nicht, wie man hier wegwollen kann. Mir gefällt es."

„Du bist auch gerade erst angekommen", sagte Isabel. „Wir sprechen uns in zwanzig Jahren noch mal."

„Dann werde ich es noch mehr lieben. Das schwöre ich. Wenn ich nur den richtigen Mann finden würde."

„Ich habe gehört, Mrs Hendrix nimmt Bewerbungen entgegen", erwiderte Consuelo. Sie konnte es kaum erwarten, dass Ford von den Plänen seiner Mutter erfuhr. Das würde eine Show werden.

„Ich habe Kent noch nicht kennengelernt." Noelle senkte ihre Stimme. „Aber mit Ford kann ich nicht ausgehen. Isabel ist immer noch in ihn verknallt."

Consuelo fragte sich, ob Ford das wohl wusste. Und wenn ja, was er darüber dachte.

Isabel funkelte ihre Freundin böse an. „Bin ich nicht. Ich habe seit Jahren nicht mehr mit dem Mann gesprochen."

„Aber du *warst* mal in ihn verknallt."

„Das war nur so eine Phase." Sie schaute Consuelo an. „Ich war vierzehn, und er war mit meiner Schwester verlobt. Sie hat ihn betrogen, er hat die Stadt verlassen, und ich habe ihm geschrieben. Ende der Geschichte."

„Das ist nicht wirklich das Ende der Geschichte", behauptete Noelle. „Sie hat immer noch Gefühle für ihn."

„Ich habe vor allem das Gefühl, dass ich dich in einen Schrank einsperren sollte."

Consuelo nippte an ihrem Bier. „Bringt mich nicht dazu, dazwischenzugehen."

Noelle beugte sich zu ihr. „Du sagst das so locker dahin, aber es hört sich total Furcht einflößend an. Wie machst du das? Du bist so zierlich und trotzdem total einschüchternd. Das bewundere ich."

„Das erfordert eine Menge Training", erwiderte Consuelo. Sie hatte früh gelernt, auf sich selbst aufzupassen. Zu früh. Aber auf der Straße aufzuwachsen bedeutete, dass man blitzschnell herausfand, wie man überlebte. Denn eine zweite Chance gab es da nicht. Einer ihrer Lieblingsfilme war *Die Verurteilten*. Wann immer es in ihrem Leben richtig hart wurde, erinnerte sie sich daran, dass sie sich entweder damit beschäftigen konnte, zu leben oder zu sterben. Bisher hatte sie sich jedes Mal für das Leben entschieden.

„Du könntest immer noch mit Kent ausgehen", schlug sie jetzt zur Ablenkung vor.

„Den habe ich bislang noch nicht kennengelernt", gab Noelle zu.

„Er ist ganz nett." Isabel häufte sich Salsa auf eine Tortilla. „Ein typischer Hendrix. Groß, dunkelhaarig, dunkle Augen. Und ganz gut aussehend, schätze ich."

„Aber nicht so gut wie Ford?", zog Noelle sie auf.

Isabel verdrehte die Augen. „Ich werde dich jetzt ignorieren." Sie wandte sich an Consuelo. „Er ist Mathelehrer und hat einen Sohn. Reese. Der ist elf oder zwölf. Kent ist geschieden, aber mehr weiß ich auch nicht."

„Vielleicht werde ich mich bewerben", überlegte Noelle laut. „Natürlich werde ich nur eine von vielen sein. Die Chancen, zurückgewiesen zu werden, sind hoch." Sie hob eine Augenbraue. „Was ist mit dir, Consuelo? Kein Interesse an einem der Hendrix-Söhne?"

„Nein danke. Ich kenne Ford schon sehr lange, und er ist nicht mein Typ."

„Warum nicht?"

„Das Letzte, was ich in meinem Leben gebrauchen kann, ist noch ein angeberischer Soldat."

Noelle pikte Isabel in den Arm. „Ist Ford ein Angeber? Schlägt dein Herz schneller, wenn er das tut?"

„Du nervst wirklich, weißt du das?“ Isabel wandte sich an Consuelo. „Kent ist kein Soldat.“

„Ich würde trotzdem nicht zu ihm passen“, erwiderte Consuelo leichthin. Denn in Wahrheit wusste sie, dass ein Mann, der klug genug war, um Mathelehrer zu sein, niemals an einer Frau wie ihr interessiert wäre. Vor allem nicht ein Mann mit Kind. Er würde einen Blick auf sie werfen, erkennen, was sie vorher gewesen war, und ihr den Rücken zuwenden. Das hatte sie schon zu oft erlebt.

Isabel seufzte. „Ich wette, wenn du einen Raum betrittst, drehen sich alle Männer um und starren dich an.“

„Mit heraushängenden Zungen“, fügte Noelle hinzu. „Das muss schön sein.“

Die Sonne stand immer noch hoch am Himmel, aber die großen Bäume boten Schatten. Felicia strich die Serviette auf ihrem Schoß glatt und sagte sich, dass es keinen Grund gab, nervös zu sein. Sie hatte schon Sex mit Gideon gehabt – und das hier war nur ein Abendessen. Das sollte doch eigentlich leichter sein, oder? Immerhin hatten sie beide Kleidung an.

Doch von der Sekunde an, als er sie abgeholt hatte, und während der ganzen Fahrt zur *Hibiscus Winery* bis zu dem Moment, an dem sie zu dem zauberhaften Tisch im Innenhof geführt worden waren, wollte ihr nichts einfallen, was sie sagen konnte.

Vielleicht lag es daran, wie Gideon aussah. Er trug eine dunkle Jeans und ein langärmliges blassblaues Hemd. Nicht zu formell, aber auch nicht zu lässig. Sein widerspenstiges Haar hatte er sich schneiden lassen, und er war frisch rasiert.

Weil das hier ein Date ist, dachte sie. Und sie wusste nicht, wie man sich auf einem Date verhielt.

„Es ist schön hier.“ Er schaute sich um.

Die Westseite des Innenhofs wurde von Bäumen eingerahmt. Dahinter und im Norden des Anwesens erstreckten sich Weinberge.

„Bei den Bäumen handelt es sich hauptsächlich um einheimische Arten“, sagte sie. „Verschiedene Kiefern, Grautannen und Kalifornische Schwarzeiche. Die Schwarzeiche ist einer der nützlichsten Bäume in dieser Gegend. Man schätzt, dass sie über fünfzig Vogelarten ein Heim bieten, und ihre Eicheln sind die Hauptnahrungsquelle für Eichhörnchen und Großohrhirsche. Die Kalifornische Schwarzeiche hat sich an die vielen Buschfeuer in diesem Teil des Landes angepasst. Ihre dicke Borke schützt sie vor den kleineren Feuern, und nach einem Großbrand wachsen die Bäume sehr schnell nach.“

Sie hielte inne. „Das war vermutlich mehr, als du je über einen einheimischen Baum wissen wolltest.“

Gideon lächelte sie an. „Du bist nicht langweilig. Das gefällt mir.“ Er schaute zu den Bäumen. „Ich habe jetzt viel mehr Respekt für die Kalifornische Schwarzeiche als vorher.“

Sie war nicht sicher, ob er sie aufzog oder nicht. Sie hoffte Letzteres.

Eine junge Frau in schwarzer Hose und weißem Hemd kam an ihren Tisch. „Guten Abend. Vielen Dank, dass Sie heute bei uns sind. Ich bin Ihre Kellnerin. Wie Sie auf der Karte sehen können, bieten wir verschiedene Gerichte mit den passenden Weinen an.“

Sie erklärte die Weinauswahl. Felicia und Gideon entschieden sich, die Rotweine auszuprobieren, und bestellten dazu ein paar Vorspeisen.

„Wie läuft es in deinem neuen Job?“, fragte er, als sie wieder alleine waren.

„Ich bin immer noch dabei, mich einzugewöhnen und zu lernen. Pia und ich waren gestern beim X-treme Wasserski-Festival. Sie hat mir genau erklärt, was vorher, währenddessen und danach passiert.“ Sie hielt inne und fragte sich, wie ehrlich sie wohl sein könnte.

„Was?“, wollte er wissen.

„Es war so desorganisiert. Einige der Standplatzierungen haben mich überrascht, und die Toilettensituation war nicht effizient.“

Wieder strich sie ihre Serviette glatt. „Ich mochte es, die Wettkämpfer kennenzulernen. Sie sind bemerkenswert talentiert. Obwohl ich vom Physikalischen her verstehe, wie Wasserskifahren funktioniert, bezweifle ich, dass ich es jemals meistern würde." Sie zog die Nase kraus. „Ehrlich gesagt sehe ich mich ständig ins Wasser fallen."

„Dafür würdest du in einem Bikini super aussehen."

Felicia öffnete den Mund und schloss ihn wieder. Ihre Wangen wurden heiß. Die automatische Reaktion auf unerwartete Aufmerksamkeit, dachte sie. Oder vielleicht lag es auch an dem sexuellen Unterton der Bemerkung, der darauf hindeutete, dass er ihren Körper genossen hatte.

„Für solche Veranstaltungen ist ein Badeanzug wesentlich praktischer."

Er seufzte. „Tja, wenn du unbedingt praktisch sein willst."

Sie lachte.

Die Kellnerin kam mit fünf Gläsern Wein für jeden von ihnen zurück. In jedem Glas befand sich nur ein kleiner Schluck. Sie erklärte die verschiedenen Weine, stellte dann die Vorspeisen auf den Tisch und ging wieder.

„Das Essen ist komplizierter, als ich gedacht habe", sagte Gideon.

„Die verschiedenen Weine und Speisen erlauben uns, die Kombination zu finden, die uns am besten schmeckt. Salzig mit süß, scharf mit sauer und so weiter." Sie presste die Lippen zusammen. Nicht jede Unterhaltung muss in einer Vorlesung enden, ermahnte sie sich. „Sorry."

Er sah sie fragend an. „Wofür entschuldigst du dich?"

„Ich habe zu viele Informationen in meinem Kopf. Nicht jeder will zu allem immer die Hintergründe wissen."

Er nahm das erste Glas in die Hand. „Ich schlafe besser, wenn ich mehr weiß."

„Du bist nur nett."

„Blödsinn. Hör dich mal um, Felicia. Ich bin nicht nett."

„Doch, bist du sehr wohl. Die Menschen in Fool's Gold halten viel von dir."

Sie beobachtete ihn, während sie sprach, und sah so den Moment, in dem er sich verspannte, als wäre er in eine Falle getappt.

„Das Kompliment macht dich nicht glücklich?“

„Nein.“

Seine Ehrlichkeit überraschte sie. „Weil du meinst, du gehörst nicht dazu, und wenn sie dich als einen der Ihren betrachten, erwarten sie zu viel von dir?“

Er musterte sie. „Sehr schön zusammengefasst. Ich sollte daran denken, dass du dich mit der Psyche eines Kriegers auskennst.“

„So gut es eben geht. Ich bin keine von denen, die glauben, dass Männer und Frauen über die gleiche Neurophysiologie verfügen. Unsere Gehirne sind unterschiedlich vernetzt, und deshalb verarbeiten wir Informationen auch ganz verschieden. Aber ich war lange genug beim Militär, um mir ein ganz gutes Wissen darüber anzueignen, wie Soldaten denken und reagieren.“ Sie hielt kurz inne. „Soweit man von der Gruppe auf den Einzelnen schließen kann.“

Ach, verflixt. Jetzt hatte sie es schon wieder getan. Sie stellte ihr Weinglas hin und überlegte kurz, die Flucht zu ergreifen. Jeder Ort wäre besser, als hier zu sein.

„Ich kann irgendwie nicht damit aufhören“, murmelte sie. „Ich bin nervös, das scheint mein Geplapper noch zu verschlimmern.“

„Du bist zu hart zu dir. Ich mag es, wenn du mir etwas erklärst. Das bringt mich dazu, meine Welt mit anderen Augen zu sehen.“

„Danke.“ Sie hoffte, dass er die Wahrheit sagte, denn nicht jeder empfand das so.

Sie dachte an Denise Hendrix, die sie nicht mal ansatzweise als potenzielle Frau für ihre Söhne in Betracht gezogen hatte. „Ich glaube, ich habe ein ziemlich gutes Verständnis dafür, welche Makel meine Persönlichkeit aufweist“, erklärte sie. „Diese Makel einfach zu ignorieren wird aber nicht reichen, um mich anzupassen.“

„Und einen Ehemann und Kinder zu bekommen."
„Ja, das möchte ich auch." Sie nippte an ihrem Wein. „Einige der Wissenschaftler dort, wo ich aufwuchs, hatten Familie. Ich erinnere mich noch, wie aufgeregt alle waren, wenn ein neues Kind geboren oder ein Meilenstein im Leben erreicht wurde. Das waren brillante Männer, die stolz über die ersten Schritte oder das erste Wort ihrer Kinder sprachen. Wir sind dazu gemacht, uns fortzupflanzen, unsere DNA weiterzugeben. Mehr noch, Teil einer Gruppe zu sein bringt uns emotionale Befriedigung. Ich bin sicher, du hast von den Studien gehört, die zeigen, dass Menschen, die in eine Gemeinschaft eingebunden sind, länger leben."
„Ich will dir deine Ziele gar nicht ausreden", sagte er. „Ich zweifle nur an, dass du dich so sehr anstrengen musst, um sie zu erreichen."
„Du bist ein starker, attraktiver Mann. Dir wird es nie an weiblicher Begleitung mangeln. Sobald du bekannt gibst, dass du heiraten willst, werden sich Tausende Frauen freiwillig melden."
Er wich dem Kompliment aus, indem er ihr den Bruschetta-Teller hinüberschob. „Probier mal."
„Warum?"
„Weil ich sicher bin, dass es köstlich schmeckt. Und weil du komplett richtig bist, so wie du bist. Auch wenn du mir das nicht glauben willst."
Wenn das nur wahr wäre, dachte sie traurig. „Wenn an mir nichts falsch ist, warum bist du dann hier? Du hast sehr deutlich gemacht, dass du an einer Beziehung nicht interessiert bist. Deshalb bist du hier, um mir zu helfen. Aber wenn ich gar kein Problem habe, würde ich doch keine Hilfe benötigen."
Er stöhnte. „Erinnere mich daran, dich nie wieder geistig herauszufordern."
Sie nickte. „Das ist ein guter Vorsatz. Falls es dich tröstet, du würdest mich in jeder körperlichen Aktivität schlagen, für die

man einen starken Oberkörper benötigt. Ich treibe zwar Sport, aber solche Muskeln, wie du sie hast, werde ich nie kriegen."

„Das ist ein schwacher Trost. Ich kann also nur in den Höhlenmensch-Kategorien gegen dich gewinnen."

Sie lächelte. „Außerdem hast du eine sehr sexy Stimme. Ich höre mir deine Sendung sehr gerne an."

„Wirklich?"

„Beinahe jeden Abend."

„Im Bett?"

„Manchmal." Seine Sendung kam spätabends, da sollte es ihn nicht überraschen, dass sie schon im Bett war.

„Nackt?" Sein dunkler Blick hielt sie fest.

„Normalerweise trage ich ein T-Shirt und …" Langsam dämmerte es ihr. „Oh." Er flirtete mit ihr. Sie beugte sich vor und senkte die Lider, sodass sie ihn durch ihre Wimpern hindurch anschauen musste. „Manchmal bin ich auch nackt."

Sein Körper verspannte sich, seine Pupillen wurden weiter.

Sexuelles Interesse, dachte sie glücklich. Was einer der Gründe fürs Flirten war. Um diese Reaktion in anderen hervorzurufen und sie auch selbst zu verspüren.

„Sollte ich erwähnen, dass ich mich dabei manchmal streichle?", fragte sie. „Oder finden Männer das nicht erregend?"

Gideon verschluckte sich an seinem Wein und fing an zu husten. Da er noch Luft bekam, beschloss sie, ihm nicht auf den Rücken zu hauen. Nach ein paar Minuten räusperte er sich.

„Besser?", fragte sie.

Er nickte.

„War das ein Nein dazu, dass wir uns über Selbstbefriedigung unterhalten?"

„Das war ein Nein", sagte er mit leiser, rauer Stimme.

„Beim Dating gibt es ganz schön viele Regeln zu beachten. Irgendjemand sollte ein Buch darüber schreiben."

„Ich bin sicher, im Internet findest du eins." Er winkte in ihre Richtung. „Wir müssen uns über etwas anderes unterhalten."

„Okay." Was wäre ein angemessenes Thema? „Ich lese gerade einige interessante Artikel über den Einsatz der Lagrange-Mechanik für die Steuerung von Menschenmassen. Ich dachte, das wäre für die Stadtfeste ganz interessant."

Er musterte sie einen Augenblick, dann lächelte er. „Ich will alles darüber hören."

9. KAPITEL

Ich bin verwirrt", sagte Felicia.

Consuelo nahm die Rolle Klebeband und versiegelte den Karton. „Aber nicht, was den Umzug angeht, oder? Denn dieses Büro ist winzig."

Felicia schüttelte den Kopf. „Ich freue mich darauf, in das größere Büro umzuziehen. In meinen eigenen vier Wänden werde ich mich sicher heimischer fühlen. Nein, meine Verwirrung bezieht sich auf die Verabredung mit Gideon."

Ihre Freundin hielt inne. „Was ist passiert?"

„Wir sind auf ein Weingut gefahren und haben Weine probiert und ein paar Kleinigkeiten dazu gegessen. Dabei haben wir uns unterhalten." Sie hatte ihm mehr über ihre Jugend an der Universität erzählt, und er hatte ... Sie runzelte die Stirn. Gideon war den meisten ihrer Fragen ausgewichen. Sie wusste heute nicht mehr über ihn als vor einer Woche.

„Ja? Er hat was?"

Felicia schüttelte den Kopf. „Ich weiß nicht, warum er mir hilft. Ich dachte, es ginge um Sex, aber nach unserem Date hat er mich mit einem Kuss auf die Wange verabschiedet. Angesichts seiner körperlichen Reaktion auf mich glaube ich nicht, dass er das Interesse verloren hat. Also warum wollte er dann nicht mehr?"

Consuelo zuckte mit den Schultern. „Männer sind seltsame und zerbrechliche Wesen. Sie tun immer so machomäßig, aber das sind sie nicht. Hast du ihn gefragt, was los ist?"

„Nein. Ich wollte es, aber dann wusste ich nicht, wie. Ich war verwirrt."

„Willkommen in der Dating-Welt. Aber du magst ihn?"

„Ja. Ich genieße das Gefühl der Vorfreude, bevor wir uns treffen. Es ist so angenehm, mit ihm zusammen zu sein, und ich mag es, dass er mich alleine durch seine Anwesenheit sexuell erregt."

Consuelo lachte. „Mein Gott, ich liebe dich so sehr."

Felicia wusste, dass ihre Bemerkung diese Reaktion nicht rechtfertigte, also musste sie – wieder einmal – unabsichtlich witzig gewesen sein.

„Hätte ich das mit der Erregung nicht sagen sollen?"

„Doch, das ist es nicht. Es ist nur die Wahl der Worte."

Felicia überlegte. „Du meinst, ich soll sagen, er macht mich an? Oder dass er heiß ist?"

„Ja, besser. Habt ihr schon eine neue Verabredung geplant?"

„Ja. Gideon begleitet mich auf das Sierra-Nevada-Heißluftballon-Festival. Und er ist mein Date für Charlies und Clays hawaiianische Feier. Es scheint ihm nichts auszumachen, Zeit mit mir zu verbringen."

„Offensichtlich genießt er deine Gesellschaft. Das ist gut."

„Ich weiß. Es ist nur ... Mir wäre es lieber, wenn er sich in meiner Gegenwart nicht so gut unter Kontrolle hätte."

Consuelo grinste. „Du meinst, er soll dich einfach zu Boden drücken und es dir besorgen?"

„Ein wenig feinfühliger könnte er schon sein, aber es wäre immer noch besser als ein Kuss auf die Wange."

„Siehst du, das ist genau das, worüber Männer sich immer beschweren. Wenn sie zeigen, dass sie uns wollen, beschimpfen wir sie als Tiere und ziehen uns zurück. Und wenn sie nicht über uns herfallen, glauben wir, sie wären nicht interessiert. Männer können einfach nicht gewinnen."

„Ich bin nicht absichtlich so schwierig", erklärte Felicia. „Ich wünschte nur, da wäre mehr zwischen uns." Sie wollte mit Gideon Liebe machen. Sie wollte ihn in ihrem Bett. Nicht nur wegen der Orgasmen, sondern weil sie es mochte, ihn zu berühren und von ihm berührt zu werden. „Vielleicht hat er Angst, dass ich mich emotional an ihn binde, obwohl ich ihm erklärt habe, wenn das passiert, mache ich das mit mir selber aus. Er meint, er wäre nicht der Typ für eine Beziehung, aber wenn ich mich in ihn verliebe, ist das doch mein Problem und nicht seins, oder?"

„Das würde man meinen, aber so einfach ist das nicht."

„Vielleicht sollte ich mich in ihn verlieben. Rein aus Übungszwecken."

Consuelo zuckte sichtlich zusammen. „Begib dich nicht freiwillig auf die Suche nach Herzschmerz, Kleine. Der findet dich noch früh genug. Ganz von alleine."

Vielleicht. Aber wäre es nicht wundervoll, zu wissen, wie Liebe sich anfühlte? Und sei es nur ein einziges Mal?

Consuelo schaute auf die Uhr. „Die Jungs müssten jeden Moment hier sein. Wir sollten uns beeilen."

Das Büro war beinahe vollständig verpackt, sie musste nur noch zwei Kisten füllen. Felicia hatte dafür gesorgt, dass sie den Lastenaufzug nutzen konnten, was bedeutete, die Aktenschränke konnten samt ihres Inhalts transportiert werden. Den Schreibtisch, das Sideboard und den Wandschrank hatte sie schon ausgeräumt. Justice, Ford und Angel würden jeder einen Handkarren mitbringen, sodass der Umzug in drei Stunden erledigt sein müsste. Zumindest, wenn alle das taten, was sie sollten, und sich nicht ablenken ließen.

Ungefähr drei Minuten, bevor die Männer eintrafen, hatten Felicia und Consuelo den letzten Karton zugeklebt.

„Hättet ihr nicht Möbelpacker engagieren können?", wollte Ford wissen, als er hereinspazierte und die sorgfältig nummerierten Kartons in Augenschein nahm.

„Die Stadt hat zwar eigene Umzugshelfer", erklärte Felicia, „aber die haben im Moment andere Aufträge, und ich wollte nicht länger warten. Also habt ihr euch freiwillig gemeldet."

„Daran kann ich mich nicht erinnern", grummelte Ford.

„Ich auch nicht", pflichtete Angel ihm bei.

„Euer mangelndes Erinnerungsvermögen ist nicht mein Problem", sagte sie entschlossen. Ehrlich gesagt hatte sie ihnen einfach mitgeteilt, wann sie sich wo zu melden hatten, aber für sie kam das einem freiwilligen Melden gleich.

„Consuelo wird hier den Überblick behalten", fuhr sie fort. „Und ich warte im neuen Büro auf euch. Wenn ihr die Kisten packt, dann bitte in der richtigen Reihenfolge." Sie machte eine

Pause, um die Wichtigkeit des eben Gesagten zu betonen. „Sobald ihr in meinem neuen Büro ankommt, stapelt ihr sie der Reihe nach auf. Nicht alle ungeraden Kisten auf der einen und alle geraden auf der andren Seite. Nicht nach Primzahlen oder Gewicht geordnet. Sondern ganz schlicht nach den aufgemalten Zahlen. Ist das klar?“

Justice grinste. „Ich spüre da kein sonderlich großes Vertrauen uns gegenüber.“

„Ich kenne euch. Euch alle.“ Sie bemühte sich, die drei ernst anzuschauen – wobei sie wusste, dass sie nicht sonderlich einschüchternd wirkte. Aber man durfte ja wohl noch mal träumen.

„Wenn ihr nicht auf sie hört, müsst ihr euch mir gegenüber verantworten“, sprang Consuelo ihr bei. „Verstanden?“

Angel und Ford tauschten einen Blick und nickten dann.

„Der Schreibtisch bleibt hier.“ Felicia nahm ihr Tablet und tippte auf den Bildschirm. „Genau wie die Bücherregale. Die Adresse habt ihr. Ihr könnt jetzt also anfangen.“

Sie ging in Richtung Tür, drehte sich dann aber noch mal um. „Danke für eure Hilfe. Wenn wir fertig sind, warten Bier und Pizza auf uns.“

Zwei Minuten später war sie auf der Straße. Als sie das Gebäude verließ, fielen ihr die Frauen auf dem Bürgersteig auf. Sie gingen nicht, und es war auch gerade kein Stadtfest im Gange. Sie schienen einfach nur dazustehen und zu warten.

„Geht es jetzt los?“, fragte eine der Frauen sie.

„Ich wünschte, es wäre wärmer“, sagte eine andere. „Dann würden sie ihre T-Shirts ausziehen.“

Felicia schaute nach links und sah weitere Frauen. „Ich verstehe nicht …“

Eine Frau in einem grellrosafarbenen Jogginganzug kam zu ihr. „Wir sind wegen der Parade hier“, sagte sie fröhlich. „Du bist Felicia, richtig?“

„Ja, Ma'am.“

„Ich bin Eddie Carberry. Deine Bodyguards machen heute deinen Umzug. Wir sind hier, um es uns anzusehen.“

Felicia verstand immer noch nicht. „Sie wollen Männer anschauen, die mit Kartons und Schränken beladene Handwagen hinter sich herziehen?“

Eddie lächelte sie an. „Wir wollen pralle Muskeln und knackige Hintern anschauen. Die Kisten sind nur Mittel zum Zweck.“

„Okay“, sagte Felicia langsam. Es gab so viel am Kleinstadtleben, das sie verwirrend fand.

Sie ging den Bürgersteig hinunter. Die Ansammlung an Frauen reichte bis zur Ecke, und als sie abbog, sah sie, dass sie sogar noch länger war. Ihr neues Büro lag auf der anderen Seite des Rathauses. Als sie sich dem Gebäude näherte, kam Bürgermeisterin Marsha gerade heraus und direkt auf sie zu.

„Ich weiß nicht, wie sich die Nachricht verbreitet hat“, sagte sie mit einem Seufzen. „Die Frauen in dieser Stadt sind manchmal leider wie kleine Kinder. Versprich ihnen einen halb nackten Mann, und sie drehen total durch.“

„Die Männer werden nicht halb nackt sein, also bin ich nicht sicher, ob die Ladies das bekommen, wofür sie hergekommen sind.“

Bürgermeisterin Marsha schaute finster drein. „Ehrlich gesagt bezweifle ich, dass ihnen das was ausmacht.“

Felicia schaute zurück zu der stetig wachsenden Gruppe von Frauen. Angel war gerade um die Ecke gebogen, und die Frauen jubelten. Sie hörte Rufe wie: „Zeig’s uns, Baby“ und „Zieh dein Hemd aus“. Angel wirkte allerdings nicht beleidigt, sondern grinste nur breit und bewegte sich ein wenig langsamer.

Ford folgte ihm. Er wirkte genauso zufrieden über die Aufmerksamkeit. Zumindest, bis er seine Mutter bemerkte, die auf ihn zeigte, während sie sich mit einer Frau Mitte zwanzig unterhielt. Einzig Justice schien ein wenig verärgert.

Eines der oberen Fenster in einem Gebäude auf der anderen Straßenseite wurde geöffnet, und laute Musik erschallte. Der hämmernde Beat trieb die Frauen zu noch mehr Jubel an.

„Das hatte ich nicht erwartet“, gab Felicia zu.

Die Bürgermeisterin schenkte ihr ein schwaches Lächeln. „Man gewöhnt sich daran", sagte sie. „Manchmal sind die Bewohner dieser Stadt ganz reizend. Und manchmal einfach nur peinlich."

Wäre es nicht so verdammt früh, würde er es genießen. Da war sich Gideon ganz sicher. Die Morgenluft war frisch und klar, das tiefe Schwarz des Himmels wandelte sich langsam in ein dunkles Blau, und hinter den Berggipfeln war schon das erste Licht zu erahnen. Er war in Gesellschaft einer wunderschönen Frau, die sexuell höchst attraktiv war und noch dazu deutliches Interesse bekundet hatte. Ja, es war eigentlich alles perfekt. Nur die Tatsache, dass seine Uhr 4.30 anzeigte und er seit dem vorherigen Tag nicht geschlafen hatte, dämpfte seinen Enthusiasmus etwas. Das und die anderen fünftausend Leute um sie herum, deren Anwesenheit jegliche Chance auf ein Schäferstündchen mit Felicia zunichtemachte.

Im Osten lagen die Berge, im Westen die Weingüter, und dazwischen standen ungefähr ein Dutzend Heißluftballons. Ihre bunten Farben waren in der Dunkelheit noch nicht zu sehen. Im Moment bestanden sie nur aus Schatten und Umrissen.

Er stand etwas abseits von der Menge, wo Felicia ihn zurückgelassen hatte. Sie war mit Pia abgezogen, um mit ihr Einzelheiten bezüglich des Festivals zu besprechen. Gideon schob die Hände in die Jeanstaschen und wünschte, er hätte seinen Kaffee nicht so schnell heruntergeschüttet. Gerade jetzt hätte er etwas Koffein gut gebrauchen können.

„Guten Morgen."

Er drehte sich um und sah Justice und Patience auf sich zukommen. Justice trug ein schläfriges kleines Mädchen auf den Armen, während Patience eine offene Sektflasche und mehrere Gläser in den Händen hielt.

„Guten Morgen", erwiderte er. „Ihr seid aber früh auf."

„Wir wollen sehen, wenn die Ballons aufsteigen", sagte Patience lächelnd. „Ist das nicht bezaubernd? Ich habe zwar ein schlechtes Gewissen, den Morgen freizunehmen, aber ich muss das einfach sehen. Lillie wollte auch unbedingt mit, allerdings scheint ihr im Moment ein wenig der Enthusiasmus zu fehlen."

Ihre Tochter rührte sich kurz, sagte aber nichts.

„Sie wacht schon auf, wenn es losgeht", versicherte Justice, der seine Hände beschützend um das Mädchen gelegt hatte.

Gideon nahm ein Glas Sekt an, das Patience ihm anbot, und wünschte sich, es wäre Kaffee.

Immer mehr Menschen versammelten sich um sie. Er hörte Bruchstücke von Unterhaltungen, sah Paare nah beieinanderstehen. Überall wurde Händchen gehalten und gekuschelt. Das liegt an der frühen Uhrzeit, dachte er. Oder vielleicht am Anblick der riesigen Ballons, die sich langsam mit Luft füllten, während die Sonne über die Berggipfel kroch.

„Gibt es hier irgendwo Kaffee?"

Die Frage kam von hinter ihm. Er drehte sich um und entdeckte Ford, Angel und Consuelo.

„Sekt", sagte er und hob sein Glas.

Angel verzog das Gesicht.

„Das ist Tradition", erklärte Ford und nahm das Glas, das Patience ihm reichte. „Wir prosten ihnen zu, wenn sie aufsteigen."

„Ich wäre jetzt lieber im Bett", grummelte Consuelo, nahm aber ebenfalls ein Glas.

„Gut zu wissen, Puppengesicht."

Angel hatte kaum ausgesprochen, da hatte Consuelo auch schon Ford ihr Glas in die Hand gedrückt, sich leicht zur Seite gedreht, ihr Bein ausgestreckt und Angel auf den Rücken geworfen. Das Ganze dauerte nicht mal eine halbe Sekunde.

Sie drückte ihren Stiefel gegen seinen Hals und lächelte.

„Wirklich?", fragte sie.

Er schluckte und hob dann abwehrend beide Hände. „Tut mir leid. War ein Reflex. Wird nicht wieder vorkommen."

„Das denke ich auch." Sie nahm ihren Fuß herunter und griff nach ihrem Sektglas. „Wann starten die Ballons?"

„Fünf Minuten vor Sonnenaufgang“, sagte Felicia und gesellte sich zu ihnen. Sie hatte ihr Tablet in der Hand und wirkte ein wenig erschöpft. „Sie fahren Richtung Süden die Berge entlang. Der Luftstrom von den Gipfeln wird sie dann später stetig nach Westen treiben, bis sie in der Nähe von Stockton landen. Wir haben kostenlose Landkarten, wenn ihr der vorausberechneten Route folgen wollt. Ich sage eine zweiundsiebzigprozentige Wahrscheinlichkeit voraus, dass sie am geplanten Ort landen.“

Sie schaute Angel an, der sich immer noch den Dreck von den Klamotten klopfte. „Was auch immer du gesagt hast, du müsstest es inzwischen besser wissen.“

„Das war ein Unfall.“

Felicia zupfte mehrere Blätter von seinem Pullover. „Du weißt schon, dass so ein Unfall dich töten kann, oder?“

Sie wandte sich an Gideon. „Ist das nicht schön? Hast du Spaß?“

Vor sieben Uhr am Morgen mit so vielen Menschen zusammen zu sein war ganz gewiss nicht seine Vorstellung von Spaß, aber ihre Miene wirkte ein wenig panisch, und er hatte das Gefühl, ihr war genauso unbehaglich zumute wie ihm – wenn auch aus anderen Gründen.

„Es ist super“, sagte er.

Sie schaute ihm in die Augen. „Ich würde dir gerne glauben.“

„Dann solltest du das tun.“

Sie nickte. „Die Veranstaltung selber ist relativ schlicht. Keine Stände, keine Umzüge. Nur die Ballons, die am Morgen starten, gefolgt von Fahrten für die Zuschauer am Wochenende. Vorausgesetzt, das Wetter spielt mit. Ich habe ein eigenes Computerprogramm geschrieben, um die aktuellsten Wetterdaten zu sammeln.“

„Weil man den Internetseiten nicht trauen kann?“, fragte er, bemüht, sein Lächeln zu unterdrücken.

„Ich überprüfe die vorhandenen Daten gerne.“ Sie warf einen Blick über die Schulter. „Ich sollte zu Pia zurückgehen.

Sie hat noch viele Informationen über die anderen Festivals für mich. Falls wir uns nicht mehr treffen, bevor du fährst, sehen wir uns auf dem Lu'au?"

„Das will ich auf keinen Fall verpassen."

Sie hielt inne, stellte sich dann auf die Zehenspitzen und drückte ihre Lippen auf seine Wange. Der sanfte Kuss war vorbei, bevor er richtig angefangen hatte, und dann war sie weg.

Er schaute ihr hinterher, nicht ganz sicher, wie er sich in ihren lächerlichen Plan hatte hineinziehen lassen – sie wollte lernen, wie man mit einem Mann ausging, damit sie sich in jemand anderen verlieben und ihn heiraten konnte. Obwohl der Vorgang an sich durchaus Sinn ergab, konnte er das Gefühl nicht abschütteln, dass er gerade dabei war, sich mächtig Probleme einzuhandeln. Vermutlich, weil er nicht derjenige sein konnte, der ihr das gewünschte Happy End persönlich bescherte.

Je besser er Felicia kennenlernte, desto mehr wurde ihm bewusst, wie sehr er es bedauern würde, sie irgendwann aus seinem Leben zu streichen. Sie war keine Frau, die ein Mann leicht vergaß. Aber trotzdem würde er gehen – nicht nur, weil es das Richtige für sie war, sondern weil er keine andere Wahl hatte.

Das Lucky Lady Casino Resort erstreckte sich über beinahe vierzig Hektar im Norden der Stadt. Obwohl die Anlage modern war, hatte man bei der Planung den bestehenden Wald mit einbezogen und das Thema Natur vom baumumstandenen Parkplatz bis zum Haupteingang berücksichtigt.

Felicia war zu gleichen Teilen nervös und aufgeregt, als Gideon sie zum Ballsaal führte. Seine Hand lag an ihrem Rücken, als wenn sie Unterstützung bräuchte. Vielleicht war das aber auch eine von diesen Dating-Sachen, die sie immer mehr verwirrten.

In der letzten Woche hatte Gideon sie zum Dinner auf dem Weingut eingeladen, war mit ihr zum Ballonfestival gegangen, obwohl sie dort nicht viel Zeit miteinander verbracht hatten, weil sie arbeiten musste. Und nun gingen sie gemeinsam zu Charlies und Clays Lu'au. Wenn man das erste Abendessen bei ihm zu Hause mal außer Acht ließ, war das jetzt ihre dritte Verabredung. Sollte inzwischen nicht irgendetwas anders sein?

Das Problem war, sie war genauso nervös und unsicher, wie sie es bei ihrer ersten Verabredung gewesen war. In ihrem Magen flatterte es, und sie stellte alles, was sie sagen wollte, infrage. Sie wollte von ihm berührt werden und fühlte sich gleichzeitig nicht in der Lage, ihn zu fragen, wann sie wieder Sex miteinander haben konnten. In Gideons Nähe war sie auf einmal ungewohnt schüchtern.

„Clay war einer der Ersten, die ich hier in der Stadt kennengelernt habe", sagte Gideon, als sie an einer Reihe Einarmiger Banditen vorbeikamen. „Er kam in den Sender, um mit mir über Werbung für sein Ferien-auf-der-Farm-Projekt zu sprechen."

„Ich kenne ihn nicht sonderlich gut", gab sie zu. „Aber ich mag Charlie. Sie ist direkt, was es für mich einfacher macht, mit ihr zurechtzukommen. Außerdem gefällt mir ihre Art von Humor."

„Sie wirken wie ein echt nettes Pärchen."

Felicia nickte.

Sie erreichten einen breiten Flur, an dem ein Schild den Weg zum Ballsaal wies. Die großen Flügeltüren standen schon offen. Reggaemusik drang zu ihnen herüber, und sie hörten Menschen reden und lachen.

„Alles wird gut", murmelte Gideon.

„Was?"

Sie schaute sich um und bemerkte, dass sie stehen geblieben war – als hätte sie Angst, den Saal zu betreten. Was auch stimmte. Soziale Situationen mit großen Menschenansammlungen waren ihr unangenehm. Je mehr Leute sie nicht kannte, desto größer war die Wahrscheinlichkeit, dass sie etwas Falsches sagte. Sie fing gerade erst an, sich in der Stadt wohlzufühlen, da wollte sie keinen unbeholfenen Eindruck machen.

„Ich verstehe, dass meine Ängste irrational sind“, sagte sie.

Er lächelte. „Sagt die Frau, die Angst vor Spinnen hat. Als Nächstes reichst du mir noch Einmachgläser, weil du nicht stark genug bist, sie aufzumachen.“

„Ich bin mit meiner körperlichen Kraft und meiner Anwendung der Hebelgesetze ganz zufrieden. Und abgesehen von Spinnen habe ich vor beinahe nichts Lebendigem Angst. Außer vor Menschen.“

Sie betrachtete das gelbe Kleid mit dem Blumenmuster, das sie heute trug. Es war halterlos mit einem eng anliegenden Oberteil und einem Rock, der auf eine Weise über ihre Hüften fiel, die sie sehr ansprechend fand. Sie hatte ihre Zehennägel korallenfarben lackiert und goldfarbene Sandalen angezogen.

Gideon hat es leicht, dachte sie. Er war in Hawaiihemd und Jeans erschienen. Einfacher ging es ja wohl kaum.

„Auf dem Ballonfestival war ich nervös“, gab sie zu. „Aber da hatte ich zu tun. Ich fühlte mich, als gehöre ich dazu, weil ich hinter den Kulissen geholfen habe. Das ist bei dieser Party hier anders.“

Die Musik wechselte von etwas Schnellem zu etwas Langsamerem. Gideon überraschte sie, indem er sie an sich zog und ihre Hand nahm. Seine andere Hand legte er an ihre Taille und fing an, sich im Takt der Musik zu bewegen.

„Was tust du da?“, fragte sie.

„Ich tanze. Aber wenn du nachfragen musst, mache ich es wohl falsch.“

„Wir befinden uns auf einem Flur.“

„Hm-hm.“

„Menschen tanzen nicht auf Fluren.“

In seinen dunklen Augen blitzte es amüsiert auf. „Wie wäre es mit küssen? Küssen Menschen sich auf Fluren?“

Bevor sie etwas antworten konnte, hatte er sie noch näher an sich gezogen und senkte seine Lippen auf ihre.

Er küsste sie mit einer Intensität, die ihr den Atem raubte. Technisch gesehen kann ich noch atmen, aber der Ausdruck stimmt trotzdem, dachte sie, bevor sie sich ganz den Gefühlen hingab, die durch ihren Körper kreisten. Ihre Lider schlossen sich langsam, während ihre Hände sich wie von selbst auf seine Schultern legten und sie sich an ihn lehnte.

Lust brandete durch sie hindurch. Plötzlich verspürte Felicia den dringenden Wunsch, Gideon überall zu berühren – oder sich einfach das Kleid vom Leib zu reißen, damit er sie überall berühren könnte. Beides zusammen wäre noch besser.

Sein Kuss wurde fordernder. Sie öffnete sich ihm sofort und wurde von dem Gefühl seiner Zunge an ihrer belohnt. Ihre Nerven reagierten mit einem intensiven Schauer, der über ihren Rücken hinabfloss. In ihrem Bauch breitete sich Hitze aus.

Als er sich zurückzog, lächelte sie. „Du machst mich heiß."

Er grinste. „Willst du mir gar nicht erklären, wie das chemisch zusammenhängt?"

„Schon. Aber ich denke, in diesem Fall funktioniert die Umgangssprache besser."

„Du machst mich auch heiß", murmelte er, schlang die Arme um sie und zog sie noch näher an sich. „Und ich mag es, wenn du so technisch über ... deine weiblichen Körperteile redest."

Sie lehnte ihr Kinn an seine Brust und genoss es, sich bei ihm sicher zu fühlen – und den Druck seines harten Penis an ihrem Bauch zu spüren. Sein Herz schlug gleichmäßig, und der rhythmische Klang entspannte sie.

Er zog sich ein wenig zurück und gab ihr einen Kuss auf die Stirn. „Besser?"

„Als was?"

„Ich wollte dich ablenken, damit du nicht so nervös bist."

Wegen der Party, dachte sie. „Es hat funktioniert." Sie lächelte. Gideon war wirklich sehr nett zu ihr.

Jetzt nahm er ihre Hand, und gemeinsam gingen sie zum Ballsaal.

Am einen Ende des großen Raumes befand sich eine Bühne, auf der eine Reggaeband spielte. Des Weiteren gab es ein großes Büfett und drei Bars sowie einen Desserttisch mit einem

Schokoladenbrunnen. Die großen Glastüren an der einen Seite des Saales waren zurückgeschoben worden, sodass man auf die Terrasse hinausgehen konnte, auf der viele Sitzgelegenheiten standen und von wo aus man einen wunderschönen Blick auf die Berge hatte.

Eine Kellnerin bot ihnen Tropical Cocktails in verschiedenen Farben an. Andere Kellner machten mit kleinen Häppchen die Runde. Felicia erblickte Charlie und Clay. Charlie trug ein wunderschönes weißes Kleid mit einem schlichten Oberteil und breiten Trägern. Obwohl sie eigentlich eher eine Frau für Cargopants und Tanktops war, schmeichelte ihr die Kombination aus schlichtem Schnitt und seidigem Stoff. Dellina ging gerade zu ihr und flüsterte ihr etwas ins Ohr. Charlie nickte. Clay beugte sich vor und gab Dellina einen Kuss auf die Wange, was Felicia seltsam fand. Beinahe, als würde er ihr danken. Sehr interessant.

Felicia und Gideon schlenderten durch den gut besuchten Saal und wurden von einigen Menschen begrüßt, die sie kannten. Justice und Patience kamen zu ihnen und fingen ein Gespräch an. Felicia sah zu Consuelo hinüber, die in eine intensive Unterhaltung mit Bürgermeisterin Marsha vertieft zu sein schien. Und Isabel stand im Schatten einer Palme – offensichtlich versteckte sie sich immer noch vor Ford.

Ungefähr eine Stunde später betrat eine wunderschöne Dame mittleren Alters die Bühne. Sie war zierlich und trug einen rotweißen Sarong.

„Ich danke Ihnen allen, dass Sie gekommen sind", sagte sie in das Mikrofon, das die Band ihr gereicht hatte. „Mein Name ist Dominique Dixon, und ich möchte Sie herzlich willkommen heißen. Diese Party ist für meine wundervolle Tochter Charlie und ihren Verlobten Clay."

Sie zeigte auf das Paar, das ganz vorne an der Bühne stand.

Dominiques Augen füllten sich mit Tränen. „Ich liebe dich so sehr, Charlie. Ich hoffe, du wirst immer glücklich sein."

In dem Augenblick gesellte Bürgermeisterin Marsha sich zu Dominique auf die Bühne. Die Bürgermeisterin trug eines ihrer

Kostüme – dieses Mal in einem hellen Rosaton. Eine seltsame Wahl für ein Lu'au, dachte Felicia.

Die Bürgermeisterin umarmte Dominique und nahm dann das Mikrofon an sich.

„Willkommen." Sie lächelte in die Menge. „Ich muss sagen, das hier ist genau das, was ich an Fool's Gold so liebe. Freunde, die zusammenkommen, um zu feiern. Ich habe seit vielen Jahren die Ehre, bei beinahe jeder Geburt und Hochzeit in dieser Stadt dabei sein zu dürfen. Der heutige Abend bildet da keine Ausnahme. Wenn diejenigen, die in der Mitte des Saals stehen, bitte nach links oder rechts gehen könnten? Wir brauchen einen Mittelgang."

Felicia verstand das nicht. Was machten diese Leute?

Gideon nahm ihre Hand und zog sie zur Seite. Erst da sah sie, dass Charlie in den hinteren Bereich des Saales gegangen war. Sie trug das gleiche Kleid wie vorher, aber nun hatte sie einen Strauß aus weißen Rosen und Lilien in der Hand. Clay war nicht mehr bei ihr, sondern wartete vorne an der Bühne. Ein Mädchen von zehn oder elf Jahren trat vor Charlie. Sie schien irgendwann einmal bei einem Brand schwer verletzt worden zu sein, doch trotzdem lächelte sie glücklich, als sie anfing, Rosenblätter zu verstreuen.

Felicia spürte, wie ihr die Tränen in die Augen traten und sie ganz aufgeregt wurde, obwohl sie nicht wusste, warum. Eine sehr schwangere Heidi und ihr Ehemann Rafe traten zwischen Charlie und Clay und das Blumenmädchen. Annabelle und Shane folgten ihnen.

„Oh mein Gott, sie werden heiraten!", quiekte jemand aufgeregt.

Die Bürgermeisterin lächelte wieder. „Ja, das werden sie. Charlie und Clay konnten sich nicht einigen, ob es eine große oder eine kleine Hochzeit werden soll. Also haben sie sich für etwas Unkonventionelles entschieden. Weniger Stress, mehr Spaß." Sie machte eine kleine Pause. „Charlie lässt euch übrigens ausrichten, dass sie und Clay morgen früh für drei Wochen auf die Fidschi-Inseln fliegen und keine Anrufe wünschen."

Alle lachten.

Die Band spielte eine Calypsoversion des Hochzeitsmarschs, und Charlie ging langsam auf die Bühne zu. Felicia konnte es nicht fassen. Eine Hochzeit. Einfach so.

Alle drehten sich nach vorne um, als Charlie und Clay ihre Plätze vor Bürgermeisterin Marsha einnahmen. Ihre Familien versammelten sich um sie. Felicia sah, dass Charlies und Clays Mütter einander unterhakten. Beide lächelten unter Freudentränen.

Sie schaute das Pärchen an und sah die Liebe, die sie verband. Diese beiden Menschen gehören zusammen, dachte sie. Sie waren glücklich und begannen ein gemeinsames Leben.

Sehnsucht wallte in ihr auf, doch sie ermahnte sich, ruhig zu bleiben und Geduld zu haben. Sie hatte bereits einen neuen Weg eingeschlagen. Sie würde lernen, was sie lernen musste, und dann würde sie den Mann finden, zu dem sie gehörte. Eines Tages würde sie auch heiraten. Vielleicht nicht so wie Charlie, aber wie auch immer es geschähe, es wäre eine Erinnerung, die sie für immer im Herzen tragen würde.

10. KAPITEL

Felicia hatte das gesamte Fest zum 4. Juli auf ein Diagramm reduziert, das nach Zeit, Ort und Standgröße unterteilt war. Sie war bereit. Oder so bereit, wie jemand vor dem Beginn eines Ereignisses nur sein konnte. Sie konnte schlecht das Essen vorkochen, aber wenn es möglich wäre, hätte sie es getan.

Noch siebenunddreißig Stunden, dachte sie. Siebenunddreißig Stunden, bis die Verkäufer anreisten und anfingen, ihre Stände aufzubauen. Die Liefertermine waren bestätigt worden, und die Helfer für den Aufbau standen parat. Die Dekoration der Stadt war erledigt – an jeder Straßenlaterne hing entweder ein Wimpel oder eine Fahne. Sie wusste, zu welchem Zeitpunkt die Parade starten und wer daran teilnehmen würde.

Sie hatte in ihrem Leben schon viele Sondereinsätze geplant. Sie war verantwortlich dafür gewesen, Ausrüstung im Wert von mehreren Millionen Dollar zu bewegen, ganz zu schweigen von Soldaten, Flugzeugen und Schiffen. Doch nichts davon hatte sie darauf vorbereitet, wie es war, ihr erstes Stadtfest in Fool's Gold auszurichten.

„Ich schaffe das", redete sie sich gut zu. Sie war stark. Sie war klug. Sie würde nicht anfangen, zu hyperventilieren. Denn wenn sie es täte, würde sie vermutlich ohnmächtig werden und sich beim Sturz auf den Boden eine Verletzung zuziehen.

Konzentriere dich auf dein Büro, ermahnte sie sich. Sie mochte ihr neues Büro. Es hatte viele Fenster und eine Hochleistungsinternetverbindung, und alles war genau so organisiert, wie sie es mochte. Sie hatte Pias umfangreiche Rolodexkartei in eine Datenbank überführt und diese auf ihr Tablet heruntergeladen. Sie hatte auf mehr Informationen Zugriff als jeder Präsident vor 1990.

Neutiquam erro. Ich bin nicht verloren.

Genau. Denn sie war nicht verloren. Sie wusste genau, wo sie war und was sie tat. Sie musste einfach nur weiteratmen, und alles würde gut werden.

„Ich verstehe das nicht."

Felicia lächelte freundlich und zeigte auf den Plan. „Ihr Stand ist hier."

Die große, dunkelhaarige Frau in Jeans und einem T-Shirt mit der Tarotkarte des Zauberers darauf funkelte sie an. „Ich sehe, was da gedruckt steht. Aber ich verstehe es nicht, denn das ist nicht mein Platz. Ich habe jedes Jahr den gleichen Platz. Da drüben, beim Corn-Dog-Stand. Ich habe viele Kunden unter den Corn-Dog-Essern. Ohne Zweifel wissen sie, dass ekelhaftes, weiterverarbeitetes Fleisch sie umbringen wird, also wollen sie herausfinden, wann ihr Leben endet. Dabei kann ich ihnen helfen."

Die Frau verzog ihre Lippen zu etwas, das vermutlich ein Lächeln sein sollte, aber das war schwer zu sagen. Es wirkte auch ein wenig wie ein Zähnefletschen.

„Ich habe Ihrem Stand einen neuen Platz zugewiesen", erklärte Felicia ihr.

„Dann machen Sie das wieder rückgängig. Die Leute suchen nach mir. Ich muss da sein, wo sie mich finden können."

„Sie werden Sie ganz leicht finden." Felicia bemühte sich sehr, geduldig zu wirken, auch wenn sie von der mangelnden visionären Kraft der Frau frustriert war. „Ihr Stand befindet sich nun am Zugang zum Park. Die Menschen werden auf dem Weg zu den Bands, die live spielen, bei Ihnen vorbeikommen. Sie können bei Ihnen sitzen und sich von Ihnen die Karten legen lassen, ohne dabei mit ihren Corn-Dogs herumhantieren zu müssen. Auf diese Weise bekommen Sie noch mehr Kunden."

Die Frau stemmte die Hände in die Hüfte. „Ich will meinen Platz am Corn-Dog-Stand."

„Das ist nicht möglich. Anstatt die Essensbuden über das gesamte Gelände zu verstreuen, habe ich eine sogenannte Fressgasse eingerichtet. Darin gibt es keinen Platz für Ihren Stand."

„Das ist dumm. Wo ist Pia?"

Felicia überlegte kurz, die Frau darauf hinzuweisen, dass sie das als Hellseherin eigentlich am besten wissen müsste.

Doch ein entsprechender Hinweis würde die Stimmung vermutlich nur noch gereizter machen. „Ich bin jetzt hier die Verantwortliche."

„Sie hat gekündigt?" Die Kartenlegerin schüttelte den Kopf. „War ja klar. Da sitzt endlich mal jemand auf einem Job, der Ahnung davon hat, und dann geht er, und ich muss mich mit Ihnen herumschlagen." Sie kniff die Augen zusammen. „Sie wissen, dass ich Sie verfluchen kann, oder?"

Felicia dachte daran, dass sie ihren Selbstverteidigungskurs sehr erfolgreich absolviert hatte. Sie konnte einen Angreifer in weniger als drei Sekunden überwältigen. Aber körperliche Gewalt war keine Option. Und auch nicht ihr Stil.

„Es tut mir leid, dass Sie von Ihrem neuen Standplatz enttäuscht sind. Ich hoffe, Sie werden wenigstens versuchen, damit glücklich zu werden. Gemäß meiner Berechnungen müssten Sie zweiunddreißig Prozent mehr Kundenverkehr haben, was sich in gesteigerten Einnahmen niederschlagen sollte."

„Wie Sie meinen", murmelte die Frau und stapfte davon.

Felicia atmete tief ein, fest entschlossen, sich von diesem einen Vorfall nicht die Freude an ihrem neuen Job trüben zu lassen. Veränderungen wurde oft mit Widerstand begegnet, doch am Ende des langen Wochenendes würden die Verkäufer erkennen, dass die neue Einteilung gut für sie war.

„Hey, sind Sie diese Felicia?"

Sie drehte sich um und sah einen großen Mann in einem kurzärmligen Hemd mit dem Namen „Burt" auf der Tasche.

„Ja."

„Ich habe die Extra-Klos, die Sie bestellt haben, aber ich kann sie nicht dort aufstellen, wo sie hinsollen, weil ein paar Kerle da eine Bühne oder so aufbauen."

„Stimmt. Die Dixie-Klos kommen dieses Mal an einen anderen Platz. Besser gesagt, an mehrere verschiedene Plätze."

Der Mann stöhnte. „Ehrlich? Das tun Sie mir am Nachmittag vor dem 4. Juli an? Herr im Himmel. Wo steckt denn eigentlich Pia?"

„Sticht ins Auge“, sagte Isabel, wobei in ihrer Stimme ein leiser Zweifel mitschwang. „Die Farben sind bunt, und die Fotos sind richtig gut geworden.“

Consuelo starrte den fröhlich gelb gestrichenen Stand an, der mit roten, weißen und blauen Luftballons geschmückt war. Das Schild wird Aufmerksamkeit erregen, dachte sie, während sie den Blick über die großen Buchstaben gleiten ließ: „Wollen Sie einen meiner Söhne heiraten?“ Zwei Poster von den beiden Männern hingen vorne am Stand. Denise Hendrix saß im Schatten, vor sich auf dem Tisch mehrere Fotoalben sowie ein Stapel Bewerbungsformulare.

„Wenn ich Ford oder sein Bruder wäre, würde mir das eine Heidenangst einjagen“, sagte Consuelo.

„Kent“, sagte Isabel abwesend. „Sein Bruder heißt Kent. Er ist Mathelehrer. Und hat einen Sohn.“

Kent hatte die gleichen dunklen Augen wie Ford, doch Consuelo fand, sein Gesichtsausdruck war sanfter. Irgendetwas an seinem Lächeln zog sie an.

„Geschieden?“, fragte sie.

„Ja. Ich weiß allerdings keine Einzelheiten. Ihr Name ist Lorraine. Als sie ging, hat Kent das nicht gut weggesteckt. Er hat sich wohl weiter nach ihr verzehrt – weil Männer halt einfach dumm sind. Wie auch immer, er ist hierher zurückgezogen und hat einen Job an der Highschool angenommen. Er ist klug und sehr nett, glaube ich. Ein guter Kerl, aber du weißt schon, nicht sonderlich aufregend.“

Consuelo grinste. „Nicht gefährlich genug für dich, meinst du?“

Isabel warf ihr blondes Haar über die Schulter. „Nur damit du es weißt, ich war schon lange, bevor er gefährlich wurde, bis über beide Ohren in Ford verliebt. Niemand liebt so ehrlich wie ein vierzehnjähriges Mädchen.“

„Und jetzt?“

„Jetzt kenne ich ihn nicht mehr.“ Sie schaute sich um und senkte die Stimme. „Vor allem gehe ich ihm immer noch aus dem Weg. Was nicht sonderlich schwer ist. Und in einem Brautmodenladen zu arbeiten ist dabei auch ganz hilfreich."

Denise schaute auf und sah die beiden. „Hallo Mädels", sagte sie und winkte ihnen, näher zu kommen. „Wollt ihr euch bewerben?"

„Nicht wirklich", erwiderte Isabel. „Aber der Stand ist einmalig."

Denise lächelte. „Inzwischen habe ich schon eine ganze Menge Bewerbungen bekommen." Sie zeigte auf einen Stapel Papiere in einer Plastikkiste in der Ecke des Standes. „Ich mache auch ein Foto von jedem Mädchen, das ich an die Bewerbung anhefte. Ich werde mir ihre Informationen genau anschauen und ihre Referenzen überprüfen, bevor ich den Jungs davon erzähle."

„Wo wir gerade von den Jungs sprechen", sagte Isabel. „Wissen die beiden eigentlich davon?"

Denise' Lächeln wurde ein wenig schelmisch. „Noch nicht. Ich bin sicher, sie werden nicht erfreut sein, wenn sie davon erfahren, aber das geht vorüber. In ein paar Monaten, wenn sie glücklich verheiratet sind, werden sie mir danken."

„Es ist gut, einen Plan zu haben", sagte Isabel und drehte sich dann zu Consuelo um. „Es tut mir leid. Ich hätte euch einander vorstellen sollen. Denise, das ist meine Freundin Consuelo Ly. Sie ist neu in Fool's Gold und wird an der Bodyguard-Schule arbeiten. Consuelo, das ist Denise Hendrix."

Consuelo schüttelte ihre Hand. „Schön, Sie kennenzulernen, Ma'am."

„Nenn mich bitte Denise, meine Liebe." Ihr dunkler Blick glitt über Consuelo. „Bist du Single?"

„Ja."

„Jemals verheiratet gewesen?"

„Nein."

„Wie alt bist du?"

„Dreißig."

Denise runzelte die Stirn. „Gibt es einen Grund, warum du nie geheiratet hast?"

„Ich bin beruflich viel gereist."

„Kinder?"

„Nein, Ma'am." Consuelo widerstand dem Drang, einen Schritt zurückzutreten. Sie wusste, sie könnte die andere Frau ganz leicht zum Schweigen bringen – entweder verbal oder körperlich. Aber das hier war Fool's Gold, und sie hatte das Gefühl, hier behandelte man die Älteren mit Respekt.

„Magst du Kinder?"

Die Frage hätte sie nicht überraschen sollen, doch sie tat es. Als sie noch ein kleines Mädchen gewesen war, hatte ihre Mutter sie immer gebeten, auf ihre Brüder aufzupassen. Immerhin war sie die Älteste, und es wäre ihre Pflicht. Sie hatte es getan, so gut sie es konnte. Hatte versucht, sie aus allem Ärger herauszuhalten. Doch das Viertel, in dem sie wohnten, war gefährlich und der Lockruf der Gangs unwiderstehlich.

Ihr jüngster Bruder war noch vor seinem vierzehnten Geburtstag gestorben, das Opfer einer Schießerei aus einem vorbeifahrenden Wagen. Der andere verbrachte immer wieder Zeit im Gefängnis. Sie hatte Jahre damit vergeudet, ihm zu zeigen, dass es auch einen anderen Weg gab, aber er hatte nicht zugehört. Jetzt sprachen sie kaum noch miteinander. Er rief immer nur an, wenn er Geld brauchte, und sie weigerte sich jedes Mal, es ihm zu geben. Wenn ihre Mutter noch leben würde, wäre sie am Boden zerstört, zu sehen, dass ihre Familie so auseinandergebrochen war.

„Ich habe immer Kinder gewollt", gab Consuelo zu. Eine Chance, neu anzufangen. Irgendwo zu leben, wo es schön war. Dazuzugehören. Einen Mann zu lieben war ein Risiko, von dem sie nicht wusste, ob sie es eingehen sollte. Ein Kind schien sicherer. Einem Kind konnte sie alles geben, was sie hatte.

Denise griff nach einem Bewerbungszettel und zog ihn dann wieder zurück. „Hast du vor, in Fool's Gold zu bleiben?"

Consuelo nickte.

Das Lächeln der älteren Frau kehrte zurück. „Ausgezeichnet." Sie schnappte sich einen Bewerbungsbogen, hielt ihn

Consuelo hin und wandte sich an Isabel. „Ich habe gehört, dass du in ein paar Monaten schon wieder wegziehst, also verstehe ich, warum du dich nicht bewerben willst."

Isabel trat einen Schritt zurück. „Ich, tja ... Kein Problem. Viel Glück."

„Danke, meine Liebe."

Isabel packte Consuelos Hand. „Wir sollten jetzt gehen."

Denise sprang auf und kam hinter dem Stand hervor. „Warum willst du keine Bewerbung ausfüllen?", fragte sie Consuelo.

„Äh, danke, nein, ich kenne Ford, und er ist nicht mein Typ."

„Was ist mit Kent? Er ist sehr klug. Und ein guter Vater."

Isabel zog an Consuelos Hand. Ihre Freundin folgte ihr und warf nur ein schnelles „Sorry" zurück.

Mit großen Schritten eilte Isabel durch die Menge. „Wenn es nicht halb elf Uhr morgens wäre, würde ich vorschlagen, wir gehen zu *Jo's* und lassen uns volllaufen. War das so schrecklich, wie es mir vorkam?"

„Es war ungewöhnlich. Aber man muss ihr zugutehalten, dass sie die Initiative ergreift."

Isabel lachte. „So nennt man das also? Ehrlich gesagt würde ich am liebsten den ganzen Tag neben ihrem Stand herumlungern und auf die Explosion warten, wenn Ford herausfindet, was seine Mutter treibt."

Sie sprach weiter, doch Consuelo hörte nicht mehr zu. Stattdessen ertappte sie sich dabei, über ihre Schulter zurück zu Denise' Stand zu schauen und das Foto des anderen Hendrix-Bruders in sich aufzunehmen. Der Mann mit den sanften Augen.

Felicia kannte die verschiedenen Gründe für Kopfschmerzen. Nachdem sie einen Gehirntumor und ein Aneurysma ausgeschlossen hatte, blieb nur ein Haufen harmloser Ursachen zurück. Am wahrscheinlichsten war das Pochen in ihren Schläfen auf einen Mangel an Schlaf und den steten Stress in ihrem neuen Job zurückzuführen. Wenn sie Pia das nächste Mal sah, würde sie sich bei ihr dafür entschuldigen, dass sie jemals gedacht hatte, ihre Arbeit wäre einfach. Denn in Wahrheit war es die schwierigste Herausforderung, der sie sich je hatte stellen müssen.

Es war kurz vor fünf am Freitagnachmittag, was bedeutete, der zweite Festivaltag lag beinahe hinter ihnen. Am Vorabend hatte es ein Feuerwerk und das erste Konzert gegeben. Heute Abend würde das zweite Konzert folgen – die Hauptattraktion des Festes, eine Bluegrass-Band mit dem einfallsreichen Namen A Blue Grass Band.

„Wir sind im Park", sagte der Sänger zum vermutlich achten Mal in genauso vielen Minuten. Er war von der Straße auf den Bürgersteig getreten – vielleicht der Versuch, sie einzuschüchtern, indem er größer wirkte.

„Ich weiß." Felicia hoffte, dass sie Geduld und Verständnis ausstrahlte, denn in Wahrheit wollte sie das nächstbeste Objekt in die Hand nehmen und den Mann damit schlagen, bis er aufhörte, sich zu beschweren.

„Warum sind wir im Park? Wir haben noch nie im Park gespielt."

Felicia atmete tief durch. „Dort gibt es mehr Sitzplätze. Wir haben eine große Rasenfläche in der Mitte, die zu beiden Seiten von Stühlen gesäumt wird. Mit keinem Gebäude in unmittelbarer Nähe kann der Klang sich auch besser ausbreiten. Die Fressgasse führt direkt zum Park und bringt somit mehr Besucher dorthin. Menschen, die nicht vorhatten, das Konzert zu besuchen, werden nahezu automatisch angezogen. Gestern Abend hatten wir zwanzig Prozent mehr Besucher, was sich auch in den T-Shirt- und CD-Verkäufen niedergeschlagen hat. Sie werden mir hierbei vertrauen müssen."

„Ich finde nicht, dass Sie die richtige Energie für diesen Job haben. Wo ist Pia?"

„Nicht da." Felicia bemühte sich, nicht mit den Zähnen zu knirschen. „Und wenn Sie sich beschweren wollen, stellen Sie sich hinten an. Ich glaube, irgendjemand ist bereits dabei, mich zu verfluchen."

„Das ist doch Scheiße", sagte der Sänger, der höchstens Mitte zwanzig war. „Und Sie sind es auch."

Mit dieser eloquenten Beleidigung stapfte er davon und ließ Felicia allein mit ihrem Tablet zurück.

Noch achtundvierzig Stunden, dachte sie grimmig. Mit etwas Glück war sie um Mitternacht im Bett und konnte bis sechs Uhr schlafen. Am Samstag genauso. Was bedeutete, zwölf dieser achtundvierzig Stunden würde sie auf angenehme Weise verbringen, was sie über die restlichen sechsunddreißig Stunden nicht sagen konnte.

„Verdammt, Felicia. Wieso hast du das getan?"

Sie straffte die Schultern und drehte sich zu Ford um, der auf sie zukam.

„Du hast meiner Mutter einen Stand vermietet, damit sie mir eine Frau suchen kann."

Felicia marschierte einfach los. „Zieh eine Nummer."

„Was?"

„Jeder beschwert sich über irgendetwas. Ich will das nicht mehr hören."

Ford packte ihren Arm. „Hey, meine Mutter hat diesen peinlichen Stand und behauptet, du hättest ihn ihr gegeben."

Sie blieb stehen und schaute Ford an. Wenn sie ihre Wut an ihm ausließe, müsste sie sich wenigstens keine Sorgen machen, ihn zu verletzen und von ihm verklagt zu werden. Natürlich bestand die Chance, dass er sich wehrte, aber unter den gegebenen Umständen würde sie sich danach vielleicht besser fühlen.

„Sie hat das Recht, sich einen Stand auf dem Stadtfest zu mieten, wenn sie das wünscht. Sie tut nichts Illegales, und sie hat die Gebühren bezahlt. Es war meine Aufgabe, ihr die Erlaubnis zu erteilen."

Er ließ seine Arme sinken und starrte Felicia an. „Aber wir sind Freunde. Du solltest auf meiner Seite sein."

Diese Worte trafen sie tiefer, als jeder Messerstich es gekonnt hätte. Sie drückte das Tablet an ihre Brust. „Es tut mir leid. Ich dachte nicht, dass das eine so große Sache ist."

„Sie will mich verheiraten. Sie nimmt Bewerbungen von Frauen an."

Er klingt wirklich besorgt, dachte sie. „Sie ist nur proaktiv. Dadurch fühlt sie sich besser. Du warst so lange weg, und sie will dich nicht noch einmal verlieren. Das kannst du doch sicher verstehen, oder? Und irgendwie ist es auch lustig."

„Für mich nicht. Ganz und gar nicht. Du hättest es mir sagen müssen."

Sie versuchte, die Situation aus seiner Sicht zu sehen. Nur weil sie gerne einen Partner finden würde, hieß das nicht, dass es jedem so ging. Da musste sie sich nur Gideon anschauen, der jeglichen emotionalen Verstrickungen aus dem Weg ging.

„Du hast recht." Sie nickte. „Es war falsch von mir, nichts zu sagen. Ich sehe jetzt, wieso du mein Verhalten als Verrat ansiehst."

Ford verlagerte unbehaglich sein Gewicht von einem Fuß auf den anderen. „*Verrat* ist vielleicht ein zu hartes Wort."

„Nein, ist es nicht. Ich war eine schlechte Freundin, dafür möchte ich mich entschuldigen."

„Mein Gott, Felicia, ich war sauer, aber das ist doch nicht das Ende der Welt."

„Es war gedankenlos von mir." Ihre Augen fingen an zu brennen, und sie brauchte eine Sekunde, um zu erkennen, dass sie kurz davor war, zu weinen. „Im Moment ist so viel los. Ich versuche, verständnisvoll zu sein, aber alle wehren sich gegen die Veränderungen, die so dringend notwendig sind. Ich bekomme mehr Gegenwind, als ich erwartet hatte, und ich habe kaum geschlafen. Und nun bist du auch noch böse auf mich."

„Ich bin nicht böse", murmelte er. „Alles ist gut. Ehrlich. Mir geht es prima. Und meine Mom tut vermutlich auch etwas Gutes, stimmt's?"

„Das sagst du jetzt nur so."

„Ich sage alles, wenn du mir versprichst, nicht zu weinen."

Sie schniefte. „Ich gebe mein Bestes. Aber sobald das sympathische Nervensystem aktiviert wird, ist es schwer, den Prozess aufzuhalten."

Er fluchte.

Sie schluckte und kämpfte weiter gegen die Tränen an. „Du kannst jetzt gehen. Ich komme klar. Mir geht es schon besser, jetzt wo ich weiß, dass du nicht wirklich böse auf mich bist."

„Das bin ich auch nicht. Zwischen uns ist alles in Ordnung, okay?"

Sie nickte, und er drehte sich um und eilte davon.

Felicia ging durch die Menge und versuchte, sich zusammenzureißen. Normalerweise weinte sie nie. Dass sie jetzt kurz davorstand, es zu tun, war nur Beweis dafür, wie viel Stress sie derzeit hatte. Vielleicht würde ein wenig Zucker helfen.

Vor ihr stampfte ein acht- oder neunjähriger Junge mit dem Fuß auf. „Das ist doof", schrie er. „Ich will ein Schweinsohr. Die waren immer hier. Wo sind die jetzt?"

„Ich weiß es nicht. Dieses Jahr ist alles anders." Seine Mutter schaute ihn hilflos an. „Es bringt einfach nicht so viel Spaß wie sonst."

Felicia packte ihr Tablet fester. „Den Gebäckstand mit den Schweinsohren finden Sie drüben in der Fressgasse", sagte sie und zeigte in die Richtung. „Direkt neben dem Limonadenstand. Es ist nicht weit."

„Danke", sagte der Vater des kleinen Schreihalses und legte seiner Frau einen Arm um die Schultern. „Eine frische Limonade klingt jetzt richtig gut."

Die Familie machte sich auf in Richtung der Buden mit Essen und Getränken. Felicia schaute ihnen hinterher und versuchte, die Bemerkung des Jungen nicht persönlich zu nehmen, doch das fiel ihr schwer. Sie wollte so sehr, dass das Festival ein Erfolg wurde.

Um acht am Abend war Felicia bereit, ihre Niederlage einzugestehen. Sie war sowohl vom örtlichen Honigverkäufer als auch von einem kleinen Jungen, der nach der Frau mit den Luftballontieren suchte, ausgeschimpft worden. Als Bürgermeisterin Marsha auf sie zukam, wusste sie, dass sie die Karten auf den Tisch legen musste.

„Es ist eine Katastrophe“, sagte sie und sah ihrer Chefin gerade in die Augen. „Es tut mir leid. Ich war mir so sicher, dass mein Weg der bessere wäre. Die Menschenströme fließen leichter, und ich weiß, dass viel mehr Leute zu den Konzerten gehen. Aber vielleicht habe ich die Wichtigkeit dieser beiden Faktoren überschätzt. Veränderungen können schwierig sein, und ich fürchte, ich habe es übertrieben.“

Die Bürgermeisterin schaute sie einen Moment lang an, dann fragte sie: „Glauben Sie das wirklich?“

„Nein“, erwiderte Felicia. „Das tue ich nicht. Vorher war alles so durcheinander. Der Corn-Dog-Stand befand sich neben der Frau mit den Tarotkarten, sodass die Leute essend an ihr vorbeikamen. Selbst wenn sie sich die Karten legen lassen wollten, fühlten sie sich vielleicht nicht wohl, mit einem Corn-Dog in der Hand den Stand zu betreten. Und die Schlangen der Leute, die nach etwas zu essen anstanden, blockierten die umliegenden Stände. Es gab nicht genügend Sitzplätze für die verschiedenen Konzerte. So ist es besser. Aber leider glaubt mir das keiner.“

Bürgermeisterin Marsha hakte sich bei Felicia unter. „Um es mit den Worten von Yogi Berra zu sagen: *Imperfectum est dum conficiatur.*“

Felicia übersetzte den Satz im Kopf. „Grob gesagt, es ist nicht vorbei, ehe es vorbei ist?“

„Genau. Wir haben noch zwei Tage. Geben Sie den Menschen die Chance, sich an die Veränderungen zu gewöhnen. Mir gefällt, was Sie getan haben, und ich schätze, den anderen wird es früher oder später genauso gehen.“

„Bevor oder nachdem sie mich gelyncht haben?“

„Hoffentlich vorher.“

Felicia blieb stehen und sah die ältere Frau an. „Sind Sie böse?“

„Überhaupt nicht. Sie machen Ihre Arbeit.“

„Was, wenn ich allen den Feiertag vermiest habe? Was, wenn sie keine guten Erinnerungen an diesen 4. Juli haben?“

„Sie haben gar nicht so viel Einfluss, wie Sie vielleicht glauben. Erinnerungen setzen sich aus vielen verschiedenen Erlebnissen zusammen. Und nach einem Schweinsohr zu suchen ruiniert nicht den ganzen Tag."

„Ich hoffe, Sie haben recht."

„Normalerweise habe ich das."

Kurz vor Sonnenuntergang begab Gideon sich auf die Suche nach Felicia. Er fand sie im Park, am Rande der Menschenmenge, die der Bluegrass-Band zuhörte.

„Wie stehen die Chancen, dass sie eine Coverversion von ‚A Hard Day's Night' der Beatles spielen?", fragte er im Näherkommen.

Sie überraschte ihn damit, dass sie das Tablet ins Gras fallen ließ und sich an ihn schmiegte. Sie schlang beide Arme um seine Taille und hielt ihn ganz fest.

„Hey." Er streichelte über ihr langes rotes Haar. „Alles in Ordnung?"

„Nein." Sein Hemd dämpfte ihre Stimme. „Gar nichts ist in Ordnung. Alle hassen mich."

„Ich hasse dich nicht."

„Aber alle anderen. Es ist schrecklich. Ich dachte, ich wäre stark und mutig, aber das bin ich nicht. Ich bin schwach. Ich bin eine Versagerin."

Er berührte ihr Kinn, bis sie den Blick hob. In ihren grünen Augen schwammen Tränen.

„Und du bist außerdem ein wenig dramatisch. Näherst du dich gerade der bestimmten Zeit im Monat?"

Sie brachte ein Lächeln zustande. „Du versuchst, mich mit sexistischen Kommentaren abzulenken."

„Und funktioniert es?"

„Ein bisschen." Sie atmete zitternd ein. „Das Festival ist eine Katastrophe, und das ist alleine meine Schuld."

Er schaute sich um. „Ich weiß nicht. Die Leute scheinen Spaß zu haben."

„Nein, haben sie nicht. Keiner findet mehr irgendetwas. Die Verkäufer sind wütend. Und der Sänger der Band hat so getan, als wäre ich dumm."

„Das muss doch zur Abwechslung mal ganz erfrischend gewesen sein."

Sie lehnte ihren Kopf gegen seine Brust. „Du nimmst das nicht ernst."

„Es geht um ein Festival, Kleine. Nicht um den Weltfrieden. Keiner stirbt, wenn du versagst."

Sie hob den Kopf und schniefte. „Du hast recht. Das ist alles eine Frage der Perspektive. Ich habe Mist gebaut, aber nächstes Mal mache ich es besser."

„Na siehst du. Das hört sich doch schon gleich viel besser an."

Weitere Tränen schimmerten in ihren Augen, und eine rollte ihr über die Wange. Plötzlich fühlte Gideon sich, als hätte ihm jemand in den Magen getreten.

„Warum weinst du?"

„Ich bin es nicht gewohnt, etwas falsch zu machen. Deshalb ist das so schrecklich für mich." Sie wischte die Träne fort und lehnte sich wieder an ihn. „Als ich vierzehn war, gab es diesen Jungen. Brent. Er war einer der wenigen Studenten, die mit mir geredet haben. Vielleicht weil er älter war. Er war in der Armee gewesen, im Irak. Dort hatte er beide Beine verloren und saß seitdem im Rollstuhl. Er war wie ein Vater für mich."

Sie schniefte wieder, hielt sich aber weiter an Gideon fest. „Er hatte schlimme Schmerzen, aber er war so tapfer. Ich habe ihm für ein paar Mathekurse Nachhilfe gegeben. Brent war derjenige, der mich dazu überredet hat, mich vorzeitig für mündig erklären zu lassen. Er hat mir mit den Papieren geholfen und mich zum Gericht begleitet."

„Klingt, als wäre er ein netter Kerl gewesen." Gideon unterdrückte den Anflug von Eifersucht, der in ihm aufwallte. Sie hatte gesagt: wie ein *Vater*, nicht: wie ein *Freund*.

„Wegen Brent bin ich auch zur Army gegangen. Ich wollte, dass er stolz auf mich ist. Immer, wenn ich Angst bekam, dachte ich daran, was er tun würde, wenn er in meiner Situation wäre." Sie trat einen Schritt zurück und schaute sich um. „Aber heute wäre er garantiert nicht besonders stolz auf mich."

Sie holte tief Luft. „Nicht wegen der Fehler – jeder macht mal Fehler. Sondern weil ich ihretwegen weine. So viel dazu, dass ich nicht dumm bin."

In diesem Moment wurden Gideon einige Dinge klar. Von frühester Kindheit an hatte Felicia es gelernt, das zu organisieren, was sie emotional brauchte. Einen Mentor hier, eine Vaterfigur dort. Justice war wie ein Bruder für sie, genau wie Ford. Sie mochte zwar von ihren Eltern im Stich gelassen worden sein, aber sie hatte instinktiv gelernt, sich so gut es ging um sich selbst zu kümmern.

Er verstand außerdem, dass sie härter zu sich war als jeder Soldat, den er kannte.

„Hast du recht?", fragte er.

Sie drehte sich wieder zu ihm um. „Wegen des Festivals?" Sie zuckte mit den Schultern. „Ich weiß, dass meine Theorien solide sind. Wenn ich also nur den logistischen Aspekt berücksichtige, dann habe ich recht, ja. Aber Menschen sind schwerer zu quantifizieren. Vor allem in einer solchen Umgebung. Das habe ich nicht entsprechend berücksichtigt."

„Für das einzustehen, was man für richtig hält, ist die Definition von Mut. Du musst an dich glauben, Felicia."

Sie schenkte ihm ein schwaches Lächeln. „Das hätte Brent auch gesagt. Das ist so eine Soldatensache, richtig?"

„Man hat es uns eingeprügelt."

Das Lächeln wurde kurz breiter, bevor es verschwand. „Ich mag es nicht, wenn Menschen böse auf mich sind. Ich bin es nicht gewohnt, infrage gestellt zu werden. Dann fühle ich mich unbehaglich. Außerdem, was, wenn ich falschliege, was das Festival angeht? Was, wenn man mich feuert?"

Er legte einen Arm um ihre Schultern. „Dann gebe ich dir einen Teilzeitjob im Sender. Du kannst im Archiv arbeiten."

Sie lachte erstickt. „Du hast ein Archiv?"

„Nein. Aber ich glaube auch nicht, dass man dich feuern wird, also ist das egal."

Sie lehnte sich gegen ihn. „Danke."

„Gern geschehen."

Sie beugte sich vor und hob ihr Tablet auf.

„Komm", sagte er und zog sie mit sich in Richtung Fressgasse. „Holen wir uns ein Schweinsohr. Ich habe gehört, sie sind nicht leicht zu finden, aber sehr lecker."

„Hier." Die Tarotfrau reichte Felicia ein blassgrünes T-Shirt. „Meine Art, Ihnen zu danken und mich zu entschuldigen."

Felicia fragte sich, ob das T-Shirt verflucht war. „Okay", sagte sie langsam. „Äh, gern geschehen?"

Die Frau lächelte. „Ich hatte ein tolles Festival. Sie hatten recht, was meinen Stand anging. Ich habe wesentlich mehr Kunden gehabt. Ich wusste gar nicht, wie viele Leute bisher an mir vorbeigegangen sind, weil sie gerade etwas gegessen haben. Dieses Mal bildete sich quasi die ganzen vier Tage lang eine Schlange vor meinem Stand. Das war super. Es tut mir leid, dass ich so schwierig war."

Sie wandte sich zum Gehen, schaute dann aber noch einmal zurück. „Was auch immer Sie im nächsten Jahr vorhaben – ich bin dabei."

Felicia lächelte. „Das freut mich zu hören. Danke sehr."

Die Frau winkte ihr noch einmal zu und verschwand.

Felicia hielt das T-Shirt hoch und grinste, als sie die ganzen Tarotkarten auf der Vorderseite sah. Eine freundliche Geste, dachte sie glücklich. Und nicht die erste an diesem Sonntagabend.

Keine Stunde zuvor waren zwei Bandmitglieder vorbeigekommen, um ihr zu sagen, dass sie noch nie so viele Zuschauer geschweige denn CD- und T-Shirt-Verkäufe gehabt hätten. Auch die Download-Zahlen ihrer Musik waren durch die Decke geschossen. Drei der Essstand-Betreiber hatten ihr berichtet, dass sie ihre Einnahmen im Vergleich zum letzten

Jahr verdoppeln konnten. Die Situation mit dem Honigverkäufer war immer noch ein wenig angespannt, aber nichts war perfekt, und alles in allem war es besser gelaufen, als Felicia gehofft hatte.

Patience und Lillie kamen auf sie zugelaufen. „Hast du schon gehört?", fragte Patience. „Heidi ist Mutter geworden. Es ist ein Mädchen. Wir wollen sie nachher im Krankenhaus besuchen. Das ist das perfekte Ende für ein perfektes Wochenende."

„Das habe ich noch gar nicht mitbekommen." Felicia überlegte, dass sie Heidi erst ein paarmal getroffen hatte, dabei hatte sie aber einen sehr netten Eindruck von ihr gewonnen. Im letzten Sommer hatte Heidi geheiratet und war nun also Mutter geworden. „Bitte gratuliere ihr ganz herzlich von mir. Ich bin ein kleines bisschen neidisch auf ihr Glück."

Patience umarmte sie. „Für dich finden wir auch noch jemanden. Warst du am Stand von Denise? Du könntest mit ihr über Kent reden. Außer du bist an Ford interessiert."

„Das bin ich nicht, aber danke."

„Ist vielleicht auch besser so. Denn trotz ihrer Proteste bin ich davon überzeugt, dass Isabel immer noch etwas für ihn empfindet." Patience schaute auf ihren Verlobungsring. „Diese Stadt ist einfach magisch."

Lillie zupfte an der Hand ihrer Mutter. „Mom, wir müssen ins Krankenhaus."

„Du hast recht." Patience zog Felicia noch einmal kurz an sich. „Komm bald mal wieder ins *Brew-haha*. Ich möchte alles über dein erstes Festival hören."

„Klar, mach ich."

Die beiden liefen davon.

Felicia drehte noch eine Runde durch den Park und überprüfte den Fortgang der Aufräumarbeiten. Die Menschenmenge hatte sich zerstreut, und die Verkäufer waren geschäftig dabei, ihre Stände abzubauen und die übrig gebliebenen Waren zu verstauen. Die Leute riefen ihr im Vorbeigehen zu. Sie grüßte zurück und wünschte allen eine gute Heimfahrt.

Ich habe es geschafft, dachte sie glücklich. Sie hatte ihre erste große Veranstaltung überlebt. Es war nicht leicht gewesen, aber sie hatte nur einen ganz winzigen Zusammenbruch erlitten und unschätzbare Informationen fürs nächste Mal gesammelt. Dann würde sie es mit den Veränderungen etwas ruhiger angehen lassen und den Menschen mehr erklären. Sie würde sich die Rückmeldungen anhören und in ihre Pläne mit einbeziehen.

Ich habe einen Plan, dachte sie froh. Das war immer gut.

Sie ging zum Ausgang des Parks. Gideon hatte gesagt, er würde dort auf sie warten. Sie genoss es, dass er sich um sie kümmerte. Kaum hatte sie die Straße überquert, sah sie ihn auch schon. Dann bemerkte sie, dass er nicht alleine war. Neben ihm stand ein Kind.

Der Junge war vielleicht zwölf oder dreizehn Jahre alt, mit dunklen Haaren und ebenso dunklen Augen. Beides war nicht ungewöhnlich, deshalb hätte sie ihn eigentlich nicht so anstarren sollen. Doch das tat sie, denn irgendetwas an ihm kam ihr seltsam vertraut vor.

Sie fragte sich, ob sie ihn früher schon mal gesehen hatte. Oder irgendwann in der Stadt. Es gab so viele Kinder in Fool's Gold. Er könnte ein Freund von Lillie sein oder …

In dem Moment erblickte Gideon sie. Die Mischung aus Erleichterung und Panik in seinem Gesicht ließ sie schneller gehen. Im Näherkommen schaute der Junge sie an und lächelte.

Das Lächeln ließ sie abrupt stehen bleiben. Sie erkannte es. Erkannte die Form seines Mundes, seiner Augen.

„Du musst Felicia sein", sagte der Junge. „Gideon hat mir gerade von dir erzählt. Ich bin Carter."

Felicia wusste es, bevor er die Worte aussprach, aber dennoch musste sie sie hören. „Carter?"

„Jupp. Gideon ist mein Dad."

11. KAPITEL

„Dein Dad?"

Carter zuckte mit den Schultern. „Ja, irgendwie komisch, ich weiß."

Felicia schaute kurz zu Gideon, doch der gab keinen Ton von sich. Sein Blick schien förmlich an dem Jungen zu kleben. Und wenn sein Gesichtsausdruck ein Anzeichen dafür war, was er gerade dachte, stand er kurz davor, wegzulaufen. In einen Kugelhagel zu geraten oder einen Angreifer zu entwaffnen waren Situationen, mit denen er umgehen konnte. Aber ein Sohn?

Carter steckte seine Hände in die vorderen Taschen seiner Jeans. „Meine Mom war Eleanor Gates. Ellie. Sie haben sich kennengelernt, als mein D… als Gideon in San Diego stationiert war. Er ist dann nach Übersee gegangen, und sie fand heraus, dass sie schwanger ist. Sie hat immer gesagt, dass er ein guter Soldat ist und sie ihm nicht im Weg stehen wollte."

Carter schaute Gideon an. „Sondereinsatzkommando, oder? Das hat sie zumindest gesagt, aber sie war sich nicht sicher. Du hast nicht viel über deine Arbeit gesprochen."

„Need-to-know-Prinzip. Sag niemandem etwas, das er nicht zwingend wissen muss", murmelte Gideon und räusperte sich.

Carter ließ erneut ein Lächeln aufblitzen. „Und sie musste es nicht wissen. Genau wie im Kino. Wie auch immer, sie war schwanger und wollte dir nicht im Weg stehen. Sie meinte, wenn du mit ihr zusammen sein willst, würdest du schon zurückkommen."

Sein Lächeln verschwand. „Als du es nicht tatest, entschloss sie sich, deinen Namen nicht auf die Geburtsurkunde zu setzen. Aber als ich alt genug war, hat sie es mir erzählt."

Felicia hörte die Worte und verstand auch ihre Bedeutung. Doch sie zu verarbeiten war schwieriger, als sie gedacht hätte. Gideon hatte einen Sohn. Selbst ohne Carters Geschichte war die Ähnlichkeit offensichtlich.

„Wo ist sie jetzt?", fragte sie, obwohl sie fürchtete, die Antwort bereits zu kennen.

„Sie ist gestorben", sagte Carter schlicht. „Vor einem Jahr. Die Eltern meines besten Freundes haben mich als Pflegekind aufgenommen, das funktionierte ganz gut. Ich habe die ganze Zeit bei ihnen gewohnt, aber jetzt lassen sie sich scheiden und ziehen in einen anderen Staat. Keiner von ihnen wollte mich mitnehmen, also musste ich entweder meinen Dad finden oder ins Heim."

Er klingt sehr selbstbewusst, dachte Felicia. Aber sie sah das verräterische Zittern in seinen Mundwinkeln.

„Wie alt bist du?", wollte sie wissen.

„Dreizehn. Aber ich weiß einiges. Ich bin kein Kind mehr."

„In vielen Kulturen wärst du bereits ein erwachsener Mann", sagte sie. „Normalerweise gibt es Rituale, die den Übergang von einem Teil des Lebens in einen anderen markieren. In unserem Land gehen wir davon aus, dass das Erwachsensein mit achtzehn beginnt, obwohl es nicht schwer ist, vorzeitig für volljährig erklärt zu werden."

Carter starrte sie an. „Okay", sagte er langsam. „Du denkst also auch, dass ich kein Kind mehr bin?"

„Nicht ganz. Wie hast du Gideon gefunden?"

„Das war leicht." Er hob den Rucksack auf, der zu seinen Füßen lag, und öffnete ihn. „Ich hatte dieses Bild und seinen Namen. Sobald ich von der Scheidung erfuhr und wusste, dass ich mir einen neuen Platz zum Leben suchen musste, habe ich ein wenig im Internet recherchiert. Ich bin ziemlich gut mit Computern und so."

„Offensichtlich." Felicia nahm das Bild in die Hand. Es zeigte eine jüngere Version von Gideon, der seine Arme um eine hübsche Brünette geschlungen hatte. Sie lächelte und hatte dieses besondere Strahlen, das Felicia schon oft bei Verliebten gesehen hatte, aber noch nie bei sich selbst. Sie reichte das Bild an Gideon weiter.

Er nahm es und nickte dann langsam. „Das ist Ellie."

Sie wusste, dass es keiner Bestätigung für diese Beziehung bedurfte. Carter war ganz offensichtlich sein Sohn. Allerdings ist Gideon nicht darauf vorbereitet, ein Kind bei sich aufzunehmen, dachte sie. Es gab bestimmt einen logischen nächsten Schritt, doch sie wusste nicht, welchen.

Es war beinahe acht Uhr am Sonntagabend. Sie hatte vorgehabt, nach Hause zu gehen und mindestens zwölf Stunden zu schlafen. Vielleicht auch länger. Aber was war mit Carter?

Bürgermeisterin Marsha kam auf sie zu und lächelte Carter an. „Hallo, junger Mann. Ich bin Marsha, und du bist Gideons Sohn." Sie streckte ihm die Hand hin.

„Carter", sagte er und schüttelte ihre Hand. „Woher wussten Sie davon?"

„Ich weiß alles, Carter. Nachdem du eine Weile hier gewohnt hast, wirst du das einfach akzeptieren." Sie schaute zwischen ihm und Gideon hin und her. „Die Ähnlichkeit ist unverkennbar. Angesichts Ihres überraschten Ausdrucks nehme ich an, Sie haben nichts von Carter gewusst, Gideon?"

„Nein", erwiderte er. „Habe ich nicht."

„Dann haben Sie eine Menge zu verdauen." Die Bürgermeisterin wandte sich an Felicia. „Sie sind erschöpft, meine Liebe. Es war ein langes Wochenende. Und ein erfolgreiches. Ihr erstes Festival ist extrem gut gelaufen." Sie drehte sich wieder zu Carter um. „Ich bewundere deine Initiative. Doch du bist dir sicher bewusst, dass deine Handlung Konsequenzen nach sich zieht."

Carter seufzte. „Ich wollte einfach nicht ins Heim. Da hört man ziemlich schreckliche Geschichten, wissen Sie?"

„Ja, ich weiß. Aber es gibt trotzdem Gesetze, und du bist immer noch minderjährig. Außerdem reicht es nicht, deinen Pflegeeltern einfach einen Zettel zu hinterlassen."

„Und woher wissen Sie das jetzt?"

Sie lächelte. „Stimmt es nicht?"

Carter nickte. „Aber ich bin kein Kind mehr."

„Du bist ein Teenager, was noch viel schlimmer ist. Glaub mir, ich kenne das.“ Sie tätschelte seinen Arm. „Du brauchst einen Platz, wo du heute übernachten kannst.“

„Ich habe meinen Dad.“

„So einfach ist das nicht. Hier ist mein Vorschlag: Du verbringst die Nacht bei einer Pflegefamilie. Ich sage deinen Pflegeeltern Bescheid, dass es dir gut geht. Morgen früh gehen wir zusammen zum Richter. Ohne den Namen deines Vaters auf der Geburtsurkunde müssen wir die Beziehung zwischen euch durch einen DNA-Vergleich feststellen.“

„Wie im Film?“ Carter klang beeindruckt.

„Genau so. Wir machen einen Abstrich von deiner Mundschleimhaut. Das ist alles sehr Hightech. Während der Vergleich läuft, lassen wir deinen Vater als Pflegevater bestätigen. Um den Rest kümmern wir uns, wenn es so weit ist.“

Carter schlang sich seinen Rucksack über die Schulter. Mit einem Mal wirkte er unsicher. „Ich würde jetzt lieber bei ihm bleiben.“

Felicia verstand, dass der Gedanke, jetzt zu Fremden zu gehen, beängstigend war. Selbst wenn Carter sich freiwillig auf den Weg gemacht hatte, so kannte er doch niemanden und konnte auch nicht glauben, dass alles gut werden würde.

Sie dachte daran, sich selber als Pflegemutter anzubieten, aber dafür müsste sie, genauso wie Gideon, erst einmal den Zulassungstest machen. Und das ging an einem Sonntagabend nicht.

„Mach dir keine Sorgen“, beruhigte die Bürgermeisterin ihn. „Ich denke, diese Pflegeeltern wirst du mögen. Pia und Raoul Moreno haben selber drei Kinder. Peter, ihr Ältester, war ein Pflegekind, das sie adoptiert haben. Raoul war früher Quarterback bei den Dallas Cowboys.“

Carters Miene hellte sich auf. „Wirklich?“

Felicia nickte. „Ich kenne seine Frau. Pia ist sehr nett. Und es ist ja nur für heute Nacht, Carter.“ Sie überlegte, wie sie ihm das Gefühl von Sicherheit geben könnte. „Im Büro von CDS habe ich ein Prepaid-Handy.“ Sie hatte sogar mehrere, sie lagen bei den Waffen und der Munition – die Carter natürlich nicht benötigen würde. „Weißt du was? Ich aktiviere es einfach und bringe es bei Pia vorbei. Dann gebe ich dir meine Nummer, und falls irgendetwas passierten sollte, rufst du mich einfach an, und ich hole dich."

„Das würdest du tun?"

„Natürlich." Sie trat näher zu ihm und berührte sanft seine Schulter. „Du hast ganz alleine einen sehr weiten Weg zurückgelegt, um deinen Dad zu finden. Nun bist du hier, und alles ist fremd. Es wird eine Weile dauern, bis du dich zu Hause fühlst."

„Danke", sagte Carter. Er wollte auf sie zugehen, hielt sich dann aber zurück. Stattdessen schaute er die Bürgermeisterin an. „Ich bin so weit."

„Das sehe ich. Dann lass uns gehen. Und das meine ich wortwörtlich. In Fool's Gold kann man beinahe überall zu Fuß hingehen. Natürlich wollen alle Jungs zu ihrem sechzehnten Geburtstag trotzdem ein Auto. Wieso sind männliche Wesen eigentlich so besessen von allem, was motorisiert ist? Kannst du mir das erklären?"

„Autos sind cool", sagte Carter und bog mit ihr um die Ecke.

Felicia wartete, bis die beiden nicht mehr zu hören waren, dann schaute sie Gideon an. „Eine unerwartete Entwicklung", sagte sie.

Er fluchte unterdrückt. „Er ist ... einfach beim Sender aufgetaucht. Ich wusste nicht, was ich tun sollte, also bin ich hierhergekommen. Ich kann kein Kind haben. Das geht nicht. Das ist falsch. Er kann nicht bei mir wohnen. Was soll ich mit ihm machen? So ein Mensch bin ich nicht. Ein Vater? Ich?"

Er lachte, doch in seiner Stimme lag keine Belustigung. „Nein", sagte er flach. „Das geht nicht. Er muss bei jemand anderem leben."

Felicia legte ihm eine Hand auf den Arm, direkt oberhalb des Ellbogens. Dann drückte sie fest zu, genau auf den Punkt, der zu einer Entspannung in seinem sympathischen Nervensystem führte.

„Hatte Ellie Familie?"

„Das weiß ich nicht mehr." Er atmete tief durch. „Ich glaube nicht. Ich erinnere mich, dass ich damals dachte, sie will mich wohl nicht mit in ihr Elternhaus nehmen. Aber das war kein Problem. Denn sie war Einzelkind und ihre Eltern bereits tot."

Er riss sich von ihr los. „Du kannst mich nicht beruhigen wie irgendein Haustier, Felicia."

„Das habe ich auch nicht versucht. Ich wollte lediglich helfen, Gideon. Du kannst das, ganz bestimmt."

„Kann ich nicht. Er muss einen anderen Platz finden, wo er leben kann."

„Du willst deinen Sohn in ein Heim geben?"

„Besser, als wenn er bei mir wohnt." Er drehte sich einen Moment lang weg, dann schaute er sie wieder an. „Ich will mich nicht um meine Verantwortung drücken. Aber ich bin einfach nicht fähig, das zu sein, was er braucht."

„Du hast ausreichend Schlafzimmer in deinem Haus. Das ist doch schon mal ein Anfang." Sie dachte an Carter und wie mutig und gefasst er sich gegeben hatte. Doch innerlich war er garantiert sehr verängstigt. Seine Mom war nicht mehr da, und er war ganz allein auf der Welt. Gideon war seine letzte Chance.

„Meine Eltern haben mich der Universität übergeben, da war ich vier", sagte sie leise. „Ich habe lange gebraucht, um zu verstehen, was das bedeutet. Doch als ich sieben war, habe ich erkannt, dass ich ganz allein auf der Welt bin. Es gab niemanden, der für mich da war. Carter ist zwar älter, aber er ist genauso auf sich allein gestellt. Er braucht Stabilität. Er braucht seinen Vater."

Gideon fuhr sich mit den Händen durchs Haar. „Ich habe regelmäßig Albträume, Felicia. Ich wache schweißgebadet auf, nicht sicher, ob ich jemanden umbringen werde oder einen Herzinfarkt bekomme und sterbe. Ein Kind? Auf keinen Fall. Wenn du dir solche Sorgen machst, nimm du ihn doch auf."

Sie verspürte ein unerwartetes Engegefühl in der Brust. Ein Kind, dachte sie sehnsüchtig. Wenn Carter ihr Sohn wäre, würde sie ihn freudig in ihrem Leben begrüßen.

Gideon fluchte erneut und schüttelte dann den Kopf. Er machte ein paar Schritte die Straße entlang, bevor er sich wieder umdrehte.

„Du hast recht. Ich weiß, ich bin für ihn verantwortlich. Ich muss eine Lösung finden." Er schaute sie an. „Kannst du mir helfen? Kannst du die ersten paar Tage bei mir bleiben und mich unterstützen?"

„Aber natürlich. Ich habe allerdings noch weniger Ahnung vom Elternsein als du. Du bist wenigstens mit einer Mutter und einem Vater zusammen aufgewachsen und kannst dich auf diese Erinnerungen beziehen. Ich habe keinerlei aktives Wissen über derartige Beziehungen."

„Du bist wesentlich normaler als ich. Du hast immer noch Gefühle. Du spürst etwas. Kinder brauchen so jemanden."

„Du hast auch Gefühle."

„Aber nicht die richtigen", sagte er verbittert.

Sie ging zu ihm und schlang ihre Arme um ihn. „Ich bin so lange für dich da, wie du mich brauchst. Das verspreche ich dir." Sie schaute auf und lächelte ihn an. „Und wenn er schläft, können wir Sex haben."

Gideon lachte erstickt. „Eines kann man dir nicht vorwerfen – dass du langweilig bist."

„Schön, dass du das so siehst."

„Wahnsinn." Carter ging zur Glasschiebetür und schob sie auf. Nachdem er auf die Veranda getreten war, konnte er sogar noch weiter sehen. Das Haus seines Dads lag direkt am Hang eines Berges.

Er wusste nicht, wie hoch sie hier waren, aber um sie herum gab es nur Bäume und Berggipfel und den Himmel.

„Gibt es hier Adler?", fragte er. „Und liegt im Winter Schnee?"

„Es gibt hier viele verschiedene Raubvögel", erklärte Felicia. „Und was den Schnee angeht, so hoch, wie wir hier liegen, sollte es davon ausreichend geben." Sie wirkte amüsiert. „Fragst du, weil du gerne Wintersport treibst oder weil du hoffst, dann nicht in die Schule zu können?“

„Beides“, erwiderte er grinsend. „Ich würde gerne Snowboard fahren lernen. Surfen kann ich schon. Nicht gut, aber es gefällt mir.“

„Dann verfügst du auch über das notwendige Gleichgewichtsempfinden, um Snowboard zu fahren. Ich hingegen tue mich mit den meisten Sportarten schwer.“ Sie beugte sich zu ihm. „Ich neige dazu, ständig hinzufallen“, fügte sie flüsternd hinzu.

Carter lachte.

Felicia war seltsam, dachte er. Superheiß – also, was Stiefmütter oder so anging. Er mochte auch ihre Art zu reden – die ganzen großen Worte waren für ihn eine Herausforderung. Und sie war sehr nett.

Was seinen Vater betraf, war er sich nicht so sicher. Gideon stand im Wohnzimmer und schaute zu ihnen herüber, als hätte er Angst, näher zu kommen. Nach dem, was Carter im Internet über ihn gefunden hatte, hatte sein Dad beim Militär einiges durchgemacht. Vielleicht war er verletzt worden und immer noch nicht wieder ganz hergestellt. Was zumindest besser wäre als die andere mögliche Erklärung: dass Gideon ihn nämlich nicht hier haben wollte.

Seit dem Tod seiner Mutter hatte Carter es an den meisten Tagen geschafft, zu tun, was getan werden musste. Er war in die Schule gegangen, hatte seine Hausaufgaben erledigt, Zeit mit seinen Freunden verbracht. Aber nachts sahen die Dinge anders aus. Wenn es dunkel und er alleine war, vermisste er seine Mom. Er weinte auch, aber das musste niemand wissen. Sie war jetzt seit einem Jahr fort, und sie fehlte ihm immer noch. Er wollte sich wieder sicher fühlen.

„Okay, ich zeige dir jetzt dein Zimmer“, sagte Felicia. „Hier entlang.“

Sie ging voran durch das große Wohnzimmer, in dem Sofas und Sessel standen, aber kein Fernseher.

„Gibt es hier einen Kabelanschluss?“, fragte er und überlegte, was er tun sollte, wenn es weder Fernsehen noch Internet gäbe.

„Unten gibt es ein Fernsehzimmer“, erwiderte Gideon steif. „WLAN empfängt man im gesamten Haus.“

Sofort hellte sich Carters Stimmung auf. „Gut zu wissen.“

Felicia blieb stehen und drehte sich zu ihm um. „Müssen wir deine Internetnutzung überwachen?“, fragte sie.

„Nein“, erwiderte er. „Ich surfe nirgendwo, wo ich es nicht sollte.“

Er gab sein Bestes, um unschuldig und jung zu wirken.

Ihre grünen Augen musterten ihn ruhig. „Du bist dreizehn. Biologisch betrachtet hast du es gerade mit einem Anstieg von Hormonen zu tun, die dein sexuelles Interesse stimulieren. Neugierig zu sein gehört dazu. Doch obwohl ich die Suche nach Wissen sehr schätze, bist du noch sehr leicht zu beeindrucken. Pornografie vermittelt dir einen unrealistischen Eindruck davon, wie es ist, wenn ein Mann und eine Frau ...“

Er wand sich sichtlich. „Können wir darüber bitte nicht sprechen? Ich weiß, wie Babys gemacht werden.“

„Ich muss zu diesem Thema noch weitere Recherchen anstellen.“

„Zu welchem Thema?“ Er hoffte, dass sie nicht Sex meinte.

„Die Regeln und Grenzen für einen Jungen deines Alters.“

„Ich bin ein gutes Kind. Das sagen alle.“

„Dessen bin ich mir sicher. Komm, schauen wir uns dein Zimmer an.“

Er folgte ihr den Flur hinunter. Die erste Tür auf der linken Seite führte in ein großes Badezimmer mit einem breiten Waschtisch und einer Kombination aus Dusche und Badewanne. Sie gingen hinein.

„Das ist dein Badezimmer.“ Sie runzelte die Stirn. „Ich glaube, wir müssen dir neue Handtücher besorgen.“

„Nein, ist schon gut.“ Er zog ein paar Schubladen auf und öffnete die Schranktür unter einem der Waschbecken.

„Die Handtücher sind wahrscheinlich beige." Sie schaute sich um. „Alles in diesem Badezimmer ist beige."

Er zeigte auf die Toilette. „Die ist weiß."

„Was sind deine Lieblingsfarben?"

„Blau und Grün. Mir gefällt die Farbe deiner Augen. Sie sind hübsch."

Er war lang und schlaksig, aber sie war noch ein paar Zentimeter größer als er. Sie roch gut. Nach Vanille.

„Du bist ziemlich klug, oder?", fragte er.

„Ja."

„Superklug? Also bist du aufs College gegangen und so?"

„Ja. Ich habe mehrere Abschlüsse."

„Mehr als zwei?"

Um ihren Mund zuckte es. „Ein paar mehr, ja."

„Also kannst du mir helfen, wenn ich Probleme mit den Hausaufgaben habe?"

„Bei jedem Thema."

Er grinste. „Außer beim Snowboardfahren."

Sie lachte. „Ich schätze, das wird nicht zu deinen Hausaufgaben gehören."

Sanft berührte sie seinen Arm und zeigte dann auf den Flur.

Sie verließen das Bad und betraten das gegenüberliegende Gästezimmer. Es war sehr geräumig und hatte ein großes Fenster, das zur Vorderseite des Hauses hinausging. Es gab ein Queensize-Bett, eine Kommode und einen Einbauschrank.

„Beige", murmelte sie.

Carter sah, dass sie recht hatte. Beigefarbener Teppich bedeckte den Boden, eine passende Überdecke lag auf dem Bett. Felicia ging zum Fenster und dann zurück zum Bett.

„Hier wäre Platz genug für einen Schreibtisch. Den wirst du für deine Schulaufgaben benötigen. Bist du zu alt für Spielzeug?"

„Schon seit Jahren."

Sie betrachtete seinen Rucksack. „Mehr Sachen hast du nicht dabei?"

Er schüttelte den Kopf. „Ich reise gerne mit leichtem Gepäck."

Der Blick aus ihren grünen Augen ruhte forschend auf seinem Gesicht. „Deine Pflegeeltern waren wohl zu sehr mit dem Ende ihrer Ehe beschäftigt, um zu bemerken, dass du neue Kleidung benötigst. Und du warst vermutlich zu stolz, sie darum zu bitten."

Seine Wangen brannten. „Hey, ich kann gut auf mich selbst aufpassen."

„Das hast du bereits eindrucksvoll bewiesen, Carter. Ich bin ohne meine Eltern aufgewachsen, aber ich hatte andere Erwachsene um mich, die für mein Wohl gesorgt haben. Ich war zwar sehr klug, aber ich bezweifle, dass ich so innovativ gewesen wäre wie du."

Er spürte ein Brennen in den Augen und drehte sich weg. Er war zu alt, um vor einem anderen Menschen zu weinen. „Ja. Ich bin echt cool."

„Das ist lecker", sagte Carter, nachdem er geschluckt hatte.

Felicia probierte vorsichtig und nickte dann. „Du hast recht. Die Lasagne ist ganz gut geworden." Sie stieß einen erleichterten Seufzer aus. „Rezepte scheinen oft so geschrieben zu sein, dass man an ihnen scheitert. Obwohl ich die Anweisungen verstehe und ihnen auch folge, ist das Ergebnis oft merkwürdig. Patience hat zwar geschworen, dass ihr Rezept idiotensicher ist, aber manchmal übertreiben die Leute damit ein wenig. Oder sie gehen davon aus, dass ich über mehr Fähigkeiten verfüge, als ich es tue. Zum Glück bringen die Nachbarn, seit sie von unserer Situation erfahren haben, ständig Aufläufe und Eintöpfe bei mir im Büro vorbei, sodass du dich nicht allein auf meine Kochkünste verlassen musst."

Gideon seufzte. Er hatte den Blick auf seinen Teller gerichtet und fragte sich, wie er so tun sollte, als würde er essen. Oder wie er sich überhaupt normal verhalten sollte. Hier saß er nun an seinem Esszimmertisch gemeinsam mit Felicia und Carter. Mit Felicia konnte er umgehen, aber mit dem Jungen? Verdammt.

Er war sich der Anspannung in seinem Körper sehr bewusst. Seines zu schnell schlagenden Herzens und der Tatsache, dass jeder Atemzug ihm Schmerzen bereitete. Er musste laufen, bis er nicht mehr weiterkonnte oder einfach in der nächtlichen Dunkelheit verschwand. Doch das konnte er nicht. Nicht jetzt.

Sein Blick glitt zu Carter und wieder weg. Ein Sohn. Er war nicht in der Lage, dieses Wort zu begreifen. Wenn Ellie ihm vor seiner Zeit im Taliban-Gefängnis von dem Baby erzählt hätte, würde er sich jetzt in seiner Rolle als Vater vielleicht anders fühlen. Andererseits, vielleicht wäre er dann auch schon tot. Die anderen Männer waren unter der Folter zusammengebrochen, weil die Sehnsucht nach ihren Liebsten sie schwach gemacht hatte.

Er erinnerte sich an seine Gefangenschaft. Die langen Nächte, die noch längeren Tage. Wie sie ihn geschlagen hatten, mit Messern verletzt, an eine Batterie angeschlossen, bis er um Gnade gewinselt hatte. Einer nach dem anderen hatten seine Mitgefangenen sich der Dunkelheit ergeben, die ihre Seelen ergriff. Sie waren mit dem Ruf nach ihren Frauen und Kindern auf den Lippen gestorben. Nur Gideon hatte überlebt. Er war in der Lage gewesen, sich in sich selbst zurückzuziehen, an nichts zu denken, nichts zu vermissen, niemand zu sein. Zu lieben hatte die anderen Männer geschwächt.

Carter sah ihn an. „Ich habe mir das Fernsehzimmer angesehen. Echt cool."

Felicia lachte. „Das stimmt. Du hast da eine beeindruckende Männerhöhle."

Gideon zuckte mit den Schultern. Er wusste nicht, was er darauf sagen sollte. „Du, äh, weißt, wie alles funktioniert?"

„Klar." Der Junge nickte „Ich habe mir mal die Filmauswahl angeschaut. Ganz schön viele Action-Movies. Einige sind ziemlich alt, aber ich werde sie mir trotzdem mal ansehen." Er drehte sich zu Felicia. „Kein *Schlaflos in Seattle* für dich."

„Den Film habe ich noch nie gesehen", gab sie zu.

„Das solltest du aber. Es war der Lieblingsfilm meiner Mom. Total romantisch. Sie hat am Ende immer geweint."

„War es ein glückliches Weinen?", fragte sie.

Carter starrte auf seinen Teller und nickte.

Gideon spürte, dass der Junge sich unbehaglich fühlte und zweifelsohne seine Mutter vermisste. Das letzte Jahr musste für ihn hart gewesen sein. Er war erfinderisch, was gut war. Und klug. Nicht so klug wie Felicia, aber sie spielte ja auch in einer eigenen Liga.

Er fragte sich, was Ellie ihrem Sohn wohl über ihn erzählt hatte. Ob sie mehr gesagt hatte als nur, dass er kein geeigneter Vater war. Er war ihr wegen ihrer Entscheidung nicht böse – im Gegenteil, er hieß sie sogar gut. Doch jetzt saß er hier mit diesem Kind und wusste nicht, was er tun sollte.

Er schaute auf die Uhr an der Wand. Es war gerade einmal sieben, doch er wusste, er konnte nicht viel länger bleiben. Die Wände schienen immer näher zu kommen. Er brauchte Zeit für sich allein. Die Möglichkeit, von allem abzuschalten. Nur hatte er noch nichts gegessen – und außerdem war Carter hier.

Er griff nach seinem Wasserglas, sah seine Hand zittern und ließ den Arm schnell wieder sinken.

„Gideon, geh." Felicia schaute ihn intensiv an. „Du hast noch Zeit, bevor deine Sendung beginnt. Geh laufen. Du kannst danach im Sender duschen."

Wenn er laufen könnte, könnte er auch atmen. Er wusste nicht, wie sie herausgefunden hatte, dass etwas mit ihm nicht stimmte, aber er war froh darüber. Er nickte nur kurz und stand auf. Carter schaute ihn an, und wieder hatte Gideon keine Ahnung, was er sagen sollte.

Felicia folgte ihm durch die Küche. Im Flur sagte sie leise: „Es wird mit der Zeit leichter werden."

Er schaute in ihre wunderschönen Augen. „Danke." Das meinte er ehrlicher als beinahe alles, was er jemals gesagt hatte. „Danke, dass du mir hilfst. Ohne dich würde ich das hier nicht schaffen. Du machst das großartig mit ihm."

Sie lächelte. „Ich mag Carter. Gib dir etwas Zeit, dann wirst du ihn auch mögen."

„Er ist nicht glücklich darüber, dass ich hier bin", sagte Carter, als Felicia an den Tisch zurückkehrte.

Sie fragte sich, ob das einer dieser Augenblicke war, in denen man besser zu einer Lüge griff. Verflixt! Das war ganz schön kompliziert. Sie hatte nicht erwartet, so schnell und ungeplant in der Elternrolle zu landen. Mit einem Neugeborenen hätte sie sich im Laufe der Jahre langsam an die schwierigeren Unterhaltungen herantasten können. Doch jetzt war sie mitten in einer Situation, für die sie nicht ausgebildet war und für die sie nur minimale Instinkte besaß.

„Tja. Gideon muss sich noch daran gewöhnen", erwiderte sie. „Dein Vater hat viel durchgemacht. Er ist ein paar Jahre in Gefangenschaft gewesen."

Carters dunkle Augen weiteten sich. „Du spinnst."

Sie dachte an die Narben auf Gideons gestähltem Körper. „Nein, leider nicht. Er ist immer noch dabei, sich zurechtzufinden. Deshalb lebt er so abgeschieden. Damit er alleine sein kann."

Carter schluckte. „Ich hätte nicht herkommen sollen."

„Er ist dein Vater. Das hier ist der einzig richtige Platz. Aber es wird eine Weile dauern, bis ihr beide euren Weg gefunden habt."

„Seid ihr zwei zusammen?"

Felicia lächelte. „Ja, das sind wir." Sie würde Carter jetzt nicht den Deal erklären, den sie mit Gideon abgeschlossen hatte. „Ich werde eine Zeit lang hierbleiben. Bis du und dein Vater euch aneinander gewöhnt habt."

Der Junge warf einen Blick auf Gideons unberührten Teller. „Das könnte eine Weile dauern."

„Ich habe Zeit." Sie nahm noch einen Bissen und kaute. „Ich habe dich fürs Sommercamp angemeldet."

Carter stöhnte. „Für so was bin ich schon zu alt."

„Es nennt sich *End Zone*. Der Begriff stammt aus dem Sport. Damit wird der Bereich vor dem Tor bezeichnet. Aber das weißt du vermutlich besser als ich. Auf jeden Fall leitet Raoul das Sommercamp. Und du hast gesagt, dass du ihn magst."

Carter lächelte. „Er ist cool."

„Gut. Dann wird es das Camp auch sein. Du wirst mit Teenagern deines Alters zusammen sein. Freundschaften zu schließen ist der schnellste Weg, dich hier in Fool's Gold zu Hause zu fühlen. Du brauchst Gleichaltrige um dich herum."

„Gehört das auch zu den Phasen des Erwachsenwerdens?", zog er sie auf.

„Ja. Außerdem hast du im Camp den ganzen Tag zu tun und damit weniger Zeit, in Grübeleien zu versinken."

„Ich bin ein Junge. Wir geben nicht zu, Gefühle zu haben."

„Was, in deinem Alter schon?"

Er grinste. „Man muss jung anfangen, um die süßen Mädchen zu kriegen."

Sie versuchte, ihr Entsetzen zu verbergen. „Du gehst doch noch nicht mit Mädchen aus, oder?"

„Nein. Ich bin dreizehn."

„Du wirkst sehr erwachsen. Ich werde Mütter mit gleichaltrigen Söhnen finden müssen, um mit ihnen darüber zu sprechen."

Nun wirkte Carter entsetzt. „Du machst Witze, oder?"

„Nein. Ich meine das ganz ernst. Ich habe keine Erfahrung mit Jungen in deinem Alter. Gideon war zwar einst selber einer, aber ich bin nicht sicher, ob er sich gerne an diese Zeit zurückerinnert."

„Du bist ganz anders als die anderen Erwachsenen, mit denen ich mich bislang unterhalten habe."

Felicia nickte. Sie akzeptierte, dass selbst Kinder erkannten, dass sie ein Freak war. Kein Wunder, dass Denise Hendrix sie nicht als Bewerberin für einen ihrer Söhne haben wollte. „Das habe ich schon mal gehört."

„Ist schon okay. Ich mag, wie du redest. Du lügst nicht."

„Woher weißt du das?"

Er zuckte die Schultern und nahm sich noch ein Stück Lasagne. „Ich weiß es einfach. Wollen wir uns nach dem Essen zusammen einen Film ansehen?"

Eine unerwartete Wärme breitete sich in Felicias Brust aus. Akzeptiert zu werden war immer schön. „Das ist eine gute Idee."

Schon vor Einbruch der Morgendämmerung war Felicia auf den Beinen. Sie hatte nicht viel geschlafen und gegen vier Uhr erkannt, dass Gideon sich nicht zu ihr in dem großen Bett in seinem Schlafzimmer gesellen würde. Sie hatte geduscht und sich angezogen. Nach einem kurzen Blick in Carters Zimmer schaltete sie in der Küche die Kaffeemaschine an und ging hinunter ins Fernsehzimmer.

Eine Nachrichtensendung flimmerte über den Bildschirm. Gideon saß auf dem schwarzen Sofa, und als sie eintrat, nickte er ihr kurz zu.

„Hast du gar nicht geschlafen?", fragte sie.

„Nein."

„Ich bringe Carter nachher ins Camp, danach müssen wir beide einkaufen gehen."

„Was müssen wir denn einkaufen?"

„Alles, was Carter braucht. Einen Schreibtisch, Kleidung, Spielzeug." Sie atmete tief ein. „Er sagt, er ist zu alt für Spielzeug, aber ich habe im Internet nachgeschaut und mehrere Optionen gefunden. Es gibt einen Bausatz für einen Sonnenkollektor. Den fand ich interessant."

Endlich drehte Gideon sich zu ihr um. „Du willst etwas mit ihm zusammen bauen?"

„Warum nicht? Das macht bestimmt Spaß."

Seine dunklen Augen waren unlesbar. Sie spürte, dass er Angst hatte, wusste aber auch, dass er darüber nicht reden, seine Gefühle nicht eingestehen wollte. Sie hier zu haben war für ihn schon wie eine Invasion, aber ein Kind war noch viel schwieriger. Seine Gefangenschaft hatte Gideon stark beschädigt, aber sie hatte keine Ahnung, wie viel davon dauerhaft war.

Carter war sein Sohn. Wäre Gideon in der Lage, sich dem zu stellen?

„Wir sollten nach Sacramento fahren", sagte er. „Da gibt es eine größere Auswahl."

„Du kommst mit?"

„Sicher. Er ist nicht deine Verantwortung."

„Ich erstelle dann mal eine Liste", erklärte sie und wandte sich zum Gehen.

Er rief sie zurück.

„Danke, dass du hierbleibst", sagte er und schaute sie eindringlich an.

„Ich mag Carter." Sie mochte auch Gideon, wusste aber, dass er diese Worte nicht als Kompliment oder Unterstützung ansehen würde. Ihre Gefühle wären für ihn nur eine weitere Falle.

Während sie nach oben ging, fragte sie sich, wie er wohl vor der Gefangenschaft gewesen war. Als Scharfschütze, der seinen Lebensunterhalt damit verdiente, Menschen umzubringen, musste Gideon schon damals sehr ernst gewesen sein. Doch offenbar hatte er auch eine heitere Seite gehabt. Ellie war mit ihm zusammen gewesen, hatte ihn vielleicht sogar geliebt. Auf dem Foto hatte sie den Mann an ihrer Seite glücklich und voller Zuneigung angesehen.

Gideon war früher vielleicht schneller bereit gewesen, zu lachen und sich auf andere Menschen einzulassen. Er hatte vielleicht schneller vertraut. Sie wusste, sie würde nie auch nur ansatzweise nachvollziehen können, was er durchgemacht hatte. Folter war keine Übung für den Geist. Während ihrer Ausbildung hatte sie selbst fingierte Gefangennahmen durchmachen müssen. Sie war in einem fensterlosen Raum festgehalten, gefesselt und angeschrien worden. Aber sie hatte gewusst, dass es nicht echt ist, und deshalb war es ihr nie gelungen, wirkliche Angst zu empfinden.

Niemand hatte ihr wehgetan. Niemand hatte sie mit Messern bedroht oder geschlagen. Sie hatte nicht gedacht, sterben zu müssen. Gideon hingegen hatte zwei Jahre in der Hölle verbracht, und diese Erfahrung hatte ihn für immer verändert. Damit blieb die Frage, wie viel Menschlichkeit in ihm überlebt hatte – und ob es genug war, jetzt, wo er einen Sohn hatte.

12. KAPITEL

Später am Vormittag unterschrieb Felicia die Papiere für Carters Aufenthalt im Sommercamp. Irgendwie hatte Bürgermeisterin Marsha es geschafft, sowohl Felicia als auch Gideon als Pflegeeltern zu akkreditieren. Man hatte ihnen das gemeinsame Sorgerecht für Carter übertragen, bis der DNA-Test bestätigen würde, was alle schon wussten. Doch für die nächsten Wochen war sie eine Mutter, wenn auch nur vorübergehend.

Dakota Andersson schaute sich das Formular an und lächelte dann. „Tut mir leid, dass heute alles so langsam läuft. Unsere Sekretärin ist krank, deshalb habe ich ihren Job hier übernommen, aber ich bin mit dem Papierkram nicht so gut." Sie legte den Zettel ab und nickte Carter zu.

„Du bist dabei. Unser Camp funktioniert so, dass wir die Kinder nach Alter, Interessen und manchmal auch nach Geschlecht einteilen. Du kommst in eine Gruppe mit Jungen deines Alters. Wir haben ein Kumpelprogramm, das bedeutet, wir stellen dir für die erste Woche einen anderen Jungen zur Seite, der dir hilft, dich zurechtzufinden und alle kennenzulernen."

Carter lehnte sich gegen den Tresen. „Was passiert am ersten Camptag? Sind da nicht alle neu?"

„Das sind sie, was das Kumpelprogramm ziemlich lustig macht. Niemand weiß, wo was ist, und manchmal versuchen beide Jungs, das Kommando zu übernehmen."

Insgeheim fand Felicia, dass das ein ziemlich fehlerhaftes System war, entschied sich jedoch, nichts dazu zu sagen. Wenn Dakota Hilfe wollte, würde sie schon darum bitten.

„Dein Kumpel wird Reese Hendrix sein", fuhr Dakota fort. „Er ist mein Neffe, also muss er sich benehmen." Sie schaute Felicia an. „Er ist der Sohn von Kent. Hast du Kent schon kennengelernt?"

„Nein, aber ich weiß, wer er ist. Ich habe deine Mutter getroffen, als sie sich um den Stand auf dem Stadtfest beworben hat."

Dakota stöhnte. „Das war kein lustiges Wochenende. Ford ist beinahe durch die Decke gegangen, als er es herausgefunden hat. Kent und Reese waren nicht in der Stadt, somit hat Kent die ganze Sache gar nicht mitbekommen." Sie wandte sich wieder Carter zu. „Bist du bereit?"

„Äh, ich habe mein Lunchpaket im Wagen vergessen, das hole ich noch schnell."

Felicia folgte ihm zum Auto. „Denk daran, du hast ein Handy, wenn du mich erreichen musst. Hier oben gibt es Empfang, aber ich schätze, die Betreuer sehen es nicht gerne, wenn ihr privat telefoniert. Ein Notfall ist jedoch etwas anderes."

Carter grinste. „Ich kenne die Regeln, Felicia. Ich habe so was schon mal gemacht."

„Damit hast du mir etwas voraus."

Sie musterte ihn, sein zerzaustes Haar, den schlaksigen Körper. Er hatte den Punkt seines Wachstums erreicht, in dem er aus nichts als Armen und Beinen zu bestehen schien. Ihre Brust wurde wieder ganz eng – ein gar nicht mal so unangenehmes Gefühl.

„Mach dir keine Sorgen", sagte er. „Ich komme schon klar."

„Du bist sehr tapfer." Sie hielt inne, kämpfte mit sich. „Ist es okay, wenn ich dich umarme, oder fändest du das unangemessen?"

Er überraschte sie, indem er näher trat und seine langen Arme um ihre Taille schlang. Sie erwiderte die Umarmung. Er ist so dünn, dachte sie. Nur Haut und Knochen – aber stark. Während sie einander umarmten, wurde ihr klar, dass sie alles tun würde, um diesen Jungen zu beschützen.

Er trat zurück. „Besser?", fragte er.

Sie nickte und holte sein Lunchpaket aus dem Wagen.

„Ich bin um fünf Uhr wieder hier", versprach sie.

Er winkte und ging auf Dakota zu. Felicia sah ihm hinterher, ein seltsames Gefühl im Herzen, das dieses Mal jedoch von zu vielen Emotionen anstatt der üblichen Leere herrührte.

Sie war in den traditionellen Aspekten des Mutterseins vielleicht nicht sonderlich gut, aber sie wollte es gerne lernen. Und mit Carter zusammen zu sein weckte in ihr den Glauben, dass sie wirklich die Chance hatte, so zu werden wie alle anderen.

„Ich habe es doch schon mal gesagt", grummelte Gideon. „Beige ist eine Farbe."

„Aber nicht für einen dreizehnjährigen Jungen."

Felicia schaute sich die gestreifte Überdecke an. Die verschiedenen Blautöne wurden von einem tiefen Burgunderrot eingerahmt. Die dazugehörigen Kissen waren marineblau. Laken und Bettbezug hatte sie bereits ausgesucht, als Nächstes waren Handtücher dran.

Sie packte die Sachen in ihren großen Einkaufswagen und folgte den Zeichen zur Badezimmerabteilung des riesigen Ladens. Hier entschied sie sich für gelbe Handtücher mit blauem Rand. Dann entdeckte sie ein Badezimmerset.

„Das ist großartig!"

Gideon folgte ihr zu dem Regal. „Ist er nicht zu alt für Dinosaurier?"

Felicia nahm den bunten Zahnputzbecher in die Hand. Dazu gab es einen passenden Mülleimer und eine Box für Papiertaschentücher.

„Ja, schon lange, aber das ist nicht der Punkt. Es wird ihn zum Lachen bringen. In ein paar Monaten können wir es dann durch etwas ersetzen, das seinem Alter entspricht."

„Wenn du meinst."

Sie war nicht sicher, aber irgendwie fühlte es sich richtig an. Carter würde verstehen, dass sie ihn nicht als kleines Kind ansah, sondern einfach nur wollte, dass er sich wohlfühlte. Zumindest hoffte sie das.

Nachdem sie ihre Einkäufe bezahlt und in Gideons bereits vollgepackten SUV geladen hatten, legten sie eine kleine Lunchpause ein, bevor sie nach Fool's Gold zurückkehrten.

Sie saßen auf der Terrasse des kleinen Restaurants. Gideon lehnte sich auf seinem Stuhl zurück und wirkte so entspannt wie seit Tagen nicht mehr.

„Es hat dir Spaß gemacht, für ihn einzukaufen", sagte er.

„Ja, sehr. Ich hoffe, Carter gefallen die Sachen."

Sie waren auch in einem Spielzeugladen gewesen, in dem Felicia eine Rakete ausgesucht hatte, die gute fünfzig Meter in den Himmel steigen sollte, sowie ein paar Wissenschaftsspiele und einen Bausatz für einen Solarkollektor. Gideons Wahl war auf eher elektronische Spielzeuge gefallen.

„Du machst das wirklich gut", sagte er.

„Für mich ist es ja auch einfacher. Er ist nicht mein Kind. Dir hingegen ist er ohne Vorwarnung in den Schoß gefallen." Was für eine fantastische Redewendung, dachte sie. Dann fuhr sie fort: „Das ist ganz schön viel."

Gideon nippte an seinem Eistee. „Mir geht es gut."

Genau das hatte Carter am Morgen auch gesagt. Sie fragte sich, ob einer von beiden die Wahrheit sagte.

„Er ist ein gutes Kind. Klug. Und er hat einen tollen Sinn für Humor."

Gideon lächelte. „Den hat er von seiner Mutter."

„War sie lustig?"

„Sie war sehr nett. Aber das alles ist schon eine Ewigkeit her."

„Bedauerst du, was du verpasst hast?", wollte Felicia wissen.

„Mit Ellie oder mit Carter?"

„Mit beiden."

„Nein. Ich war für das, was sie wollte, nicht gemacht."

„Und was war das?"

„Das Gleiche, was du willst." Er schaute sie an. „Sie wollte heiraten und eine Familie gründen. Ich war noch ziemlich jung und darauf aus, meinen Abdruck in der Welt zu hinterlassen. Eine Familie hätte mich nur aufgehalten."

„Hast du ihr das gesagt?"

„Oh ja, mehr als einmal. Ich bin mir aber nicht sicher, ob sie zugehört hat."

„Nach allem, was ich so beobachte, hören Frauen selten zu, wenn Männer die Wahrheit sagen. Sie hören, was sie hören wollen. Das ist ein Punkt, den ich nicht verstehe." Sie schenkte ihm ein, wie sie hoffte, ehrliches Lächeln. „Einer von vielen. Wie hast du Ellie kennengelernt?"

Gideons Mund zuckte. „Irgendein Idiot hat einen Hund mit dem Auto angefahren und ist einfach abgehauen. Ich habe angehalten. Sein Bein war gebrochen, die Hüfte sah auch ziemlich übel aus. Also habe ich ihn eingepackt und zum nächsten Tierarzt gebracht. Ellie war gerade mit ihrem Veterinär-Studium fertig. Sehr klug, sehr hübsch. Ich habe für die Operation bezahlt, konnte den Hund aber nicht behalten. Sie hat ihn gesund gepflegt und ihm ein gutes Zuhause besorgt. Irgendwo in all dem habe ich sie eingeladen, mit mir auszugehen."

Gideon hätte vermutlich jede junge Frau in Versuchung geführt, dachte Felicia. Er war stark und gut aussehend, aber wichtiger noch, er war kompetent. Damals war er bestimmt auch noch offener gewesen, hatte sich leichter auf eine Frau einlassen können. Sie fragte sich, ob die sexuelle Chemie zwischen den beiden genauso stark gewesen war wie zwischen ihm und ihr. Aber, tja … Vielleicht wollte sie die Antwort doch lieber nicht hören. Wenn es ein Ja wäre, würde sie das verletzen. Und wenn es ein Nein wäre, würde sie ihm nicht glauben. Wie irrational – wenn sie das Ja als Wahrheit akzeptieren würde, wieso dann nicht auch das Nein?

„Wieso lächelst du?", fragte er.

„Ich habe gerade einen Mädchenmoment", sagte sie glücklich. „Meine Gedanken ergeben überhaupt keinen Sinn."

„Und warum ist das gut?"

„Für mich ist das ein Fortschritt. Ehe wir uns versehen, werde ich ohne Grund schnippisch auf dich reagieren."

„Ich Glückspilz." Er streckte seine Hand aus und ergriff ihre. „Danke. Für alles, was du tust."

„Gern geschehen. Ich mag Carter. Du musst keine Angst vor ihm haben."

Er wollte seine Hand zurückziehen, doch sie hielt sie fest.

„Es ist nicht der Junge, vor dem ich Angst habe", gestand er.

Das konnte sie verstehen. Er hatte vermutlich Angst vor sich selber. Vor dem, wozu er fähig war – oder nicht fähig war.

„Du musste es versuchen", ermunterte sie ihn.

Dieses Mal entzog ihr Gideon die Hand und legte sie in seinen Schoß. Seine Gesichtsmuskeln spannten sich an, und jegliche Gefühle verschwanden aus seinen Augen. Sie hatte ihn traurig gemacht, obwohl er als Mann vermutlich sagen würde, das Wort wäre nicht korrekt. Ein Mann konnte genervt, verärgert oder wütend sein, aber niemals traurig.

„Mir ist außerdem aufgefallen, dass du mir aus dem Weg gehst", fuhr sie fort. Hier im Restaurant konnte Gideon nicht so einfach fliehen. Und da er ohnehin schon gereizt war, konnte sie die Sache genauso gut jetzt ansprechen. „Wenn du mich nicht in deinem Bett haben willst, dann sag es einfach. Ich kann im Gästezimmer schlafen."

Ein Muskel in seinem Kiefer zuckte. „Bleib in dem verdammten Bett. Ich komme wieder zu dir."

Sie beugte sich vor und senkte die Stimme. „Wenn du dich dann besser fühlst, werde ich dir auch keine Avancen machen. Ich möchte nicht, dass du Angst vor meiner Sexualität entwickelst."

Sie hoffte, diese unverschämte Behauptung würde ihm irgendeine Reaktion entlocken.

Doch Gideon schaute sie nur einen Moment lang an und schloss dann die Augen. „Töte mich bitte auf der Stelle", murmelte er.

Sie unterdrückte ein Lächeln. „Ich wollte dich nicht einschüchtern."

„Das hast du auch nicht."

„Warum schläfst du dann nicht mit mir?"

Er gab ein Geräusch von sich, das sehr nach einem Knurren klang. „Wenn du mich dort haben willst, werde ich dort sein."

Sie wollte ihn da. Sie wollte ihn nackt, wollte mit ihm Liebe machen. Doch unter den gegebenen Umständen war das vielleicht zu viel. Im Moment würde sie nehmen, was auch immer er zu bieten hatte, und ansonsten abwarten.

Ihre Situation hatte sich verändert. Sie gingen nicht mehr miteinander aus. Was für sie in Ordnung war, denn was sie jetzt machten, gefiel ihr sogar noch besser. Sie taten so, als wären sie eine Familie.

„Felicia meinte, ich soll runterkommen und ..." Carter blieb mit einem Ruck mitten im Fernsehzimmer stehen.

Gideon schaute gerade rechtzeitig auf, um ihn grinsen zu sehen, als er den Karton in die Hände nahm.

„Xbox? Du hast eine Xbox gekauft?"

Gideon zeigte auf die verschiedenen Komponenten. „Es ist die Kinect. Wir können sie nach dem Essen ausprobieren."

„Das hab ich bei meinen Freunden gespielt", sagte Carter und setzte sich auf den Boden. „Das bringt total Spaß. Ich kann dir zeigen, wie es geht."

„Gut, denn ich habe keine Ahnung davon." Er zeigte auf eine Karte, die auf dem Couchtisch lag. „Damit kannst du dir ein wenig Onlinezeit kaufen, um mit deinen Freunden zu spielen."

„Danke." Carter nahm die Karte in die Hand und schaute sie sich an. Nachdem er sie wieder hingelegt hatte, atmete er tief durch. „Erinnerst du dich an meine Mom?"

Gideon tat so, als betrachte er die Kabel, obwohl er wusste, dass sie alle bereits angeschlossen waren. Er hatte geahnt, dass diese Frage kommen würde. Trotzdem wollte er sie nicht beantworten. „Sicher. Ich werde sie nie vergessen. Sie war toll."

„Sie hat mir erzählt, wie ihr euch kennengelernt habt. Sie meinte, du hättest diesen großen Hund in ihre Praxis getragen, obwohl er Schmerzen hatte und dich hätte beißen können."

Gideon lachte leise. „Ja, sie hat mich deswegen sogar angeschrien. Sie sagte, ich hätte es besser wissen müssen."

Ohne es zu wollen, schaute er zu seinem Sohn. Carter hatte den Blick auf seine Hände gerichtet. „Hast du sie geliebt?"

Instinktiv wollte Gideon in Richtung Tür sprinten. Doch er hielt sich gerade noch zurück und blieb, wo er war.

Er kannte die richtige Antwort auf diese Frage – und er kannte die Wahrheit. Beides stimmte nicht überein. Felicia würde ihm sagen, dass es nicht um ihn ging. Dass einzig Carter zählte. Für jemanden, der nie mit Kindern zu tun gehabt hatte, verfügte sie über einen ausgeprägten Mutterinstinkt.

„Ja, ich habe sie geliebt“, log er.

Carter schaute ihn an. „Aber du musstest sie trotzdem verlassen.“

Er nickte. „Ich habe sie von Anfang an gewarnt, dass ich irgendwann wieder ausrücken werde und keine Ahnung habe, wie lange ich fortbleiben muss. Ich habe nie davon erfahren, dass sie schwanger war.“

„Das hat sie mir erzählt. Sie hat überlegt, dich zu suchen, aber dann kam der 11. September, und du wurdest in den Krieg geschickt. Nach einer Weile hat sie aufgehört, über dich zu sprechen.“ Carter drehte die Karte in den Händen hin und her. „Als sie vor ein paar Jahren krank wurde, hat sie mir deinen Namen verraten. Nur für den Fall, dass sie es nicht schafft.“

„Es tut mir leid, dass du das durchmachen musstest.“

„Mir auch. Es war Krebs. Eine Weile glaubten wir, alles würde wieder gut, aber dann kam die Krankheit zurück, und Mom starb.“ Er presste die Lippen aufeinander. „Sie ist ab und zu mit anderen Männern ausgegangen, aber keiner von ihnen konnte es mit dir aufnehmen, sagte sie immer.“ Trotzig reckte er das Kinn. „Sie hat nicht auf dich gewartet oder so.“

Das hoffte Gideon sehr. Er war es nicht wert, dass man auf ihn wartete. Schlimmer noch, er hatte nicht einmal daran gedacht, zurückzukehren. Ellie war für ihn Vergangenheit gewesen.

Sein Sohn schaute ihn an, als wartete er auf etwas, als brauche er noch mehr. Gideon versuchte, zu erraten, was er sagen sollte, doch da gab es nichts. Nach ein paar Minuten stand Carter auf, ging und ließ ihn allein auf dem Fußboden zurück.

Ford und Angel fingen an, an den Seilen hinaufzuklettern. Consuelo beobachtete sie interessiert. Die beiden Männer blieben gleichauf, doch kurz bevor sie das Ende erreichten, legte Angel einen Sprint ein und schlug als Erster gegen die Glocke.

Consuelo stöhnte. „Wie ist das möglich? Angel hat sich vor Jahren die Schulter gebrochen, das schränkt seinen Bewegungsradius enorm ein. Ford hätte mit Leichtigkeit gewinnen müssen."

„Vielleicht war er abgelenkt", sagte Felicia. „Oder du irrst dich, was Angels Schulter angeht."

Consuelo verdrehte die Augen. „Wirklich? Ich irre mich?"

„Tut mir leid." Felicia grinste. „Ich vergaß, dass du dich niemals irrst."

„Ich kann mich nicht irren, nicht bei so etwas." Sie wandte sich von den Seilen ab, die im Freiluftfitnesscenter hinter dem CDS hingen. „Wenigstens ging es in dieser Wette mal nicht ums Kochen. Ich glaube nicht, dass ich noch eine Woche mit Fords Vorstellung von Gourmetküche durchgestanden hätte."

„So schlimm?"

„Er ist gut am Grill, aber alles andere ist grauenhaft." Die beiden Frauen machten sich auf den Rückweg zum Büro. „Diese Wettbewerbe laufen langsam aus dem Ruder. Wenn sie so weitermachen, werden sie sich gegenseitig noch umbringen. Ich habe ihnen gesagt, dass einer von ihnen ausziehen muss. Sie haben eine Münze geworfen. Ford schaut sich nach einer neuen Wohnung um."

„Heißt das, er hat gewonnen oder verloren?"

Consuelo überlegte kurz und lachte dann. „Ich weiß es nicht, und ich bin mir nicht sicher, ob es mich interessiert. Obwohl Angel der bessere Koch ist. Was der Mann mit Pasta anstellen kann ..."

Ein Teller seiner Linguine Marinara bedeutete, dass sie ihre Trainingseinheiten für ein paar Tage verdoppeln musste, dachte Consuelo. Aber das war es wert.

Sie gingen hinein. Dort war es gleich um einiges kühler und das Licht weniger hell. Consuelo ging vor in den Pausenraum und holte zwei Flaschen Wasser aus dem Kühlschrank.

Felicia musterte sie. „Findest du es nicht interessant, dass du mit zwei attraktiven Männern zusammenwohnst und nie mit einem von ihnen ausgegangen bist?"

„Du doch auch nicht."

„Angel kenne ich nicht sonderlich gut, und Ford hat mich immer eher als kleine Schwester betrachtet."

Consuelo hob die Augenbrauen. „Was bedeutet, du hättest Ja gesagt, wenn er gefragt hätte?"

Felicia neigte den Kopf erst nach links, dann nach rechts. „Vielleicht als wir uns kennengelernt haben, aber jetzt habe ich kein sexuelles Interesse mehr an ihm."

„Mein Typ ist er auch nicht", erwiderte Consuelo. Sie wollte etwa anderes. Etwas ganz und gar Unmögliches.

Einen normalen Mann. Einen, der eine Glock nicht von einem M16 unterscheiden konnte und niemals in seinem Leben auch nur eine einzige Kehle durchgeschnitten hatte. Einen Mann, der sich am Wochenende im Fernsehen Sport anschaute und grummelte, wenn man ihm auftrug, den Müll rauszubringen. Einen Mann, der seine Mutter jede Woche anrief, sich an Geburtstage erinnerte und fand, dass ein Abendessen mit anschließendem Kinobesuch ein ziemlich heißes Date war.

Aber das werde ich wohl kaum kriegen, dachte sie. Bestimmt gab es solche Männer, aber die waren garantiert nicht an ihr interessiert. Nicht, wenn sie die Wahrheit über sie erfuhren.

„Wie läuft es mit Carter?", wechselte sie das Thema.

Felicia lächelte. „Gut. Obwohl ich ein wenig Angst habe, alles falsch zu machen, und Gideon immer einen Fuß in der Tür hat, um abzuhauen. Mit so etwas hatte er nicht gerechnet."

„Niemand rechnet damit, dass plötzlich ein Kind auftaucht. Da haben Frauen eindeutig einen Vorteil. Wir wissen, wenn wir Nachwuchs haben."

„Du hast doch Brüder“, sagte Felicia. „Was haben die denn gerne gemacht?“

„Sich Schwierigkeiten eingehandelt. Wie alt ist Carter?“

„Dreizehn.“

Consuelo zuckte mit den Schultern. „Ich bin nicht die Richtige, um dir da zu helfen. Als meine Brüder in das Alter kamen, waren sie alle schon mal verhaftet worden.“

Ihre Brüder hatten sich für den einfachen Weg entschieden und sich einer Gang angeschlossen. Sie wollte es ihnen gerne zum Vorwurf machen, doch sie wusste, dass sie einfach Glück gehabt hatte. Als Mädchen war es leichter gewesen, dem meisten Ärger aus dem Weg zu gehen. Ihren Wunsch, dem Viertel zu entfliehen, hatte sie hinter Lernen und Lesen verbergen können. Sicher, die Nachbarskinder fanden sie seltsam, aber weil sie ein Mädchen war, hatte man sie in Ruhe gelassen. Ihre Brüder hingegen waren früh gezwungen worden, sich zu entscheiden. Entweder sie schlossen sich einer Gang an, oder sie mussten Tag für Tag alle möglichen Schikanen über sich ergehen lassen, die im Laufe der Zeit immer schlimmer wurden. Einige der Kinder, die sich nicht anpassen konnten, endeten als Leichen.

„Hat er schon irgendwelche Freundschaften geschlossen?“, wollte sie wissen.

„Die letzten drei Tage war er oben im Sommercamp. Sie haben ihm Reese Hendrix als Kumpel zur Seite gestellt. Seine Großmutter ist die Frau mit dem Verkuppelstand.“

„Ich erinnere mich.“ Reese’ Vater ist der gut aussehende Mann mit den freundlichen Augen, dachte Consuelo.

Felicia trank von ihrem Wasser. „Denkst du immer noch darüber nach, für die Leute aus der Stadt einen Selbstverteidigungskurs anzubieten? Wie wäre es denn mit einem Kurs für Kinder seines Alters? Ich bin sicher, der wäre sehr beliebt. Außerdem könnte er so einige der Schüler aus seiner Klasse kennenlernen, bevor das neue Schuljahr beginnt. Das würde ihm sehr helfen. Ich weiß, wie schwer es ist, nicht dazuzugehören.“

Consuelo stöhnte. „Das sind ganz schön viele Schuldgefühle in so wenigen Sätzen."

„Hab ich dir Schuldgefühle eingeflößt?" Felicia klang erfreut. „Das wollte ich nicht."

„Das macht es nicht besser. Du hast die Wahrheit gesagt, so wie sie sich dir darstellt. Komm mal mit."

Sie verließen den Pausenraum und gingen zu dem größten Büro, in dem mehrere Tische zusammengeschoben waren. An einer Wand hing ein großer Kalender.

„Ja", sagte Consuelo und ging darauf zu. „Wir machen es auf die altmodische Art."

Felicia zuckte innerlich zusammen, als sie den Kalender sah. „Warum nutzt ihr nicht den Computer? Es gibt ausgezeichnete Terminplanungsprogramme, die ..."

„Erspare mir das", bat Consuelo. „Ich habe mit Büroarbeit nichts zu tun, und ich will auch nichts darüber hören. Wenn dieser Anblick dich so sehr schmerzt, sprich mit dem Chef darüber."

Sie zeigte auf die Spalte mit ihrem Namen. „Dienstagabends habe ich frei. Lass uns den Kurs da ansetzen. Du verbreitest die Nachricht in der Stadt und lässt mich wissen, wann ich hier sein soll. Ich bringe den Kindern dann bei, wie sie sich gegenseitig umbringen können."

Felicia zog die Nase kraus. „Das war ein Witz, oder? Du würdest dreizehnjährigen Jungen nicht wirklich beibringen, wie sie einander umbringen, oder?"

„Nur wenn sie mir auf die Nerven gehen."

Carter saß am Picknicktisch, sein Lunch ausgepackt vor sich. Reese Hendrix saß ihm gegenüber. Sie hatten bereits Sandwiches getauscht und sich darüber unterhalten, ein Eis zu kaufen, wenn sie wieder in Fool's Gold waren.

„Wohnst du schon immer hier?", wollte Carter von seinem neuen Freund wissen.

„Nee. Wir sind vor ein paar Jahren hergezogen. Nachdem meine Mom gegangen ist, wollte mein Dad näher bei seiner

Familie sein. Hauptsächlich meinetwegen, nehme ich an. Ich habe hier ziemlich viele Tanten und einen Onkel." Er grinste. „Zwei Onkel, jetzt wo Ford wieder da ist."

„Deine Mom hat euch verlassen?"

Reese nickte und biss in sein Sandwich. „Eines Tages war sie einfach weg. Mein Dad war deswegen ziemlich am Ende. Es hat ewig gedauert, bis er wieder ausgegangen ist. Er hat immer darauf gewartet, dass sie zurückkommt."

Carter war auch nur mit einem Elternteil aufgewachsen, aber er hatte nie auf die Rückkehr seines Vaters gewartet.

„Du siehst sie nicht mal am Wochenende oder so?"

Reese legte sein Sandwich ab. „Nein. Nie. Sie denkt auch nicht an meinen Geburtstag. Mein Dad sagt zwar immer, dass sie mich noch liebt, aber ich kenne die Wahrheit. Sie ist abgehauen und fertig mit uns."

„Das tut mir leid."

Reese zuckte mit den Schultern. „Was soll's. Ich bin drüber weg."

Carter vermutete, dass das gelogen war, aber er würde seinen Freund nicht darauf ansprechen.

„Ich wusste lange nicht, wer mein Dad ist", sagte er stattdessen. „Als meine Mom krank wurde, hat sie mir seinen Namen gesagt, damit ich ihn finden kann, wenn etwas mit ihr passiert. Sie hat organisiert, dass ich bei einem Freund wohnte, aber seine Eltern haben mich nicht adoptiert." Er dachte daran, wie seine Pflegeeltern sich hatten scheiden lassen und ihn ins Heim abgeschoben hätten.

„Du hast ihn ganz alleine gefunden?", fragte Reese. „Das ist cool."

„So schwer war das nicht. Ich kannte seinen Namen und wusste, dass er bei der Army war." Er lächelte schief. „Es war viel schwerer, Fool's Gold auf der Landkarte zu finden."

„Ja, die Stadt ist echt klein, aber ganz okay. Man kann viel unternehmen, und wir dürfen zum Spielen alleine raus. Ich habe deinen Dad ein paarmal auf den Festivals gesehen. Er scheint ganz cool zu sein."

„Er ist in Ordnung", sagte Carter. „Felicia ist echt nett. Sie mag es, sich um mich zu kümmern."

Eigentlich war er schon viel zu alt für so was, aber er mochte es, wie sie um ihn herumwuselte. Sie sorgte sich, ob er auch genügend aß und ausreichend frisches Gemüse bekam. Sogar sein Schlafzimmer und das Bad hatte sie neu dekoriert.

„Sie hat mir diesen Dinosaurier-Mülleimer und Zahnputzbecher fürs Badezimmer gekauft", sagte er. „So Zeug für kleine Kinder, aber sie meinte, es sollte mich zum Lachen bringen und später würden wir zusammen was Besseres kaufen."

„Und sind die Sachen lustig?" Reese grinste.

„Ja, sind sie."

„Wie kommst du mit deinem Dad klar?"

„Ich weiß nicht. Er hat viel zu tun." Weil er nicht zu Hause sein will, dachte Carter. Er war sich nicht sicher, was er von Gideon halten sollte. Ob sein Vater generell keine Kinder mochte oder nur ihn nicht. Wie auch immer, es war nicht sonderlich angenehm mit ihm.

„Meinst du, dass du hierbleibst?", wollte Reese wissen.

Carter nickte. In Wahrheit konnte er auch nirgendwo anders hin. Ein Gedanke, der ihm Angst machte. Aber er war ein Junge, deshalb durfte er das niemandem eingestehen – vermutlich nicht einmal sich selbst.

Sein Freund reichte ihm einen Schokokeks. „Es könnte schlimmer sein", sagte er seufzend. „Zum Beispiel wenn dein Dad Mathelehrer wäre. Ich sage dir, das macht die Hausaufgaben zu einer Höllenqual."

13. KAPITEL

Patience betrachtete die weißen Kleider, die an der Stange hingen. „Das ist albern. Ich sollte nicht hier sein. Ich war schon mal verheiratet."

„Nur wenige Frauen sind bei ihrer Hochzeit noch Jungfrau", warf Felicia ein.

Patience schaute sie an. „Danke für diesen interessanten Hinweis, aber was hat das damit zu tun?"

„Ich dachte, du hättest Probleme damit, Weiß zu tragen, weil es Unschuld und Jungfräulichkeit repräsentiert. Deine vorherige Ehe und natürlich deine Tochter würden natürlich bei niemandem den Gedanken aufkommen lassen, du wärst ..."

Felicia unterbrach sich. Patience starrte sie an, als wären ihr mehrere Köpfe gewachsen wie der mythischen Hydra.

Hastig ging sie den Pfad zurück, den ihre Gedanken genommen hatten. Gab es noch einen anderen Grund, aus dem Patience ein weißes Kleid für unangebracht hielt? Sie war verlobt, also ging es nicht darum, dass sie Hochzeiten ablehnte. Ein finanzielles Problem konnte es eigentlich auch nicht sein. Obwohl Patience nicht gerade reich war, hatte Justice in seiner vorherigen Firma sehr gut verdient. Nein, daran konnte es nicht liegen.

„Du meinst, eine zweite Hochzeit sollte kleiner sein?", riet sie. „Ohne Brautkleid und Brimborium?"

Patience entspannte sich. „Genau. Findest du das dumm von mir?"

„Es ist immerhin Justice' erste Hochzeit", merkte Felicia an. „Würde ein größeres Fest ihm nicht das Gefühl geben, etwas Besonderes zu sein?"

Sie schaute sich in der Hoffnung um, von irgendjemandem gerettet zu werden. Egal von wem. Sie war keine Expertin darin, Leuten gut zuzureden. Aber Isabel hatte schnell nach Hause gemusst, weil der Klempner kam, und derzeit waren keine anderen Verkäuferinnen im Laden. Felicia hatte versprochen, die

Stellung zu halten, bis Isabel zurückkam. Doch das war leider schwieriger als gedacht.

Patience seufzte. „Du hast recht. Justice hat von einer großen Feier gesprochen, und insgeheim wünsche ich mir das auch. Trotzdem habe ich irgendwie das Gefühl, ich würde es einfach nicht verdienen."

„Warum denn nicht? Du heiratest einen wundervollen Mann, der dich liebt. Ich denke, da ist eine Feier durchaus angebracht."

„Danke. Das ist genau das, was ich hören musste." Sie zog ein Kleid vom Ständer und betrachtete die Spitze. „Das hier gefällt mir. Vielleicht sollte ich es anprobieren." Sie hängte das Kleid zurück und drehte sich zu Felicia um. „Aber du wolltest dich nicht mit mir treffen, nur um Kleider anzusehen, oder?"

Felicia schüttelte den Kopf. „Ich wollte mit dir über Carter sprechen."

„Gideons Sohn? Ich habe ihn noch nicht kennengelernt, aber Lillie meint, er wäre wirklich süß, und alle Mädchen wären heimlich in ihn verliebt. Lillie ist erst zehn, also findet sie Jungs immer noch ein bisschen komisch. Wofür ich sehr dankbar bin. Ich weiß, die Teenagerzeit kommt noch früh genug." Patience deutete auf die Sessel neben dem Spiegel und setzte sich. „Worüber möchtest du reden?"

„Ich weiß nicht genau", gab Felicia zu. „Ich wohne ein paar Wochen bei Gideon, um Carter zu helfen, sich einzuleben."

Und jede Nacht liege ich alleine in dem großen Bett im Schlafzimmer, dachte sie. Trotz ihrer Unterhaltung mit Gideon war er bisher noch nicht zu ihr gekommen. Wenn er aus dem Sender nach Hause kam, wanderte er stundenlang ruhelos durchs Haus. Sie hatte ihn ein paarmal durchs Schlafzimmer gehen sehen und bemerkt, dass er kaum schlief.

„Ich möchte einfach nur sichergehen, dass ich nichts falsch mache."

Patience lachte. „Mit Carter? Das ist also deine Frage – wie man alles richtig macht, wenn man sich um ein Kind kümmert?"

Felicia versuchte, das Lachen zu ignorieren. „Ja."

„Oh, Liebes, das ist nicht möglich. Niemand macht immer alles richtig."

„Du schon. Lillie ist sehr wohlerzogen. Außerdem ist sie fröhlich und aufgeweckt und sehr gut sozialisiert."

„Danke, aber die Ehre gebührt mir nur zum kleinen Teil. Lillie ist ein gutes Kind, und ich habe auch noch meine Mutter, die mir hilft. Manchmal mache ich es richtig, und manchmal haue ich so richtig daneben. Wie wir alle. Aber in deinem Fall ist die Herausforderung natürlich größer."

Das verstand Felicia. „Carter ist nicht mein Kind, und keiner von uns kennt ihn wirklich. Er ist hier noch nicht zu Hause. Aus seiner Perspektive hat er hier keine Unterstützung, niemanden, dem er vertrauen kann. Obwohl seine Mutter seit einem Jahr tot ist, bin ich mir sicher, dass er sie fürchterlich vermisst. Er fühlt sich alleine und ungeliebt."

Patience blinzelte sie an. „Okay. Du bist dir seiner Probleme sehr bewusst. Was hältst du persönlich von ihm?"

Felicia dachte an den Teenager. „Ich mag ihn. Er ist sehr einfallsreich und lustig. Soweit ich das bisher beurteilen kann, hat er einen ausgezeichneten Charakter und ist sehr intelligent." Sie lächelte. „Er ist wesentlich normaler, was soziale Dinge angeht, als ich." Sie hielt inne. „Wir haben uns umarmt. Ich fand diesen Augenblick sehr bedeutungsvoll."

„Er mit Sicherheit auch. Wie groß und kompetent er auch sein mag, er ist immer noch ein Kind, das alleine ist. Ich würde sagen, sei auf seiner Seite und lass es ihn wissen. Sei konsequent. Die Regeln zu kennen und zu verstehen erleichtert es ihm, sich einzuleben. Ihr wollt zusammen Spaß haben, aber er braucht auch ein wenig Freiraum. Das muss für ihn alles ziemlich überwältigend sein."

Das waren alles Dinge, die Felicia tun konnte. Wirkliche Sorgen machte ihr nur die emotionale Komponente.

„Wie kommt Gideon damit zurecht?", fragte Patience leise.

„Es ist schwer für ihn. Er geht Carter aus dem Weg." Und mir, dachte sie, doch das behielt sie für sich. „Er wusste nichts von einem Kind, und als dann Carter ohne Vorwarnung einfach bei ihm aufgetaucht ist … Es ist schwierig. Ich mache mir Sorgen, dass Carter sich zurückgewiesen fühlt."

„Ja, das ergibt Sinn. Du solltest es nicht erzwingen, aber trotzdem versuchen, die beiden dazu zu animieren, Zeit miteinander zu verbringen. Ganz simple Sachen, wenn sie sowieso gerade im gleichen Raum sind."

„Vielleicht schauen wir uns heute Abend gemeinsam einen Film an." Felicia dachte darüber nach. „Einen, den sie beide mögen."

„Oder einen, den sie beide *nicht* mögen", schlug Patience grinsend vor. „Dann haben sie etwas, worüber sie gemeinsam die Augen verdrehen könnten. Solche Dinge schweißen Menschen zusammen."

„Vielleicht ein Animationsfilm." Die Idee gefiel ihr. „Da gibt es einige, die ich immer noch mal sehen wollte."

„Das könnte funktionieren."

„Danke. Du bist echt gut in diesen Sachen."

„Ich habe einfach mehr Übung", wiegelte Patience ab. „Das ist alles."

„Weißt du schon, ob du und Justice gemeinsame Kinder haben wollt?"

Patience errötete. „Wow. Deine Fragen sind wirklich immer sehr direkt."

„Tut mir leid. War das unangemessen?"

„Nein, nur unerwartet. Um ehrlich zu sein, wir haben darüber noch nicht ernsthaft gesprochen, aber ich hätte gerne Kinder mit ihm. Ich wollte nie nur ein Kind haben, und Lillie wünscht sich auch einen Bruder oder eine Schwester. Am liebsten beides."

„Justice macht sich vermutlich Sorgen, dass er zu viel von seinem Vater in sich trägt, um sich fortzupflanzen. Er will die Probleme nicht weitergeben. Doch in seinem Fall gewinnt die Erziehung definitiv über die Natur. Ich könnte dir ein paar Artikel zu diesem Thema heraussuchen, wenn es dich interessiert."

„Vielleicht würde das helfen", überlegte Patience. Dann lächelte sie. „Du bist immer so nett zu mir."

„Ich bin eben gerne mit dir zusammen. Du warst seit meiner Ankunft hier immer nett und freundlich, und Justice liebt dich."

„Da du und Justice euch so nahesteht, sollte ich dir das vermutlich nicht sagen. Aber ich tue es trotzdem: Am Anfang, als du nach Fool's Gold gekommen bist, konnte ich dich gar nicht gut leiden."

Felicia riss verwundert die Augen auf. „Warum nicht?"

„Du bist so schön", gestand Patience leise. „Ich meine, sieh dich nur an. Und dann habe ich erfahren, dass du so unglaublich klug bist und jahrelang mit Justice zusammengearbeitet hast. Ich habe angenommen, ihr beide hättet, na, du weißt schon."

„Du meinst, wir wären sexuell intim gewesen?"

Patience gab ein ersticktes Geräusch von sich. „Äh, ja. Du bist so gut darin, die Wahrheit einfach auszusprechen. Daran sollte ich mir ein Beispiel nehmen. Also okay, ja, ich hatte Angst, dass du mit ihm geschlafen hast und ich mit deiner Perfektion niemals mithalten könnte."

„Der Erfolg einer sexuellen Beziehung zwischen zwei Menschen, die einander mögen, beruht viel mehr auf mentalen als auf körperlichen Aspekten. Obwohl verschiedene Techniken die Sache interessant machen können, ist die emotionale Verbindung wesentlich wichtiger."

„Deine Fakten berühren mich überhaupt nicht", zog Patience sie auf.

„Weil Gefühle irrational sind. Ich zum Beispiel drehe vollkommen durch, wenn ich eine Spinne sehe." Sie beugte sich vor. „Wir hatten nie Sex. Justice und ich sind wie Geschwister. Wir lieben einander – aber nicht auf diese Weise."

Felicia beschloss, Patience nichts davon zu erzählen, dass sie Justice vor vier Jahren nahezu angefleht hatte, mit ihr zu schlafen. Zu erklären, dass sie lediglich die Erfahrung, aber keine Beziehung gewollt hatte, würde es nicht leichter für Patience machen. Außerdem hatte Justice sich sowieso geweigert.

Langsam lernte sie, dass einige Dinge besser unausgesprochen blieben.

„Wow“, sagte Patience fröhlich. „Wenn du quasi seine Schwester bist, bist du ja sozusagen meine Schwägerin. Wir bekommen beide eine größere Familie.“

Felicia schaute sie an, als sie die Wahrheit dieser Worte begriff. Dazugehören, dachte sie verblüfft. Es geschah tatsächlich. Vielleicht würde Patience sie sogar bitten, eine ihrer Brautjungfern zu sein. Felicia hatte noch nie zuvor irgendeine Rolle bei einer Hochzeit übernommen.

„Geht es dir gut?“, fragte Patience. „Hätte ich das lieber nicht sagen sollen?“

„Nein“, erwiderte Felicia schnell. Sie lächelte und hatte doch auch das Gefühl, weinen zu wollen. „Es war genau das Richtige.“

„Heute Abend schauen wir uns einen Film an“, sagte Felicia und hielt die Blu-Ray hoch, die sie am Nachmittag gekauft hatte.

Gideon lehnte sich gegen den Küchentresen. „Ist das eine Frage oder eine Ankündigung?“

„Eine Ankündigung.“

Er schaute sich das Cover an. „Das ist ein Zeichentrickfilm.“

„Nein, ein Animationsfilm. Das ist ein himmelweiter Unterschied.“

„Für mich nicht. Wenn wir uns schon einen Film ansehen, kann das dann nicht einer mit Verfolgungsjagden und Schießereien sein?“

Man sollte annehmen, dass er mehr als genug Gewalt gesehen hatte, doch andererseits war Gideon ein Mann. Diese Sorte Filme hatte immer ein eindeutiges Ende. Emotionale Dramen konnten zwiespältig sein, was die meisten Männer unbefriedigend fanden. Aus dem gleichen Grund konnten nur wenige von ihnen ein Vorspiel ohne Aussicht auf einen Orgasmus wirklich genießen. Nicht dass Gideon in letzter Zeit irgendetwas davon bei ihr gesucht hätte.

„Das wird lustig", sagte sie. „Und außerdem war es eine Ankündigung, über die wird nicht diskutiert."

„Können wir nicht noch mal verhandeln?"

„Nein. Ich habe mich im Internet informiert. Dieser Film hat ausgezeichnete Kritiken bekommen, und das Thema passt genau auf unsere Situation." Sie trat näher an ihn heran und schaute ihm in die Augen. „Bitte?"

Er hätte zur Seite treten und ihr so aus dem Weg gehen können. Stattdessen blieb er, wo er war, die Hände hinter sich auf die Arbeitsplatte gestützt. „Versuchst du etwa, mich mit weiblicher List zu überzeugen?"

„Tue ich", gab sie zu. „Ich glaube zwar nicht, dass weibliche List zu meinen Stärken gehört, aber ich hoffe, du übersiehst das."

Sie schaute ihm ins Gesicht, musterte seine attraktiven Züge. Er hatte ein paar kleine Narben, aber die machten ihn nur noch anziehender. Unter dem Ärmel seines T-Shirts schaute ein Teil seines Tattoos hervor. Sie wusste auch von den anderen Narben und Blessuren auf seinem Körper und verspürte einen Anflug von Verlangen. Hitze flammte in ihr auf, und nur zu gerne hätte sie hier und jetzt mit ihm geschlafen.

Aber da war auch noch Carter – ganz zu schweigen von der Tatsache, dass Gideon nicht sonderlich daran interessiert schien, der Chemie zwischen ihnen zu einer Explosion zu verhelfen. Vermutlich ist er zu abgelenkt von allem, was derzeit los ist, dachte sie. Das Auftauchen seines Sohnes hatte alles verändert.

„Du musst keine Angst haben", sagte sie, ohne nachzudenken.

Sofort verspannte sich Gideon und rutschte ein Stück zur Seite. „Also los. Gehen wir uns diesen Film ansehen."

Sie packte seinen Arm und spürte, wie die Muskeln sich unter ihrem Griff anspannten. „Es tut mir leid. Das hätte ich nicht sagen sollen. Deine Männlichkeit herauszufordern führt nur dazu, dass du dich weiter abschottest. Du konzentrierst dich dann viel mehr auf deine vermeintlichen Schwächen statt auf die vorliegende Situation."

Er hob eine Augenbraue. „Ist das deine Art, mich aufzumuntern?"

„Zu analytisch?"

„Oh ja."

„Bist du böse?"

„Ich sollte es sein, aber ich drücke noch mal ein Auge zu. Hauptsächlich, weil ich dir was schuldig bin."

Sie atmete erleichtert aus. Krise abgewendet. „Also deshalb plusterst du dich wegen meiner Bemerkung nicht auf?"

„Ich plustere mich auf?"

Sie lächelte. „Das ist eine sehr schöne Redewendung und außerdem die passende Beschreibung für dein zu erwartendes Verhalten."

„Du bist süß, wenn du so intellektuell bist."

Sie lachte. „Das bin ich oft."

„Ja, das bist du."

Er streckte seinen Arm aus, und bevor sie erkannte, was er vorhatte, hatte er sie schon an sich gezogen und den Film zwischen ihnen eingeklemmt.

„Du hast zu viel Freizeit", murmelte er an ihrem Ohr. „Und zu viele von diesen kleinen grauen Zellen. Ich habe vor ein paar Jahren mal eine Kurzgeschichte gelesen, in der es um eine Gesellschaft ging, in der alle gleich sein sollten. Wenn jemand richtig stark war, wurde ihm eine Tür auf den Rücken gebunden, um seine Kraft zu schwächen."

„Eine Tür mit mir herumzutragen würde mich nicht weniger klug machen", erklärte sie, während sie sich seiner Nähe nur zu bewusst war. Sie spürte seine Wärme, die ihr Innerstes zum Schmelzen brachte. Ein sehr angenehmes Gefühl, wie sie zugeben musste.

„Du würdest schon irgendeinen Apparat erfinden, der dir helfen würde, das Gewicht zu stemmen", murmelte er und senkte seinen Kopf noch ein wenig tiefer.

„Ich schätze, meine Zeit wäre sinnvoller damit verbracht, mir zu überlegen, wie ich eine derart lächerliche Gesellschaft ändern könnte."

„Ich würde dir dabei helfen."

Er küsste sie. Sie hatte darauf gehofft, und jetzt verlor sie sich in dem Gefühl, seinen warmen, starken Mund auf ihrem zu spüren.

Seine Lippen neckten ihre, knabberten an ihrer empfindlichen Haut. Sie öffnete den Mund, wollte, dass Gideon den Kuss vertiefte. Er tat es.

Sie schlang ihren freien Arm um seinen Nacken und ließ sich an ihn sinken. Seine Hände glitten über ihren Rücken und weckten mit jeder Berührung ihre Lust.

Das Blut rauschte durch ihren Körper. Sie war sich mit einem Mal bewusst, wie empfindlich ihre Brüste waren. Vor allem die Brustwarzen. Sie wollte dort von ihm berührt werden, wollte, dass er sie mit seinen Fingern liebkoste, dann mit seinen Lippen. Bei der bloßen Vorstellung zog sich ihr Unterleib beinahe schmerzhaft zusammen. Ihr sexuelles Verlangen war so stark, dass es schon fast wehtat.

Gideon legte eine Hand an ihre Schulter und schob Felicia sanft von sich. Sie öffnete die Augen.

„Was?", fragte sie, obwohl sie eigentlich fragen wollte: „Warum hörst du auf?"

„Der, äh, Film."

Seine leise Stimme war ganz rau. Felicia senkte den Blick und sah, wie erregt er war. Wir könnten es gleich hier tun, dachte sie. Die Arbeitsplatte hatte genau die richtige Höhe. Er könnte …

Sie sprang zurück und schnappte nach Luft. Der Film fiel zu Boden. „Carter."

„Genau."

„Das hatte ich ganz vergessen." Sie hatte sich so auf die Gefühle konzentriert, die Gideon in ihr weckte, dass sie überhaupt nicht mehr an das Kind im Haus gedacht hatte. „Ich bin ein fürchterlicher Mensch. Ich sollte verantwortungsvoll handeln und habe es total verdrängt."

Gideon richtete seine Jeans und schaute dann Felicia an. „Es ist ja nicht so, als hättest du ihn das Haus niederbrennen lassen. Du hast mich lediglich geküsst."

„Carter ist zum Glück zu vernünftig, um das Haus niederzubrennen." Sie schlug sich die Hand vor den Mund.

„Was?", fragte er.

„Ich habe mir eben vorgestellt, wie wir beide Sex auf der Arbeitsplatte haben."

Gideon trat einen Schritt näher. „Hast du das?"

„Das können wir nicht machen. Nicht in seiner Anwesenheit. Er hätte jeden Augenblick hereinplatzen können. Er muss schon genug durchmachen, ohne so etwas mit anzusehen." Sie schloss die Augen. „Für mich ist es wohl einfach noch zu früh, Mutter zu sein."

„Natürlich nicht. Du hast es lediglich genossen, mich zu küssen. Das ist kein Verbrechen."

„Ich habe ihn vergessen."

„Für zehn Sekunden."

„Mehr braucht es nicht, um eine Katastrophe auszulösen."

Er berührte sanft ihre Wange. „Findest du nicht, dass du ein wenig irrational bist?"

„Ja", gab sie zu. „Ich fühle mich schuldig. Ich überkompensiere, um mich von der Schuld abzulenken, die in mir unbehagliche Gefühle weckt. Ich weiß, dass Carter durchaus in der Lage ist, sich mehrere Stunden am Stück alleine zu beschäftigen. Und auch wenn es falsch wäre, mitten am Tag Sex auf dem Küchentresen zu haben, würde es keinen größeren Schaden anrichten, wenn er uns dabei erwischt."

Sein Blick war immer noch auf sie gerichtet. „Aber?"

„Aber ich fühle mich trotzdem schuldig."

„Willkommen im Club."

„Du fühlst dich auch schuldig?", fragte sie ungläubig.

„Das tut jeder. Wir tun nicht genug, wir tun zu viel. Verdammt, ich fühle mich schuldig, weil ich nicht mehr Zeit mit Carter verbringe."

„Warum tust du es dann nicht?"

Als er sie statt einer Antwort einfach nur anschaute, verstand sie es. Die Angst. Vor dem, was ihm genommen worden, und vor dem, was übrig geblieben war. Vor dem Mann, der er geworden war. Vor all den Dingen, die er glaubte, nicht tun zu können – und vor denen, die er nicht tun wollte. Angst verursachte Schuldgefühle, die Gideon wiederum veranlassten, sich zurückzuziehen.

„Was dich angeht, fühle ich mich auch schuldig", gab er zu.

Das überraschte sie. „Warum?"

„Du tust so viel. Ich weiß es wirklich zu schätzen, wie du einfach eingesprungen bist und hier alles regelst."

„Das mache ich gerne. Ich mag Carter."

„Er mag dich auch."

Die Worte freuten sie. „Wir sollten uns jetzt den Film ansehen."

Gideon schüttelte den Kopf. „Geh schon mal vor. Ich stoße später dazu."

Was bedeutete, dass er ging. „Warum? Du hast gerade gelacht. Wir haben uns geküsst. Alles war gut."

In seinen dunklen Augen blitzte etwas auf. Was auch immer er gerade emotional durchmachte, es war definitiv nicht angenehm.

„Ich bin draußen auf der Terrasse", sagte er und war auch schon verschwunden.

Felicia ging hinunter ins Fernsehzimmer. Carter las in einem von Gideons Automagazinen. Als sie eintrat, fiel sein Blick auf die Blu-Ray in ihrer Hand.

„Was schauen wir uns an?", fragte er.

Sie zeigte es ihm.

Er stöhnte. „Ein Zeichentrickfilm?"

„Ein Animationsfilm. Das ist ein Unterschied."

„Können wir uns nicht was mit Verfolgungsjagden und so ansehen?"

Zwei Männer, ein Gedanke. „Das hier ist besser“, erklärte sie.

Carter murmelte etwas, schaltete jedoch Fernseher und Blu-Ray-Player an und legte die Disc ein. Dann gesellte er sich zu Felicia aufs Sofa, während die ersten Bilder von *Ich, einfach unverbesserlich* über den Bildschirm liefen.

Sie war nicht sicher gewesen, ob sie diesen Film gut finden würde. Manchmal waren Kinderfilme für ihren Geschmack zu einfach gestrickt. Doch die Geschichte eines Mannes, der ungewollt entdeckte, was es bedeutete, zu lieben und eine Familie aufzubauen, berührte sie mehr, als sie erwartet hätte.

Ungefähr bei der Hälfte drückte sie auf Pause, um die Brownies zu holen, die sie am Nachmittag gebacken hatte. Carter folgte ihr in die Küche.

„Ist Gideon weg?“, fragte er.

„Er ist draußen. Er muss im Moment alleine sein. Vor seiner Schicht im Sender kommt er bestimmt noch mal rein.“ Sie hielt inne, wollte sagen, dass Gideon ihm nicht absichtlich aus dem Weg ging, doch das stimmte nicht. Sie mochte es nicht, zu lügen, zumal es sowieso keinen Zweck hätte. Carter spürte die Wahrheit.

Sie legte die Brownies auf einen Teller. „Willst du ein Glas Milch dazu?“, fragte sie.

„Ja, aber lass nur, ich mach schon.“

Während er sich ein Glas Milch einschenkte, gab sie ein paar Eiswürfel in ein Glas und füllte es mit Tee auf. Dann trugen sie alles hinunter ins Fernsehzimmer.

Sie setzten sich wieder auf das Sofa, und Carter griff nach der Fernbedienung, doch anstatt auf Play zu drücken, drehte er den Kopf und schaute sie an.

„Warum hast du keine Kinder?“, fragte er.

Die Frage überraschte sie. „Ich hatte bislang noch nie eine ernsthafte Beziehung“, gab sie zu. „Ich verstehe, dass es technisch gesehen nicht notwendig ist, verheiratet zu sein, um ein Kind zu haben. Aber ich hatte gehofft, den traditionellen Weg gehen zu können.“

„Du hattest gehofft?“

„Ich will mich immer noch verlieben und heiraten“, bekannte sie mit einem leisen Seufzen. „Und ich will auf jeden Fall Kinder haben. Eine Familie.“

„Du wärst eine gute Mom“, erklärte Carter.

Sie war sich da nicht so sicher. „Ich weiß nicht viel über Kindererziehung. Leider habe ich von meinen Eltern darüber nichts lernen können.“

Er nahm sich einen Brownie. „Du hast gute Instinkte. Du erinnerst mich an meine Mom. Sie hat mir immer alles erklärt. Sie hat sich nicht irgendetwas ausgedacht, nur weil ich noch ein Kind war. Wir waren ein Team, weißt du? Du wärst genauso.“

Felicia schluckte um den Kloß herum, der sich auf einmal in ihrer Kehle gebildet hatte. „Danke für das Kompliment. Das bedeutet mir sehr viel.“

Er zuckte mit den Schultern. „Dass ich einfach hier so aufgetaucht bin, war bestimmt nicht leicht für euch. Aber du bist immer für mich da.“ Er richtete die Fernbedienung auf den Blu-Ray-Player. „Der Film ist ziemlich gut. Ich mag Gru, und die Minions sind einfach nur cool. Ich wünschte, wir könnten auch ein paar Roboter bauen.“

„Sie sind keine Roboter“, erwiderte Felicia. „Es handelt sich um Lebensformen. Mal abgesehen von allen moralischen Implikationen schwächt es eine Gesellschaft fundamental, wenn bestimmte Lebensformen nur auf ihre Tätigkeit reduziert werden und man sie wie Sklaven behandelt.“

In Carters Augen funkelte es. „Du meinst also, es ist falsch?“

„Extrem falsch.“ Sie sah das Zucken in seinem Mundwinkel. „Du ziehst mich auf.“

„Du machst es einem ja auch leicht.“

Sie seufzte. „Warte nur ab. Eines Tages werde ich sein wie alle anderen.“

Er drückte auf Play und ließ sich wieder aufs Sofa sinken. „Ich hoffe nicht.“

Eine Stunde später hatten Gru und seine drei neuen Töchter miteinander das Glück gefunden. Carter legte die Disc zurück in die Hülle und schaltete dann Fernseher und Blu-Ray-Player ab.

„Der war gar nicht so schlecht", sagte er. „Aber nächstes Mal darf ich was aussuchen."

„Okay." Sie stand auf. „Gehst du jetzt in dein Zimmer?"

Er nickte und kam zu ihr. Seine langen, dünnen Arme schlangen sich um ihre Taille. Sie zog ihn an sich und fühlte sich gleichzeitig beschützt und beschützend. Als er zurücktrat, wusste sie, dass sie Gefahr lief, zu weinen, aber sie hatte keine Ahnung, warum.

Gideons Füße trommelten auf den Boden. Die Geschwindigkeit war ziemlich hoch. Morgen früh würde er schätzungsweise die Nachwirkungen zu spüren bekommen. Sein normales Workout hatte sich bisher auf ein paar Meilen auf dem Laufband im Fitnessstudio und ein wenig Gewichteheben beschränkt. Nichts davon hatte ihn auf diesen Lauf vorbereitet.

„Auf geht's, meine Damen. Der Berg ruft", rief Angel und schoss davon.

„Du wohnst mit dem Typen zusammen?" Gideon atmete tief durch.

„Nicht mehr lange", keuchte Ford. „Diese ewigen Wettbewerbe werden langsam langweilig. Bei der Arbeit sind wir ein großartiges Team, aber sich ein Haus zu teilen ist einfach zu viel. Letzte Woche habe ich ihn beim Armdrücken geschlagen, das hat ihm gar nicht gefallen. Consuelo ist dazwischengegangen und hat versucht, unsere Differenzen zu lösen, aber am liebsten hätte sie uns wohl beide kastriert. Ich schaue mich jetzt nach etwas Eigenem um."

„Und Angel und Consuelo bleiben dort weiter zusammen wohnen?"

„Sicher. Sie kommt mit beiden von uns gut klar."

Gideon grinste. „Wenn du nicht die Lösung sein kannst, dann sei das Problem."

„Stimmt genau.“

Der Weg wurde steiler. Gideon atmete tief durch und nahm den Anstieg dann mit schnellen, kurzen Schritten. Als er oben war, schnappte er mühsam nach Luft. Schweiß tropfte ihm von der Stirn, aber der Blick über die sich bis zum Horizont erstreckenden Berge entschädigte ihn für alles.

Abgesehen vom keuchenden Atem seiner beiden Kumpels war es hier oben ganz still. Selbst der über ihnen kreisende Falke suchte geräuschlos nach seiner Beute. Angel legte sich rücklings auf den felsigen Boden und breitete Arme und Beine aus. Wegen einer weiteren dieser verdammten Wetten trug er einen Rucksack. Den öffnete er jetzt und verteilte Flaschen mit kaltem Wasser. Gideon trank seine mit einem Schluck halb aus und setzte sich dann auf einen flachen Felsen.

Hier oben war es wesentlich kühler als in Fool's Gold. Dort unten war es richtig heiß, doch das machte ihm nichts aus. Sich in dem Städtchen niederzulassen hatte sich als gute Entscheidung erwiesen. Nur wie er die Sache mit Carter hinkriegen sollte, wusste er nicht. Ohne Felicias Hilfe wäre er völlig aufgeschmissen.

Er trank den Rest seines Wassers und streckte sich dann rücklings aus. Wem will ich hier eigentlich etwas vormachen, dachte er. Felicia half ihm nicht – sie kümmerte sich um alles, während er der Angelegenheit aus dem Weg ging.

Angel setzte sich auf und starrte ihn an. „Was ist los?“, wollte er wissen. „Du siehst aus, als würde dir etwas auf den Magen schlagen.“

Gideon schloss die Augen. „Halt den Mund.“

„Ich bin nicht derjenige, der so ein komisches Gesicht macht.“

Gideon schüttelte den Kopf. „Es ist nicht der Magen. Es ist wegen des Jungen.“

Angel musste stumm eine Frage gestellt haben, denn Ford flüsterte: „Sein Kind, das vor ein paar Tagen überraschend aufgetaucht ist.“

„Du wusstest wirklich nichts von ihm?“, fragte Angel. „Ich dachte, das wäre nur ein dummes Gerücht.“

„Nein, ich wusste nichts von ihm." Er hatte nicht den Hauch einer Ahnung gehabt.

„Wenn so etwas schon passieren musste, dann am besten hier", meinte Ford. „Die Stadt ist sicher, hier kann er nicht verloren gehen. Ich habe gehört, dass Carter schon erste Freunde gefunden hat."

„Was? Wieso kennst du dich jetzt mit all dem Klatsch und Tratsch hier aus?", fragte Angel ungläubig nach.

„Mein Neffe Reese hat es mir erzählt. Carter ist im gleichen Sommercamp wie er, und die beiden haben sich angefreundet. Reese ist ein guter Junge. Sein Dad, Kent, ist Mathelehrer."

Angel kicherte. „Wirklich? Dein Bruder ist Mathelehrer?"

Ein raschelndes Geräusch kam auf, gefolgt von einem Stöhnen und dann Stille. Gideon machte sich nicht die Mühe, seine Augen zu öffnen.

„Kommst du einigermaßen damit klar?", fragte Ford dann.

Da er derjenige war, der das Wort ergriff, schätzte Gideon, dass er den Kampf gewonnen hatte. „Kein bisschen."

„Das muss für euch beide hart sein", sinnierte Ford. „Ich erinnere mich noch, als mein Dad gestorben ist. Ich war gerade ein Jahr aus der Schule raus. Meine Schwestern gingen noch auf die Highschool, und Kent war auf dem College. Ethan hat sich um alles kümmern müssen. Meine Mom ist zusammengebrochen. Das war eine harte Zeit, in der nichts irgendeinen Sinn ergeben hat."

Gideon öffnete die Augen und schaute seinen Freund an. „Das tut mir leid."

„Es ist schon lange her."

Angel setzte sich erneut auf. „Ich war noch ein Kind, als ich meine Mom verlor. Zu jung, um mich daran zu erinnern. Mein Dad war allerdings am Ende, das weiß ich noch. Ich erinnere mich, wie traurig er war. Wir haben in einer Kleinstadt wie Fool's Gold gewohnt, in der sich die Menschen zum Glück um uns gekümmert haben."

Gideon war nicht sicher, was er mit diesen Informationen anfangen sollte. Jeder litt. Das Leben war hart. Doch nichts davon half ihm mit Carter. Denn sein Problem war, dass er genau wusste, was passierte, wenn man einen anderen Menschen in sein Herz ließ.

„Was willst du seinetwegen unternehmen?“, wollte Angel wissen.

„Wenn ich das nur wüsste. Ich kann nichts *unternehmen*. Er ist mein Kind. Damit muss ich klarkommen.“

Irgendwie.

Er wollte sich einreden, dass es mit der Zeit leichter würde, aber er war nicht sicher, ob er sich das glaubte.

14. KAPITEL

Felicia wurde durch die absolute Stille geweckt. Sie lag allein in dem großen Bett in Gideons Schlafzimmer. Als sie sich auf die Seite drehte, um auf den Wecker zu schauen, sah sie, dass es beinahe drei Uhr morgens war. Gideon musste längst von der Arbeit zurück sein, doch offenbar hatte er sich wieder einmal entschieden, woanders zu schlafen. Vorausgesetzt, er schlief überhaupt.

Gestern war er mit Angel und Ford laufen gegangen. Sie hatte gehofft, Zeit mit seinen Freunden zu verbringen würde ihm helfen. Doch danach war er genauso distanziert gewesen wie immer. Sie wollte, dass sich die Beziehung zwischen ihm und Carter verbesserte, wusste aber nicht, wie sie das anstellen sollte.

Sie knipste die Nachttischlampe an und ging ins Bad. Danach beschloss sie, sich auf die Suche nach Gideon zu machen. Er musste wenigstens ein bisschen schlafen. Sie putzte sich die Zähne und bürstete die Haare, dann zog sie einen kurzen Morgenmantel über ihr noch kürzeres Sommernachthemd. Mit Carter im Haus hielt sie es für keine gute Idee, halb nackt herumzulaufen.

Sie durchquerte das Wohnzimmer und trat auf die Terrasse. Gideon lag ausgestreckt auf einem der Liegestühle. Sie wusste, er hatte sie kommen gehört, doch er machte sich nicht die Mühe, aufzuschauen. Stattdessen sah er in den Sternenhimmel.

„Bist du jemals auf der Südhalbkugel gewesen?“, fragte er, den Blick unverwandt auf die Sterne gerichtet. „Da unten sieht alles ganz anders aus.“ Endlich schaute er sie an. „Keine falsche Bescheidenheit. Du darfst mir ruhig einen Vortrag über die Verteilung der Planeten im All halten. Außerdem bin ich an deinen Gedanken über die Ausbreitung des Universums interessiert.“

Sie schaute ihm in die Augen. In der Dunkelheit der Nacht konnte sie nicht sagen, was er dachte, aber sie spürte seinen Schmerz. Er strahlte von ihm aus, warnte sie, dass dieser Mann so gefährlich wie ein verwundetes Tier war und sie zusehen sollte, sich in Sicherheit zu bringen. Nur hatte sie daran keinerlei Interesse. Nicht, wenn es um Gideon ging. Sie wollte ihm helfen, und wenn sie das nicht konnte, wollte sie ihm wenigstens nah sein. Er ging Carter aus dem Weg, und indem er seinen Sohn mied, mied er auch sie.

Sie packte seine Hand und zog daran. Er war so groß und stark, dass sie ihn ohne seine Kooperation niemals in Bewegung setzen könnte. Außer sie würde einige der Handgriffe anwenden, die sie in ihrer Ausbildung gelernt hatte. Zum Glück war das nicht nötig, er stand auch so auf.

„Was ist?" Er starrte ihr in die Augen.

Es gab tausend Dinge, die sie hätte sagen können. Doch mit einem Mal war nichts davon mehr wichtig. Sie hielt einfach nur weiter seine Hand und zog ihn daran mit ins Haus und ins Schlafzimmer.

Dort angekommen, schloss sie die Tür und drehte den Schlüssel um. Sie ließ ihren Morgenmantel auf den Boden fallen. Das Nachthemd folgte, genau wie ihr Slip. Dann wartete sie.

Er hob eine Augenbraue. „Sehr direkt", sagte er mit leiser, samtiger Stimme.

„Ich bin nicht gut darin, Spiele zu spielen", erklärte sie ihm, immer noch gewillt, zu warten, bis er so weit war.

„Oh nein. Du bist sogar sehr gut darin, zu spielen. Du gewinnst immer."

Sie lächelte. „In normalen Spielen, ja. Aber nicht, wenn es um diese Sache zwischen Männern und Frauen geht."

Er erwiderte ihr Lächeln nicht. Doch er hob eine Hand und legte sie an ihre Wange. Dann fuhr er mit seinen Fingern durch ihr Haar. Von dort strich er sanft über ihren Rücken. Als er ihre Hüfte erreichte, glitt seine Hand nach vorne über ihren Bauch und an ihren Rippen entlang nach oben.

Seine Berührung war wie eine Feuersbrunst, die sich an ihrer Haut entlangfraß. Sie wollte sich winden, sich an ihn drängen, doch sie zwang sich, komplett still stehen zu bleiben und ihm die Kontrolle zu überlassen. Als seine Hand sich um ihre Brust schloss, beugte er sich vor und presste seine Lippen auf ihren Mund.

Gleichzeitig seinen Mund an ihrem und seine Finger zu spüren, die ihre Brust streichelten, erregte Felicia so sehr, dass sie nicht mehr klar denken konnte. Ein ungewöhnlicher, aber durchaus angenehmer Zustand. Die Gefühle hatten die Oberhand gewonnen. Der beharrliche, erotische Schlag seiner Zunge an ihrer, die Art, wie er leicht ihre Brustwarzen drückte, bevor er sie streichelte. Innerhalb weniger Sekunden sehnte sie sich verzweifelt nach mehr und schlang die Arme um seinen Hals.

Während sie sich an ihn presste, seinen Körper an ihrem fühlen wollte, begann er, sie zu erkunden. Mit den Händen strich er über ihren Rücken, bevor sie sie auf ihrem Hintern fühlte. Sie bog sich ihm entgegen, bis ihr Bauch seine Erektion berührte. All ihre Muskeln spannten sich an, als sie daran dachte, wie sehr sie es genießen würde, ihn in sich zu spüren.

Er entzog sich ihr ein wenig, um eine Spur aus heißen Küssen über ihren Hals zu ziehen. Als er die sensible Haut hinter ihrem Ohr erreichte und mit der Zunge darüberstrich, stöhnte Felicia auf. Sie griff nach seinem Hemd und zog gerade ausreichend daran, dass der Stoff nachgab und die Knöpfe absprangen.

Gideon richtete sich auf und schaute auf sein kaputtes Hemd hinunter. „Du hättest doch was sagen können", sagte er grinsend. „Dann hätte ich es ausgezogen."

„Okay, dann tue ich das jetzt. Zieh dich bitte aus. Und zwar alles."

„Sehr fordernd."

„Ich kann gerne das Kommando übernehmen, wenn dich das anmacht."

„Vielleicht später."

Er schlüpfte schnell aus Jeans und Boxershorts. Dann flatterte das Hemd zu Boden, und er war ebenfalls nackt.

Sofort griff Felicia nach seinem Penis. Sie wollte ihn berühren. Der sichtbare Beweis für seine Erregung machte sie beinahe genauso scharf wie der körperliche Kontakt. Obwohl es sich auch nicht gerade schlecht anfühlte, wenn Gideon ihre Brüste streichelte. Oder sie küsste. Oder seine Zunge um ihre Klitoris kreisen ließ. Wenn sie jetzt eine Rangfolge festlegen müsste, würde sie …

Gideon fluchte unterdrückt und schob Felicia in Richtung Bett.

„Das kannst du nicht mit mir machen“, stöhnte er kehlig.

„Was kann ich nicht machen?“

„Mich so anschauen.“

„Ich habe deinen Penis angeschaut.“

„Das ist das Gleiche.“

Er zog die Decke weg und drückte Felicia auf die Matratze. Dann holte er aus der Nachttischschublade eine Handvoll Kondome und warf sie auf den Nachttisch. Sobald er lag, zog er sie an sich und küsste sie.

Sie gab sich ganz dem Gefühl hin, das die Bewegungen seiner Zunge ihr bereiteten, und genoss es, seinen muskulösen Körper auf ihrem zu spüren.

Die menschliche Anatomie ist schon interessant, dachte sie. Gideons Brust war ganz anders geformt als ihre. Die Grundzüge waren gleich, aber die Ausführung sorgte für so viele erotische Möglichkeiten. Sie liebte es, ihre Brüste an seine Brust zu drücken. Liebte das leichte Kitzeln der feinen Haare. Und auch die Sache mit den Beinen war von der Natur perfekt eingerichtet. Ihre Oberkörper kamen einander noch näher, wenn Gideon sein Knie zwischen ihre Oberschenkel drängte.

Vorsichtig winkelte er es weiter an, bis er sanft gegen ihre Vulva drückte. Instinktiv hob Felicia die Hüften, um den Kontakt zu verstärken. Sie begann sich vor und zurück zu wiegen, doch das reichte nicht.

Mit den Händen strich sie über seinen muskulösen Rücken. Fieberhaft. Hungrig. Verzweifelt. Endlich schaltete ihr Verstand aus, und es gab nur noch ihre Lust und das, was dieser Mann mit ihr anstellen konnte.

Sie zog sich zurück. „Gideon“, sagte sie und schaute ihm in die Augen. „Würdest du bitte meine Klitoris lecken?“

Sein Mund verzog sich zu diesem trägen, sinnlichen Lächeln, das sie so liebte. „Mit Vergnügen“, murmelte er und kam auf die Knie.

Er drückte sie zurück aufs Bett und presste seine Lippen auf ihr Schlüsselbein. Von dort suchte er sich einen Weg nach unten. Sie schloss die Augen, als er das Tal zwischen ihren Brüsten mit seiner Zunge liebkoste. Sie wusste nicht, was als Nächstes kam, war aber sicher, dass sie es genießen würde.

Und er enttäuschte sie nicht.

Mit der Zungenspitze berührte er erst ihre eine Brust, dann die andere. Während Wellen der Lust durch ihren Körper brandeten, umschloss er ihre linke Brustwarze mit den Lippen und saugte daran.

Felicia klammerte sich an der Decke fest. Ihr Atem beschleunigte sich. Sie hatte die Stufen der Erregung sehr schnell durchlaufen und spürte, dass sie kurz vor dem Höhepunkt stand. Ihre Muskeln waren angespannt, und ihre Mitte pulsierte.

Bevor sie ihm das jedoch sagen konnte, wandte Gideon sich von ihren Brüsten ab und setzte seine Reise nach unten fort. Immer tiefer und tiefer glitt er hinab, bis er endlich am Punkt ihrer Sehnsucht angekommen war.

Sie spreizte die Beine für ihn und wartete. Ein warmer Hauch war die einzige Warnung, bevor seine Zunge zart gegen ihre Klitoris schnellte.

Felicia stöhnte und spreizte die Beine, so weit sie nur konnte. Sie zog die Knie an und stemmte die Fersen in die Matratze. Ihre Synapsen feuerten in einer Sequenz, die sie mit purer Lust erfüllte. Sie war kurz davor, ihn um Erlösung anzuflehen.

Er ließ seine Zunge erneut vorschnellen, dann umkreiste er ihr geschwollenes Zentrum. Erst ganz langsam, sodass sie etwas Luft holen konnte, dann immer schneller. Ihr Körper wurde zu einer Symphonie, jeder Muskel ein Instrument, das für höchste

Sinnesfreuden gestimmt war. Er spielte auf ihr, ließ sie aufkeuchen, je näher sie dem Höhepunkt kam.

Plötzlich hörte er auf. Ich bin so kurz davor, dachte sie.

„Gideon“, hauchte sie.

Sein Mund kehrte zurück, doch dieses Mal saugte er an ihr, während er zwei Finger in sie hineingleiten ließ.

Sie kam mit einem Schrei. Ihr Körper bäumte sich auf, und ein Schauer nach dem anderen überlief sie. Sie konnte nicht anders, als sich dem hinzugeben und wieder und wieder zu kommen, bis nichts mehr übrig war. Erst dann setzte Gideon sich auf.

„Ich hatte ja diese großen Pläne“, sagte er und griff nach einem Kondom. Seine Hände zitterten, als er die Verpackung aufriss und den Schutz überstreifte. „Wie ich es ganz langsam angehe und ewig hinauszögere. Aber wie zum Teufel soll mir das gelingen, wenn du so hemmungslos kommst?“

Sie glaubte nicht, dass er eine Antwort auf diese Frage erwartete, was gut war, denn bevor ihr eine einfiel, drang er auch schon in sie ein.

Er füllte sie komplett aus, nur um sich sofort wieder zurückziehen und sie erneut auszufüllen. Seine Bewegungen waren fiebrig, sein Atem ging schnell. Er schaute ihr in die Augen, stieß härter zu, fester. Wieder und wieder, bis er kam.

Später, als sie gemeinsam unter der Decke lagen, zog er sie an sich. Er schlang seine Arme um sie wie früher, hielt sie fest, als wollte er sie nie wieder gehen lassen. Wenn dem nur so wäre, dachte sie sehnsüchtig.

„Felicia?“

„Ja?“

„Ich sollte dir das vermutlich nicht erzählen, aber falls ich mal nicht so wirke, als hätte ich Lust auf Sex, musst du mich nur bitten, dich zu lecken, und ich bin da.“

Sie stützte sich auf einen Ellbogen. „Das verstehe ich nicht.“

„Das ist das Aufregendste auf der Welt.“

„Aber ich sage doch nur, was ich will.“

„Ja. Und das macht mich an.“

Männer sind seltsam, dachte sie und kuschelte sich wieder in seine Arme. „Was ist, wenn ich dich bitte, mir den Rücken zu massieren?“

„Das ist nicht ganz dasselbe.“ Sie spürte, wie er lachte. „Wenn du mich allerdings bitten würdest, dir den Hintern zu versohlen … das könnte auch funktionieren.“

Sie lächelte. „Vor allem, wenn ich es mache wie in diesen Filmen und dir sage, dass ich sehr, sehr ungezogen gewesen bin?“

„Oh ja.“

Das Logo von CDS war eine Zielscheibe, auf der die Initialen aus Schusslöchern abgebildet waren. Der Anblick reichte, um jeden Menschen vor Betreten des Gebäudes kurz innehalten zu lassen. Carter hatte das Gefühl, an diesem Ort ließe man sich nichts gefallen. Er war nicht wirklich nervös. Nur ein wenig … vorsichtig.

Reese betrachtete die geschlossene Tür. „Die meinen es ernst, hm?“

„Felicia kennt einen der Typen, die das hier leiten. Justice. Er gibt zwar keine Kurse, aber sie mag ihn.“

Sie schauten einander an. Carter zuckte mit den Schultern und öffnete die Tür.

Drinnen waren die Decken hoch und die Böden aus Beton. Ein großer Mann mit breiten Schultern, Furcht einflößenden grauen Augen und einer Narbe quer über der Kehle wartete im Foyer.

„Namen“, bellte er.

Carter bemühte sich, nicht zusammenzuzucken.

„Reese Hendrix!“, sagte sein Freund.

„Carter, äh …“ Carter zögerte, weil er nicht wusste, welchen Nachnamen Felicia bei der Anmeldung genannt hatte.

Der Mann musterte ihn eindringlich. „Du kennst deinen eigenen Nachnamen nicht? Dann können wir dir nicht helfen.“

Carter schluckte. „Ich bin gerade erst in die Stadt gezogen. Mein Dad ist Gideon Boylan. Ich weiß nicht, unter welchem Namen Felicia mich angemeldet hat.“

Der Mann lächelte. „Carter, hm? Ich habe dich hier auf meiner Liste. Schön, dich kennenzulernen.“ Er streckte seine gigantische Hand aus. „Das gilt auch für dich, Reese.“

Die Verwandlung zum netten Kerl war beinahe genauso Furcht einflößend, wie es seine grimmige Miene zuvor gewesen war.

„Ja, ich finde es auch schön, Sie kennenzulernen“, sagte Carter mit kleiner Stimme und schüttelte die Hand des Mannes. Reese tat es ihm gleich.

„Ich bin Angel. Wenn ihr eine Frage habt, kommt zu mir. Euer Training findet im Hauptkampfraum statt. Hier entlang.“

Er führte sie mehrere kurze Flure hinunter, bis sie in einen großen, offenen Fitnessraum kamen. An einer Wand hingen Punchingbälle, von der Decke baumelten Kletterseile, und die große Fläche in der Mitte war mit dicken Matten ausgelegt.

Angel schaute auf die Uhr. „Ihr habt ungefähr zehn Minuten, wenn ihr vorher noch ein wenig Stretching machen wollt.“

Reese nickte, und Angel ließ die beiden allein.

Carter beugte sich zu seinem Freund vor. „Weißt du, wie man stretcht?“

„Nein, aber das werde ich *ihm* garantiert nicht verraten. Hast du seine Narbe gesehen?“

„Die an seinem Hals? Oh ja. Meinst du, jemand hat versucht, ihn umzubringen?“

„Ich weiß es nicht.“

Sie setzten sich auf den Rand der Matten.

„Ich frage mich, wie viele der anderen Jungs zum Training kommen“, sagte Reese.

Carter kannte nicht genügend Jungen seines Alters, um einen Tipp abgeben zu können. Es konnte auch sein, dass Mädchen an dem Kurs teilnahmen. Er war nicht sicher, wie er das fand. Bei dem Gedanken, gegen ein Mädchen zu kämpfen, war ihm ehrlich gesagt nicht ganz wohl.

„Felicia holt uns nachher ab“, sagte er, um das Thema zu wechseln. „Sie ist gerade schwer damit beschäftigt, die Buchmesse am Wochenende vorzubereiten, aber sie meinte, sie hätte Zeit, mit uns mittagessen zu gehen."

„Kommst du immer noch mit ihr klar?", wollte Reese wissen.

„Ja. Sie ist echt cool. Mit meinem Dad ist es schon schwieriger. Er geht mir meistens aus dem Weg."

„Sind die beiden verheiratet?"

„Nein. Sie sind ..." Carter zuckte mit den Schultern. „Ich weiß nicht, was sie sind. Sie mag meinen Dad, und ich bin ziemlich sicher, er mag sie auch. Aber das ist schwer zu sagen. Meine Mom ist nur selten mit Männern ausgegangen, deshalb weiß ich nicht, wie Verliebte miteinander umgehen."

„Schau mich nicht so an", meinte Reese. „Meine Mom ist vor Jahren abgehauen. Ich könnte aber meinen Dad fragen, wenn du willst. Er erinnert sich vielleicht."

„Nein, ich will nicht, dass er irgendjemandem was erzählt. Du weißt doch, wie Erwachsene sind."

Reese seufzte. „Ja. Meine Grandma ist toll, aber sie ist ständig nur am Reden. Wie es meinen Tanten geht. Wer schwanger ist. Welcher meiner Cousins Geburtstag hat. Die Babys. Es ist echt manchmal ganz schön langweilig, ihnen zuzuhören."

Carter überlegte. „Vielleicht finde ich im Internet was darüber. Es gibt tausend komische Einträge und ..."

Sein Gehirn schaltete ab. In der einen Sekunde hatte er noch eine Idee gehabt, in der nächsten herrschte in seinem Kopf nur noch Leere. Er rappelte sich auf und starrte die wunderschönste Frau an, die er je gesehen hatte.

Sie war nicht groß – vielleicht zehn Zentimeter kleiner als er. Ihr langes, dunkles Haar war auf diese sexy Weise wellig, wie nur wenige Mädchen es hinbekamen. Ihr Gesicht schien fast komplett aus großen Augen und vollen Lippen zu bestehen. Doch was seine Aufmerksamkeit am meisten fesselte, war ihr Körper.

Er wusste gar nicht, wo er zuerst hinschauen sollte, auf ihre Brüste oder ihren Hintern. Sie trug ein enges Tanktop und Hosen, die gerade bis über die Knie reichten. Sein Körper ging förmlich in Flammen auf, und er hatte Angst, dass er sich nicht unter Kontrolle halten könnte.

Reese murmelte etwas vor sich hin. Carter schaute seinen Freund an und sah, dass er genauso perplex aussah, wie er sich fühlte.

Die Frau stemmte ihre Hände in die Hüften und schüttelte den Kopf. „Ich bin viel zu alt", erklärte sie geradeheraus. „Denkt nicht einmal darüber nach."

„Sie könnten auf mich warten", murmelte Carter, bevor er sich zurückhalten konnte. „In zwei Jahren bin ich achtzehn."

Reese schnaubte. „Du meinst wohl, in fünf Jahren."

„Halt den Mund", zischte Carter.

„Du bist dreizehn", zischte sein Freund zurück. „Sie wird dir nicht abnehmen, dass du sechzehn bist. Sie ist heiß, aber nicht dumm."

Carter boxte Reese in den Magen und ging zu der Göttin hinüber.

„Hi. Ich bin Carter." Er hoffte, sie würde ihm die Hand schütteln, wie Angel es getan hatte, doch sie lächelte nur.

„Consuelo. Ich bin eure Trainerin."

„Wirklich?"

„Jupp." Sie legte ihm eine Hand auf die Schulter. „Keine Sorge. Am Ende der Stunde wirst du mich hassen."

„Unmöglich."

Er hatte Schwierigkeiten, zu atmen. Ihr so nah zu sein war die reinste Folter. Er wollte sie. Er war sich nicht sicher, was genau das bedeutete. Aber er musste sie für sich gewinnen, musste der Welt sagen, dass sie ihm gehörte.

„Gib mir deine Hand", sagte sie.

Er streckte den Arm aus und wappnete sich für die Zartheit ihrer Berührung. Sie nahm seine Hand in ihre. Ihre Haut war kühl, ihre Finger …

Alles drehte sich um ihn, als er mit einem Mal durch die Luft gewirbelt wurde. Der Boden kam in rasanter Geschwindigkeit auf ihn zu, und dann schlug er auch schon auf dem Rücken auf.

„Geil", hauchte Reese. „Können Sie mir das auch beibringen?"

„Ihr werdet beide lernen, wie das geht. Und noch einige andere Sachen." Consuelo half Carter auf die Füße.

„Sie haben mich durch die Luft gewirbelt", sagte er, immer noch geschockt von dem, was er gerade erlebt hatte.

„Ganz genau."

Ihre Fähigkeiten machen sie nur noch unglaublicher, dachte er.

Consuelo seufzte. „Du wirst dich doch hier nicht in was hineinsteigern, oder?"

Wenn sie damit meinte, dass er sie für immer lieben würde, lautete die Antwort Ja.

Gideon stand mitten auf der Straße gegenüber vom *Brewhaha* und fragte sich, wie zum Teufel er den Tag überstehen sollte. Die alljährliche Buchmesse hatte die Stadt in einen gigantischen Zirkus mit Autogrammstunden, Autorenlesungen und Ständen überall verwandelt. Da Felicia die Leitung der Veranstaltung innehatte, arbeitete sie vom Morgengrauen bis acht oder neun Uhr am Abend. Heute war Samstag, was bedeutete, kein Sommercamp, kein Selbstverteidigungskurs, keine Möglichkeit, Carter beschäftigt zu halten. Schlimmer noch, morgen war Sonntag. Er hatte also zwei Tage mit seinem Sohn vor sich und keine Ahnung, wie er die Zeit füllen sollte.

„Willst du ein wenig herumgehen?", fragte er ihn.

„Klar."

„Liest du viel?"

„Ab und zu."

Gideon ging an einem Stand vorbei, an dem Bücher darüber verkauft wurden, wie man aus Zweigen Möbel baute. Daneben stellte eine Dame verschiedene Quiltingtechniken vor. Der Tag erstreckte sich endlos vor ihm. Mehr als tausend Minuten, die er irgendwie füllen musste.

„Als ich hier ankam, gab es auch ein Stadtfest", sagte Carter. „Gibt es davon viele in Fool's Gold?"

„Im Sommer fast jede Woche. Das restliche Jahr weniger, aber mindestens eines pro Monat. Touristen stellen einen wichtigen Wirtschaftsfaktor dar, und die Festivals locken sie an."

Carter schaute sich um und runzelte die Stirn. „Ich verstehe das nicht. Felicia organisiert das alles ganz alleine?"

„Sie organisiert die Festivals, ja." Er zeigte auf ein Plakat, auf dem alle Lesungen und Autogrammstunden aufgelistet waren. Pfeile wiesen in die entsprechende Richtung. „Sie bestimmt, wo welcher Stand steht, und sorgt dafür, dass ausreichend Essen, Trinken und sanitäre Möglichkeiten vorhanden sind. Außerdem kümmert sie sich um die Werbung und die Genehmigungen. Das Festival zum 4. Juli war ihr erstes. Sie hat diese Stelle gerade erst angetreten."

Carter riss die Augen auf. „Sie ist gut", sagte er. „Ich kann nicht glauben, dass sie der Chef von all diesen Leuten ist."

„Sie hat ein paar Veränderungen vorgenommen." Trotz der Befürchtungen, was seinen Sohn anging, musste Gideon grinsen. „Beim letzten Mal hat sie erst ordentlich Gegenwind bekommen, aber dann hat sie alle von ihrer Art zu denken überzeugt. Jetzt sind alle ganz begeistert von der neuen Struktur. Willst du eine Limonade?"

„Ja, klar. Gerne."

Sie gingen zu dem Stand, und Gideon bestellte. Um sie herum waren überall Menschen. Familien. Pärchen. Kinderwagen und Buggys und Teenager. Bisher hatte er sich nie Gedanken über das Alter der ganzen Kinder gemacht. Er hatte sowieso nie viel Zeit auf den Festivals verbracht. Lieber blieb er im Hintergrund. Wie zum Beispiel als Erzähler beim *Tanz des Winterkönigs* im letzten Jahr. Das war mehr nach seinem Geschmack. Aber er mochte Kinder – zumindest aus der Ferne. Sie verdienten eine faire Chance, etwas Besonderes zu sein. Zumindest hatte er das damals gedacht. Als er es noch nicht mit eigenen Kindern zu tun hatte.

„Wie lange lebst du schon hier?“, wollte Carter wissen.

„Ungefähr ein Jahr.“

„Und davor?“

„Mal hier, mal da.“

Carter sog an seinem Strohhalm. „Du willst nicht darüber reden.“

Nein, das wollte er nicht. Aber es nicht zu tun schien keine Option zu sein. „Nachdem ich die Army verlassen hatte, musste ich erst mal wieder mit mir klarkommen. Das hat eine Weile gedauert.“

Er wappnete sich für weitere Fragen, doch Carter zuckte nur mit den Schultern. „Klingt logisch. Was ist mit Felicia? Wie lange lebt sie schon in Fool's Gold?“

„Seit ein paar Monaten. Sie ist mit den Jungs von CDS gekommen. Sie hat ihnen geholfen, das Geschäft zum Laufen zu bringen, aber eigentlich war sie auf der Suche nach einem anderen Job. Deshalb war sie ganz aufgeregt, als die Bürgermeisterin ihr anbot, die Organisation der Festivals zu übernehmen.“

Was nur die halbe Wahrheit war. Sie war außerdem extrem nervös gewesen und hatte Angst gehabt, etwas falsch zu machen. Sie war sehr pflichtbewusst und wollte gerne dazugehören. Eine Frau mit Prinzipien.

„Und davor?“, fragte Carter weiter.

„Sie war auch beim Militär. Sie hat die Logistik für eine der Sondereinsatztruppen geleitet. Sie war dafür zuständig, die Soldaten und ihre Ausrüstung zu ihrem jeweiligen Einsatzort zu schaffen und sicherzustellen, dass sie da auch wieder wegkommen.“

„So was lassen sie Mädchen machen?“

Gideon lachte leise. „Ich schlage vor, diese Frage stellst du Felicia lieber nicht.“

Carter grinste. „Du hast recht. Sie ist echt klug, aber nett, weißt du? Ihr liegen andere Menschen am Herzen.“

„Ja, sie hat ein sehr großes Herz.“ Und einen umwerfenden Körper, was aber kein Thema war, das er mit einem Dreizehnjährigen besprechen würde.

„Sie hat immer eine Antwort", fuhr Carter fort und trank von seiner Limonade. „Ich denke, meine Mom hätte sie gemocht."

„Da bin ich mir sicher."

„Kennst du Consuelo Ly?"

„Ich habe sie ein paarmal getroffen. Warum?"

„Sie unterrichtet den Selbstverteidigungskurs, den ich jetzt mache." Er grinste. „Sie ist echt heiß."

Mist, dachte Gideon. Bekam er es jetzt zu allem Übel auch noch mit aufwallenden Hormonen zu tun?

„Sie ist ein bisschen zu alt für dich, oder?"

Carter seufzte. „Ja. Ich habe sie gebeten, auf mich zu warten, aber ich glaube, das macht sie nicht. Ich frage mich, ob sie einen Freund hat."

„Du weißt, dass sie dir so was von in den Hintern treten kann, oder?"

Carter grinste. „Ich weiß. Sie hat mich schon auf den Rücken geworfen. Das hat wehgetan, war aber auch cool. Weißt du was? Wenn ich erwachsen bin, werde ich jedes Mädchen rumkriegen, egal wie."

„So einfach ist das nicht."

„Weil sie einen nicht alle mögen?"

„Zum Beispiel. Oder weil das Timing falsch ist. Oder sie mit jemand anderem zusammen ist."

Das Grinsen des Jungen wurde noch breiter. „Wenn ein Mädchen mich nicht will, stimmt mit ihm was nicht."

„Na, die richtige Einstellung hast du ja schon", sagte Gideon lachend. „Das muss man dir lassen." Er schaute sich unter den verschiedenen Ständen um. „Willst du irgendein Buch?"

„Nein. Ich lese keine Bücher. Also keine aus Papier. Ich lese an meinem Laptop. Felicia hat mir vor ein paar Tagen einige E-Books gekauft."

Super. Wenn ihn die Bücher hier nicht interessierten, was sollte Gideon dann mit Carter anfangen? Er schaute auf die Uhr und unterdrückte ein Stöhnen. Es war noch nicht mal Mittag. Wie sollte er nur einen ganzen Tag füllen?

„Gibt es etwas, was du heute Nachmittag gerne tun würdest?", fragte er.

Carter trank seine Limonade aus und nickte. „Wir könnten zusammen mittagessen, und danach kannst du mir deinen Sender zeigen."

„Das interessiert dich?"

„Ich habe so was noch nie gesehen. Ein Radiosender ist doch cool. Außerdem würde ich gerne wissen, wo du arbeitest."

Daran hatte er noch gar nicht gedacht. „Okay", sagte Gideon. „Dann lass uns was zu essen holen."

Nachdem sie an einem Stand eine Pizza gegessen hatten, fuhren sie in Gideons Auto zum Sender. Da Wochenende war, hatten die meisten Angestellten frei.

„Heute sind nicht viele Mitarbeiter da", sagte er. „An den Wochenenden laufen die Sendungen per Computerprogramm."

Carter folgte ihm zur Tür. Gideon schloss auf, und sie traten beide ein.

„Du meinst, es ist gar keiner da?"

„Nur jemand, der darauf achtet, dass der Computer läuft. Normalerweise heuere ich dafür Collegekids an, die die Zeit nutzen, um zu lernen. Einem Computer dabei zuzuschauen, wie er seine Arbeit macht, ist nämlich nicht allzu fesselnd."

Gideon ging voran zum Studio. Dort saß ein blonder junger Mann, der bei ihrem Eintreten den Kopf hob und grinste. Dann stand er auf, um die beiden zu begrüßen.

„Jess, das ist mein, äh, Sohn Carter. Carter, das ist Jess."

„Schön, dich kennenzulernen", sagte Carter höflich.

„Dich auch."

„Ich zeige ihm den Sender."

Jess nickte. „Da gibt's heutzutage nicht mehr viel zu sehen. Die meisten Radiostationen laufen über Computer, dafür braucht man keine Menschen mehr. Abgesehen von mir. Ich passe auf, dass nichts zusammenbricht." Das Grinsen kehrte zurück. „Als wenn ich wüsste, was in so einem Fall zu tun wäre.

Ich bin eigentlich nur hier, um den Techniker anzurufen, sollte irgendetwas schiefgehen."

Carter betrachtete die Gerätschaften. „Der Computer bestimmt also, welches Lied gespielt wird?"

„Nicht nur das. Er spielt auch die Werbung ein, die Wettervorhersage, selbst die Nachrichten können einprogrammiert werden. Gestern habe ich ein paar Ansagen zur Buchmesse eingesprochen, die heute den ganzen Tag über laufen." Er räusperte sich und senkte die Stimme. „Die *New York Times*-Bestsellerautorin Liz Sutton gibt am dritten Tag des Festivals eine Autogrammstunde vor dem Buchladen *Morgan's Books*." Jess zuckte mit den Schultern. „So was halt."

Carter schaute zu Gideon. „Machst du das auch?"

Jess lachte. „Er ist *der* Mann für so was. Beinahe alle Kunden wollen, dass Gideon ihre Werbung spricht. Die Mädels stehen auf seine Stimme." Er hielt inne. „Sorry, Boss, das hätte ich vermutlich nicht sagen sollen."

Gideon winkte ab. „Ist egal, du übertreibst sowieso. Die Hälfte der Mitarbeiter des Senders arbeitet an der Werbung."

„Aber ich dachte, das würde alles der Computer machen", sagte Carter.

„Wir kaufen sendefähige Blöcke", erklärte Gideon. Er ging zum Computer hinüber und zeigte Carter die Informationen auf dem Bildschirm. Dort wurde angezeigt, wo im Programm sie sich gerade befanden, was in diesem Moment gesendet wurde und was noch kam.

„In dieses gekaufte Material können wir unsere eigene Werbung einspielen oder auch lokale Nachrichten. Für das perfekte Timing greift das System auf eine Atomuhr zurück. Niemand merkt, was von uns gemacht wird und was wir eingekauft haben."

Carter runzelte die Stirn. „Ist das gut oder nicht so gut?"

„An manchen Tagen bin ich mir da nicht sicher. Aber ein kleiner Sender wie dieser kann nicht überleben, wenn er die ganze Zeit live sendet. Das ist in der Produktion zu teuer."

„Und nachts? Bist das du, oder handelt es sich auch um Aufnahmen?“

Jess grinste. „Das ist Gideon. Der Boss macht seine Sendung noch auf die altmodische Art. Du solltest Carter zeigen, wie das aussieht.“

„Gute Idee.“

Sie gingen zu der Sprecherkabine im hinteren Bereich, die außer Gideon niemand nutzte, weil das Equipment schon so alt war. Carter setzte sich auf Gideons Stuhl. „Wow. Sieh dir das mal alles an.“

Das war ein Stapel CDs. Bei einigen handelte es sich um Compilations, bei anderen um komplette Alben. Alle waren nummeriert und perfekt organisiert.

Gideon zog einen zweiten Stuhl heran. „Ich habe eine Datenbank, mit der ich alles nachverfolge. Einige Playlists plane ich vorab, aber nicht alle. Manchmal lasse ich mich von meiner Stimmung leiten. Oder Hörer rufen an und wünschen sich etwas.“

Carter nahm die Kopfhörer in die Hand und legte sie wieder weg. „Was ist das?“, fragte er und zeigte auf etwas.

Gideon grinste. „Ein Plattenspieler.“

„Du hast noch Platten?“

„Tu nicht so schockiert. Natürlich habe ich noch Platten.“ Er zeigte auf die Wand hinter ihnen.

Carter drehte sich mit dem Stuhl herum. „Wow. Sieh dir die an.“

Gideon folgte seinem Blick. Die Plattensammlung füllte ein speziell dafür gebautes Regal, das fast die ganze Wand einnahm. Er schätzte, dass er so um die tausend Platten hatte. Einige stammten noch aus seiner Kindheit und Jugend, andere hatte er in den letzten Jahren auf Flohmärkten und Auktionen zusammengekauft.

„Ich habe noch nie eine echte Schallplatte gesehen“, sagte Carter und stand auf, um an das Regal zu treten. „Klar, im Fernsehen und so schon, aber noch nie live.“ Er warf Gideon einen Blick zu. „Darf ich mal eine anfassen?“

„Klar. Aber halte sie ganz am Rand oder in der Mitte."

„Wie eine DVD." Carter zog eine Plattenhülle heraus und ließ die Platte vorsichtig herausgleiten. Andächtig hielt er die schwarze Scheibe in Händen. „Die sind wie alt? Hundert Jahre oder so?"

Gideon seufzte. „Die ist aus den Sechzigerjahren." Als er Carters ausdruckslosen Blick sah, fügte er hinzu: „1960. Gerade mal fünfzig Jahre her."

„Fünfzig ist ziemlich nah an hundert dran."

„Das habe ich jetzt überhört." Er streckte die Hand aus. „Komm, ich spiele sie für dich."

Carter betrachtete den Titel. „*The Beatles Second Album?* Das ist der Name?"

„Das ist eigentlich sogar das dritte Album, das sie in diesem Land veröffentlicht haben. Es handelt sich um eine britische Band."

Carter reichte ihm die Platte. Gideon legte sie auf den Plattenteller und platzierte die Nadel vorsichtig so, dass sie sein Lieblingslied hören würden: „She Loves You".

„Warum magst du diese Musik?", fragte Carter, als die ersten Töne erklangen.

„Weil ich die Texte verstehe", erwiderte Gideon lachend. „Ich mag die Botschaft der Lieder aus den Sechzigern. Das Leben war damals einfacher."

Carter schüttelte den Kopf. „Yeah, yeah, yeah? Das ist die Botschaft?"

„Damals war es das."

Carter setzte sich auf den Stuhl und hörte zu. Als der Song vorbei war, bat er Gideon, ihn noch mal zu spielen.

Gideon betrachtete den Teenager, der sein Sohn war. Zum ersten Mal seit Carters Ankunft sah er ihn als Menschen und nicht als Problem. Als ein Kind mit Hoffnungen und Träumen.

Der Song endete, und Gideon schaltete den Plattenspieler aus. „Du musst mir sagen, was ich tun soll", sagte er, während er die Schallplatte ins Regal zurückstellte.

In Carters dunklen Augen blitzten Gefühle auf. „Du meinst meinetwegen?"

Gideon nickte. „Ich bin nicht gerade zum Vater geboren."

„Du kannst das ganz gut", versicherte der Junge ihm schnell. „Ich mach eigentlich keinen Ärger oder so."

„Gut zu wissen. Sollten wir über irgendetwas reden? Ich habe gehört, dass du schon Freunde gefunden hast. Wie sieht es mit Mädchen aus?"

Carter grinste. „Ich weiß alles über Sex, falls du das meinst. Außerdem ist es dafür noch ein wenig früh. Frag mich in ein paar Jahren noch mal."

Je später, desto besser, dachte Gideon. „Wenn du irgendetwas brauchst oder eine Frage hast, komm zu mir. Ich werde dich nicht anlügen."

„Da bin ich froh. Ich werde auch versuchen, nicht zu lügen."

„Nur versuchen?"

Carter grinste. „Hey, ich bin ein Kind. Da passieren die seltsamsten Dinge." Seine Augenbrauen schossen in die Höhe. „Wir könnten uns darüber unterhalten, wie du mir das Autofahren beibringst."

„Du bist dreizehn."

„Man kann gar nicht früh genug anfangen."

„Das ist höchst illegal."

„Okay, aber nur, damit du es weißt, wenn ich sechzehn werde, musst du mir ein Auto schenken. Ich sag das nur, damit du schon mal anfangen kannst, zu sparen."

Mit etwas Glück habe ich vorher raus, wie diese verflixte Daddy-Sache funktioniert, dachte Gideon.

15. KAPITEL

Felicia saß an dem langen Tisch und fühlte sich mehr als nur ein wenig fehl am Platz. Sie war es gewohnt, an Meetings teilzunehmen, in denen besprochen wurde, wie ein Team aus sechs Mann mit zwei Tonnen Ausrüstung in weniger als drei Stunden ins Feindesland und wieder hinausbefördert werden konnte. Damit konnte sie umgehen. Die Sitzung des Stadtrats hingegen flößte ihr Respekt ein.

Sie kannte natürlich die Bürgermeisterin und auch Charity Golden, die Stadtplanerin. Dann waren da noch ein paar andere Leute, die sie zu verschiedenen Gelegenheiten schon einmal gesehen hatte. Beispielsweise war sie sich sicher, dass es sich bei den beiden alten Damen auf den Stühlen an der Wand um Eddie Carberry und ihre Freundin Gladys handelte.

„Wir haben eine überarbeitete Agenda", eröffnete Bürgermeisterin Marsha die Sitzung. Sie stand am Kopf des Tisches und hielt mehrere Zettel in der Hand. Langsam setzte sie die Brille auf und betrachtete das oberste Papier. Als sie ihren Kopf hob, fiel Felicia eine leichte Anspannung um ihren Kiefer herum auf. Beinahe, als knirsche sie mit den Zähnen.

„Jemand hat hier etwas verändert", sagte sie ernst. „Warst du das, Gladys?"

Eine der älteren Ladys grinste. „Jupp. Wir haben ein paar Dinge zu besprechen."

„Nein, das haben wir nicht", erklärte die Bürgermeisterin.

Eddie stand auf. Sie trug einen fuchsiafarbenen Jogginganzug, der ihrem Teint schmeichelte. Mit ihren kurzen weißen Haaren wirkte sie wie eine fröhliche, rebellische Großmutter. Was sie vermutlich auch ist, dachte Felicia.

„Der Kalender hat letztes Jahr viel Geld eingebracht", sagte Eddie. „Wir müssen dieses Jahr wieder so etwas machen. Wir könnten für unsere sexy Kalender berühmt werden."

Felicia beugte sich zu Charity. „Es gab einen sexy Kalender?", fragte sie flüsternd.

„Clay Stryker war mal Hintern-Model. Er hat ein paar seiner Freunde hergeholt, um für einen Kalender zu posieren, mit dem Geld für die Feuerwehr gesammelt wurde. Der Kalender war ein großer Hit."

„Das hier ist eine Stadt", erklärte Bürgermeisterin Marsha langsam. „Kein Club und auch keine Bar. Wir wollen garantiert nicht für sexy Kalender berühmt werden."

„Ich sage, wir machen Hintern", verkündete Gladys. „Nackte männliche Hintern. Sie da. Die Neue."

Felicia erkannte, dass sie gemeint war. „Ma'am?"

„Diese Männer, die Ihnen beim Umzug geholfen haben. Das sind doch Bodyguards, oder?"

„Ja."

„Dann können wir doch die nehmen. Haben die jungen Männer nette Hintern? Sie haben die doch bestimmt schon mal gesehen."

„Antworten Sie darauf nicht", wies die Bürgermeisterin sie an.

„Ich würde es aber gerne wissen", schaltete sich Eddie wieder ein. „Ich würde es gerne selber beurteilen. Warum soll sie den ganzen Spaß haben?"

„Es tut mir so leid", flüsterte Charity grinsend. „Aber jetzt muss ich es einfach wissen. Hast du jemals ihre Hintern gesehen?"

„Ja", sagte Felicia steif. „Aber nur aus professionellen Gründen."

Charity blinzelte. „Das klingt interessant."

„Ist es aber nicht. Manchmal mussten die Jungs sich umziehen, während wir noch etwas besprachen. Dann bin ich mit in die Umkleidekabine gegangen. Es war nicht romantisch oder sexuell, falls du das wissen wolltest."

Charity fächelte sich Luft zu. „Oh, oh. Du hattest einen wirklich interessanten Job."

„Sie flüstern", beschwerte Eddie sich. „Sie teilt ihre Geheimnisse mit Charity, dabei bin ich diejenige, die verdient hat, es zu erfahren. Schließlich war es meine Idee."

„Meine auch", warf Gladys ein.
„Ja, ihre auch."
Bürgermeisterin Marsha seufzte leise. „Hört auf, ich bitte euch. Es wird keinen Kalender geben. Hört endlich auf, danach zu fragen oder darüber zu reden."
Eddie und Gladys setzten sich wieder. Sie lächelten nicht mehr, und aus irgendeinem merkwürdigen Grund wirkten die beiden mit einem Mal kleiner.
Die Bürgermeisterin schaute die älteren Damen einen Moment lang an, dann seufzte sie. „Okay", sagte sie. „Ich wollte diese Nachricht eigentlich für später aufheben, aber dann teile ich sie halt jetzt schon mit euch. Es kommt eine neue Firma nach Fool's Gold."
Gladys und Eddie horchten auf. „Mit gut aussehenden Männern?"
„Ja, einigen sogar. Drei ehemalige Footballspieler haben eine PR-Firma namens *Score* gegründet. Raoul Moreno kennt sie. Sie haben ihn hier besucht, und die Stadt hat ihnen gefallen."
„Footballspieler gehen auch", sagte Eddie versonnen. „Vielleicht können wir ihre Hintern sehen."
„Wenn wir lieb fragen", stimmte Gladys ihrer Freundin zu.
„Sie haben auch eine Frau dabei", sagte die Bürgermeisterin. „Wollt ihr deren Hintern auch sehen?"
„Eher nicht", erwiderte Eddie.
Felicia wandte sich an Charity. „Sind die beiden immer so?"
„Meistens. Man gewöhnt sich mit der Zeit daran."
Die Bürgermeisterin verteilte die Agenda. „Die hinzugefügten Themen ignorieren wir", sagte sie.
Es folgten eine fünfzehnminütige Diskussion über ein Parkhaus für das örtliche Community College, ein Bericht von Polizeichefin Alice Barns über die Auswirkungen des Sommertourismus auf die Verbrechensrate sowie ein Überblick über den aktuellen Stand des Jahresbudgets.
Dann endlich wandte sich der Stadtrat dem Thema Festivals zu.

„Ich sehe, dass die Besucherzahlen gestiegen sind." Die Bürgermeisterin lächelte Felicia an. „Auf der Buchmesse gab es lange Schlangen."

Felicia holte tief Luft und stand auf, um ihren Bericht abzuliefern. Sie erzählte von den Veränderungen, die sie vorgenommen hatte, verschwieg aber auch nicht die Beschwerden, die das hervorgerufen hatte. Am Schluss sprach sie noch kurz über die gestiegenen Umsätze und darüber, wie sie im nächsten Jahr eventuell noch gesteigert werden könnten.

„Ich habe gehört, die meisten Leute, die sich beim Festival beschwert haben, waren am Ende der Veranstaltung ganz begeistert", sagte die Bürgermeisterin.

„Die Jammerlappen muss man einfach ignorieren", rief Eddie dazwischen. „Sie wissen offensichtlich, was Sie tun. Bleiben Sie dabei, Kindchen."

Gladys nickte. „Sehr richtig."

„Danke", sagte Felicia, gerührt von der Unterstützung der beiden alten Damen.

„Obwohl ich die beiden nur ungern ermutige", sagte die Bürgermeisterin, „muss ich ihnen doch zustimmen. Wir alle sind mit den Veränderungen, die Sie vorgenommen haben, sehr zufrieden. Halten Sie den Kurs, meine Liebe. Diese Stadt kann sich glücklich schätzen, Sie zu haben."

Felicia nickte. Ihre Kehle war zu eng, um etwas erwidern zu können.

Gideon schaute noch einmal auf die Uhr und fragte sich, ob er einen Fehler gemacht hatte. Als er früher am Tag in der Stadt gewesen war, hatte er die Mountainbikes vor dem Fahrradladen bemerkt. Da war ihm die Idee gekommen, dass das doch etwas wäre, was sie zu dritt unternehmen könnten. Fahrradtouren waren nicht nur geeignet, um das Wochenende zu füllen. Auch unter der Woche, wenn Carter abends aus dem Sommercamp kam, konnten sie noch eine gemeinsame Runde drehen.

Doch von der Sekunde an, als er die Fahrräder vom Truck lud, hatte er das Gefühl, einen Fehler gemacht zu haben. Carter war vielleicht schon zu alt oder fand die Idee langweilig. Und was, wenn Felicia gar nicht Fahrrad fahren konnte? Er machte sich nicht gerne Sorgen, und es gefiel ihm überhaupt nicht, nicht zu wissen, ob er das Richtige tat oder nicht.

Bevor er alles abgeladen hatte, kamen Felicia und Carter den Berg hinaufgefahren und bogen in die Auffahrt ein. Er stand da neben der Garage, die Fahrräder vor sich aufgestellt.

Carter kletterte aus dem Wagen und rannte zu ihm.

„Hast du die gekauft?"

Gideon nickte.

„Cool. Ich habe solche Räder mal in einer Zeitschrift gesehen." Er machte sich sofort daran, die Fahrräder ganz genau zu untersuchen, wobei er jede Einzelheit laut aufzählte, die er sah. „Können wir sie sofort ausprobieren?"

„Sicher."

„Hast du auch Helme gekauft?", fragte Felicia.

„Spielverderber."

Sie ging zu ihm und stemmte die Hände in die Hüften. „Wenn du möchtest, kann ich dich mit den Statistiken über Sicherheit beim Fahrradfahren und Gehirnschäden von Unfällen ohne Helm versorgen."

„Mit Angabe der Prozentzahlen in den verschiedenen Altersgruppen?", fragte er.

„Wenn dir das wichtig ist."

Wenn Gideon nicht bereits auf seinem Fahrrad gesessen hätte, hätte er Felicia an sich gezogen und geküsst.

Stattdessen sagte er: „Ich habe auch Helme."

„Carter", setzte Felicia an.

„Ich weiß, ich weiß", grummelte der Teenager. Er stieg vom Rad und kam zu ihr. „Erst den Helm." Er nahm ihn und setzte ihn auf, dann wartete er, bis sie alles richtig eingestellt hatte.

„Das kann ich auch selber", sagte er.

„Ich weiß, aber ich fühle mich besser, wenn ich es mache."

Carter schaute zu Gideon und verdrehte die Augen. „Frauen."
Gideon lachte leise.
Sobald sie alle Helme aufgesetzt hatten, machten sie sich auf den Weg den Berg hinauf.
Carter fuhr auf dem Privatweg vor, der seitlich am Haus vorbeilief. Er trat schnell in die Pedale. „Wir fahren richtig weit rauf", rief er ihnen über die Schulter zu.
„In ungefähr zwei Meilen gibt es einen Aussichtspunkt", rief Gideon zurück.
„Solange wir nicht auf den Highway fahren", merkte Felicia an, die keine Schwierigkeiten hatte, mitzuhalten. Sie trug Kakihosen und eine ärmellose weiße Bluse, doch ihre Bürokleidung hatte keinerlei Einfluss auf ihre Geschwindigkeit.
„Kein Highway", stimmte Gideon zu.
„Das habe ich gehört", rief Carter nach hinten. „Ich bin alt genug, um selbst auf mich aufzupassen."
„Kein Highway", wiederholte Felicia.
„Gibt es einen anderen Weg in die Stadt?"
„Wir werden schon einen finden", erwiderte Gideon.
Die Sonne stand noch hoch am Himmel, aber die Bäume boten ausreichend Schatten. In Fool's Gold herrschten vermutlich um die dreißig Grad, aber hier oben war es gute fünf bis zehn Grad kühler.
„Wann hast du das Fahrradfahren gelernt?", fragte er Felicia.
„Einer der Laborassistenten hat es mir beigebracht." Sie radelte stetig neben ihm her, ihr Gesicht war nur ein wenig gerötet. „Er meinte, es wäre besser, wenn ich es kann. Später hat er auch den für mich verantwortlichen Professor dazu überredet, mich zum Schwimmkurs anzumelden."
„Klingt, als wäre er ein netter Typ gewesen."
„Das war er auch. Ich schätze, ich habe ihm leidgetan, weil ich so viel alleine war, aber inzwischen kannte ich es ja nicht mehr anders."
Inzwischen. Was bedeutete, vorher hatte sie etwas anderes kennengelernt. Sie war so intelligent, dass er überhaupt nicht

über das nachgedacht hatte, was mit ihr geschehen war. Und wie es sich für ein vierjähriges Kind angefühlt haben musste, von den eigenen Eltern verlassen zu werden.

„Anfangs muss sich doch irgendwer um dich gekümmert haben“, sagte er.

„Die Universität hat eine Nanny eingestellt, die mich betreute. Die Professoren hatten alle eigene Häuser auf dem Campus. Ich wurde in einem der kleineren davon einquartiert. Es war immer jemand da, der mir was zu essen gemacht hat und über Nacht bei mir geblieben ist. Als ich zwölf war, bin ich in eine der Wohneinheiten im Gebäude für angewandte Wissenschaften gezogen. Da wohnte eine Handvoll Studenten im Abschlussjahr zusammen.“

„Seitdem du zwölf bist, musstest du allein klarkommen?“

„Zum Großteil ja. Da hatte ich schon einige Aufsätze veröffentlicht und an einem Buch mitgeschrieben, also hatte ich ein eigenes Einkommen, um mir was zu essen zu kaufen. Den Rest habe ich gespart. Dass ich mich finanziell alleine über Wasser halten konnte, half, den Richter davon zu überzeugen, mich frühzeitig für mündig zu erklären.“

Trotz seiner monatelangen Folter wusste Gideon, dass Schmerz mehr als nur eine Form annehmen konnte.

„Das hast du ganz schön gut gemacht – also dich großzuziehen, meine ich.“

„Ich habe das genutzt, was mir zur Verfügung stand“, erwiderte sie lächelnd. „Ich denke gerne, dass meine Forschungen anderen Menschen geholfen haben. Daran erinnere ich mich immer, wenn mich die Traurigkeit überkommt.“

„Und hilft es?“

„Manchmal.“

Carter verschwand hinter einer Kurve. Felicia trat schneller in die Pedale.

„Mach dir keine Sorgen. Der Weg endet in einer Sackgasse am Aussichtspunkt. Er kann nicht verloren gehen.“

„Aber in den Abgrund fahren.“

„Du bist jemand, der sich Sorgen macht", sagte er. „Das hätte ich nicht gedacht."

„Nur weil ich die Wahrscheinlichkeiten verschiedener Szenarien berechnen kann, bedeutet das nicht, dass ich mir Sorgen mache", erklärte Felicia steif.

Gideon grinste. „Oh doch, das tut es."

Felicia fragte sich, ob Gideon sie kritisierte. Doch seiner Miene nach zu schließen war das nicht der Fall. Wahrscheinlich zog er sie nur ein wenig auf.

Sie bog um die Kurve und fand sich auf einem großen Plateau wieder. An drei Seiten bildeten Bäume und Felsen natürliche Wände, während die vierte Seite einen überwältigenden Ausblick über das gesamte Tal bot. Felicia erhob sich leicht im Sattel und warf einen Blick auf die Stadt und die Weinberge dahinter. In der Ferne drehten sich Windräder in der Nachmittagsbrise. Carter hatte sein Fahrrad gegen einen Felsen gelehnt. Sein Helm lag auf dem Boden, und er hatte ihnen den Rücken zugekehrt.

„Was meinst du?", fragte Gideon und hielt neben ihr an.

Bevor sie sagen konnte, wie beeindruckt sie war, bemerkte Felicia plötzlich, dass Carters Schultern zuckten.

„Lasst mich alleine!", rief er, ohne sich umzudrehen. „Lasst mich einfach alleine."

Verblüfft hielt sie inne. Seine Reaktion ist feindlich, wütend, dachte sie und nahm seine Körpersprache in sich auf. Sie sah die Steifheit seiner Beine und die seltsame Haltung seiner Arme. Eine Sekunde fürchtete sie, er wäre gefallen und hätte sich verletzt. Doch dann verstand sie, dass seine Verärgerung nichts mit körperlichen Schmerzen zu tun hatte.

„Was zum Teufel …", murmelte Gideon und wollte auf ihn zugehen.

Felicia hielt ihn zurück. „Nicht. Er muss jetzt einen Moment alleine sein."

Gideon nahm seinen Helm ab und schaute sie an. „Warum?"

Sie zog ihn an den Rand des Plateaus. „Er weint."

„Was? Woher weißt du das?“
„Ich bin mir nicht sicher, ich rate nur.“
„Du rätst nur?“ Er starrte sie ungläubig an. „Du rätst niemals.“
„Ich schätze, das ist mein Problem.“
„Warum ist er traurig?“, fragte Gideon. „Warum jetzt? Er ist doch schon ein paar Wochen hier, und alles läuft gut. Ich dachte, er und ich hätten im Sender Spaß zusammen gehabt. Habe ich mich geirrt?“
„Nein. Er verbringt gerne Zeit mit dir. Vielleicht ist das sein Problem.“ Sie fühlte sich, als würde sie ohne Landkarte durch ein Minenfeld laufen.
„Er hat viel durchgemacht“, fuhr sie fort. „Erst kam der Verlust seiner Mom, dann die Situation mit der Pflegefamilie und seine Suche nach dir. Er hatte keine Ahnung, ob du überhaupt etwas mit ihm zu tun haben willst, als er hier aufgetaucht ist. Das war sehr mutig, aber auch sehr beängstigend. Was, wenn du ihn zurückgewiesen hättest? Was, wenn du es vielleicht immer noch tun könntest?“
„Ich hätte ihn nie weggeschickt oder so. Sein Zuhause ist bei mir.“ Gideon senkte den Kopf und räusperte sich. „Ich weiß, ich bin nicht der beste Dad, aber ich arbeite daran, mich mehr in sein Leben einzubringen.“
„Ich weiß das, aber er weiß es nicht. Gib ihm einen Moment, um mit seinen Gefühlen klarzukommen. Er fängt sich schon wieder.“
„Das gefällt mir nicht.“
„Dass er weint? Das ist eine ganz normale Reaktion. Wäre er ein dreizehnjähriges Mädchen, würdest du verständnisvoller reagieren. Unsere Gesellschaft mag es nicht, wenn Jungen weinen, aber sie benötigen dieses emotionale Ventil genauso sehr wie Mädchen. Es ist gesund.“
Um Gideons Mund zuckte es. „Ich meinte, mir gefällt nicht, wenn du so einfühlsam bist. Du bist sowieso schon viel zu klug. Wenn du Menschen genauso gut verstehst wie alles, was mit

Wissenschaft oder Mathematik zu tun hat, wie soll ich dann jemals bei einem Streit gegen dich gewinnen?"

Sie lächelte, weil sie ein wenig stolz auf sich war. „Du wirst mir körperlich immer überlegen sein."

„Als ob ich ein Mädchen schlagen würde."

Felicia zog das Blech mit den Brownies aus dem Ofen. Der Duft von Schokolade zog durchs Haus, was an sich schon sehr angenehm war. Aber was sie wirklich erfreute, war die Befriedigung, die sie durchs Backen erfuhr. Logisch betrachtet ergab das überhaupt keinen Sinn. Die Erschaffung eines Brownies durch das Zusammenfügen verschiedener separater Zutaten war das Ergebnis einer chemischen Reaktion durch Zufügen von Hitze. Es hatte überhaupt nichts Magisches an sich. Im Labor hatte sie schon viel kompliziertere Experimente durchgeführt. Experimente, deren Ergebnisse von großer Wichtigkeit gewesen waren. Und trotzdem ist Brownies backen besser, dachte sie glücklich, ohne sagen zu können, warum.

Es bereitete ihr auch Vergnügen, dass sie sich inzwischen in der großen Küche zurechtfand. Anfangs hatten die vielen Schränke und Regale sie eingeschüchtert. Sie hatte keine Ahnung gehabt, wo sich was befand oder wofür die Hälfte der Sachen überhaupt gut sein sollte. Gideon hatte ihr gestanden, eine Innenarchitektin mit der Einrichtung des Hauses beauftragt zu haben. Er hatte lediglich das Bett im Schlafzimmer und das Sofa im Fernsehzimmer gekauft. Den Rest hatte er dieser Frau überlassen – mit der Ansage, alles möglichst schlicht und männlich zu halten.

Das hatte die Innenarchitektin sich zu Herzen genommen – nur nicht in der Küche. Auch wenn die Farbgebung dezent und alle Einbauten funktional waren, verfügte die Küche über jedes Gerät, das es nur gab. Bei einigen versuchte Felicia immer noch herauszufinden, wozu sie überhaupt nütze waren. Die Küchenmaschine schüchterte sie ein, wobei der Gedanke, die Knethaken für die Zubereitung von Teig zu nutzen, ihr mit jedem Tag verlockender vorkam. Sie roch förmlich den Duft frisch gebackenen Brots, der an einem kalten, verschneiten Wintertag durchs Haus wehte.

Als sie das Backblech mit den Brownies zum Abkühlen hinstellte, fragte sie sich, ob sie immer noch hier wohnen würde, wenn es schneite. Sie und Gideon hatten nicht mehr über die Zukunft gesprochen. Laut ihrer Absprache waren sie nur ein paarmal miteinander ausgegangen und mehr nicht. Er hatte ihr beibringen sollen, wie man mit einem Mann umging, damit sie jemand Normalen finden und sich verlieben konnte. Dann war Carter aufgetaucht und hatte alles auf den Kopf gestellt. Jetzt gingen sie nicht mehr miteinander aus, sondern sie lebte bei ihm im Haus. Sie überlegte, dass sie dabei vermutlich mehr lernte, als geplant war.

Inzwischen wollte sie jedoch eigentlich gar nicht mehr hier weg. Sie mochte das große Haus und den Blick auf die Berge. Mehr noch, sie mochte es, mit Gideon zusammen zu sein. Selbst wenn er emotional distanziert war und nachts durch die Flure schlich, fühlte sie sich ihm näher als jemals jemandem zuvor. Es gefiel ihr, zu wissen, dass er in der Nähe war.

Seitdem sie sich geliebt hatten, schlief er bei ihr – zumindest die paar Stunden, die er Schlaf fand. Zu wissen, dass er mit ihr das Bett teilte, vermittelte ihr ein Gefühl von Sicherheit. Was seltsam war, denn sie fühlte sich nur selten unsicher. Vermutlich lag das daran, dass er sie besser verstand als jeder andere und sie trotzdem immer noch zu mögen schien. Bei ihm konnte sie genau so sein, wie sie war, ohne sich verstellen zu müssen. Sie vertraute ihm.

Als sie Schritte hörte, drehte sie sich um und sah Carter durch das Wohnzimmer in Richtung Küche kommen. Beim Abendessen war der Junge sehr schweigsam gewesen. Ihr Instinkt hatte ihr geraten, ihn in Ruhe zu lassen. Er würde schon reden, wenn er dazu bereit war. Sie hoffte, sie tat das Richtige, indem sie ihn entscheiden ließ, ob und wann er seine Gefühle in Worte fassen wollte.

Was Carter anging, wusste sie nie, ob sie sich richtig verhielt. Sie ertappte sich in den seltsamsten Momenten dabei, sich um ihn Sorgen zu machen. Was überhaupt keinen Sinn ergab. Er war offensichtlich ganz gut in der Lage, auf sich aufzupassen. Trotzdem kam sie nicht gegen das Gefühl an.

Er lehnte sich gegen die Arbeitsplatte. Sein Gesicht war blass und die Augen leicht gerötet. Sie fragte sich, ob er wieder geweint hatte. Bei dem Gedanken an seinen emotionalen Schmerz zog sich ihr Herz zusammen.

Er zeigte auf das Blech. „Die Brownies riechen lecker."

„Ja, der Geruch von warmer Schokolade verteilt sich recht schön in der Luft."

Er ließ ein Lächeln aufblitzen. „Du und deine seltsame Art zu reden."

Sie seufzte. „Ich nehme immer alles zu wörtlich, aber ich arbeite daran."

„Mach das nicht. Du sollst dich nicht ändern. Du bist ehrlich. Und du bist immer für mich da gewesen."

Felicia wusste nicht genau, was „da" heißen sollte, beschloss aber, dass es egal war. „Du hast viel durchgemacht. Ich habe höchsten Respekt davor, wie du diese schwierige Situation gehandhabt hast. Ich war in deinem Alter auf mich allein gestellt und weiß, wie hart das ist. Aber jetzt bist du hier, und ich hoffe, das macht dich glücklich. Ich möchte, dass wir Freunde sind."

Er nickte und wandte dann den Blick ab. „Tut mir leid, was vorhin passiert ist. Auf dem Berg, meine ich."

„Dafür musst du dich nicht entschuldigen."

„Ich habe dich und Gideon angeschrien, dabei habt ihr nichts falsch gemacht."

„Lag es daran, dass du einen … besonderen Moment hattest?", fragte sie vorsichtig und hoffte, nicht etwas Falsches zu sagen.

Er zuckte mit den Schultern. „Ich schätze schon. Ich vermisse meine Mom."

Ihr Gehirn suchte nach möglichen Lösungen. Doch dann ignorierte sie einfach alles, was logisch war, und ließ sich von ihren Gefühlen leiten.

„Hast du Angst, dass es illoyal ihr gegenüber ist, wenn du hier wohnst und anfängst, deinen Dad zu mögen?"

„Es geht eher um dich." Er schluckte. „Mein Dad ist irgendwie distanziert. Am Wochenende war es ein wenig besser. Wir haben uns unterhalten und so. Aber du bist der Kleber, der alles zusammenhält."

„Oh Carter."

Sie ging zu ihm und schlang ihre Arme um ihn. Er hielt sich so sehr an ihr fest, dass es wehtat. Aber sie beschwerte sich nicht, bat ihn nicht, sie loszulassen. Und als sein Körper anfing, zu beben, und sie die Schluchzer hörte, die er versuchte, zu ersticken, versprach sie sich, dass sie ihn niemals loslassen würde – natürlich nur im übertragenen Sinne.

Nach ein paar Minuten richtete er sich auf und trat einen Schritt zurück. Mit dem Handrücken wischte er sich das Gesicht ab.

„Ich vermisse sie", sagte er mit erstickter Stimme. „Jeden einzelnen Tag."

„Nichts wird daran jemals etwas ändern. Die Gefühle für deine Mom haben einen ganz besonderen Platz in deinem Herzen. Sie wird immer deine Mutter sein. Und wenn du die Wahl hättest, wärst du natürlich lieber zu Hause bei ihr, als dich hier mühsam einzugewöhnen." Sie hielt kurz inne, weil sie das Richtige sagen wollte. „Aber was auch passiert, Carter, du kannst immer zu mir kommen."

„Du und Gideon. Werdet ihr heiraten?"

Die Frage kam unerwartet. „Nein. An so einer Beziehung ist er nicht interessiert."

„Liebst du ihn denn nicht?"

Noch eine unerwartete Frage.

„Ich bin mir nicht sicher. Ich war noch nie zuvor verliebt. Wir gehen miteinander aus. Ich mag ihn sehr."

Carter ließ ein Lächeln aufblitzen. „Wie ich gesagt habe, du bist ehrlich. Was ist sein Problem? Du siehst gut aus, bist lustig und fürsorglich."

„Danke. Das sind sehr schöne Komplimente. Was deinen Vater angeht, er hat vor einigen Jahren eine schwere Zeit durchgemacht. Ich habe dir ja schon erzählt, dass er in Gefangenschaft geraten war, doch das ist nicht alles. Er wurde auch gefoltert."

Carters Lächeln verschwand. „Das wusste ich nicht."

„Die Umstände waren grauenhaft. Als er schließlich gerettet wurde, brauchte er Zeit, um wieder zu sich zu finden. So eine Erfahrung schüttelt man nicht einfach ab. Ein Teil davon wird immer in ihm zurückbleiben."

Tja, dachte Felicia. Backen war wohl doch nicht die größte Herausforderung dieses Abends gewesen. Vorsichtig legte sie Carter eine Hand auf die Schulter.

„Dein Vater will, dass du glücklich wirst. Er ist immer noch dabei, sich an dich zu gewöhnen, aber er hat diese coolen Fahrräder gekauft. Das ist ein Fortschritt. Du musst dir Zeit geben, dich hier einzuleben. Und ich denke, er hat auch ein wenig Spielraum verdient."

Carter schaute sie eine Sekunde lang an. „Okay. Ich verstehe, was du meinst. Aber nur fürs Protokoll: Wenn mein Dad dich nicht heiratet, ist er ein Idiot."

„Was meinst du?", fragte Noelle.

„Gute Arbeit." Felicia erkannte eine perfekte Planung, wenn sie sie sah.

Noelle hatte verschiedene Anordnungen für ihren Laden ausprobiert. Detailgenau hatte sie die Umrisse der Regale und Schränke auf Pappe nachgezeichnet und dann ausgeschnitten und nummeriert. Selbst die Weihnachtsbäume, die später im Laden aufgestellt werden sollten, wurden durch Pappscheiben auf dem Boden markiert. Indem sie die Pappe hin und her schob, konnte sie jetzt ausprobieren, wie die Möbel am besten zu stellen waren.

Isabel wanderte durch den Laden und schüttelte den Kopf. „Du bist echt gut. Das hier ist beeindruckend. Du hast verschiedene Layouts, aus denen du wählen kannst, und ausreichend Zeit, um eine Entscheidung zu treffen. So macht es eine geborene Einzelhändlerin."

„Danke", sagte Noelle lachend. „Drei Varianten sind noch im Rennen. Ich hatte gehofft, ihr könnt mir bei der Entscheidung helfen. Die Renovierung geht am Montag los, und ich muss dem Bauunternehmer sagen, wo die Einbauschränke hinsollen."

Der Grundriss des zukünftigen Weihnachtsladens war beinahe quadratisch. Große Schaufenster ließen Licht herein und boten ausreichend Platz für eine ansprechende Gestaltung. Die Decke war ungewöhnlich hoch, vielleicht knapp sechs Meter, dachte Felicia. Sie war noch nie sonderlich gut darin gewesen, Entfernungen zu schätzen.

„Welches Konzept gefällt dir denn am besten?", wollte sie jetzt wissen. „Lass uns das auslegen. Wir fangen an der Tür an und gehen dann einmal durch den Laden."

„Gute Idee. Das habe ich auch schon gemacht, aber ich bin inzwischen an dem Punkt, an dem ich den Wald vor lauter Bäumen nicht mehr sehe. Okay. Mir gefällt es am besten, wenn die Bücherregale da drüben stehen, die Vitrine an der Wand gegenüber den Schaufenstern und die Kasse hier."

Sie brauchten ein paar Minuten, um alles entsprechend hinzulegen. Dann traten sie nach draußen und blieben vor der Tür stehen.

„Hast du irgendwo einen Stapel Körbe für die Einkäufe?", fragte Felicia, als sie sich an ihre Erfahrungen in ähnlichen Geschäften erinnerte. Sie war noch nie in einem Laden gewesen, der sich ausschließlich Weihnachtsschmuck widmete, hatte aber schon diverse Handarbeitsläden besucht und einmal ein Geschäft in Santa Barbara, in dem ausschließlich kleine Porzellanfiguren verkauft wurden.

„Ja, hier." Noelle zeigte auf die Stelle.

Sie hatte ihre Haare zu einem Pferdeschwanz zusammengebunden und trug ein pinkfarbenes T-Shirt und weiße Caprihosen. Sie war dünner als der Durchschnitt, und etwas an der Art, wie sie sich bewegte, ließ Felicia vermuten, dass Noelle im letzten Jahr irgendeine Form körperlichen Traumas erlitten hatte. Kein Autounfall, dachte sie. So etwas hinterließ bei einem Menschen andere Spuren.

Das wusste sie aus persönlicher Erfahrung. Sie war mit achtzehn von einem Auto angefahren worden. Dabei waren ihr mehrere Knochen gebrochen und ihr Gesicht total zerstört worden. Der plastische Chirurg hatte an ihr wahre Wunder gewirkt und all die kleinen Unebenheiten in ihrem Gesicht gleich mit korrigiert. Sie war jung und gesund gewesen, und die Verletzungen waren schnell verheilt. Das Ganze schien ihr inzwischen eine Ewigkeit her zu sein.

„Da, bitte schön." Isabel tat so, als reiche sie ihr etwas. „Dein Einkaufskorb."

Felicia beugte den Ellbogen, als würde sie sich den Korb an den Unterarm hängen. „Was zuerst?"

„Die Bäume stehen im hinteren Bereich, um die Leute von der Straße in den Laden zu locken. An den Bäumen wird der meiste Schmuck hängen, aber ich habe auch einiges davon in Kisten auf den Regalen. Ich möchte, dass die Kunden sich quer durch den Laden bewegen und nicht den Eingang verstopfen." Sie grinste. „Vorausgesetzt, es kommt überhaupt jemand."

„Das werden sie", versicherte Felicia ihr. „Die lokale Kundschaft wird vermutlich erst kurz vor den Feiertagen auftauchen, aber die Touristen wissen, dass sie vor dem Fest nicht zurückkommen, und wollen sich mit deinen Sachen eindecken, bevor sie wieder abreisen."

Sie und Isabel taten so, als würden sie einkaufen. Sie wanderten durch das ausgelegte Layout des Ladens. Felicia versuchte, sich vorzustellen, wie das alles später einmal aussehen würde.

„Die Idee, die Kinderbücher und die Teddysammlung zusammenzustellen, ist clever", sagte sie. „Wie sollen die Eltern auch nur einem von beidem widerstehen können?"

„Außerdem hält es die Kinder von den zerbrechlichen Sachen fern." Isabel schaute sich um. „Wie auch immer, ich finde diesen Aufbau am besten."

„Ich auch." Noelle grinste. „Legen wir kurz eine Pause ein, um einen freien Kopf zu kriegen. Ich habe Limonade da. Wollt ihr auch eine?"

„Gerne."

Noelle verschwand im Lagerraum und kehrte mit drei Dosen zurück. Gemeinsam mit Isabel und Felicia setzte sie sich auf den Boden und öffnete die Limonaden.

„Ich bin inzwischen ein bisschen positiver", gab Noelle zu, nachdem sie einen Schluck getrunken hatte. „Am Anfang habe ich befürchtet, dass der Weihnachtsladen eine total idiotische Idee ist. Dann habe ich angefangen, hier alles vorzubereiten, und ich schwöre, jedes Mal, wenn ich die Tür offen stehen lasse, kommt jemand herein, um zu sehen, was ich hier so treibe."

„Diese Stadt interessiert sich sehr für ihre Mitbürger", rief Felicia ihr in Erinnerung.

Noelle grinste. „Was nicht immer gut sein muss. Hier kann man nicht ungestört herumschnüffeln." Sie schaute Isabel an. „Obwohl du darin ganz gut bist."

„Ich schnüffle nicht herum. Ich ziehe nur heimlich Erkundigungen ein."

„Als wenn es da einen Unterschied gäbe", neckte Noelle sie.

Felicia wollte gerade darauf hinweisen, dass es den tatsächlich gab, hielt sich aber gerade noch zurück. Das war jetzt nicht der rechte Zeitpunkt für Haarspaltereien.

„Mir macht es nichts aus, dass man hier nichts heimlich tun kann", sagte sie stattdessen. „Ich mag die Wärme und das Gemeinschaftsgefühl in dieser Stadt."

„Ich auch. Es ist ganz anders als in Los Angeles." Noelle warf Isabel einen Blick zu. „Und als in New York."

„Also bereust du deinen Umzug nicht?“, fragte Felicia.

„Nein. Es war eine impulsive Entscheidung, aber ich bin hier glücklich. Es hilft natürlich enorm, dass ich hier gleich Freunde gefunden habe.“ Sie gab Isabel einen kleinen Stoß mit dem Oberarm. „Es wird dir schwerfallen, hier wieder wegzugehen.“

„Ich hoffe nicht.“ Isabel zog die Nase kraus. „Ich bin allerdings froh über die Gelegenheit, meinen Problemen und den Erinnerungen daran zu entkommen.“

„Fehlt es dir gar nicht, einen Mann im Leben zu haben?“, wollte Noelle wissen.

„Nein. Noch nicht.“

Felicia lächelte Noelle an. „Triffst du dich mit jemandem?“

Noelle seufzte. „Mit einem Mann? Nein danke. Bevor ich hierhergezogen bin, ist meine Beziehung böse in die Brüche gegangen. Wir waren drei Jahre zusammen. Ich habe die Hochzeit wegen meiner Arbeit immer wieder aufgeschoben, was sich schlussendlich als gute Idee erwiesen hat.“ Sie hielt inne, als wollte sie noch etwas sagen, überlegte es sich dann aber scheinbar anders.

Noch mehr Geheimnisse, dachte Felicia. Aber sie wusste, es hatte keinen Zweck, zu spekulieren.

„Und du wohnst immer noch bei Gideon“, sagte Noelle.

„Ja, stimmt. Carter ist toll. Wir haben viel Spaß zusammen. Die Eingewöhnung ist für ihn immer noch schwierig, aber er meistert das alles ganz prima.“

„Du klingst wie eine Mutter.“

Felicia spürte, wie sie vor Freude über das Kompliment errötete. „Ich versuche, ihn zu unterstützen und mich um ihn zu kümmern. Meine Gefühle für ihn bestätigen mir, dass ich einmal eine eigene Familie haben möchte.“

„Mit Gideon?“, wollte Isabel wissen.

„Er hat sehr deutlich gemacht, dass er nicht an etwas Langfristigem interessiert ist.“ Das hatte sie zwar von Anfang an gewusst, doch es laut auszusprechen machte sie irgendwie traurig. „Ich weiß, Gideon hat viel durchgemacht, aber er ist weniger geschädigt, als er denkt. Wir alle haben unsere Probleme und Macken. Ich denke, er fühlt sich weniger menschlich als wir anderen, aber das stimmt nicht. Allerdings wird er sich nicht so einfach vom Gegenteil überzeugen lassen. Er muss selber lernen, an sich zu glauben, aber ich fürchte, er ist nicht gewillt, dieses Risiko einzugehen."

Noelle schaute sie bewundernd an. „Das war eine beeindruckende Analyse. Wenn ich genauso klar gewesen wäre, was meinen Verlobten anging, wäre ich bestimmt nicht so lange mit ihm zusammengeblieben."

„Ich kann mich auch irren", wiegelte Felicia ab.

„Klingt nicht so", warf Isabel ein. „Ich bin auch schwer beeindruckt."

Noelle lächelte. „Als wir uns das erste Mal begegnet sind, dachte ich, du wärst so ein absoluter Kopfmensch. Jemand, der ein Gefühl nicht mal dann erkennen kann, wenn es ihn in den Hintern beißt. Aber ich habe mich geirrt, und es tut mir leid, dass ich dich so eingeschätzt habe. Du bist sehr warmherzig und fürsorglich, und du hast ein wunderbares Verständnis für andere Menschen." Sie stöhnte. „Oh Gott. Du bist perfekt. Jetzt muss ich dich hassen."

Felicia lachte. „Ich bin nicht perfekt, und ich verstehe die Menschen nicht wirklich. Ich wünschte, ich täte es. Ich komme schon besser zurecht als früher, aber in neuen Situationen fühle ich mich immer noch ungelenk und weiß nicht, was ich sagen soll."

Noelle prostete ihr mit ihrer Dose zu. „Wir können gemeinsam unperfekt sein."

In dem Moment betrat eine große, dunkelhaarige Frau mit blauen Augen den Laden. Sie trug einen schwarzen Anzug und elegante Pumps mit zwölf Zentimeter hohen Absätzen. Felicia betrachtete sie und fragte sich, ob sie wohl je lernen würde, in solchen Schuhen zu gehen.

„Hallo", sagte die Frau. „Ich bin ..." Sie hielt inne und schaute sich um. „Ich habe mich offensichtlich verlaufen und bin am falschen Ort." Sie runzelte die Stirn. „Das ist dasselbe, oder? Wenn ich mich verlaufen habe, kann ich ja schlecht am richtigen Ort sein. Ich brauche einen Kaffee und etwas Schlaf und sehr wahrscheinlich einen Weg, meine Geschäftspartner umzubringen."

Sie lächelte. „Tut mir leid. Ich rede Unsinn. Ich bin total erschöpft. Mein Name ist Taryn Crawford von *Score*."

„Was ist *Score*?", wollte Isabel wissen.

„Eine neue Firma. Oder das wird sie zumindest sein. Vorausgesetzt, keiner der Partner stirbt in naher Zukunft." Sie zuckte mit den Schultern. „Nur fürs Protokoll, ich mache Witze, was das Umbringen angeht. Oder auch nicht. Ich weiß nur leider nicht, wie ich das angehen sollte. Jack ist mit Raoul Moreno befreundet, der offensichtlich hier lebt. Jack hat ihn besucht, ihm gefiel die Stadt, er hat mit den anderen Partnern gesprochen, sie überzeugt, hierher umzusiedeln, und da bin ich nun."

Felicia fügte im Kopf die verschiedenen Puzzleteile zusammen und erinnerte sich dann an die Stadtratssitzung vor ein paar Tagen. „Ah, Jack ist einer der ehemaligen Footballspieler."

„Erinnern Sie mich nur nicht daran", grummelte Taryn. „Wie lautet noch das Sprichwort? Es ist schlimmer, als einen Sack Flöhe zu hüten? Ich soll mich mit dem Makler wegen eines Büros treffen. Eigentlich habe ich dafür keine Zeit, aber die Jungs kann ich mit so etwas nicht betrauen. Da würden wir am Ende in der Ecke einer Sportsbar landen. Es gibt Tage …" Sie atmete tief ein. „Wissen Sie, was der Clou an der Sache ist? Die Jungs sind großartig im Umgang mit unseren Kunden."

„Was der Grund dafür ist, dass Sie sie bisher noch nicht umgebracht haben?", bot Noelle unterstützend an.

„Ja, so könnte man sagen. Das und die Aussicht, im Gefängnis zu landen. Das würde mir nicht gefallen." Sie schaute sich erneut im leeren Ladenlokal um. „Ein toller Raum. Mir gefällt das Licht. Was soll das mal werden?"

„Ein Weihnachtsladen", erklärte Noelle. „Er wird *The Christmas Attic* heißen."

„Schön." Taryn schaute auf. „Sie sollten ein paar Dachsparren einbauen, damit es wirklich wie ein Dachboden aussieht. Die Decke ist dafür hoch genug. Es wäre auch nicht besonders teuer. Nur ein paar Balken würden schon reichen. Darunter könnten Sie Regale anbringen. Ein Weihnachtsladen." Sie hielt eine Sekunde inne. „Wie wäre es mit einer Eisenbahn? Sie könnte durch den Laden fahren und tut, tut machen. Die Kinder würden es lieben. Die Geräuschkulisse treibt Sie vermutlich in den Wahnsinn, aber Erfolg im Einzelhandel zu haben hat eben seinen Preis. Okay, wo habe ich mich verlaufen? Ich suche nach der Kreuzung Frank Lane und Fifth."

Isabel zeigte auf die Tür. „Das ist die Frank Lane. Sie müssen einfach nur anderthalb Blocks nach links gehen, dann sind Sie schon da."

„Danke. Ich muss leider los. Aber ich bin sicher, wir sehen uns noch."

Taryn winkte und ging.

„Ich liebe sie", sagte Noelle ehrfürchtig. „Sie ist brillant. Meinen Laden wie einen Dachboden aussehen zu lassen ist eine geniale Idee. Warum bin ich nicht schon längst darauf gekommen? Und habt ihr ihre Schuhe gesehen?"

„Wunderschön." Isabel schaute der Frau noch hinterher. „Was die Schuhe angeht, bin ich ganz deiner Meinung."

„Das liegt daran, dass du auch einen Schuhtick hast. Ich würde stolpern und mir den Knöchel brechen, wenn ich versuchen würde, darauf zu laufen", sagte Noelle. „Aber das wäre es vielleicht wert."

„Ich mochte sie auch", sagte Felicia. Taryn war in ihrer Art zu reden sehr geradeheraus gewesen. Das gefiel ihr.

„Sie ist wunderschön", fügte Noelle hinzu. „Ich frage mich, ob Denise Hendrix sie für Kent in Betracht ziehen wird."

„Oder für Ford", sagte Felicia und lachte. „Das Gefährliche an dieser Verbindung wäre, dass Ford wirklich wüsste, wie man ihre Geschäftspartner umbringen kann."

„Hey“, sagte Isabel. „Nicht Ford. Wir suchen keine Frau für Ford, okay?“

Noelle schaute sie mit erhobenen Augenbrauen an. „Du hast doch gesagt, du bist nicht an ihm interessiert.“

„Bin ich auch nicht. Da bin ich mir ganz sicher.“ Sie umklammerte ihre Limodose. „Na ja, ein bisschen sicher zumindest.“

16. KAPITEL

Reese hielt Carter die Schüssel mit dem Popcorn hin. Es regnete, und sie waren bei Reese und schauten Filme. In den letzten Tagen hatte Carter sich langsam etwas besser gefühlt. Vielleicht war es in Ordnung, hier in Fool's Gold glücklich zu sein. Er wusste, seine Mom hätte nicht gewollt, dass er sie vergaß. Aber sie würde auch nicht wollen, dass er die ganze Zeit über unglücklich war. Außerdem hätte sie Felicia garantiert gemocht.

„Denkst du ab und zu an deine Mom?“, fragte er Reese.

Reese drückte auf Pause. „Nicht mehr so oft. Als sie damals wegging, schon. Mehr als mein Dad wissen sollte. Eine Weile lang hatte ich Angst, er würde auch gehen. Aber er hat mir immer wieder gesagt, dass er mich nie im Stich lassen und immer für mich da sein würde. Dass wir hierhergezogen sind, hat auch geholfen. Hier haben wir mehr Familie.“ Er zuckte mit den Schultern. „Ich weiß, das ist irgendwie lahm, aber es ist schon ein Unterschied, ob man nur zu zweit ist oder nicht.“

„Ich weiß, was du meinst. Ohne Felicia wäre es bei meinem Dad echt fad. Ich denke, er mag mich, und wir haben auch Spaß zusammen, aber es ist nicht das Gleiche. Wir reden nicht so miteinander wie Felicia und ich.“ Die Umarmungen ließ er lieber unerwähnt. Er wollte nicht wie ein Baby klingen. Aber von ihr umarmt zu werden war wichtig für ihn. Er fühlte sich dann einfach besser.

Sie hatte ihm deutlich zu verstehen gegeben, dass sie an allem interessiert war, was er tat. Sie hörte ihm zu, wenn er etwas erzählte. Und sie war sehr logisch. Er glaubte nicht, dass es irgendetwas auf der Welt gab, weshalb sie ausflippen würde.

„Sie lernt gerade, zu backen“, sagte er. „Das ist ziemlich lustig. Bei ihr muss alles immer so genau sein. Sie misst jede einzelne Zutat aufs Zehntelgramm ab. Meine Mom hat einfach alles in eine Schüssel gekippt, und es ist toll geworden. Mit Felicia halten wir uns genau an die Rezepte." Er nahm sich noch eine Handvoll Popcorn.

„Meine Grandma ist fest entschlossen, Dad und Onkel Ford zu verheiraten", erzählte Reese. „Letzten Monat hat sie auf dem Stadtfest einen Stand gemietet und Bewerbungsbögen verteilt. Sie will, dass mein Dad anfängt, die Frauen anzurufen, die sie ausgewählt hat."

Carter starrte ihn ungläubig an. „Du machst Witze. Ist dein Dad sauer?"

„Ein bisschen, aber er will nichts sagen. Ich habe meiner Grandma angeboten, die Frauen vorher schon mal abzuchecken, aber das hält sie für keine so gute Idee."

„Meinst du, dein Dad wird jetzt anfangen, mit Frauen auszugehen?", fragte Carter.

„Er sagt Ja. Es ist an der Zeit. Mom kommt nicht zurück, und ich mag die Vorstellung von einer Stiefmutter."

Carter grinste. „Du magst die Vorstellung von jemandem, der für dich kocht und deine Wäsche wäscht."

Reese kicherte. „Stimmt. Warum auch nicht? Außerdem will sie mir bestimmt beweisen, wie wichtig ich ihr bin, und kauft mir ganz viele Geschenke."

Carter lachte mit seinem Freund zusammen, doch er wusste, dass Geschenke für ihn nicht das Wichtigste waren. Er wollte lieber, dass Gideon und Felicia für immer zusammenblieben, damit sie eine Familie sein konnten. So wie es im Moment war, konnten sie beide jederzeit einfach aufstehen und gehen.

„Ich brauche einen Plan, wie ich Gideon dazu bringe, Felicia zu heiraten", verkündete er.

Reese schüttelte den Kopf. „Vergiss es. Die beiden sind erwachsen. Wir sind dreizehn. Was wissen wir schon darüber, wie man Leute verkuppelt? Deine Mom hat allein gelebt, und meine Mom hat meinen Dad sitzen lassen. Ich meine, wir haben doch keine Ahnung, wie das mit der Liebe und so funktioniert. Wie sollen wir das also machen?" Er hob abwehrend eine Hand.

„Sag nicht, dass du schon was im Internet findest. So einfach ist das nicht."

„Okay, wie läuft das normalerweise ab? Zwei Leute lernen sich kennen, sie fangen an, miteinander auszugehen, sie verlieben sich."

„Gideon und Felicia wohnen doch schon zusammen, sie müssen nicht mehr miteinander ausgehen."

Carter verstand, was sein Freund meinte. Doch er war ziemlich sicher, dass die meisten Paare zusammenwohnten, weil sie einander liebten – oder so etwas in der Art. Felicia war jedoch nur seinetwegen eingezogen. Er war mitten in die Kennenlernphase der beiden hineingeplatzt.

„Sie sollten mal einen Abend für sich haben", sagte er und überlegte bereits, wie er das anstellen könnte. „Ich könnte Gideon sagen, dass Felicia es verdient hat, zum Essen ausgeführt zu werden, nach allem, was sie für mich getan hat."

„Meinst du, er fällt darauf rein?"

„Hm. Wenn ich ihre Backkünste erwähne? Ich kann an dem Abend ja vielleicht hier übernachten, damit die beiden alleine sind und es romantisch werden kann."

„Meinst du, sie tun es miteinander?", wollte Reese wissen.

Carter boxte ihm gegen den Arm. „Darüber reden wir nicht. Das wäre genauso, als ginge es um deinen Vater und irgendeine Frau."

Reese schüttelte sich. „Okay, du hast recht. Das will ich mir nicht mal vorstellen. Alte Leute sollten so was nicht mehr machen."

Carter verstand, dass sein Kumpel sich ekelte. Aber soweit es ihn betraf, hätte er nichts dagegen, wenn Gideon und Felicia *es* täten. Sie sollten einfach zusammen sein. Soweit er das beurteilen konnte, war man in einer Ehe ein Team. Er musste die beiden auf die gleiche Seite bringen. Dann würden sie einander näher sein und damit die Wahrscheinlichkeit steigen, dass sie sich ineinander verliebten und irgendwann heirateten. Sobald das geschehen war, hätte er ein echtes Zuhause und musste sich keine Sorgen mehr machen.

„Das ist aber nett", sagte Felicia, als sie mit Gideon zusammen das *Angelo's* betrat. Es war ein Freitagabend und das italienische Restaurant entsprechend gut besucht, doch die Hostess begrüßte sie mit einem Lächeln und bestätigte, dass sie eine Reservierung hatten.

„Drinnen oder draußen?", fragte Gideon und legte eine Hand an Felicias Rücken.

„Draußen", sagte sie.

Sie wurden zu einem Tisch im Innenhof geführt. Dank der geschickt platzierten Pflanzen herrschte trotz der vielen Gäste eine intime Atmosphäre.

Sie und Gideon setzten sich einander gegenüber. Die Hostess reichte ihnen die Speisekarten und ließ sie dann allein.

Gideon beugte sich vor. „Du siehst großartig aus, habe ich das schon gesagt?"

„Nein, aber danke für das Kompliment. Du siehst auch toll aus."

Er lachte leise. „Danke. Carter hat mich bei der Auswahl beraten."

Was das schwarze Hemd und die schwarze Jeans erklärte, denn Gideon kleidete sich normalerweise weder so formell noch in so dunklen Farben.

„Ich musste eine ganze Reihe Hemden anprobieren", fuhr er fort. „Er ist ein ziemlich strenger Zuchtmeister."

Er klang entspannt, als wenn die Vorstellung, einen Sohn zu haben, Gideon nicht mehr so erschreckte. Wir leben uns alle langsam ein und finden unseren Weg, dachte sie glücklich.

„Wie war eure Fahrradtour heute Nachmittag?", fragte sie.

Gideon und Carter hatten angefangen, nach dem Camp gemeinsam mit ihren Mountainbikes loszuziehen. Meistens fuhren sie eine gute halbe Stunde, während Felicia in der Zeit das Abendessen vorbereitete. Dann deckte Carter den Tisch, und Gideon tat so, als helfe er in der Küche. Ihr eigenes kleines Ritual, dachte sie.

„Gut. Das Camp gefällt ihm sehr gut. Er hat schon viele Freunde gefunden, und mit Reese Hendrix versteht er sich anscheinend blendend."

„Das freut mich. Ford ist von seiner Familie zwar manchmal frustriert, aber nach allem, was er so erzählt, ist sie sehr liebevoll und fürsorglich. Sie nehmen Carter in ihren Kreis auf und geben ihm so das Gefühl, dazuzugehören."

Gideons Miene verhärtete sich kurz, dann wurde sie wieder weicher.

„Was ist?", fragte Felicia.

„Ich dachte gerade an meinen Bruder", gab er zu.

Felicia wusste nicht viel über Gideons Familie. „Dein Zwilling."

„Ja. Er ist Arzt. Ein guter Kerl, der sich an die Regeln hält."

„Was dir nicht recht ist?", hakte sie nach.

„Ich habe nichts gegen Regeln."

„Solange du sie ignorieren kannst."

„Ja, meine Zeit in der Armee hat sie mir ein wenig verleidet." Es zuckte um seinen einen Mundwinkel, was sie sehr sexy fand.

„Was für Zwillinge seid ihr?", fragte sie.

„Zweieiige."

„Also habt ihr keine Gemeinsamkeiten außer eurem Alter und der gemeinsamen Zeit im Mutterleib."

Er verzog das Gesicht. „Sprich nicht von meinem Bruder und mir im Mutterleib, okay? Das ist gruselig."

Sie lachte. „Du warst am Anfang auch nicht mehr als eine befruchtete Eizelle, mein Freund."

„Zum Glück kann ich mich daran nicht mehr erinnern."

„Schade eigentlich. Das wäre doch ungemein faszinierend. Ich unterhalte mich gerne mit eineiigen Zwillingen. Es gibt Studien, die auf eine beinahe übersinnliche Verbindung schließen lassen. Vielleicht kommt das daher, dass sie sich die gleiche DNA teilen." Sie hielte inne. „Wir sprachen über deine Beziehung zu deiner Familie."

„Das DNA-Zeug ist aber wesentlich interessanter."

„Lügner. Du versuchst nur, vom Thema abzulenken."

„Und es hätte beinahe funktioniert." Er zuckte mit den Schultern. „Ich komme mit meiner Familie ganz gut zurecht."

„Nach welchen Maßstäben? Du rufst sie nie an und triffst dich auch nie mit ihnen."

„Woher weißt du, dass ich sie nie anrufe?"

„Seitdem ich eingezogen bin, habe ich dich mit niemandem telefonieren gehört."

„Vielleicht rufe ich von der Arbeit aus an."

„Da ist es in den meisten Teilen der USA mitten in der Nacht. Also nicht sehr wahrscheinlich."

Er zog die Augenbrauen zusammen. „Manchmal ist deine Klugheit wirklich ganz schön nervtötend."

Sie lächelte. „Das habe ich schon mal gehört."

Ihr Kellner, eine Junge im Collegealter mit schwarzer Hose und weißem Hemd, kam an den Tisch. Er erklärte ihnen die Angebote des Tages und nahm ihre Getränkewünsche auf. Gideon bestellte eine Flasche Wein.

Als der Kellner wieder gegangen war, stützte Felicia ihre Ellbogen auf den Tisch und ihr Kinn in die Hände. „Wir sprachen über deine Familie", sagte sie.

„Ich hatte befürchtet, dass du es nicht vergessen würdest. Okay. Ich sehe sie nicht sehr oft."

„Und du sprichst auch nicht sehr oft mit ihnen."

„Ja, ja. Ich spreche nicht mit ihnen."

„Sie wissen also noch gar nichts von Carter?"

Er sog hörbar die Luft ein. „Ich weiß nicht, was ich sagen soll. Meine Mom wird ihn bestimmt kennenlernen wollen. Aber das verkompliziert die Sache nur unnötig."

„Sie müssen doch stolz auf dich sein, auf deine Dienste für die Armee."

„Sie sind dankbar, dass ich nicht tot bin", gab er zu. Dann seufzte er. „Okay, ja, sie sind stolz. Es sind gute Menschen. Mein Dad hat beim Militär Karriere gemacht. Wir sind oft umgezogen. Ich wusste, ich wollte genauso sein wie er. Gabriel hingegen wollte Arzt werden. Er hat die Army dazu gebracht, ihn Medizin studieren zu lassen. Ein ganz hinterhältiger Trick, wenn du mich fragst."

„Ist er immer noch im Dienst?"

„Soweit ich gehört habe, ja."

Der Kellner brachte ihnen Brot. Gideon bot ihr ein Stück an. Felicia nahm es und legte es auf ihren Teller.

„Ich denke, du hast recht, das mit Carter noch eine Weile für dich zu behalten", sagte sie.

„Wirklich?"

„Er ist immer noch dabei, sich einzugewöhnen. Genau wie du. Wenn du deinen Eltern nahestehen würdest, wäre ihre Anwesenheit hilfreich. Aber das tust du nicht, also wären sie ein weiterer Stressfaktor. In ein paar Monaten, wenn die Beziehung zwischen dir und Carter gefestigt ist, wird es leichter sein."

Sie fragte sich, ob sie dann immer noch in Gideons Haus wohnen würde. Sie wollte es gerne. Ihr gefiel ihr neues Leben. War verheiratet zu sein etwa so? Dass man sich die Aufgaben teilte und gemeinsam etwas unternahm? Sie kochte, aber Carter und Gideon räumten danach auf. Sie schauten sich zusammen Filme an, fuhren gemeinsam Rad, machten sich Gedanken, ob Carter sich einleben würde. Das alles fühlte sich so normal an.

Ist das Liebe? fragte sie sich. Sie empfand starke Gefühle für Gideon. Nicht nur sexueller Art, sondern auch auf andere Weise. Sie mochte und respektierte ihn. Er fehlte ihr, wenn er nicht da war. Sie konnte sich vorstellen, immer mit ihm zusammen zu sein. Aber war das Liebe? Sie hatte keine Ahnung, wie Liebe sich anfühlte.

„Bist du je verliebt gewesen?", fragte sie ihn.

Er erstarrte, das Buttermesser über dem Brot in der Luft haltend. „Wie bitte?"

„Hast du Ellie geliebt?"

„Nein. Sie war ein süßes Mädchen, aber ich war noch sehr jung. Ich habe sie nicht geliebt." Er schüttelte den Kopf. „Carter hat mich das Gleiche gefragt, aber bei ihm habe ich gelogen."

„Lügen sind nicht immer schlecht. Manchmal erzählt man sie aus guten Gründen. Wenn er glaubt, dass du seine Mutter geliebt hast, wird er sich sicherer fühlen. Es gibt keinen Grund, ihm die Wahrheit zu sagen."

Sie wollte ihn noch einmal fragen, wissen, ob er je geliebt hatte, doch sie spürte, dass das kein Thema war, bei dem Gideon sich entspannte. Vielleicht sollte sie mit einer ihrer Freundinnen über die Liebe sprechen. Isabel war schon mal verheiratet gewesen. Sie konnte ihr wahrscheinlich erklären, wie sich Liebe anfühlte.

„Weißt du etwas über die neue PR-Agentur, die in die Stadt zieht?", wechselte sie das Thema. „Sie gehört mehreren ehemaligen Footballspielern."

„Ja, ich habe so was gehört", erwiderte er. „Raoul Moreno hat sie hergelockt."

„Einer der Inhaber ist eine Frau. Taryn Crawford. Ich habe sie vor ein paar Tagen kennengelernt. Sie ist sehr direkt. Ich mochte sie auf Anhieb. Eine einzelne Frau zwischen lauter Alphamännern – damit kann ich mich irgendwie identifizieren."

„Die alten Ladies werden ganz sicher wieder eine Stripshow verlangen", sagte Gideon grinsend. „Eddie und Gladys stehen auf Muskelprotze."

„Haben sie dich schon gefragt, ob du ihnen deinen Hintern zeigst?"

„Nein, und ich werde das auch nicht anbieten. Die beiden sind ziemlich wild."

„Stell dir mal vor, wie sie vor vierzig Jahren gewesen sein müssen."

Der Kellner brachte den Wein und nahm ihre Bestellung auf. Nachdem er sich wieder entfernt hatte, kam eine dunkelhaarige Frau um die vierzig auf ihren Tisch zu und lächelte Gideon an.

„Ich bin Bella Gionni", sagte sie. „Mir gehört das *House of Bella*. Sie haben sich bei mir mal die Haare schneiden lassen."

„Ja, ich erinnere mich. Schön, Sie wiederzusehen."

„Ich will mich nicht aufdrängen, aber wir haben das von

Ihrem Sohn gehört. Wenn Sie irgendetwas von der Gemeinde brauchen, sagen Sie einfach Bescheid. Wir sind für Sie da."

Gideon sah aus wie ein Reh im Scheinwerferlicht. Felicia war nicht sicher, wie sie ihm helfen sollte.

„Die Stadt ist so nett", sagte sie und streckte ihre Hand aus. „Hi. Ich bin Felicia."

„Schön, Sie kennenzulernen." Bellas Blick blieb an ihren Haaren hängen. „Was für eine wunderschöne Haarfarbe. Ist das Natur?"

„Ja. Ich habe großes Glück."

Bella wandte sich wieder an Gideon.

„Sie haben im Moment mit so viel zu kämpfen. Vielleicht möchten Sie mal mit Ethan Hendrix sprechen. Kennen Sie ihn?"

„Ihm gehört die Turbinenanlage außerhalb der Stadt." Er schaute Felicia an. „Windräder zur Erzeugung von Energie."

„Ich weiß, was …", fing sie an, um dann zu erkennen, dass dieser Einschub *seine* Form der Ablenkung war. „Äh, ja. Windräder. Was weißt du darüber?"

Bella bedachte sie mit einem Blick, der ganz klar besagte, dass sie Felicia für die dümmste Frau der Stadt hielt. „Wie schon gesagt, Ethan hat etwas Ähnliches durchgemacht wie Sie jetzt. Es ist eine komplizierte Geschichte, aber als er herausfand, dass er einen Sohn hat, war Tyler auch bereits elf oder zwölf Jahre alt. Es hat ihm beinahe das Herz gebrochen."

„Dass er einen Sohn hat?", hakte Felicia nach.

„Nein, meine Liebe. Was er alles verpasst hat." Sie legte eine Hand auf Gideons Schulter. „Sie müssen das jetzt auch durchmachen. Die frühen Jahre. Seine Geburt, der erste Schritt, das erste Wort." Ihre Augen füllten sich mit Tränen. „Der erste Schultag. All das ist bereits Vergangenheit und kann nicht zurückgeholt werden."

Gideon sah aus, als würde er jeden Moment aufspringen und losrennen.

„Ach, wissen Sie, Carters Mutter scheint das mit ihrem Sohn ausgezeichnet hinbekommen zu haben", sagte Felicia.

„Ein Junge braucht seinen Vater." Bella funkelte sie böse an, bevor sie sich wieder Gideon zuwandte. „Ich meine ja nur. Ethan hat das alles schon durchgemacht und kann Ihnen in der Eingewöhnungsphase sicher helfen."

Sie lächelte noch einmal und ging dann.

Felicia nahm ihr Weinglas und stellte es gleich wieder ab. „Ich verspüre den starken Drang, mich zu entschuldigen, aber ich weiß gar nicht, wofür."

„Ich habe das alles verpasst", sagte Gideon wie betäubt. „Die ganzen Jahre, als Carter noch klein war."

Dreizehn Jahre, dachte sie, vermutete aber, dass diese Information im Moment nicht sonderlich hilfreich wäre.

„Verspürst du das Gefühl von Verlust? Bist du böse auf Ellie?"

„Nein." Er schaute sie an. „Ich habe bisher nie darüber nachgedacht. Also an ihn als kleinen Jungen, der immer größer wurde. Ich muss darüber aber auch nichts wissen. Ich *will* darüber gar nichts wissen."

„Weil die Vorstellung weniger furchterregend ist, dass Carter schon so, wie er jetzt ist, zur Welt kam?"

Er fluchte unterdrückt. „Ich dachte, du bist im Zwischenmenschlichen überhaupt nicht bewandert."

„Ich werde langsam besser", sagte sie stolz. „Aber du weichst meiner Frage aus."

„Weil ich keine Antwort darauf habe. Vielleicht stimmt es zum Teil. Carter ist ganz in Ordnung. Wir finden langsam heraus, worüber wir uns unterhalten können." Er schaute sich um. „Diese verdammte Stadt. Warum können sie mich nicht einfach in Ruhe lassen?"

Bellas Worte mochten seine Gefühle ausgelöst haben, aber Felicia vermutete, dass Gideon schon eine ganze Weile mit ihnen kämpfte. Er war ein Mann, der die Einsamkeit suchte. Er lebte weit von den anderen Menschen entfernt. Er meditierte, praktizierte Tai-Chi und lief endlose Meilen ganz allein. Er arbeitete absichtlich nachts, wenn alle anderen schliefen. Er suchte nicht nach engen Bindungen, und doch waren sie ihm einfach so aufgedrückt worden.

„Wir können gerne gehen“, sagte sie. „Wir müssen nicht zum Essen bleiben.“

„Das hier ist dein Date.“

Dein Date, dachte sie traurig. Nicht *unseres*.

„Das holen wir ein andermal nach.“ Sie winkte dem Kellner. „Lass uns einfach nach Hause fahren. Du kannst mich absetzen und weiter zum Sender fahren und dich auf die Sendung vorbereiten.“

Sie wollte, dass er ihr widersprach. Sie wollte, dass er sagte, mit ihr zusammen könne er sich entspannen. Dass sein Wunsch, das Restaurant zu verlassen, nur mit den anderen Menschen, aber nicht mit ihr zu tun hatte.

„Danke“, sagte er und zog seine Kreditkarte hervor. „Ich verspreche, am Haus auch wirklich anzuhalten und nicht von dir zu verlangen, aus dem fahrenden Auto zu springen.“

Sie zwang sich zu einem Lächeln. „Ich könnte mit einer Hechtrolle aussteigen.“

„Nicht in diesen Schuhen.“ Er streckte den Arm über den Tisch aus und drückte ihre Hand. „Danke.“

Sie nickte nur, weil sie fürchtete, er könnte ihr die Enttäuschung an der Stimme anhören. Als sie das Restaurant verließen und sie sich für einen langen, einsamen Abend ohne Gideon bereit machte, erkannte Felicia, dass jemanden zu mögen seinen Preis hatte. Sein Herz zu öffnen bedeutete, alle Gefühle hereinzulassen, nicht nur die guten.

„Wenn du dich nicht endlich konzentrierst, hau ich dich“, fauchte Consuelo.

„Tut mir leid“, entschuldigte sich Ford.

Er packte den Punchingball fester. Doch gerade, als Consuelo sich in Position stellte, trat er einen Schritt zurück.

„Es ist wegen meiner Mutter“, gestand er ihr.

„Sehe ich so aus, als ob mich das interessiert?“

„Hast du von dem Stand gehört?"

„Jeder hat von dem Stand gehört. Und wir alle lachen dich aus. Können wir jetzt zu unserem Training zurückkehren?"

Sie hatten sich zu einer gemeinsamen Sparringrunde verabredet. Da er für einen vernünftigen Trainingskampf zu abgelenkt gewesen war, hatte sie vorgeschlagen, es stattdessen mit den Punchingbällen zu versuchen.

„Consuelo, ich verstehe das nicht. Sie hat Bewerbungen von verschiedenen Frauen entgegengenommen und sie nach den ihr wichtigen Attributen sortiert. Die Informationen hat sie mir dann per E-Mail geschickt und hakt jetzt ständig nach, ob ich die Frauen schon angerufen hätte."

Ford war dreiunddreißig, über eins achtzig groß und bestand nur aus Muskeln. Auch wenn sie es niemals zugeben würde, war Consuelo sich ziemlich sicher, dass er es jederzeit mit ihr aufnehmen konnte. Daher kam es für sie sehr unerwartet, ihn bei dem Gedanken an irgendwelche unbekannte Frauen förmlich zittern zu sehen.

„Dann sag ihr einfach, dass du das nicht willst", meinte sie.

„Meiner Mutter?"

„Über die reden wir doch gerade, oder?"

„Das kann ich nicht. Das würde sie nie verstehen. Sie hat sich so viel Mühe gemacht."

„Sie hat zwei Tage hinter einem Stand gesessen. Das hat ihr Spaß gebracht. Es ist ja nicht so, dass sie in einem iranischen Gefängnis war oder in den Hungerstreik getreten ist."

„Sie ist meine Mutter."

Langsam verursachte er ihr Kopfschmerzen. „Ja, das wussten wir schon. Wenn du noch einmal sagst, dass sie deine Mutter ist, trete ich dir in den Hintern, ist das klar?"

Ford trat näher an den Punchingball, als ob ihn das schützen würde.

Dummer Mann, dachte Consuelo.

„Was willst du von ihr?" Sie musste tief graben, um die Geduld aufzubringen, die sie normalerweise nicht besaß.

„Ich will, dass sie mich in Ruhe lässt. Ich habe den Fehler begangen, ihr zu sagen, dass ich ausziehe. Und nun will sie, dass ich wieder zu ihr zurückziehe. Ich habe schon mal ein paar Tage dort verbracht. Es wird nicht funktionieren."

„Und das kannst du ihr nicht sagen?"

„Ich will ihre Gefühle nicht verletzen." Er verengte die Augen. „Bevor du jetzt etwas sagst, denk daran, dass du die Gefühle deiner Mutter auch nie verletzen würdest."

„Nein, das würde ich nicht." Wenn ihre Mutter noch am Leben wäre, hätte sie auch alles in ihrer Macht Stehende getan, um sie glücklich und stolz zu machen.

„Du hast also zwei Probleme", fasste Consuelo die Lage zusammen und wischte ihre traurigen Gedanken fort. „Wo du wohnen sollst und die Frauen. Gehen wir eines nach dem anderen an. Wo willst du hinziehen? Du kannst nicht im Haus bleiben."

Früher oder später würden die beiden Jungs einander umbringen. Damit könnte sie zwar leben, aber sie hatte keine Lust, danach den Dreck wegmachen zu müssen.

„Ich habe eine Wohnung in Aussicht. In ein paar Tagen weiß ich, ob ich sie kriege. Sie liegt über einer Garage, sehr ruhig."

„Klingt nett. Also erzähl deiner Mutter einfach nicht, wo du hinziehst."

Er verzog wehleidig das Gesicht. „Das hier ist Fool's Gold. Da gibt es keine Geheimnisse. Wenn ich es ihr nicht erzähle, wird es jemand anderes tun."

Consuelo fing an, ihre Boxhandschuhe aufzuschnüren. Offensichtlich würde es an diesem Morgen kein Work-out mehr mit Ford geben. Wenn er mit seinem Gejammer fertig war, würde sie laufen gehen. Eine große Runde. Und sich danach in die Badewanne legen. Später gäbe es ein Glas Wein. Dessen war sie sich ganz sicher.

„Es ist ein Unterschied, ob man lügt oder gewisse Informationen vorenthält."

„Aber kein großer", widersprach Ford.

„Dann musst du dich einfach damit abfinden, dass sie weiß, wo du wohnst. Es ist eine kleine Stadt. Das ist in diesem Fall eben ein Nachteil.“

„Ich hätte niemals hierher zurückkehren sollen.“

Sie funkelte ihn an. „Nein, was du niemals hättest tun sollen, ist, mir ein Training zu versprechen, um mir dann wie ein Mädchen die Ohren vollzujammern.“

„Ich teile hier gerade etwas sehr Persönliches mit dir.“

„Na und, heul doch.“

„Du bist nicht sonderlich weiblich.“

„Da bin ich hier aber die Einzige.“ Sie atmete tief ein. „Okay. Folgende Idee: Du nimmst dir eine Wohnung und findest dich eben damit ab, dass deine Mutter ständig hereinschneit. Oder siehst du eine andere Lösung?“

„Nein.“

„Gut. Problem gelöst. Oder wenigstens so weit, dass wir nicht mehr reden müssen. Als Nächstes also die Frauen, die verrückt genug sind, dich heiraten zu wollen. Im Grunde hätten wir nur diese Unterhaltung hier aufzeichnen und auf YouTube stellen müssen, dann würden sie alle freiwillig die Flucht ergreifen.“

„Warum hatte ich dich nur als hilfsbereit in Erinnerung?“, murmelte er.

„Ich habe nicht die leiseste Ahnung.“ Sie ließ ihre Handschuhe auf die Matte fallen und streckte ihre Hände. „Hast du schon mit einer von ihnen gesprochen?“

„Mit den Bewerberinnen? Nein. Warum sollte ich?“

„Ich weiß nicht. Weil du mal wieder flachgelegt gehörst und sie sich anbieten. Sie können doch nicht alle fürchterlich sein.“

„Ich will nicht heiraten.“ Seine Stimme war eine Mischung aus Weinerlichkeit und kindlichem Trotz.

„Okay. Ich beiße an. Warum nicht?“

„Ich will einfach nicht.“

„Meinetwegen. Solange das ein guter Grund ist.“ Wenn sie nur ein kleines bisschen näher an ihn heranrücken würde, könnte sie ihm einen schnellen Tritt in den Unterleib verpassen.

Dann wäre wenigstens die Frage nach Kindern vom Tisch. Doch trotz seiner nervtötenden Ehrlichkeit und der Schwäche für seine Mom mochte sie Ford irgendwie. Und wenn sie es nicht genießen konnte, ihm wehzutun, konnte sie es auch gleich sein lassen.

„Geh mit ihnen aus", schlug sie vor.

„Was?"

„Geh mit den Frauen aus. Wie schlimm kann es schon werden?"

„Schlimm."

„Das weißt du doch gar nicht. Deine Mutter kennt dich ziemlich gut. Sie hat sich schließlich jahrelang mit dir herumgeschlagen."

„Damals war ich ein Kind. Ich habe mich verändert."

Sie wollte gerade eine bissige Bemerkung machen, als ihr auffiel, dass er recht hatte. Ford war ein SEAL geworden. Er war um die Welt gereist und hatte Dinge gesehen und getan, die nur wenige Menschen verstehen konnten. Das veränderte einen Mann … oder eine Frau.

„Dann lenk sie ab", riet sie. „Sie sucht auch nach einer Frau für Kent. Sag ihr, dass du mehr Zeit brauchst, um dich in deinem Leben als Zivilist einzugewöhnen. Dass es im Moment für jede Frau eine Zumutung wäre, mit dir auszugehen. Das wird sie verstehen. Schlage ihr vor, dass sie derweil an Kent üben kann."

Fords besorgte Miene entspannte sich. Er kam um den Punchingball herum auf sie zu. Consuelo zog sich langsam zurück.

Wie sie befürchtet hatte, war er jedoch stärker und schneller und offensichtlich auch entschlossener. Denn er nahm sie in seine Arme und wirbelte sie herum.

„Das ist perfekt", rief er und drückte sie an sich. „Ich bringe Mom dazu, sich auf Kent zu konzentrieren." Er setzte sie ab. „Er kann ihr Übungskandidat sein."

Consuelo atmete tief durch, um sicherzugehen, dass er ihr keine Rippen geprellt hatte. Dabei sagte sie sich, dass es ihr egal war, wenn Fords Bruder anfing, mit anderen Frauen auszugehen. Sie kannte den Mann ja schließlich gar nicht. „So viel zum Thema Bruderliebe."

„Lorraine hat Kent vor Jahren verlassen. Er hat ein Kind. Er muss schleunigst verheiratet werden."

„Ich bin sicher, er weiß deine professionelle Einschätzung zu würdigen." Sie räusperte sich und bemühte sich dann, möglichst locker zu klingen. „Weißt du, warum sie ihn verlassen hat?"

Er zuckte mit den Schultern. „Sie war eine Zicke." Er hob beide Hände. „Das sind die Worte meiner Mutter, nicht meine. Bitte hau mich nicht."

„Tu ich nicht."

Ford ließ die Arme sinken. „Kent war jahrelang verrückt nach ihr. Reese ist ihr gemeinsames Kind. Mein Bruder ist ein sehr ruhiger Mann. Mathelehrer. Soweit ich weiß, hat er Lorraine nie betrogen. Als wir uns direkt nach der Scheidung unterhalten haben, war er ziemlich am Boden zerstört. Ich habe mich seinetwegen mies gefühlt."

„Meinst du, er will überhaupt eine neue Beziehung?"

Was für eine dumme Frage, dachte sie verärgert. Sie war doch sowieso nicht die Richtige für ihn. Selbst wenn er sie attraktiv fände, würde er sie nur wegen Sex wollen. Normale Männer wollten normale Frauen heiraten. Er war ein intelligenter, alleinstehender Vater mit gütigen Augen. Ob er es wollte oder nicht, er würde schon bald kein Single mehr sein.

„Meiner Mom hat er gesagt, dass er so weit ist. Oder zumindest ist er nicht mehr desinteressiert, was ja ungefähr aufs Gleiche rauskommt." Er kam wieder auf sie zu, doch sie schüttelte den Kopf.

„Keine weiteren Umarmungen mehr?", fragte er.

„Nein. Aber ich verstehe, dass du dankbar bist. Du hast dir ein wenig Zeit verschafft. Aber sobald Kent glücklich liiert ist, wird deine Mutter wieder nach einer Frau für dich Ausschau halten."

„Wenn es so weit ist, fällt mir schon was ein“, behauptete er.

„Super. Dann ist das Problem ja gelöst.“ Sie wandte sich zum Gehen.

„Warte.“ Er schloss zu ihr auf. „Wo gehst du hin?“

„Laufen.“

„Willst du etwas Gesellschaft?“

Sie verdrehte die Augen. So hart die Kerle, mit denen sie zusammenarbeitete, auch auftraten, bei ihr benahmen sie sich wie Hundewelpen. Nervtötend, tollpatschig, aber irgendwie auch süß.

„Gut, aber du musst mein Tempo halten können.“

Er zwinkerte ihr zu. „Ich lasse dich in einer Staubwolke stehen.“

„Ja, in deinen Träumen.“

17. KAPITEL

Der Morgen war Gideons liebste Tageszeit. Er mochte die Stille, wenn er allein im Haus war, die Kühle, bevor die Sonne ganz über die Berggipfel geklettert war. Das Gesicht den letzten Resten der Morgenröte zugewandt, stand er auf der Terrasse und bewegte die Arme in den uralten Bewegungsabläufen des Tai-Chi. Dabei konzentrierte er sich ganz auf seinen Atem und das Fließen der Energie durch seinen Körper.

Diese langsamen Übungen, eine Art bewegter Meditation, halfen ihm, geerdet zu bleiben. Wenn er sich sicher war, getragen zu werden, waren die Nächte weniger lang, die Träume weniger gewaltgeladen. Carters Ankunft und Felicias Anwesenheit im Haus hatten ihn abgelenkt, und dafür hatte er den Preis zahlen müssen. Jetzt zählte er langsam bis zehn und atmete ein. Ruhe erfüllte ihn, Frieden. Er durfte diese Übungen nicht noch einmal ausfallen lassen. Sie sorgten dafür, dass er funktionierte.

Er drehte sich auf dem hinteren Fuß und spannte beim Verlagern des Gewichts die Muskeln an. Vorsichtig beugte er …

„Huhu, Gideon! Sind Sie zu Hause?"

Er stellte seinen rechten Fuß auf den Boden und drehte sich um. Er konnte durch das Haus hindurch sehen, wie zwei Frauen durch das große Fenster neben dem Eingang spähten. Eddie und Gladys, dachte er grimmig. Die beiden alten Ladies. Sie waren ihm nach Hause gefolgt.

Er schüttelte den Kopf und ging durch die Schiebetür ins Haus. Auf halbem Weg durchs Wohnzimmer fiel ihm auf, dass er nur seine Jogginghose trug. Eine Jogginghose, die sehr tief auf der Hüfte saß.

„Verdammter Mist", murmelte er und machte einen Umweg durch die Küche, wo er sein T-Shirt hatte liegen lassen. Er zog es sich über den Kopf, während er weiter zur Haustür ging.

„Was ist?", bellte er, als er die Tür aufriss.

Eddie und Gladys starrten ihn an. Eddies Mund verzog sich zu einem Lächeln.

„Waren Sie gerade unter der Dusche?", fragte sie hoffnungsvoll.

„Nein, ich habe Sport gemacht."

„Nackt?"

„Nicht nackt."

Ein Anflug von Panik vermischte sich mit seiner Gereiztheit. Das waren nur zwei alte Damen. Sie würden ihm doch nicht wehtun … oder?

Gladys schob ihre Freundin zur Seite. „Wir möchten gerne mit Ihnen sprechen. Es wird auch nicht lange dauern."

Gute Manieren gewannen die Oberhand über den gesunden Menschenverstand. Er trat einen Schritt zurück und ließ die beiden hinein.

„Wie kann ich Ihnen helfen?", fragte er, als die beiden entschlossen ins Wohnzimmer marschierten.

Gladys drehte sich als Erste zu ihm um. „Was? Oh, warum wir hier sind." Sie lächelte. „Wir möchten, dass Sie unser Bowlingteam sponsern. Die T-Shirts haben wir schon ausgesucht. Schnitt und Farben und alles. Zeig sie ihm."

Eddie ließ sich aufs Sofa plumpsen und holte ein Foto aus ihrer Handtasche. Er trat kurz näher, um es entgegenzunehmen, und zog sich sofort wieder zurück. Außer Reichweite. Sicher war sicher.

„Okay", sagte er langsam und musterte die fuchsiafarbenen Bowlingshirts, die dem Wort *hässlich* eine ganz neue Bedeutung verliehen.

„Verstehen Sie, warum wir die wollen?", fragte Gladys.

„Nicht wirklich."

Eddie ignorierte ihn. „Vorne werden unsere Namen eingestickt, und das Logo des Radiosenders kommt auf den Rücken. Das ist Werbung für Sie, weshalb Sie die T-Shirts bezahlen werden. Viele Leute kommen zur Bowlingbahn. Sie sehen den Namen des Senders und wollen ihn dann auch hören." Sie machte eine Pause, als bräuchte er ein wenig Zeit, um dieses Konzept zu begreifen.

Er hatte sich schon in schlimmeren Situationen befunden und wusste, dass er jetzt einen Plan brauchte. Und zwar schnell. Doch leider hatte ihn seine Ausbildung beim Militär nicht darauf vorbereitet, mit zwei alten Damen umzugehen, die sehr entschlossen eine Mission verfolgten.

„Ich habe bereits eine ziemlich beeindruckende Zuhörerzahl", sagte er.

Gladys legte eine Hand auf ihre Brust und schien tatsächlich ein wenig blasser zu werden. „Sie lehnen unser Angebot also ab?"

Eddies Lippen zitterten. „Ich muss mich setzen", sagte sie und schüttelte den Kopf. „Oh, ich sitze ja schon. Es ist nur ... das Zittern wird immer schlimmer." Sie schaute Gideon an und senkte die Stimme. „Das liegt an meinem Zustand."

Gladys setzte sich neben sie und drückte ihre Hand. „Liebes, du weißt, es regt dich auf, wenn du darüber sprichst."

Eddie nickte. „Du hast ja recht. Es ist nur, ich dachte wirklich, dass wir mit den neuen Shirts die Chance hätten, zu gewinnen. Ein letztes Mal, bevor ..." Sie schluckte. „Du weißt schon."

Tod, dachte er grimmig. Sie meinte den Tod. Er wurde das Gefühl nicht los, dass sie ihn an der Nase herumführten, aber er war nicht gewillt, das Risiko einzugehen, ihnen nicht zu glauben.

„Na gut", sagte er kurz angebunden. „Ich kaufe die verdammten Bowlingshirts. Bestellen Sie sie und schicken Sie mir die Rechnung zu."

Eddie strahlte. „Wollen Sie das Design abnicken?"

„Nein", sagte er, dann fiel ihm ein, mit wem er es hier zu tun hatte. „Äh, doch. Ich möchte sehen, was Sie auf die Hemden sticken lassen, bevor ich sie bezahle."

„Kein Problem."

Für jemanden, der so kurz vor dem letzten Kapitel seines Lebens stand, erhob sich Eddie mit ziemlicher Anmut. Gladys sprang ebenfalls auf die Füße.

„Vielen Dank", sagte sie strahlend und wandte sich zum Gehen. „Wir wissen Ihre Hilfe wirklich sehr zu schätzen."

Sie gingen gemeinsam zur Tür und ließen sich selber hinaus. Er folgte ihnen mit einigem Abstand. Auf dem halben Weg die Einfahrt hinunter blieben die alten Damen stehen und klatschten einander ab. Der Knall hallte laut durch die Stille.

Sie hatten gewonnen. Er war von zwei alten Ladies an der Nase herumgeführt worden, und es gab nichts, was er dagegen tun konnte. Nachdem sie davongefahren waren, überlegte er, dass er noch mal Glück gehabt hatte. Ohne Zweifel würden sie die gleiche Nummer vor einem anderen armen Idioten aufführen, um sich neue Bowlingkugeln zu sichern.

Er drehte sich um und wollte ins Haus zurückgehen, als er aus dem Augenwinkel den Postwagen vorfahren sah. Eine junge Frau mit Pferdeschwanz stieg aus.

„Mr Boylan?"

„Ja?"

„Ich habe hier ein Einschreiben für Sie, das Sie bitte quittieren müssten."

„Gerne."

Er unterschrieb den Zettel und nahm den dünnen Brief entgegen.

„Einen schönen Tag noch", rief sie und stieg wieder in ihren kleinen Truck.

Er nickte.

Der Absender war ein medizinisches Labor außerhalb von Sacramento. Es gab nur einen Grund, warum er von denen einen Brief bekommen würde. Das Schreiben enthielt Informationen über Carter.

Er ging ins Haus und blieb hinter der Tür stehen. Eine Sekunde lang überlegte er, den Umschlag nicht aufzumachen. Er könnte noch eine ganze Weile gut damit leben, es nicht zu wissen. Wobei – er wusste es ja bereits. Sein Bauch und auch sein Herz verrieten es ihm. Es gab so viele Hinweise. Der Bericht würde nur bestätigen, was er bereits wusste.

Also riss er den Umschlag auf und zog das einzelne Blatt heraus. Als er es gelesen hatte, ging er in sein Büro und legte es in eine Schublade.

Am Samstagnachmittag ging Felicia in die Küche. Sie wusste noch nicht, was sie zum Abendessen machen sollte. Sie hatte zwar alle möglichen Zutaten, aber noch keine rechte Vorstellung, wie sie sie zusammenstellen wollte. Vielleicht sollte sie kurz einen Blick ins Internet werfen.

Doch ihre Suche nach Inspiration wurde unterbrochen, als sie auf der Arbeitsplatte mehrere schmutzige Teller sowie eine Packung Brot und ein offenes Glas Erdnussbutter erblickte. In der Erdnussbutter steckte noch das Messer, und das Brot war über den Tresen verteilt. Zwei Scheiben waren sogar in die Spüle gefallen.

Gideon war unterwegs, Besorgungen machen. Also wusste sie, dass er das nicht gewesen sein konnte. Blieb nur Carter. Obwohl er nicht perfekt war – an den meisten Tagen warf er seine dreckige Wäsche morgens einfach aufs Bett, anstatt sie in den Korb zu stecken –, war er doch im Großen und Ganzen ordentlich und umsichtig. Er hatte sich schon öfter selber etwas zum Mittagessen oder einen Snack zubereitet und noch nie so ein Chaos hinterlassen.

Ein unbehagliches Gefühl überkam sie. Irgendetwas war hier los, und sie wusste nicht, was. Was noch besorgniserregender war: Wenn jemand sie gefragt hätte, woher sie wusste, dass es ein Problem gab, hätte sie es nicht sagen können.

Sie ging den Flur hinunter zu Carters Zimmer. Die Tür war nur angelehnt. Felicia klopfte und trat ein.

Carter hing in seinem Stuhl vor dem Laptop. Seine Füße lagen auf dem Tisch, und er spielte ein Computerspiel, in dem viel geschossen wurde, hauptsächlich auf etwas, das aussah wie lilafarbene Aliens.

„Carter“, sagte sie.

„Gleich.“

Er rutschte auf seinem Stuhl hin und her, während er weitere Salven abfeuerte. Felicia kam nicht umhin, zu bemerken, dass seine Schusstechnik nichts sonderlich effizient war. Er vergeudete zu viel Energie und hatte eine Trefferquote von unter fünfzig Prozent. Allerdings war sie nicht hier, um ihm diesbezüglich Tipps zu geben.

„Carter", wiederholte sie. „Ich muss mit dir sprechen."

Er seufzte schwer, drückte auf *Pause* und drehte sich zu ihr um. Mit einem dumpfen Knall kamen seine Füße auf dem Boden auf.

„Was?"

Sie hatte nicht gewusst, dass ein einzelnes Wort so viele Informationen enthalten konnte. Und keine davon war gut.

Plötzlich fühlte sie sich wie ein Eindringling. Als sollte sie sich entschuldigen und ihn alleine lassen. Das unbehagliche Gefühl, nicht dazuzugehören, ließ sie beinahe einen Rückzieher machen. Doch dann fiel ihr die Küche wieder ein.

„Hast du dir vorhin ein Erdnussbuttersandwich gemacht?"

„Na und? Ich hatte Hunger. Willst du mir etwa sagen, ich darf nichts essen? Soll ich hier verhungern oder was?"

Felicia ließ sich die Worte zweimal durch den Kopf gehen und fand trotzdem keine Verbindung zwischen ihrer Frage und seiner Antwort. „Ich will lediglich sagen, dass du in der Küche das reinste Chaos hinterlassen hast."

„Oh. Das meinst du."

Er drehte sich wieder zum Computer um und nahm den Controller in die Hand.

„Carter."

„Was?"

Er sah sie nicht einmal an.

Zu ihrer Verwirrung gesellte sich Frustration. „Carter, ich rede mit dir."

„Wir sind die beiden einzigen Menschen hier im Zimmer. Mit wem solltest du also sonst reden? Außer du willst eine tiefschürfende Unterhaltung mit dem Bett führen." Er lachte und gab einen weiteren Schuss ab.

„Ich habe keinen Anlass, mit dem Bett zu reden“, fing sie an, bevor sie erkannte, dass er sie schon wieder abgelenkt hatte. Ein ausgezeichneter Schachzug, dachte sie mit leichtem Respekt. So war es also, mit einem Teenager umzugehen. Carter, der so freundlich und höflich gewesen war, dass sie schon angenommen hatte, mit ihm würde es niemals schwierig werden. Eine glatte Fehleinschätzung ihrerseits. Vielleicht hatte er sich erst eingewöhnen müssen. Jetzt fühlte er sich mehr zu Hause und konnte sich wie ein normaler Dreizehnjähriger benehmen.

„Bitte leg den Controller beiseite und sieh mich an.“

Ein weiterer schwerer Seufzer von ihm, doch er folgte ihrer Bitte und schaute sie mit hochgezogenen Augenbrauen an. „Was?“

„Du hast in der Küche ein Chaos hinterlassen.“

„Hatten wir diese Unterhaltung nicht eben schon?“

„Wir haben sie aber nicht beendet. Du bringst das bitte wieder in Ordnung.“

„Sicher.“ Er wandte sich wieder seinem Spiel zu.

„Jetzt! Du räumst das jetzt auf.“

Er wirbelte so schnell zu ihr herum, dass sie beinahe erwartete, er würde aus dem Stuhl geschleudert werden.

„Du hast mir gar nichts zu sagen“, rief er. „Du bist nicht meine Mutter.“

Er stand auf und kam auf sie zu. Nichts an der Bewegung war bedrohlich, aber sie spürte, dass er gerne so wirken würde.

„Ich muss nicht tun, was du mir sagst“, sagte er mit immer noch lauter Stimme. Seine Haltung war aggressiv. „Du bist nicht meine *Mutter*!“

Felicia trat einen Schritt zurück. Nicht weil sie Angst hatte, sondern weil es sich anfühlte, als hätte er sie geohrfeigt. Vom ersten Tag an hatten sie und Carter sich gut verstanden. Sie umarmten einander, bevor er ins Bett ging. Sie verbrachten Zeit miteinander. Sie mochte ihn.

War das alles nur gespielt gewesen? Hatte Carter auf diese Weise versucht, ihr Vertrauen zu gewinnen? Aber welchen Nutzen sollte er daraus ziehen, so zu tun, als würde er sie mögen?

„Eine Tatsache zu wiederholen, die wir beide bereits kennen, wird ihre Bedeutung nicht erhöhen“, sagte sie ruhig. „Unsere Beziehung zueinander hat wenig damit zu tun, wie du dich hier in diesem Haus zu benehmen hast. Wir sind eine Familie, wie lose diese auch immer zusammenhängt. Jeder von uns hat seinen Teil der Verantwortung für das große Ganze zu tragen. Es gibt Regeln. Eine davon ist, dass du kein Chaos in der Küche hinterlässt. Deshalb wirst du dort jetzt aufräumen.“

Er funkelte sie an. In seinen dunklen Augen blitzten die verschiedensten Gefühle auf. Sie war nicht sicher, was er tun würde, doch nach ein paar Sekunden stakste er an ihr vorbei. Sie hörte seine schweren Schritte in der Küche, dann das laute Klappern von Schranktüren und das Zuknallen des Kühlschranks.

Sie hatte keine Erklärung für seine harten Worte, für sein Benehmen. Ihre Brust war wie zugeschnürt, und sie spürte, dass sie kurz davorstand, zu weinen. Instinktiv wusste sie, dass sie ihn das nicht sehen lassen durfte.

Also eilte sie den Flur hinunter. Das große Schlafzimmer lag auf der anderen Seite des Hauses. Dort angekommen, sank sie auf das Bett und versuchte, ihren Atem zu beruhigen. Doch es war zu spät, die Tränen aufzuhalten. Sie füllten ihre Augen und liefen über ihre Wangen. Der Schmerz in ihrem Herzen überwältigte sie. Sie fühlte sich verraten und verletzt und unglaublich klein. Als wenn sie sich nicht länger selber beschützen konnte.

Und obwohl sie nicht sagen konnte, wieso, wusste sie, dass Carter die Ursache all dieser Gefühle war.

In der Sekunde, in der Gideon das Haus betrat, merkte er, dass etwas nicht stimmte. Es herrschte eine veränderte Atmosphäre. Wenn er auf der anderen Seite der Erde wäre, würde er jetzt seine Pistole ziehen und nach einem Angreifer Ausschau halten. So jedoch blieb ihm nicht anderes übrig, als sich ganz ruhig zu bewegen und sich gegen das zu wappnen, was ihn erwartete.

Er ging in die Küche, doch dort schien alles in Ordnung zu sein. Ein paar Krümel auf der Arbeitsplatte, aber ansonsten war alles an seinem Platz. Er hielt inne, nicht sicher, wohin er als Nächstes gehen sollte. Er machte sich auf zu Carters Zimmer, überlegte es sich dann aber anders und ging ins Schlafzimmer.

Felicia saß auf dem Bett. Die zusammengesackten Schultern passten gar nicht zu ihrer sonst so aufrechten Haltung. Als sie den Kopf hob, sah er die Tränen in ihren Augen schimmern.

Ehe er darüber nachdenken konnte, hatte er sie schon in seine Arme gezogen und hielt sie fest. Sie klammerte sich an ihn. Ihr Schmerz war wie eine offene Wunde.

Er strich ihr beruhigend über das Haar, den Rücken. „Was ist passiert?", fragte er. „Bist du verletzt?"

„Nein", stieß sie zwischen zwei Schluchzern hervor. „Mir geht es gut. Das sollte es zumindest." Sie schniefte. „Carter und ich hatten einen Streit."

Sie straffte die Schultern und atmete tief durch. „Ja, das war es. Ein Streit. Ich habe mich noch nie zuvor mit jemandem gestritten. Es ist schrecklich. Wie können Menschen so was nur ständig tun? Warum zerbrechen sie nicht daran? Er hat sich einen Snack gemacht und einfach alles stehen lassen. Das Brot, die Erdnussbutter. So etwas tut er normalerweise nicht, deshalb war ich verwirrt. Ich bin zu ihm gegangen, um ihn zu bitten, das alles wegzuräumen, und er ..."

Sie hielt inne. Ihr Kinn zitterte.

Bislang verstand Gideon das Problem noch nicht. Aber Felicia war traurig, also gab es irgendwo eins. „Und?"

„Er hat mich angeschrien. Er hat gesagt, ich sei nicht seine Mutter und hätte ihm gar nichts zu sagen. Wie er mich angesehen hat ..." Weitere Tränen rannen ihr übers Gesicht. „Ich dachte, wir hätten uns angenähert. Ich dachte, er mag mich."

Gideon zog sie wieder an sich. „Das tut er auch."

„Du hast ihn nicht gesehen. Ich sage mir ja selber, dass er dreizehn ist und es an den Hormonen liegt. Oder vielleicht testet er mich auch nur aus, um zu sehen, ob ich zu ihm stehe, egal, was kommt. Ich hoffe, dass es eines von beiden ist, aber ich hätte nie erwartet, wie weh das tut."

Er hielt sie und wusste, dass er nichts tun konnte, um die Situation zu erleichtern. Aber er konnte versuchen, sie besser zu verstehen.

„Ich werde mit ihm reden."

Felicia nickte. „Ich schätze, einer von uns sollte das tun, und ich kann das im Moment nicht."

Er war schon halb den Flur hinunter, als er aus dem Augenwinkel einen Blick auf die Haustür erhaschte. Es wäre so leicht, das Haus zu verlassen. Wegzulaufen. Den Berg hinaufzurennen oder in sein Auto zu steigen und zu verschwinden. All diesen emotionalen Mist hinter sich zu lassen. Eine einfache Lösung, die jedoch das wahre Problem nicht lösen würde. Denn der Brief, den er vor zwei Tagen erhalten hatte, sagte ihm, dass er diesmal nicht fliehen konnte. Denn an der Situation änderte das nichts. Carter würde immer sein Sohn bleiben.

Er ging in sein Büro und holte den Umschlag aus der Schreibtischschublade. Dann ging er den Flur hinunter. Als er Carters Zimmer betrat, lag der Junge rücklings auf dem Bett und starrte an die Decke.

„Geh weg", sagte er zu Gideon.

„Tut mir leid, den Gefallen tu ich dir nicht, Kleiner."

Gideon zog sich den Schreibtischstuhl neben das Bett und setzte sich.

Er war auch mal ein Teenager gewesen, obwohl er sich kaum daran erinnern konnte. Während seiner Gefangenschaft hatte er sich bemüht, alles und jeden zu vergessen. Und zuallererst sich selbst.

Zu vergessen hatte ihm das Leben gerettet. Aber als er jetzt den trotzigen Jungen anschaute, der sein Sohn war, wusste er nicht, wie er mit ihm in Verbindung treten sollte. Es gab keine lustigen Geschichten aus der Vergangenheit, die er erzählen konnte. Er hatte in der Gefangenschaft sein altes Leben gelöscht und so die Folter überlebt. Nur hatte er sich nie klargemacht, welchen Preis er irgendwann dafür bezahlen würde.

„Hast du vor, dich noch länger wie ein verzogener Fratz zu benehmen, oder ist das bald vorbei?“, fragte er im Plauderton.

Carter setzte sich auf und starrte ihn an. „Wovon redest du?“

„Tu nicht so, als ob du das nicht wüsstest. Felicia ist die Klügste hier im Haus, aber wir beide sind auch nicht dumm. Was ist dein Ziel? Fühlst du dich wie ein Mann, wenn du jemandem wehtust, dem du am Herzen liegst?“

Carter zuckte zusammen. „Ist sie traurig?“

„Sie weint.“

Der letzte Verteidigungswall zerbröckelte, und dahinter kam ein verängstigter und beschämter Junge zum Vorschein. „Das tut mir leid.“

„Bei mir musst du dich nicht entschuldigen.“

Carter ließ den Kopf hängen. „Ich weiß nicht, warum ich das gemacht habe. Ich mag Felicia wirklich. Sie ist cool, weißt du? Sie ist immer nett und für mich da.“

Gideon suchte nach den richtigen Worten, nach einer Geschichte, um zu erklären, was los war. Das Problem war, er verstand Carter nicht besser, als er die beiden alten Ladies verstand, die ihn vor ein paar Tagen heimgesucht hatten. Das Einzige, was er mit Sicherheit wusste, war, dass Felicia verletzt war. Und dass sein Sohn verwirrt war und er ihm irgendwie helfen musste.

Carter seufzte. „Ich glaube, das war vielleicht so eine Art Test. Um sicherzugehen, dass sie da ist, weißt du? Sie ist so geduldig und verständnisvoll. Ich will, dass das hier funktioniert. Ich will, dass ihr beide heiratet und alles. Aber was, wenn ihr es nicht tut? Was, wenn sie geht?“

Gideon war auf den Beinen und beinahe aus der Tür, bevor er sich zusammenriss und sich wieder zu seinem Sohn umdrehte. Zum Glück war Carter zu sehr damit beschäftigt, die Tränen zurückzudrängen, um den Fluchtversuch zu bemerken.

„Heiraten?“ Das Wort war mehr ein heiseres Krächzen.

Er konnte nicht heiraten. Das ging einfach nicht. Der Teil von ihm war geschlagen, mit Elektroschocks malträtiert und ausgehungert worden.

Carter schaute ihn an. „Ja, klar. Du magst sie, und sie bekommt immer diesen komischen Blick, wenn du in der Nähe bist. Wenn ihr zusammenbleibt, hätte ich ein richtiges Zuhause. Aber wenn du sie nicht heiratest, wird sie irgendwann gehen. Ich meine, mal ehrlich: Sie ist ziemlich heiß. Wenn du sie dir nicht sicherst, wird sie sich ein anderer Kerl schnappen."

„Du hast dich mit Felicia gestritten, weil du glaubst, sie würde irgendwann anfangen, sich mit einem anderen Mann zu verabreden?"

Carter versuchte sich an einem Lächeln. „Nein, ich war so ätzend zu ihr, weil ich nicht will, dass sie geht."

„Das will ich auch nicht."

Das Lächeln wurde breiter. „Cool."

„Nein, nicht cool. Überhaupt nicht cool. Was mit Felicia passiert oder nicht, ändert nichts an dem, was du ihr angetan hast. Und es ändert auch nichts hieran."

Er zog den Umschlag aus der hinteren Hosentasche und ließ ihn aufs Bett fallen. „Die DNA-Ergebnisse sind da. Aus dieser Nummer kommst du nicht mehr raus, Kumpel."

Carter starrte den Brief an, wagte aber nicht, ihn zu berühren. „Du bist wirklich mein Dad?"

„Ja. Was für keinen von uns eine große Überraschung ist, oder? Ich werde die nächsten Tage mit einem Anwalt sprechen und mich informieren, wie die nächsten Schritte aussehen, um es offiziell zu machen. Da sind bestimmt ein paar Formalitäten zu erledigen. Du kannst dir überlegen, ob du deinen Nachnamen behalten willst. Zum einen bist du ja an ihn gewöhnt, zum anderen ist er eine Verbindung zu deiner Mom."

Carter zog die Knie an die Brust und tippte den Briefumschlag mit dem Zeigefinger an. „Den letzten Teil hat Felicia dir gesagt, oder?"

„Ja. Sie meinte, es wäre wichtig für dich, deine Identität zu bewahren. Oder zumindest sollte die Entscheidung darüber dir überlassen bleiben."

Er hatte noch mehr zu sagen, aber Carter war schon aufgesprungen und rannte den Flur hinunter.

Gideon folgte ihm langsamer. Er fand die beiden im Schlafzimmer. Carter hatte die Hände fest ineinander verknotet, während er sich entschuldigte.

Felicia ließ ihn ausreden und zuckte dann mit den Schultern. „Wir müssen ein paar Regeln für die Zukunft aufstellen."

„Da kann ich helfen", sagte der Junge ernst. „Es tut mir leid, dass ich dir wehgetan habe." Mit dem Handrücken wischte er sich die Tränen ab. „Das meine ich wirklich von ganzem Herzen."

„Ich weiß."

Carter schniefte. „Er ist mein Dad."

„Überrascht dich das?", fragte sie.

„Nein. Aber es ist nett, es schwarz auf weiß zu wissen."

„Ja, eine solche Bestätigung kann beruhigend sein."

Carter fing an zu lachen. Gideon erwartete, dass er Felicia nun umarmen würde, doch der Junge drehte sich um und streckte eine Hand nach ihm aus. Dann zog er ihn an sich, während er gleichzeitig einen Arm um Felicia schlang. Und so blieben sie zu dritt eine ganze Weile still in einer großen Umarmung stehen.

Auf einmal verstand Gideon, was gemeint war, wenn in irgendwelchen Büchern etwas von den besten und den schlimmsten Zeiten stand. Er fing an zu lachen.

„Was ist so lustig?", wollte Carter wissen.

„Felicia." Er schaute sie an. „Du übst einen gefährlichen Einfluss auf uns aus."

Sie lächelte. „Ich versuche, meine Kräfte nur zum Guten einzusetzen."

18. KAPITEL

Ihr werdet es nicht glauben", sagte Isabel und griff nach den Tacos.

Felicia dippte einen in die Guacamole und wartete auf die Neuigkeiten.

Lunch mit ihren Freundinnen war immer lustig und interessant. Es wurden viele Witze gemacht, und es herrschte ein Gefühl von Zusammengehörigkeit und Zuneigung. Noch vor ein paar Monaten war sie eine Fremde in einer neuen Stadt gewesen, doch inzwischen gehörte sie dazu. Sie hatte eine Arbeit, die sie liebte, Freundinnen, mit denen sie sich regelmäßig traf, einen umwerfenden Mann im Bett und eine wachsende Verbindung mit einem Teenager. Und was am besten war: Sie konnte nicht sagen, was davon sie am meisten überraschte. Nie hätte sie erwartet, jemals so glücklich zu sein. Doch genau das war sie.

Patience grinste. „Okay, wir glauben es nicht. Erzählst du es uns trotzdem?"

Isabel wedelte mit dem Taco durch die Luft. „Ich habe eine E-Mail von meinen Eltern erhalten, die sich gerade in der Nähe von Hongkong befinden. Sie haben die Wohnung über unserer Garage vermietet. Einfach so. Ein kurzes Schreiben, um mich zu informieren, dass der neue Mieter Ende der Woche einzieht, und ob ich bitte eine Grundreinigung organisieren und mal durchlüften könnte."

„Wer ist der Mieter?", wollte Noelle wissen.

„Ich habe keine Ahnung."

„Er könnte ein Serienmörder sein", warf Charlie fröhlich ein. Nach ihren exotischen Flitterwochen sah sie gut gebräunt und entspannt aus.

„Danke für den Hinweis." Isabel verzog das Gesicht. „Ich kann nicht glauben, dass sie mich nicht gebeten haben, vorab ein Gespräch mit ihm zu führen. Oder ihn wenigstens kennenzulernen."

„Wenn er dich im Schlaf umbringt, werden sie sich deswegen sicher schuldig fühlen", merkte Noelle an. „Oh, das sollte eigentlich hilfreich klingen, kam aber nicht so raus, oder?"

„Seltsamerweise weiß ich trotzdem, was du meinst", sagte Isabel und steckte sich den Taco in den Mund.

„Ich verstehe deinen Punkt", sagte Patience. „Die Wohnung liegt immerhin so nah am Haus, dass du deinen neuen Mieter ziemlich oft zu sehen bekommen wirst."

„Nicht wenn er jemand ist, der nur nachts das Haus verlässt", wandte Charlie ein.

„Kann sie bitte mal jemand treten?", bat Isabel.

„Ich sitze zwar nah genug dran", sagte Felicia lächelnd, „aber ich möchte mich lieber nicht mit Charlie anlegen."

„Danke." Charlie lächelte. „Denn von allen hier bist du meiner Meinung nach die Einzige, die es mit mir aufnehmen könnte." Sie schaute Consuelo an. „Okay, du auch. Obwohl du so winzig bist."

Consuelo zwinkerte ihr zu. „Ich werde ständig unterschätzt. Das führt zwar dazu, dass ich nicht so oft herausgefordert werde. Aber wenn, dann habe ich immer das Überraschungsmoment auf meiner Seite."

Jo kam mit dem Tablett an den Tisch. „Essenszeit, Mädels. Macht mal Platz."

Sie verteilte Salate, Burger und weitere Tacos. Felicia nahm ihren Salat mit gegrilltem Hähnchen entgegen und fragte sich, was Carter wohl von der Bar halten würde. Er war zwar noch zu jung, um abends herzukommen, aber tagsüber waren Kinder herzlich willkommen. Es gab sogar eine Spielecke für die ganz Kleinen.

Sie glaubte, er würde den Witz mit den Fernsehern, auf denen Realityshows liefen, und den Farben, die dem weiblichen Teint schmeichelten, verstehen. Die letzten paar Tage hatte er mit einer Erkältung zu Hause das Bett gehütet. Sie war bei ihm geblieben und hatte es genossen, Zeit mit ihm zu verbringen.

Seit ihrem großen Streit vor ein paar Tagen war ihr Leben wesentlich ruhiger geworden. Sie und Carter hatten gemeinsam einige Regeln aufgestellt und sich überlegt, was passierte, wenn man sie brach. Er war in seinen Vorschlägen extrem fair gewesen. Außerdem hatte er zugegeben, seine Grenzen bei ihr getestet zu haben, und sich für sein Verhalten entschuldigt.

Aus Gründen, die sie nicht erklären konnte, hatte der Vorfall sie letzten Endes näher zusammengebracht. Logisch gesehen sollte sie sich Sorgen machen, dass Carter sie noch einmal verletzen würde, aber das tat sie nicht. Gideon hingegen schien sich unsicherer zu fühlen als je zuvor. Sie nahm an, er verarbeitete noch den positiven DNA-Test, der seine Beziehung zu Carter offiziell machte. Für ihn war es sehr schwer, eine Bindung zu einem anderen Menschen einzugehen, doch bei Carter kam er nicht darum herum.

„Wenn du dir wirklich Sorgen um den neuen Mieter machst", sagte Charlie und nahm ihren Burger in die Hand, „bitte doch die Polizei, den Kerl mal zu überprüfen. Vorausgesetzt, es ist überhaupt ein Mann."

„Es gibt auch weibliche Mörder", warf Consuelo ein.

Noelle schenkte ihr ein Lächeln. „Du sagst das so fröhlich."

„Ich mag keine Diskriminierungen." Sie schnappte sich ein paar Pommes frites und wandte sich an Felicia. „Carter macht sich in unserem Kurs echt gut. Er hat eindeutig Talent."

„Das hat er vermutlich von seinem Dad. Er liebt das Training. Und er ist total in dich verknallt."

„Das vergeht wieder."

„Hast du dir schon überlegt, ob du einen Selbstverteidigungskurs für Frauen anbieten wirst?", fragte Patience. „Ich würde da zu gerne mitmachen."

„Wenn du meinst, dass die Leute Interesse daran hätten, könnte ich das tun", erwiderte Consuelo.

„Wir sind hier in Fool's Gold." Isabel verdrehte die Augen. „Hier passiert nie etwas Schlimmes."

„Das stimmt nicht", widersprach Patience. „Lillie ist entführt worden."

Alle nickten. „Das war schlimm", meinte Charlie.

„Und erinnert ihr euch an den Typen, der kurz nach der Eröffnung ins *Brew-haha* kam?“, wollte Patience wissen.

Consuelo wirkte verwirrt. „Welcher Typ?“

„Das war super“, erklärte Patience. „Dieser Mann kam mit seiner Frau rein. Er war ein richtig gemeines Arschloch und hat sie total mies behandelt. Da ist Felicia zu ihm gegangen und hat ihn auf den Rücken gelegt.“

Felicia schüttelte den Kopf. „Ich habe ihn nur so lange festgehalten, bis die Polizei kam, mehr nicht.“ Sie fühlte sich von der Aufmerksamkeit sowohl geschmeichelt als auch ein wenig unbehaglich.

„Beeindruckend“, sagte Isabel. Sie wandte sich an Consuelo. „Wenn du so was unterrichtest, setz mich auch auf die Liste.“

„Ich kann euch durchaus zeigen, wie man Leuten in den Hintern tritt.“

„Ich erinnere mich an die Frau“, sagte Charlie. „Helen. Sie hat ihn verlassen und woanders ganz neu angefangen. Was mich riesig für sie freut.“

Vielleicht ist es diese Stadt, dachte Felicia und schaute aus dem Fenster. Sie ermöglichte den Menschen, die Kontrolle zu übernehmen. Es gab …

Ihr Gehirn fror mitten im Gedanken ein. Draußen ging eine Frau mit ihrem Hund vorbei. Was nicht ungewöhnlich war. Hier führte ständig jemand seinen Hund Gassi. Nur … Nur …

Sie schob ihren Stuhl zurück und sprang auf. „Das habe ich total vergessen!“

Alle starrten sie an.

„Was ist los?“, fragte Consuelo. „Geht es dir gut?“

„Nein. Ich kann nicht glauben, dass ich es vergessen habe. Heute ist Dienstag.“

„Hat sie sich den Kopf gestoßen?“, fragte Isabel.

Panik hinterlässt einen metallischen Geschmack im Mund, dachte Felicia. Sie konnte kaum atmen, als die Wahrheit durch ihr Gehirn rauschte wie ein wilder Fluss. Wie hatte sie das nur vergessen können?

„Ich habe die ganze letzte Woche daran gearbeitet. Ich wusste es. Und dann hatte ich den Streit mit Carter und habe es einfach vergessen." Sie starrte ihre Freundinnen an. „Am Freitag ist das Hundefestival."

„Ach ja", sagte Charlie und widmete sich wieder ihrem Burger. „Stimmt. Das findet jedes Jahr an diesem Wochenende statt."

„Aber ich bin überhaupt nicht vorbereitet", quiekte Felicia. „Seht ihr hier vielleicht irgendwelche Dekorationen? Parkschilder? Wegweiser? Hat es Ankündigungen im Radio gegeben? Ich habe es vergessen. Es ist mein Job, mich darum zu kümmern, und den habe ich nicht erledigt."

Sie griff in ihre Tasche und holte einen Zwanziger heraus, den sie auf den Tisch warf, bevor sie aus der Bar stürmte. Auf dem Bürgersteig blieb sie erst einmal stehen, weil sie nicht sicher war, was sie als Nächstes tun sollte.

Es muss dekoriert werden, dachte sie panisch. Wegen eines Missverständnisses im Terminkalender stand die übliche Crew nicht zur Verfügung, die sonst die Schilder aufhängte. Zum Ausgleich hatte man ihr ein Budget gegeben, um Schüler der Highschool und Studenten anzuheuern, die helfen sollten, die Banner an den Straßenlaternen zu befestigen. Sie hatte eine dreiseitige Liste mit allem, was zu tun war. Anstatt diese jedoch im Büro abzuarbeiten, war sie bei Carter zu Hause geblieben. Sie war so auf ihn konzentriert gewesen, dass sie das Festival vollkommen vergessen hatte.

Die Panik hielt sie fest im Griff, wie ein Monster mit großen, haarigen Händen. Sie konnte sich nicht bewegen, nicht denken. Hilfe. Sie brauchte Hilfe.

Mit zitternden Händen zog sie ihr Handy hervor und wählte Gideons Nummer.

„Hey", begrüßte er sie, als er ranging.

„Ich habe das Festival vergessen", sagte sie atemlos. „Ich habe es einfach vergessen. Keine Ahnung, wie das passieren konnte. Ich habe noch nie etwas vergessen. Es geht in drei Tagen los, und ich bin nicht vorbereitet."

„Das Festival?“

„Ja, das Hundefestival zum Sommerende. Es ist noch nichts dekoriert, es sind noch keine Gassibeutel-Verteilstellen aufgebaut. Ich bin mit Carter zu Hause geblieben, anstatt zur Arbeit zu gehen. Ich war mit Freunden mittagessen. Ich habe es vergessen! Ich vergesse niemals etwas. Ich habe das perfekte Gedächtnis.“

Sie umklammerte das Handy, während sie gleichzeitig versuchte, trotz der Panik irgendwie zu atmen.

„Beruhige dich erst mal“, sagte Gideon. „Was brauchst du?“

„Ich weiß es nicht. Alles. Das Festival ist ruiniert.“

„Du kannst nichts ruinieren, was noch gar nicht angefangen hat. Finde heraus, was du brauchst, und ruf mich dann wieder an. Ich fahre in den Sender und starte einen entsprechenden Aufruf. Wir haben drei Tage. In Fool's-Gold-Zeit entspricht das ungefähr einem Monat. Wir kriegen das hin.“

„Ich hoffe, du hast recht“, flüsterte sie und legte auf.

Mein Büro, dachte sie. Sie musste in ihr Büro.

Sie machte kehrt, um in die entsprechende Richtung zu gehen, und stand mit einem Mal all ihren Freundinnen gegenüber.

„Ihr habt gerade zu Mittag gegessen“, sagte sie, verwirrt über den Anblick.

Charlie winkte mit ihrem Burger. „Man kann das Essen auch mitnehmen. Jo meckert zwar, aber sie macht es trotzdem.“

Patience berührte Felicias Arm. „Du hast Probleme, und wir wollen dir helfen.“

Isabel lächelte. „Wir haben gehört, was du eben am Telefon gesagt hast. Wir begleiten dich zum Büro und teilen die To-do-Liste unter uns auf. Gideon kann einen Aufruf über das Radio starten, da kommen bestimmt viele Freiwillige zusammen.“

„Ja, das hat er auch gesagt“, murmelte Felicia. Sie konnte sich immer noch nicht vorstellen, wie das alles funktionieren sollte. „Aber ihr könnt mir nicht helfen. Ihr habt selber genug zu tun.“

Noelle schüttelte den Kopf. „Nichts, was nicht warten könnte. Du brauchst uns. Später kannst du uns den Gefallen gerne zurückzahlen. Ist doch keine große Sache.“

„Rufen wir Dellina an", schlug Isabel vor. „Wir haben alle gesehen, was sie bei Charlies Hochzeit auf die Beine gestellt hat. Das Mädchen hat echt Talent."

„Danke", sagte Felicia inbrünstig. „Vielen Dank. Ich bin so verwirrt, ich weiß gar nicht, wo ich anfangen soll."

„Sich einzugestehen, dass es ein Problem gibt, ist immer der erste Schritt." Patience legte einen Arm um ihre Schultern. „Und jetzt lass uns in dein Büro gehen und das Festival zum Laufen bringen."

Um sechs Uhr abends ging Felicia durch die Flure des Rathauses. Sie hatte vorab angerufen und einen Termin ausgemacht. Bei sich trug sie ihre ausgedruckte und unterschriebene Kündigung. Sie wollte nicht mal an das kommende Gespräch mit der Bürgermeisterin denken. Jedes Mal, wenn sie es doch tat, schmerzte ihr Magen, und sie hatte das Gefühl, sich übergeben zu müssen.

Sie liebte Fool's Gold mehr als jeden anderen Ort, an dem sie je gelebt hatte. Und doch hatte sie die Stadt im Stich gelassen. Sie hatte in ihrer Arbeit versagt – und das nach gerade einmal zwei Monaten. Ehrlich gesagt wusste sie nicht, was sie mehr überraschte: die Tatsache, es vergessen zu haben, oder ihre Verzweiflung darüber. Sie hätte nie gedacht, dass sie fähig war, so viel Schuld und Panik zu empfinden.

Die Tür zum Büro der Bürgermeisterin stand offen. Der Tisch der Sekretärin davor war nicht besetzt, also klopfte Felicia gegen den Türrahmen und trat ein.

Bürgermeisterin Marsha saß an ihrem großen Schreibtisch. Hinter ihr hingen die US-Flagge sowie eine Staats- und eine Stadtfahne. Große Fenster rahmten den Blick über die Stadt ein. Bürgermeisterin Marsha schaute auf und lächelte.

„Da sind Sie ja, Felicia. Setzen Sie sich doch."

Felicia ging zu dem angebotenen Stuhl und nahm Platz. Sie legte die Mappe auf den Tisch und schob sie der Bürgermeisterin zu.

„Was ist das?", fragte diese und griff nach der Mappe.

„Meine Kündigung. Es tut mir leid, dass ich sie Ihnen nicht eher gebracht habe."

Bürgermeisterin Marsha nahm die Mappe zur Hand, drehte sich mit ihrem Stuhl zur Seite, beugte sich vor und schaltete eine Maschine an. Felicia hörte ein surrendes Geräusch, gefolgt von dem Reiben zerschredderten Papiers.

„Blödsinn", sagte die Bürgermeisterin und setzte sich wieder aufrecht hin. „So leicht entkommen Sie uns nicht."

Felicia schüttelte den Kopf. „Sie müssen nicht nett zu mir sein. Ich habe es vermasselt. Ich habe das Festival vergessen, weil ich mich zu sehr um mein Privatleben gekümmert habe. Es gibt keine Entschuldigung für eine derartige Gedankenlosigkeit. Ich habe es verdient, gefeuert zu werden."

„Das bezweifle ich. Außerdem ist die viel wichtigere Frage, was die Stadt verdient. Ich denke, nur das Allerbeste, und das, meine Liebe, sind Sie."

Zum zweiten Mal innerhalb von einer Woche kämpfte Felicia gegen Tränen an. „Sie verstehen das nicht", sagte sie und blinzelte ein paarmal schnell hintereinander. „Ich habe einen Fehler gemacht."

„Wir sind alle nur Menschen."

„Ich habe nicht an meine Arbeit gedacht."

„Bravo."

„W…was?"

„Es hat in Ihrem Leben schon viel zu viel Arbeit gegeben. Sie haben Ihren ersten wissenschaftlichen Artikel als Co-Autorin veröffentlicht, da waren Sie gerade einmal ein Teenager. Während Ihrer Kindheit und Jugend an der Universität haben Sie nonstop im Labor gearbeitet. Haben Sie je einen Tag freigenommen? Sind Sie je in den Urlaub gefahren?"

Felicia dachte über die Frage nach. „Ein Professor und seine Familie haben mich einmal mit zum Mount Rushmore genommen."

„Wie reizend. Aber ein Kind braucht mehr. Und wir brauchen Sie, Felicia. Wir brauchen Ihre Intelligenz und Ihr Organisationstalent, aber wir brauchen auch Ihr Herz. Ich habe gesehen, wie Sie mit Carter umgehen. Ich habe gehört, wie sehr er Sie mag. Sie bauen gerade eine Familie auf, und das ist etwas, worauf Sie sehr stolz sein können."

Felicia wrang ihre Hände. „Bitte seien Sie nicht so nett zu mir. Ich habe etwas Fürchterliches getan."

Die Bürgermeisterin lächelte. „Es tut mir leid, aber ich werde Sie nicht bestrafen. Ich habe vor vielen Jahren gelernt, dass harte Worte nicht wieder zurückgenommen werden können und dass sie Konsequenzen haben. Seitdem habe ich mir geschworen, alles, was ich sage, vorher sorgfältig abzuwägen. Sie müssen lernen, Ihre Fehler zu akzeptieren und sich selber zu vergeben. Ein weiser Mann, den ich kenne, hat mir das Gleiche geraten – und ich denke, er hat völlig recht." Sie lächelte. „Praktische Ratschläge, ausgerechnet von einem Mann. So weit ist es inzwischen also schon gekommen."

Felicia hatte keine Ahnung, wovon sie sprach. „Das Festival", setzte sie an.

Die Bürgermeisterin unterbrach sie mit einem Kopfschütteln. „Kommen Sie her."

Felicia stand auf und folgte ihr ans Fenster. Von dort aus konnten sie die gesamte Fourth Street bis hinunter zur Frank Lane überblicken. Wo sie auch hinschaute, sah sie Menschen, die Banner aufhängten und Blumentöpfe aufstellten. Während sie das Treiben beobachtete, fuhr ein Truck vor. Zwei Männer stiegen aus und fingen an, Trinkstationen für Hunde aufzustellen.

„In zwei Tagen werden die Stände aufgestellt sein. Die Hundekostümparade wird rechtzeitig losgehen, genau wie alle Vorträge und Aufführungen. Was das Festival anging, stand das meiste schon lange fest. Sie haben lediglich die Dekorationen und ein paar Plakate vergessen."

„Aber es ist mein Job, und ich habe versagt."

„Ich verstehe. Und was haben Sie aus dieser Erfahrung gelernt?"

„Dass ich nicht unfehlbar bin. Dass ich abgelenkt werden kann, was ich niemals gedacht hätte. Ich habe gelernt, dass ich in meinen Kalender gucken muss, bevor ich einen Tag freinehme, und …“ Sie hielte inne, als ihr der erwartungsvolle Blick auffiel, mit dem die Bürgermeisterin sie anschaute. Als wäre keine dieser Antworten richtig.

Plötzlich fiel Felicia ein, wie sie sich gefühlt hatte, als ihr bewusst geworden war, was sie getan hatte. Ihr war ganz schlecht geworden. Aber Gideon war für sie da gewesen. Genau wie ihre Freundinnen.

„Ich habe gelernt, dass es in Ordnung ist, um Hilfe zu bitten“, murmelte sie.

Die Bürgermeisterin legte ihr eine Hand auf die Schulter. „Genau. Sie sind jetzt eine von uns, mein Kind. Und wir kümmern uns umeinander.“ Sie schaute auf die Uhr. „Es ist schon spät. Sie sollten nach Hause zu Ihrer Familie fahren.“

Am Donnerstagmittag glich Felicia ihr Diagramm mit dem Aufbau im Park ab. Ein wichtiger Teil des Hundefestivals war die Hundeschau, für die ein Führring aufgebaut worden war. Hier würden die „Best in Show“ gekürt werden, außerdem sollte es eine Parade verschiedener Hunderassen geben. Ein Rancher aus Stockton brachte seine Hütehunde mit, und der Agility-Club führte vor, was seine vierbeinigen Mitglieder so konnten. Zudem würde Montana Hendrix-Bradley einen Vortrag über den Einsatz von Arbeitshunden halten.

„Da bist du ja!“

Felicia drehte sich um und sah Pia breit grinsend auf sich zukommen. Endlich war ihr die Schwangerschaft anzusehen.

„Du hast es vermasselt“, sagte Pia und umarmte sie. „Ich freu mich so.“

Felicia stand stocksteif da, nicht sicher, was sie dazu sagen sollte.

Pia lächelte immer noch. „Gott sei Dank. Ich habe die ganze Zeit nur gehört, wie unglaublich toll du bist und wie viel besser die Festivals laufen, seitdem du den Job übernommen hast. Das hat mir langsam echt Komplexe bereitet. Doch jetzt habe ich entdeckt, dass du auch nur ein Mensch bist und ich dich wieder mögen darf." Sie hakte sich bei Felicia unter. „Okay, zeig mir, was du gerade machst, damit ich es bewundern kann."

Das war zwar eine emotionale Achterbahnfahrt, aber Pias Mut beeindruckte Felicia. Sie presste ihre freie Hand auf ihre Brust. „Gib mir eine Minute, um mich wieder zu fassen."

„Pft. Du machst das super." Sie gingen gemeinsam in Richtung Park. „Ich muss sagen, das ist eines meiner liebsten Feste hier in Fool's Gold. Du weißt, dass es nicht nur um die Hunde geht, oder?"

„Was meinst du damit?"

„Die Leute bringen alle möglichen Haustiere mit. Und sie verkleiden sie auch. Bevor du nicht zwei schwarz-weiße Katzen im Kostüm von Braut und Bräutigam gesehen hast, hast du nicht wirklich gelebt."

„Warum sollte jemand das seinen Haustieren antun, die er doch angeblich so liebt?" Sie schüttelte den Kopf. „Nicht so wichtig. Unsere Kultur neigt dazu, von Autos bis zu Tieren alles zu anthropomorphisieren. Ich habe noch nicht herausgefunden, ob das daran liegt, dass wir denken, die beste Spezies von allen zu sein. Oder aber, ob wir es so sehr lieben, zu kommunizieren, dass wir so tun, als könnte alles um uns herum sprechen. Ich frage mich, ob jemals jemand eine Studie darüber gemacht hat. Es wäre auf jeden Fall ein sehr interessantes Forschungsthema."

Sie merkte, dass sie stehen geblieben waren und Pia sie anstarrte.

„Du bist so seltsam", sagte Pia. „Aber ich mag dich trotzdem. Ich muss zugeben, es fiel mir schwer, meine Festivals an jemand anderen zu übergeben, aber du bist die perfekte Kandidatin."

„Das sagst du nur, weil ich einen Fehler gemacht habe."

Pia lachte. „Zum Teil. Als ich merkte, dass ich die Arbeit nicht mehr schaffte, habe ich mich an Bürgermeisterin Marsha gewandt. Wir haben beide eine Liste mit je fünf Leuten erstellt, von denen wir glaubten, sie würden den Job am besten meistern. Du hast auf beiden Listen an oberster Stelle gestanden."

„Aber ihr habt mich doch gar nicht gekannt."

„Ich hatte aber von dir gehört. Ein wenig herumgefragt." Sie setzte sich wieder in Bewegung. „Okay, zeig mir, wo die Leguane ausgestellt werden."

Felicia blinzelte ein paarmal. „Es soll einen Leguan-Stand geben?"

Pia grinste. „War nur ein Witz. Du bist so leicht aus der Fassung zu bringen. Aber ich weiß, wo der Mann mit dem Spritzgebäck seinen Stand hat. Komm, ich lade dich auf ein Schweinsohr ein."

Gideon und Carter schlenderten durch das Stadtzentrum. Auf den Bürgersteigen drängten sich die Leute, die auf die Parade warteten.

Carter schaute sich zwischen den Menschen mit ihren Tieren um. „Ich dachte, das soll ein Hundefestival sein", sagte er leise und zeigte auf eine Frau, die einen Hasen im Arm hielt.

„Das war es vielleicht auch mal." Gideon nahm an, dass die Einwohner von Fool's Gold sich nicht allein darauf beschränken wollten, nur ihre Hunde zu feiern.

„Ich war noch nie irgendwo, wo es so ist wie hier", erklärte Carter. „Es ist komisch, aber trotzdem nett. Felicia meinte, bei einem der nächsten Festivals wird einem Mann das Herz herausgeschnitten."

„Ich bin mir ziemlich sicher, dass das nur symbolisch ist und nicht echt."

„Du meinst, ganz ohne Blut und so?"

„Ich fürchte, ja. Sie benutzen noch nicht mal ein Messer."

„Schade." Carter grinste. „Es wäre eine tolle Drohung, die man jedes Jahr wiederholen könnte."

„Bring den Müll raus oder ich melde dich fürs Herzrausschneiden an?"

„Genau."

„Ich wusste gar nicht, dass du so blutrünstig bist.“

Sie kicherten immer noch, als Eddie sich zu ihnen gesellte. Heute trug sie einen apfelgrünen Jogginganzug und eilte mit entschlossener Miene auf sie zu.

„Nächste Woche bekommen wir unsere Bowlinghemden“, verkündete sie. „Ich habe ein Muster gesehen, und sie sehen wundervoll aus. Sie sind fuchsiafarben.“

Gideon schaute sie an. „Sollte ich das Muster nicht freigeben?“

Sie winkte ab. „Die sind toll. Sie werden sie lieben.“ Ihr Lächeln nahm einen leicht verschlagenen Zug an. „Ich habe mir die Freiheit genommen, ein paar Extrahemden zu bestellen. Eines für Sie und eines für Carter.“

„Cool“, sagte Carter. „Danke schön.“

„Gern geschehen.“ Sie schaute Gideon an. „Er ist ein sehr netter junger Mann. Sie sollten ihm einen Hund kaufen.“

Damit ließ sie die beiden stehen.

Carter schaute zu ihm auf. „Einen Hund?“

„Nein.“

„Aber Hunde sind gut für Kinder.“

„Habt ihr beide euch vorher abgesprochen?“

„Nein. Ich habe die Frau noch nie zuvor gesehen.“

„Du wirst dich mit dem Bowlinghemd begnügen müssen. Das ist übrigens pink.“

„Sie sagte, sie wären fuchsiafarben.“

„Weißt du, was Fuchsia für eine Farbe ist?“, fragte Gideon.

„Nein.“

„Pink.“

„Was den Hund angeht …“, fing Carter an.

Glücklicherweise bogen sie in diesem Moment um eine Ecke, und Gideon sah Ford vor sich. Er winkte seinem Freund, der daraufhin zu ihnen kam.

„Habt ihr meine Mutter gesehen?“, fragte Ford und schaute über seine Schulter.

„Nein. Carter, das ist Ford Hendrix. Ford, mein Sohn Carter.“

„Hey." Ford streckte ihm die Hand hin. „Schön, dich kennenzulernen." Er schaute sich wieder um. „Sie ist irgendwo hier."

„Wer?"

„Meine Mutter. Sie will eine Frau für mich finden."

Gideon erinnerte sich an die Gerüchte über einen Stand auf dem letzten Festival. „Ach, stimmt ja. Sie nimmt Bewerbungen an, richtig? Wie läuft das so für dich?"

Ford funkelte ihn an. „Wenn neben dir nicht ein junger Mann stehen würde, würde ich dir genau sagen, wie das für mich läuft."

„Mir macht es nichts aus, wenn Sie fluchen", sagte Carter. „Mich kann nichts mehr schocken. Warum wollen Sie denn nicht heiraten?"

„Das ist eine lange Geschichte."

„Sind Sie schon in jemanden verliebt? Denn wenn nicht, Felicia ist super. Sie ist total heiß und kann kochen und ist sehr organisiert."

Jetzt war es an Gideon, jemanden anzufunkeln. Und zwar seinen Sohn. „Mal ganz langsam, Kleiner. Was versuchst du da?"

Carter zuckte mit den Schultern. „Felicia wünscht sich eine Familie. Das hat sie mir gesagt. Wenn du dich nicht darum kümmern willst, Dad, dann solltest du einen Schritt zur Seite treten und einem anderen Mann die Chance geben. Sie ist eine scharfe Frau. Nicht in meinen Augen, für mich ist sie ja eher wie eine Stiefmutter, aber Reese findet das."

Ford tätschelte Gideon die Schulter. „Okay, Bruder. Du hast größere Probleme als ich. Das finde ich sehr tröstlich. Viel Glück." Er machte ein paar Schritte und drehte sich dann noch mal um. „Übrigens solltest du deinem Sohn einen Hund kaufen."

Carter strahlte.

Gideon verspürte den Drang, seinen Freund in den Schwitzkasten zu nehmen und Carter ein Jahr lang Hausarrest zu erteilen. „Damit das klar ist: Felicia kann sich selbst einen Mann suchen."

„Solange sie mit dir zusammen ist, wird sie aber nicht mit jemand anderem ausgehen. Oder bist du vielleicht doch in sie verliebt? Das musst du mir natürlich nicht verraten", fügte Carter schnell hinzu. „Ich bin ja nur ein Kind."

Er wollte gerade erwidern, dass er nicht in Felicia verliebt war und niemals jemanden lieben würde. Weil er das nicht konnte. Liebe machte einen schwach. Doch das würde sein Sohn nicht verstehen.

„Ihr beide passt prima zusammen", fuhr Carter fort. „Wenn du dir Sorgen machst, dass ich traurig bin, weil du meine Mom nicht geheiratet hast, kann ich dich beruhigen. Das bin ich nicht. Versprochen."

„Gut zu wissen."

Am Sonntagnachmittag lagen Carter und Reese auf dem Rasen im Vorgarten.

„Ich komme nicht weiter", gab Carter zu und schaute in den blauen Himmel hinauf. „Gideon unternimmt einfach nichts." Reese wusste bereits über den Streit in der vergangenen Woche Bescheid. Obwohl es nicht zu seinem Plan gehört hatte, war Carter aufgefallen, dass sein Verhalten die beiden dazu gebracht hatte, näher zusammenzurücken. Tagelang hatte er danach gewartet und auf ein Zeichen des Fortschritts gehofft, doch vergeblich.

„Und er hat nicht gesagt, dass er sie liebt? Bist du dir da sicher?", fragte Reese.

„Hundertprozentig. Ich habe ihn praktisch gefragt, und er hat nicht geantwortet."

„Vielleicht will er nicht über seine Gefühle sprechen. Mein Dad tut das auch nie."

„Ich glaube, das ist kompliziert. Mein Dad war genervt, als ich Ford vorgeschlagen habe, mit ihr auszugehen, aber er hat auch nicht Nein gesagt." Er musste es einfach schaffen, Gideon und Felicia zusammenzubringen, dachte Carter. Er brauchte eine Familie. Doch langsam gingen ihm die Ideen aus, wie er das anstellen sollte.

Reese setzte sich auf. „Okay, einen Vorschlag hab ich noch, aber der ist riskant. Und wir könnten uns beide eine Menge Ärger einhandeln."

„Ärger muss nichts Schlechtes sein, vor allem, wenn er Felicia und Gideon zusammenbringt. Also schieß los."

Felicia konnte sich nicht erinnern, jemals so müde gewesen zu sein. Außer vielleicht nach dem letzten Festival. Die letzten drei Tage war sie von morgens um sechs bis Mitternacht auf den Beinen gewesen. Jetzt war es Sonntagabend kurz vor zehn Uhr, und sie konnte kaum noch die Augen offen halten.

„Danke, dass du mich abgeholt hast", sagte sie und versuchte, ein Gähnen zu unterdrücken.

„Ich weiß, wie lang diese Tage sind", sagte Gideon und lenkte den Wagen den Berg hinauf. „Dein Auto holen wir morgen früh."

Sie lehnte sich gegen die Tür und schloss die Augen. „Darum mache ich mir keine Sorgen. Das wird schon niemand klauen."

„Bist du schon dem Charme der Kleinstadt erlegen?"

„Hm, hm."

Sie spürte, wie sie langsam wegdriftete. Das Geräusch des Wagens war so beruhigend, und in Gideons Nähe fühlte sie sich immer sicher. Schlafen, dachte sie schläfrig. Sie brauchte Schlaf.

„Du kennst doch Ford Hendrix, oder?"

„Was?" Sie schlug die Augen auf. „Sicher. Schon lange. Er ist mit Justice befreundet und ein SEAL, aber das tragen wir ihm nicht nach."

„Bist du je mit ihm ausgegangen?"

„Nein. Ford ist eine Art Bruder für mich. Nicht wie Justice, aber ähnlich. Seine Mutter versucht übrigens gerade, eine Frau für Ford zu finden. Ich denke nicht, dass ihn diese Aussicht sonderlich erfreut."

„Aber wenn er mit dir ausgehen wollte, hättest du dann Interesse?"

Sie war überrascht – und ein wenig alarmiert. „Nein. Was ist das für eine seltsame Frage? Ford und ich sind Freunde." Der einzige Mann, mit dem sie sich selber sah, war Gideon. Allein der Gedanke daran, mit jemand anderem intim zu werden, bereitete ihr Unbehagen.

Pärchenbildung, dachte sie. Sie hatte eine Bindung zu Gideon aufgebaut. Ob es das Gleiche war wie Liebe, wusste sie nicht, aber es war ein Schritt auf dem gleichen Weg. Ein weiteres Anzeichen dafür, dass ich langsam normal werde, dachte sie glücklich. Wenn sie nur herausfinden könnte, was er für sie empfand.

„Meinst du, wir sollten Carter einen Hund besorgen? Einige Leute haben das heute mir gegenüber erwähnt."

„Es gibt viele Gründe, die dafür sprechen, einen Hund in der Familie zu haben. Sie lehren Verantwortungsbewusstsein und zeigen, was Loyalität bedeutet. Will Carter denn einen Hund haben?"

„Er sagt Ja."

„Und du?"

„Ich bin mir nicht so sicher."

Sie waren angekommen. Nachdem Gideon angehalten hatte, stiegen Felicia und er aus und gingen gemeinsam auf das Haus zu.

Die Nacht war dunkel und still. In der Ferne hörte sie den sanften Ruf einer Eule.

„Es brennt gar kein Licht", sagte sie, als Gideon die Tür aufschloss. „Um welche Zeit sollte Carter noch mal von Kent abgesetzt werden?"

„Gegen neun. Das hat Carter zumindest gesagt. Vielleicht ist er schon im Bett?"

„Das hat er ja noch nie gemacht. Er wartet immer, bis wir zurück sind."

Doch im Wohnzimmer war niemand. Felicia war auf einen Schlag wieder hellwach, als sie von einer vollkommen irrationalen Panik erfasst wurde.

„Carter?“, rief sie und eilte zu seinem Zimmer.

„Im Fernsehzimmer ist er nicht“, rief Gideon von unten hoch.

In seinem Zimmer war er auch nicht. Aber auf seinem Schreibtisch lag ein Zettel.

Gideon und Felicia, ich bin weggelaufen. Ich bin ganz allein unterwegs in dieser gefährlichen Welt. Wer weiß schon, was einem Kind meines Alters alles zustoßen kann? Ihr solltet euch vermutlich auf die Suche nach mir machen.

19. KAPITEL

Die Polizei von Fool's Gold benötigte weniger als eine Stunde, um eine Kommandozentrale einzurichten. Während Gideon auf die Ankunft von Ford, Angel und Justice wartete, hatte Felicia ihren Computer im Wohnzimmer aufgebaut. Die Polizei mochte offiziell vielleicht das Kommando haben, aber sie würde die ganze Aktion leiten.

Das hieß, sobald sie die Probleme mit ihrem Computer in den Griff bekommen hatte. Irgendetwas stimmte nicht mit der Tastatur. Sie reagierte nicht. Felicia brauchte eine Sekunde, um zu erkennen, dass sie so sehr zitterte, dass sie die Tasten nicht richtig drückte. Sie sackte in ihrem Sessel zusammen und schlug die Hände vors Gesicht.

Ich kann das nicht, dachte sie, während Panik und Hilflosigkeit in ihr miteinander rangen. Sie konnte die Ungewissheit und die Gefühle, die in ihr tobten, nicht ertragen. Um sie herum sprachen Polizisten in ihre Handys und erteilten Befehle. Doch alles, woran sie denken konnte, war, dass Carter weggelaufen war.

Hatte sie etwas falsch gemacht? Die Frage lief in einer Endlosschleife durch ihren Kopf. Sie wartete auf eine logische Reaktion oder ein prägnantes lateinisches Sprichwort, doch stattdessen war da nur Angst und das Wissen, dass sie sich freudig das Herz herausschneiden würde, wenn sie ihn nur gesund wieder zurückbrächten.

Jemand zog ihr die Hände vom Gesicht.

„Sie sind in zehn Minuten hier." Gideon hockte sich mit angespannter und entschlossener Miene vor sie.

„Justice und die Jungs?"

„Ja. Ich will sie dabeihaben."

Er versuchte alles, damit sie sich besser fühlte. Und sie wünschte, es würde funktionieren. „Wir müssen ihn finden."

Er richtete sich auf. „Das werden wir. Ich werde einen Hubschrauber mit einer Wärmesuchkamera anfordern."

Das war zwar nicht der richtige Begriff für diese Kameras, die empfindlich genug waren, um aus mehreren Hundert Metern Höhe Temperaturunterschiede auf der Erde wahrzunehmen, aber sie verstand, was er meinte.

„Vielleicht warten wir damit noch. Wir sollten es erst mal auf die altmodische Weise versuchen." Bürgermeisterin Marsha gesellte sich zu ihnen. Sie nahm Felicias Hand und drückte sie. „Ich weiß, das ist sehr schwer für Sie beide."

„Er ist weggelaufen." Felicia konnte es immer noch nicht glauben. „Er ist weg, weil ich etwas verkehrt gemacht habe."

„Offen gestanden bezweifle ich, dass einer von Ihnen wirklich schuld ist", erklärte die Bürgermeisterin. „Betrachten wir die Sache doch mal aus Carters Sicht. Er ist ein dreizehnjähriger Junge, dessen Leben komplett auf den Kopf gestellt worden ist. Vor einem Jahr hat er seine Mutter verloren. Vor drei Monaten hat sich seine gesamte Lebenssituation geändert, und er befürchtete, in ein Heim zu kommen. Er musste seinen Vater finden, ganz alleine nach Fool's Gold reisen und hier neu anfangen. Das wäre für jeden ganz schön viel, aber für ein Kind seines Alters?"

Felicia nickte. „Sie haben recht. Aber er hat es geschafft." Sie schaute Gideon an. „Er ist so stark. Ich denke, das hat er von dir."

Gideon hob abwehrend die Hände. „Müssen wir jetzt darüber reden?"

„Nein. Du hast recht. Jetzt müssen wir Carter finden."

„Hat er sein Fahrrad genommen?", wollte Bürgermeisterin Marsha wissen.

Gideon schüttelte den Kopf. „Das steht noch bei den anderen in der Garage."

„Dann ist er also zu Fuß unterwegs." Die Bürgermeisterin lächelte und ließ Felicias Hand los. „Weit kann er nicht gekommen sein."

„Außer er ist zu jemandem ins Auto gestiegen." Felicia presste eine Hand auf ihren Mund. „Was, wenn er entführt wurde?"

„Er hat eine Nachricht hinterlassen, dass er weggelaufen ist", beruhigte Gideon sie. „Er ist nicht entführt worden."

„Das ist richtig", bestätigte die Bürgermeisterin. „Jungs lieben es, die Welt zu erkunden. Hier in den Bergen gibt es so viele Wege und Pfade, Höhlen und alte Hütten. Wir müssen ein ganz schön großes Suchgebiet abdecken. Ich habe bereits Max Thurman angerufen. Zwei seiner älteren Rüden haben früher für die DEA gearbeitet, sie sind ausgebildete Suchhunde. Ich frage mich, ob sie helfen können, Carter anhand seines Geruchs zu finden." Sie seufzte. „Wir benötigen in dieser Stadt wirklich ein gut organisiertes Rettungsteam. Das werde ich auf die Agenda der Budgetsitzung für nächstes Jahr setzen. Aber jetzt erst mal zurück zum Wichtigen: Wir müssen den Jungen finden."

Die Haustür ging auf, und Justice, Angel und Ford traten ein. Sie waren ganz in Schwarz gekleidet und trugen Rucksäcke. Felicia rannte zu Justice, der sie in seine Arme zog.

„Wir finden ihn", sagte er. „Das verspreche ich dir."

„Ich will dir so gern glauben", gestand sie ihm. „Ich habe noch nie nach einem Kind gesucht. Ich weiß gar nicht, wo ich anfangen soll."

Patience kam ins Haus und eilte zu Felicia. „Wir fangen damit an, seine Freunde anzurufen und uns mit ihnen und ihren Eltern zu unterhalten."

„Das habe ich schon getan", sagte Felicia, erleichtert, dass sie ihre Zeit nicht mit einer sinnlosen Aufgabe vergeudet hatte. „Ich habe mit allen gesprochen, außer mit Kent. Er geht nicht an sein Handy. Ich habe ihm eine Nachricht hinterlassen. Von den anderen Eltern hat niemand Carter gesehen." Sie biss sich auf die Unterlippe. „Warum tut er so etwas?"

„Das können wir später klären." Patience führte sie entschlossen ins Wohnzimmer zurück. „Zuerst einmal müssen wir ihn finden."

Felicia nickte und kämpfte gegen die Tränen an.

Weitere Polizisten trafen ein, gefolgt von einer Gruppe State Trooper. Sie fingen an, verschiedene Teams zusammenzustellen. Polizeichefin Barns zeigte auf Felicia. „Sie bleiben hier."

„Auf keinen Fall", erwiderte Gideon, bevor Felicia etwas sagen konnte. „Sie kommt mit mir. Sie ist genauso gut ausgebildet wie jeder hier, und sie kennt Carter von uns allen am besten."

„Danke", sagte sie.

Er legte ihr einen Arm um die Schultern. „Ich weiß, du hast Angst. Ich auch. Wenn wir ihn finden, schließe ich ihn ein, bis er achtzehn ist."

Sie brachte ein schwaches Lächeln zustande. „Ich wünschte, es wäre so einfach."

In Gideons Kiefer zuckte ein Muskel. „Verdammtes Gör. Okay, ich gebe zu, der Vorschlag ist ein wenig zu extrem, aber der Junge bekommt Hausarrest oder etwas in der Art. Was er getan hat, ist unverantwortlich."

„Ich weiß. Das verwirrt mich ja auch so. Er ist die meiste Zeit über so erwachsen. Ich verstehe einfach nicht, was da passiert ist."

Die Haustür flog auf, und Kent Hendrix stürmte herein. „Wo ist er? Wo ist mein Sohn?"

Felicias Magen zog sich zu einer festen Kugel zusammen. „Ist er nicht zu Hause?"

„Er hat mir eine Nachricht hinterlassen, dass er heute Nacht hierbleiben würde. Reese war schon ein paarmal hier, also habe ich mir nichts dabei gedacht. Bis ich deine Nachricht gehört habe."

Ford ging zu seinem Bruder. „Reese wird auch vermisst?"

Polizeichefin Barns stöhnte. „Okay, Leute", sagte sie zu ihrem Team. „Wir suchen nach zwei Jungs, die überall sein könnten."

„Sie gehen los", sagte Carter mit Blick auf den Monitor seines Laptops. Es war nicht leicht gewesen, aber vor ein paar Tagen hatte er es geschafft, das GPS an Felicias Handy anzuzapfen, sodass er ihre Bewegungen jetzt nachvollziehen konnte.

Sie lagen ausgestreckt auf ihren Schlafsäcken in den Höhlen der Castle Ranch. Jeder der beiden Jungen hatte eine Laterne dabei. Auch eine Kühlbox, extra Akkus für den Laptop und ein tragbarer WLAN-Hotspot gehörten zu ihrer Ausrüstung. Die Herausforderung bestand darin, sich nah genug am Eingang der Höhle aufzuhalten, um noch ein Signal zu haben, aber sich gleichzeitig weit genug zurückzuziehen, um nicht gesehen zu werden.

Zum Glück war der einzige Mensch, der diese Höhlen je betrat, Heidi Stryker. Sie ließ ihren Käse hier reifen. Doch laut Reese kam sie nur alle paar Tage mal her, und der Teil der Höhle, den sie nutzte, lag auf der anderen Seite des Eingangs. Um nicht zufällig mit ihr zusammenzutreffen, hatten sie sich an der Gabelung für den nördlichen und nicht den südlichen Gang entschieden.

Reese drehte sich auf den Rücken und nahm sich einen Fruchtriegel. Er riss ihn auf und brach ein Stück ab. „Was meinst du, wie viel Ärger werden wir kriegen?"

„Unmengen", erwiderte Carter, ohne den Blick von dem rot blinkenden Punkt auf seinem Laptop zu wenden, der sich ständig bewegte. „Du hast ja den Polizeifunk gehört. Die halbe Stadt sucht inzwischen nach uns."

„Krass!"

„Du musstest das nicht tun", sagte Carter zu seinem Freund. „Du hättest auch zu Hause bleiben können."

„Und dir den ganzen Spaß überlassen? Auf keinen Fall. Außerdem: Wenn du es schaffst, dass Gideon und Felicia heiraten, kannst du für immer hierbleiben. In zwei Jahren fängt die Highschool an, mein Freund. Dann kriegen wir alle Mädchen."

Sie stießen ihre Fäuste gegeneinander und wackelten dann mit den Fingern.

Die Suchmannschaften starteten alle vom Pyrite Park aus. Jedem Team war ein CDS-Mitglied zugeteilt worden. Consuelo hatte sich ebenfalls zu ihnen gesellt, sodass sie noch einen Profi mehr hatten, der die Einwohner von Fool's Gold bei der Suche unterstützte. Gideon wusste nicht, was er von der riesigen Menge an Freiwilligen halten sollte, die ihre Hilfe anboten. Selbst Eddie und Gladys waren gekommen, um die Jungen zu finden.

Menschen, die er nicht kannte, kamen auf ihn zu, klopften ihm auf die Schulter und versprachen ihm, die vermissten Jungen aufzuspüren. Er fühlte sich wie betäubt, und die ganze Aufmerksamkeit war ihm unangenehm. Aber gleichzeitig wusste er, dass sie nötig war. Sie mussten Carter finden.

Er hatte keine Ahnung, warum der Junge das getan hatte. Sicher, sie hatten sich erst aneinander gewöhnen müssen, aber inzwischen kamen sie doch eigentlich ganz gut zurecht. Carter wusste, dass sein Vater zu ihm stand und ihn nie wieder gehen lassen würde. Felicia sorgte dafür, dass sie sich alle wie eine Familie fühlten. Was wollte der Junge denn noch?

„Wir haben die Umgebung in Quadrate aufgeteilt", erklärte Polizeichefin Barns durch ihr Megafon. „Außerdem gibt es ein paar weiter entfernt liegende Gebiete, die wir ebenfalls in die Suche einbeziehen. Das Gebiet, das entlang der Straße an Gideons Haus liegt, übernimmt Justice mit seinem Team. Consuelo, dich möchte ich bitten, das Sommercamp abzusuchen. Nimm dir einen Vater oder eine Mutter von einem der Kinder aus dem Camp mit."

Gideon lief unruhig auf und ab. Er konnte es nicht erwarten, sein Suchgebiet zugeteilt zu bekommen. Irgendwie wurde er das Gefühl nicht los, dass ihm etwas entging. Dass das *Warum* der ganzen Aktion direkt vor ihm lag, er aber zu blind war, um es zu sehen.

„Ihr solltet in den Höhlen der Castle Ranch nachsehen", erklärte Bürgermeisterin Marsha an Felicia gewandt. „Wenn ich ein kleiner Junge wäre, würde ich mich dort verstecken."

„Höhlen?", fragte Felicia mit kieksender Stimme. „Das klingt gefährlich."

„Sie sind nicht sonderlich tief. Heidi nutzt einige von ihnen, um ihren Käse darin reifen zu lassen. Sie sind eigentlich sehr sicher – im letzten Jahr wurden sie von vielen Menschen besucht, als wir ..." Sie presste die Lippen zusammen. „Das ist jetzt nicht wichtig. Fahrt schon mal los, ich sage Alice Bescheid."

„Ich komme mit", sagte Kent grimmig.

Gideon nahm Felicia bei der Hand und zog sie zu seinem Truck. „Die Höhlen sind so gut wie jeder andere Ort, um mit der Suche zu beginnen", sagte er. Er musste etwas unternehmen, sich bewegen. Nur herumzustehen brachte sie nicht weiter.

„Ich will nicht einfach drauflossuchen", sagte Felicia. „Es ist schon spät, und wir müssen ihn schnellstmöglich finden."

Obwohl es Ende August nachts nicht wirklich kalt war, lag doch ein kühler Hauch in der Luft. Was, wenn Carter Angst hatte? Was, wenn ihm etwas zugestoßen war? Was, wenn er verletzt war?

Gideon schüttelte die Fragen ab. Er hatte seit Jahren an keinem Einsatz mehr teilgenommen. Aber er wusste noch, wie es ging. Wichtig war vor allem, sich zu konzentrieren. Felicia kannte sich zwar mit der Koordination aus, aber er hatte die Erfahrung im Feld.

„Wie überleben die Menschen so etwas nur?", fragte sie, als sie sich auf den Beifahrersitz setzte und die Tür zuzog. „Diese Ungewissheit. Das ist grausam."

„Ich denke, wir werden die beiden bald finden. Sie verstecken sich garantiert in irgendeinem Schuppen."

Kent knallte die hintere Wagentür geräuschvoll zu. „Ich sag euch eines, Reese wird das Tageslicht nicht vor seinem fünfunddreißigsten Geburtstag wiedersehen."

Sie fuhren zur Ranch hinaus.

Als sie dort ankamen, wurden sie schon erwartet. Rafe Stryker hatte bereits einige Taschenlampen zusammengesucht, und seine Frau Heidi zeigte ihnen eine Karte der Höhlen, die vor Jahren angefertigt worden war.

„Hier lagere ich meinen Käse", sagte sie und zeigte auf die entsprechende Stelle. „Ich war gerade erst heute Morgen dort."

„Da war Carter noch nicht abgehauen", erklärte Gideon ihr. „Sondern gemeinsam mit mir beim Festival."

„Seht ihr, wie sich der Gang hier gabelt?", fragte Rafe. Er fuhr die Linie mit dem Finger nach. „Heidi geht immer in die südliche Richtung, aber es gibt eine ganze Reihe Verbindungsgänge, die nach Norden führen. Wenn die Jungen in den Höhlen sind, finden wir sie irgendwo dort."

Shane, Rafes Bruder, gesellte sich zu ihnen. Gemeinsam gingen sie an der Scheune und einem Gebäude vorbei, bei dem es sich laut Heidi um den Ziegenstall handelte. Dahinter führte der Weg direkt auf die Höhleneingänge zu. Alle schalteten ihre Taschenlampen an. Drei Minuten später erreichten sie die Gabelung. Heidi und Rafe gingen voran.

„Hier entlang", sagte Heidi. „Letzten Sommer habe ich einige Zeit in diesen Höhlen verbracht. Es gab hier ein paar sehr alte Höhlenmalereien." Sie brach ab. „Ist auch nicht so wichtig."

Felicia schloss zu Gideon auf. Er nahm ihre Hand, die sie drückte, dann gingen sie gemeinsam weiter.

Nach ein paar Hundert Metern hörten sie etwas.

„Seid mal ruhig", sagte Gideon.

„Ich habe es auch gehört", murmelte Felicia.

Die Gruppe wurde ganz still. In der Ferne war leise Musik zu hören.

„Hier entlang", sagte Gideon und zeigte auf einen schmalen Gang.

„Carter!", rief Felicia und fing an zu rennen.

Gideon hielt problemlos mit ihr Schritt. Automatisch griff seine rechte Hand nach der nicht vorhandenen Waffe. Das Ergebnis jahrelangen Trainings, dachte er grimmig. Doch heute gab es keine Waffen – und keine Feinde.

„Carter!", rief Felicia erneut und lief schneller.

Gideon hielt sich dicht hinter ihr. Sie bogen um eine Ecke und stolperten in eine große Höhle mit hoher Decke. Carter und Reese saßen auf ihren Schlafsäcken und spielten ein Spiel auf dem Laptop, aus dessen Lautsprechern laute Musik dröhnte. Neben ihnen standen zwei Laternen und eine Kühlbox.

Als die Erwachsenen in die Höhle stürmten, rappelten sich die beiden Teenager auf. Felicia eilte auf Carter zu und zog ihn in ihre Arme.

„Was hast du dir nur gedacht?“, wollte sie von ihm wissen, während sie sein Gesicht berührte, seine Schultern. „Einfach wegzulaufen. Das war grausam. Als ich deine Nachricht gelesen habe …“

Kent murmelte etwas, das fast wie ein Fluch klang, während er seine Arme nach Reese ausstreckte. Vater und Sohn umarmten einander.

Der Rest des Teams versammelte sich um sie. Felicia konnte nicht aufhören, Carter immer wieder zu berühren, als wollte sie sichergehen, dass er es war. Dann fing sie an zu weinen.

Sofort trat Carter einen Schritt zurück und schaute sie erschrocken an. „Es tut mir leid“, sagte er. „Bitte weine doch nicht.“

„Ich hatte solche Angst“, gab sie zu. Ihre Stimme zitterte.

„Das wollte ich nicht.“

„Tja, schade, denn wenn du es gewollt hättest, hättest du dein Ziel erreicht. Oh Carter.“ Sie umarmte ihn erneut. „Du weißt, dass du dafür bestraft wirst, oder?“

Er nickte.

„Okay. Und du musst schwören, so etwas nie wieder zu tun.“ Sie nahm sein Gesicht in beide Hände. „Ich liebe dich. Das musst du endlich begreifen.“

Tränen füllten seine Augen. „Ich hab dich auch lieb. Und es tut mir leid.“

„Mir auch“, sagte Reese zu seinem Vater. „Es war eine dumme Idee.“

„Ja, das war es, mein Lieber. Du hast auf jeden Fall erst einmal Hausarrest. Alles Weitere sehen wir dann.“

Rafe nickte in Richtung Ausgang. „Ich informiere die anderen, dass wir die Jungen gefunden haben.“

Gideon beobachtete alles vom Rand des Geschehens aus. Er war zwar körperlich anwesend, fühlte sich aber dennoch seltsam losgelöst von den Ereignissen. Felicias Gefühle waren ihr deutlich anzusehen. Er dagegen fühlte nichts. Sicher, er war froh, dass den Jungs nichts passiert war, aber er hatte nicht diese enge Verbindung zu anderen Menschen. Dazu war er viel zu weit entfernt.

Und dann erkannte er es: Was auch immer man ihm angetan hatte. Was auch immer aus ihm herausgeprügelt worden war. Was auch immer ihm ermöglicht hatte, zu überleben, als die anderen gestorben waren. Es lag nicht daran, dass er stärker war als sie. Es lag daran, dass mit ihm etwas nicht stimmte. Er war nicht wie andere Menschen. Sie alle hatten geliebt, und diese Liebe zu verlieren hatte sie zerstört. In seinen Augen waren sie schwach gewesen. Doch da hatte er sich geirrt. Sie waren einfach nur zutiefst menschlich gewesen.

Im Gegensatz zu ihm.

Er hatte nicht die gleichen Gefühle, die gleichen Bedürfnisse. Vielleicht hatte er diesen Makel schon immer besessen, und die Folter hatte ihn nur ans Tageslicht gebracht. Vielleicht war er vorher auch etwas unversehrter gewesen und durch das, was man ihm angetan hatte, gebrochen worden. Er wusste es nicht, und es spielte auch keine Rolle. Nichts spielte eine Rolle. Außer, dass er jetzt ein Kind hatte.

Was sollte er wegen Carter jetzt unternehmen? Er hatte nicht die leiseste Ahnung.

Sie brauchten nicht lange, um zum Park zurückzukehren. Beinahe alle, die bei der Suche geholfen hatten, wollten die Jungen sehen, wie um sicherzugehen, dass es ihnen auch wirklich gut ging. Carter blieb die ganze Zeit in Felicias Nähe, als wenn sie beide die Sicherheit des anderen bräuchten.

Schließlich forderte die Bürgermeisterin die Menschen auf, nach Hause zu gehen.

„Es ist schon spät“, sagte sie. „Morgen ist ein Arbeitstag, und wir alle müssen früh raus.“ Sie schaute Carter an. „Hast du bekommen, was du wolltest?“

Gideon runzelte die Stirn, und Felicia wirkte verwirrt, aber Carter errötete.

„Ich weiß nicht, was Sie meinen“, erwiderte er, doch dann

zuckte er mit den Schultern. „Keine Ahnung.“ Er lächelte. „Felicia hat gesagt, dass sie mich liebt.“

„Hast du je daran gezweifelt?“, wollte die Bürgermeisterin wissen.

„Schon eine ganze Weile nicht mehr.“ Er drehte sich unerwartet zu Gideon um. „Dad, hattest du Angst, als ich weg war?“

Gideon spürte die Falle und wusste nicht, wie er sie umgehen sollte.

„Ich verstehe das nicht“, sagte Felicia. „Wovon redest du da? Natürlich hatte er Angst. So wie wir alle.“

„Das meint er nicht“, entgegnete Gideon steif, als alle Puzzleteile an ihren Platz fielen. Ich hätte dafür nicht so lange brauchen dürfen, sagte er sich. Es war ja nicht so, als ob sein Sohn sonderlich subtil vorgegangen wäre.

„Er will uns zusammenbringen“, erklärte er Felicia. „Er will, dass wir heiraten, damit er eine Familie hat. Darum ging es heute Nacht. Uns so eine Angst einzujagen, dass wir unsere Gefühle erkennen.“

Felicia hätte nicht gedacht, noch irgendwelche Gefühle übrig zu haben. Das Auf und Ab der letzten Stunden, ganz zu schweigen von dem langen Festivalwochenende, hatten sie total ausgelaugt. Doch offensichtlich war noch Platz für Überraschungen.

„Er hat recht“, sagte Bürgermeisterin Marsha leise. „Das ist genau das, was Carter will. Wir haben uns ein wenig darüber unterhalten. Das Einzige, was ein Kind sich wünscht, ist Stabilität.“ Sie lächelte. „Okay. Die meisten Kinder wünschen sich zwei Dinge. Liebe gehört nämlich auch dazu. Was gerade passiert, ist sehr verwirrend für Carter. Deshalb muss er wissen, wie die Dinge stehen.“

Heiraten oder sich trennen, dachte Felicia, wobei sie kaum in der Lage war, diese Informationen zu verarbeiten.

„Wir werden uns darüber unterhalten“, erwiderte sie.

Gideon sagte nichts.

Gemeinsam gingen sie zum Truck. Carter setzte sich auf den Rücksitz, Felicia auf den Beifahrersitz, und Gideon setzte sich hinters Steuer. Keiner von ihnen sprach.

Die Fahrt den Berg hinauf nahm sie nur verschwommen wahr. Doch als sie in die Auffahrt einbogen, erkannte sie, dass sie nicht nach der Antwort suchen musste – sie hatte sie schon die ganze Zeit über gehabt.

Carter zu sagen, dass sie ihn liebte, war spontan gewesen. Ein Gefühlsausbruch, der sich einfach nur völlig richtig angefühlt hatte. Sie war vielleicht nicht die beste Mutter der Stadt, aber inzwischen wusste sie schon etwas besser, wie man ein Kind unterstützte und ihm Grenzen setzte. Ja, sie liebte Carter. Sie würde alles für ihn tun. Sie würde ihr Leben für ihn geben, wenn es nötig war.

Aber als sie jetzt in ihr Herz hineinhorchte, merkte sie, dass da noch mehr Liebe war, wenn auch auf eine völlig andere Weise. Es gab noch einen Menschen, den sie liebte. Und immer schon geliebt hatte.

Gideon.

Vom ersten Moment an, als sie ihn in der Bar in Thailand angesprochen hatte, war er ein Teil ihres Lebens gewesen. Er hatte dafür gesorgt, dass sie sich in ihrer Haut wohlfühlte, er hatte mit ihr gelacht, ihr Dinge beigebracht und ihr das Gefühl von Sicherheit vermittelt. Wenn sie daran gezweifelt hatte, ob es ihr gelingen würde, sich anzupassen, oder wenn sie nicht gewusst hatte, wohin sie gehörte – bei ihm hatte sie sich immer zu Hause gefühlt. Ihn zu lieben war so leicht, dass sie die Symptome nicht erkannt hatte.

Er hielt den Wagen an. Felicia drehte sich zu ihm, um es ihm zu sagen, doch dann wurde ihr klar, dass sie nicht alleine waren. Ein schneller Blick über die Schulter fiel auf einen sehr müden Teenager, der kaum aus dem Wagen aussteigen konnte.

„Könnt ihr mich morgen bestrafen?“, fragte Carter und gähnte herzhaft.

„Klar.“

„Danke."

Er umarmte Felicia, gab ihr sein Handy und ging ins Haus.

„Wieso gibt er dir sein Handy?", fragte Gideon, während sie Carter folgten.

„Ich bin mir nicht sicher. Ich schätze, er geht davon aus, dass er es, während er Hausarrest hat, sowieso abgeben muss." Sie runzelte die Stirn. „Ich weiß überhaupt nicht, was Hausarrest eigentlich so richtig bedeutet. Da muss ich noch mal ein wenig recherchieren."

Gideon schloss die Haustür hinter ihnen. Dann standen sie im Wohnzimmer, darauf bedacht, einander nicht anzuschauen. Spannung lag in der Luft, und Felicia fühlte sich unbehaglich und unsicher.

„Was die Bürgermeisterin gesagt hat …", setzte sie an.

„Ich weiß, was Carter denkt", sagte er gleichzeitig.

„Du zuerst", murmelte sie.

Er ging in Richtung Küche und drehte sich dann wieder zu Felicia um. „Die Bürgermeisterin hat recht. Carter braucht Stabilität."

Felicia spürte, wie Freude in ihr hochsprudelte. Sie würde wirklich alles bekommen. Einen Mann, den sie liebte, ein Kind und einen Platz, an den sie gehörte. Denn die Stadt war nicht nur zu ihrer Unterstützung geeilt, sondern wollte ihnen allen dreien helfen. Solange sie in Fool's Gold lebten, würde es immer Menschen geben, die sich um sie kümmerten.

„Unsere Beziehung verwirrt ihn", fuhr Gideon fort. „Morgen früh werde ich mit ihm reden. Ich werde ihm erklären, dass es keine Hochzeit geben wird. Jedenfalls nicht bei uns beiden. Ich habe dich um Hilfe gebeten, und du warst für mich da, Felicia. Das weiß ich sehr zu schätzen. Ich möchte dir nicht länger im Weg stehen. Mir ist klar, dass du den richtigen Mann finden und sesshaft werden willst. Und das ist etwas, das es mit mir niemals geben wird."

Der Schmerz war so scharf, dass er fast nicht wehtat. Es war mehr ein abstraktes Konzept als ein konkretes Gefühl. Aber die

Vorahnung auf die folgende Qual machte sich bereits flüsternd an den Rändern ihres Bewusstseins bemerkbar, und Felicia wusste, dass es nicht mehr lange dauern konnte. Dann würde der Schock abklingen, die Betäubung nachlassen. Und alles, was dann noch von ihr übrig blieb, war eine einzige offene Wunde.

„Du willst, dass ich gehe."

Es war keine Frage. Ein Teil von ihr wunderte sich, dass sie überhaupt noch sprechen konnte.

„Ich möchte dich nicht ausnutzen."

Gideon versuchte, der nette Kerl zu sein, der nur auf ihr Wohl bedacht war. Doch das war er nicht. Keines von beiden. Er wollte, dass sie ging, weil er nicht glaubte, so werden zu können wie alle anderen. Das hatte sie von Anfang an gewusst. Warum hatte sie sich dann erlaubt, es zu vergessen?

Sie erinnerte sich daran, wie sie Consuelo erzählt hatte, dass ihr ein gebrochenes Herz nichts ausmachen würde. Dass sie einfach wissen wollte, wie es war, verliebt zu sein, und dass sie die Konsequenzen freudig ertragen würde. Ihre Freundin hatte sie gewarnt, aber sie hatte nicht zugehört. Sie war sich so sicher gewesen, damit zurechtzukommen. Aber da hatte sie auch noch nicht gewusst, wie es sich anfühlte.

„Wir reden morgen weiter", sagte Gideon. „Du brauchst ein wenig Schlaf. Du bist erschöpft."

Schlaf? Sie würde nie wieder Schlaf finden.

„Nein", sagte sie. „Ich gehe jetzt gleich."

„Felicia, nicht. Es ist zu spät."

Er kam auf sie zu, aber sie trat einen Schritt zurück. Sie ertrug es nicht, jetzt von ihm berührt zu werden. Nein, dachte sie erschauernd. Sie wünschte sich seine Berührung so verzweifelt, dass es ihr fast den Atem raubte. Aber in der Sekunde, in der sie seine Hände auf ihrem Körper spürte, würde sie auch noch das letzte bisschen Kraft verlieren, das ihr geblieben war. Sie würde betteln und flehen, Diagramme und Flowcharts erstellen, um ihm zu zeigen, dass er sich irrte. Dass das hier für sie drei so richtig war.

Carter. Sie presste die Augen zu. Sie würde sich von ihm verabschieden müssen.

Doch erst packe ich, dachte sie. Ein Schritt nach dem anderen. Sie musste sich jetzt beruhigen. Und dann musste sie Carter verständlich machen, dass er in ihrem Leben und ihrem Zuhause immer willkommen war. Dass er sie jederzeit besuchen und bei ihr übernachten durfte, dass sie jeden Tag miteinander sprechen würden.

Tränen brannten in ihren Augen, aber sie weigerte sich, dem bohrenden Schmerz nachzugeben. Dafür war später noch ausreichend Zeit. Jetzt musste sie erst einmal das hier hinter sich bringen.

Carter ließ sich gegen die Flurwand sinken. Enttäuschung schnürte ihm die Kehle zu. Jetzt wusste er auch nicht mehr weiter. Er hatte keine Idee mehr, wie er Gideon dazu bringen konnte, zu sehen, was wirklich wichtig war.

Er drehte sich um und ging in sein Zimmer, wo er schnell seinen Computer und ein paar Klamotten einpackte. Der Rest konnte warten. Wahrscheinlich interessierte es Gideon sowieso nicht, ob er später noch einmal zurückkam, um die Sachen zu holen. Nachdem er den Reißverschluss seines Rucksacks zugezogen hatte, ging er den Flur hinunter zum Schlafzimmer der Erwachsenen.

Gideon stand vor der Tür. „Du musst das nicht tun", sagte er.

Carter hörte Felicias Antwort nicht, doch er war sich ziemlich sicher, wie sie lautete: dass ihr nämlich keine andere Wahl blieb.

Carter holte tief Luft und ging an seinem Vater vorbei hinein ins Schlafzimmer. Felicia schaute auf.

„Carter, was tust du …" Ihr Blick fiel auf seinen Rucksack. „Du hast es gehört."

Er nickte.

„Du musst nicht gehen, Carter. Das hier ist dein Zuhause. Gideon ist dein Vater. Er will dich bei sich haben."

„Wenn er dich nicht lieben kann, kann er mich auch nicht lieben. Ich bin ein Kind, Felicia. Ich muss bei jemandem sein, der mich lieb hat." Sein Herz stockte, als ihm bewusst wurde, dass sie die Worte vielleicht einfach nur gesagt hatte, ohne sie so zu meinen. „Das heißt, wenn du mich willst."

„Oh Carter. Ich liebe dich, natürlich kannst du bei mir wohnen."

Er konnte sich nicht erinnern, sich bewegt zu haben, aber mit einem Mal lag er in ihren Armen und klammerte sich an ihr fest, und keiner von ihnen wollte loslassen. Er hatte alles gewollt – eine Mutter, einen Vater und ein Zuhause. Aber zwei von drei Dingen war auch nicht so schlecht.

20. KAPITEL

Gideon wartete bis zum Einbruch der Morgendämmerung, bevor er laufen ging. Eigentlich hatte er früher losgewollt, aber er wusste, dass es dumm war, im Dunkeln einen Bergpfad hinaufzulaufen. Mal ganz abgesehen von dem Genickbruch, den er dabei riskierte, wollte er nicht, dass zum zweiten Mal innerhalb von vierundzwanzig Stunden ein Suchtrupp losgeschickt werden musste.

Sobald die Sonne jedoch über den ersten Berggipfel geklettert war, lief er los. Er quälte sich bewusst, fing bald schon an zu schwitzen, und auch sein Atem ging immer schwerer.

Das unebene Terrain forderte seinen Körper heraus, ließ seinem Geist aber Platz, sich auf Wanderschaft zu begeben. Nachzudenken und zu spekulieren. Was taten die beiden wohl gerade?

Die ganze Nacht durch war er rastlos durchs Haus getigert. Ein paarmal hatte er den Versuch unternommen, zu schlafen, aber vergebens. Der Ort, der einst sein sicherer Hafen gewesen war, war nun viel zu groß, viel zu leer. Die Stille hatte ihn erdrückt, bis er sich gewünscht hatte, woanders zu sein.

Er stolperte über eine Wurzel und fiel auf ein Knie. Der scharfe Schmerz brachte ihn sofort wieder auf die Füße, und er lief weiter. Blut tropfte an seinem Bein hinunter, doch er ignorierte es. Ignorierte alles. Er konnte allem davonlaufen. Das musste er zumindest glauben.

Sie waren weg, weil er sie gebeten hatte, zu gehen. Er konnte nicht das sein, was Carter und Felicia brauchten. Dafür war von ihm nicht genügend übrig. Und nun waren sie also fort. Das war die richtige Entscheidung gewesen, und er sollte glücklich sein. Oder zumindest erleichtert.

Doch das war er nicht. Er fühlte sich leer und hohl, innerlich zerbrochen. Ein Mann, der zum Rand der Hölle gereist und nie wirklich zurückgekommen war. Man hatte ihn wenige Tage oder Stunden, bevor er sterben sollte, aus der Gefängniszelle gezerrt. Sein Blut war in den Boden seiner Peiniger gesickert, und das würde er nie vergessen können. Egal, was er dachte oder fühlte, er durfte nicht zulassen, dass jemand anderes damit in Berührung kam. Schon gar nicht Felicia oder Carter.

Irgendwann später kam er erschöpft und nass geschwitzt wieder am Haus an. Als er zwischen den Bäumen hindurchtrat, sah er seinen Truck vor dem Haus stehen.

Eine Sekunde lang erlaubte er sich zu hoffen, dass sie zurückgekehrt waren. Sie hatten gestern Abend seinen Truck genommen, weil Felicias Auto noch immer in der Stadt stand. Doch als er näher kam, wurde ihm klar, wie absurd dieser Gedanke war. Natürlich hatte Felicia den Wagen nicht zurückgebracht. Sie hatte Justice, Ford oder Angel gebeten, das zu übernehmen. Felicia hatte sich darum gekümmert, so wie sie sich immer um alles kümmerte. Aber sie war nicht zurückgekommen.

Verflixt! So kompliziert konnte es doch gar nicht sein. Mit gerunzelter Stirn versuchte Felicia, in ihrer eigenen Küche wieder zurechtzukommen. Sie hatte so lange bei Gideon gewohnt, dass ihr kleines gemietetes Reihenhaus ihr gar nicht mehr wie ihr Zuhause vorkam. Als sie die Schranktüren öffnete und die Speisekammer inspizierte, fiel ihr auf, dass ihr die meisten Kochutensilien fehlten, an die sie sich inzwischen so gewöhnt hatte. Und die Küche an sich war auch viel zu klein.

Sie hatte das Häuschen damals gemietet, bevor sie gewusst hatte, ob sie sich in Fool's Gold einleben könnte. Es war ganz einfach gehalten, mit zwei Schlafzimmern und einem kleinen Wohn-Esszimmer. Die Möbel waren modern und sehr maskulin. Der Besitzer, ein Firmenanwalt namens Dante Jefferson, hatte kürzlich geheiratet und war mit seiner Frau zusammengezogen.

Sie hörte Schritte auf der Treppe. Carter kam in die Küche und rieb sich die Augen. Er trug ein weites T-Shirt und eine Schlafanzughose. Seine Haare waren zerzaust, die Augen gerötet.

„Hast du ein wenig schlafen können?", fragte sie.

„Ja, ein bisschen."

Er hatte offensichtlich geweint, aber darauf würde sie ihn nicht ansprechen.

„Hast du Hunger?" Sie ging zum Kühlschrank und zog die Tür auf. „Ich habe nichts da, also dachte ich, wir gehen irgendwo frühstücken und halten danach am Supermarkt. Außerdem würde ich mit dir gerne darüber reden, ob wir nicht umziehen sollten. Ich habe dieses Haus gemietet, als ich noch alleine war. Ich denke, zusammen brauchen wir etwas mehr Platz. Einen größeren Wohnbereich und vor allem ein größeres Zimmer für dich. Ein Garten für den Hund wäre auch schön."

Er schaute sie fassungslos an. „Du willst mich wirklich behalten?", fragte er.

„Aber Carter, das habe ich dir doch schon gestern Abend erzählt. Du kannst für immer bei mir bleiben, wenn du willst."

„Ich will." Er schaute sich um. „Hier ist es ganz nett, aber die Küche ist zu klein. Wo sollst du hier denn all deine Kochsachen unterbringen?"

„Ich weiß."

Er trat unruhig von einem Fuß auf den anderen. „Kannst du dir denn etwas Größeres leisten? Denn wenn nicht, ist dieses Haus hier vollkommen in Ordnung."

Sie drückte seine Schulter. „Mach dir keine Sorgen ums Geld. Ich habe mein eigenes Einkommen, seitdem ich etwas älter war als du. Vor Jahren habe ich mal ein paar Patente entwickelt, die bringen mir zusätzlich zu meinem Gehalt jedes Quartal nette Zahlungen ein. Dazu kommen die Tantiemen für die Fachbücher, die ich geschrieben habe."

Seine Augen leuchteten auf. „Bist du reich?"

„Nein, aber wir können uns durchaus ein größeres Haus leisten."

„Cool!" Er rannte zur Treppe. „Gib mir zehn Minuten, dann können wir los."

Sie lehnte sich gegen die Arbeitsplatte und sagte sich, dass alles gut werden würde. Sie war stark und talentiert, und sie hatte

Menschen, die sie unterstützten. Sobald ihre Freunde herausfänden, was passiert war, würden sie ihr mit Liebe und Zuspruch beistehen. Und vermutlich mit einer Kühltruhe voll Aufläufen.

Sie hatte keine empirischen Belege, aber trotzdem stimmte ihre Vermutung. Das spürte sie ganz genau. Sobald ihre Freunde wussten, was passiert war, würden sie für sie da sein. Bis dahin, bis sie den Mut aufgebracht hatte, ihnen zu erzählen, dass sie sich in Gideon und der Sache mit dem gebrochenen Herz geirrt hatte, würde sie sich um Carter kümmern. Sie würde dafür sorgen, dass er sich gut bei ihr einlebte. Und nebenbei würde sie versuchen, herauszufinden, wie man weiteratmete, obwohl einem der Verlust des einzigen Menschen, den man je geliebt hatte, die Luft abschnürte.

Nach drei Tagen fuhr Gideon das erste Mal wieder in die Stadt. Ohne Felicia und Carter bei sich fühlte er sich nackt, aber das war ja der Sinn dieses Ausflugs. Er war bereit, es mit allem aufzunehmen, was da kommen mochte. Mit den Steinen, die man bestimmt nach ihm werfen würde. Er hatte sich wie ein Mistkerl verhalten und verdiente es, dementsprechend bestraft zu werden.

Felicia hatte gelitten. Seinetwegen. Er hatte nur an sich gedacht, daran, was er wollte, und keinen Gedanken an ihre Gefühle verschwendet. Er wusste zwar noch immer nicht genau, was sie sich gewünscht oder von ihm erwartet hatte, aber ganz sicher nicht, ohne Vorwarnung verlassen zu werden. Er schuldete ihr eine Erklärung. Und wenn ihm auf dem Weg zu ihr die geballte Wut von Fool's Gold entgegenschlug – nun, dann war es eben so. Er würde sich bei Felicia entschuldigen. Und sich von da an aus ihrem Leben fernhalten.

Während er am Park vorbeiging, überlegte er, kurz im *Brew-haha* vorbeizuschauen. Patience war Felicias Freundin. Sie würde ihm sicher etwas zu sagen haben. Aber bevor er den Gedanken in die Tat umsetzen konnte, erblickte er Eddie und Gladys, die ihm fröhlich zuwinkten und dann weiter ihres Weges zogen. Ein paar andere Bewohner nickten ihm im Vorbeigehen zu, und irgendjemand rief ihm sogar einen Gruß hinterher.

Niemand war sauer. Niemand schrie ihn an. Er hatte keine Ahnung, warum. Außer, Felicia hatte noch niemandem etwas gesagt.

Bei dem Gedanken, dass sie das alles ganz allein durchmachen musste, zog sich seine Brust zusammen. Er wusste zwar nicht, ob sie in ihn verliebt war, aber er wusste, dass sie ihn mochte. Felicia hielt nie mit etwas hinterm Berg. Also musste sie verletzt sein. Und brauchte dementsprechend jemanden, mit dem sie reden konnte. Er sollte dringend mit Patience sprechen und sicherstellen, dass sie es erfuhr.

Entschlossen drehte er sich um und ging in Richtung Coffeeshop. Doch gerade, als er die Straße überquert hatte, trat Justice aus der Tür und kam auf ihn zu.

Sein Schritt war so entschlossen, dass Gideon wusste, dieses Treffen war kein Zufall. Justice hatte auf ihn gewartet. Justice, für den Felicia wie eine Schwester war.

Da kann ich mich auf etwas gefasst machen, dachte Gideon. Doch er war mehr als bereit, sich Justice' Zorn zu stellen. Er würde sich nicht verteidigen. Er würde alles akzeptieren, was sein Freund sagte oder tat. Und wenn es vorbei war, würde er sich hoffentlich besser fühlen.

Justice blieb direkt vor ihm stehen. „Komm, wir müssen reden", sagte er und zeigte die Straße entlang.

Gideon nickte und passte sich Justice' Schritten an. Er wusste nicht, wohin sie gingen, und es war ihm auch egal. Vielleicht zu CDS, wo Justice ihn sich in einer stillen Ecke der Trainingshalle vornehmen würde. Oder irgendwo in den Wald. Er war nicht beunruhigt. Justice konnte ihm nichts antun, was ihm nicht schon tausendmal angetan worden war. Und in diesem Fall hatte er es sogar verdient.

Doch statt in eine dunkle Seitengasse einzubiegen – die an einem sonnigen Mittwochnachmittag in Fool's Gold auch schwer zu finden gewesen wäre –, kehrte Justice in *Jo's Bar* ein und durchquerte den Hauptraum.

Normalerweise mied Gideon diesen Ort. Zu viele Menschen, zu viel Licht, und tagsüber gab es in *Jo's Bar* auch noch eine Spielecke für kleine Kinder. Justice ging an alldem vorbei. Als er endlich stehen blieb, befanden sie sich in einem wesentlich kleineren Raum. Nur an einer Wand gab es weit oben eine Reihe von Fenstern. Auf den Flachbildfernsehern liefen ESPN und Autoauktionen. Ein paar ältere Männer saßen an der Bar und hielten sich an ihrem Bier fest.

„Was kann ich euch bringen?", fragte der Barkeeper.

Er sah irgendwie bekannt aus, aber Gideon brauchte einen Moment, um ihn zuzuordnen. „Morgan? Solltest du nicht in deinem Buchladen sein?"

„Später", sagte der weißhaarige Mann mit einem Lächeln. „Erst habe ich hier noch was zu tun."

Justice setzte sich auf einen der Barhocker. „Wir nehmen das Gleiche wie die beiden", sagte er mit einem Nicken in Richtung der älteren Männer.

Morgan zapfte zwei Biere und schob die Gläser über die Bar. Justice nahm eines, Gideon ignorierte das andere.

„Es ist kein Zufall, dass wir uns hier treffen", sagte er.

Morgan nickte. „Gut. Du bist nicht dumm. Der Gedanke, dass Felicia sich mit einem Trottel einlassen würde, wäre auch zu schmerzhaft."

Gideon spürte, wie ihm der Mund offen stehen blieb. „Du kennst Felicia?"

„Sicher. Sie kommt oft in meinen Laden. Sie liest lieber Bücher aus Papier als E-Books. Ich mag die Frau." Morgans Lächeln kehrte zurück. „Sie hat einen außergewöhnlichen Geschmack."

„So kann man das auch nennen", murmelte Justice.

Morgan krempelte seinen Ärmel hoch und enthüllte ein Tattoo von einer Bikinischönheit. „Das habe ich mir auf den Philippinen machen lassen. Gute Arbeit. Das war nach meiner

Zeit in Vietnam. Ein ziemlich rauer Ort für ein Farmerkind aus Georgia. Verdammt, bevor Uncle Sam mich eingezogen hat, war ich noch nicht mal aus meinem Landkreis rausgekommen."

„Mein Bruder war auch drüben", warf einer der älteren Männer ein. „Aber meine Nummer ist nie gezogen worden." Er grinste und hob sein Bierglas.

Was auch immer hier los war, es gefiel ihm nicht. Hastig versuchte Gideon, von seinem Barhocker aufzustehen, doch Justice' Hand umklammerte seinen Unterarm wie ein Schraubstock und hielt ihn an Ort und Stelle.

Sich von ihm zu lösen wäre ein Leichtes gewesen. Gideon kannte die nötigen Handgriffe noch und hätte die Männer alle nach Luft schnappen lassen können. Er musterte Justice. Okay, vielleicht würde dieser Kampf etwas schwieriger werden. Dennoch standen seine Chancen nicht schlecht. Aber war es das, was er wollte?

Er entspannte sich wieder, und Justice ließ seinen Arm los.

„Das Leben als Zivilist war hart", fuhr Morgan fort. „Meine Freundin hatte einen anderen geheiratet. Ich hasste das Leben auf der Farm. Nachdem ich es irgendwann nicht mehr aushalten konnte, bin ich abgehauen. Per Anhalter durchs ganze Land. Ich hab Drogen genommen und wurde Alkoholiker. Irgendwann bekam ich aus einer ganz unvermuteten Richtung Hilfe, und es gelang mir, mich langsam aus dem Dreck zu ziehen. Dann habe ich Audrey kennengelernt."

Morgan lächelte. Sein Blick ging an ihnen vorbei zu etwas, das nur er sehen konnte. „Ein wunderschönes Mädchen. Zu gut für mich, also genau so eine Frau, wie jeder Mann sie heiraten sollte. Audrey hatte Geduld mit meinen Schwächen und liebte mich mehr, als ich es verdient hatte. Doch ich konnte diese Liebe nicht erwidern. Die Narben waren einfach zu tief."

Er schaute Gideon an. „Ich war ein Dummkopf, und dadurch hätte ich sie beinahe verloren. Erst als ich mit dem Gesicht voran wieder in der Gosse lag und mich kaum noch daran erinnerte, wie ich hieß, kam ich wieder zu Sinnen. Ich wäre beinahe an einer Alkoholvergiftung gestorben.“ Er lächelte. „Das ist jetzt fünfunddreißig Jahre her. Und ich habe sie jeden einzelnen Tag davon geliebt. Wir hatten nur siebzehn Jahre zusammen, dann hat der Krebs sie mir entrissen. Aber bevor sie starb, hat Audrey mir noch das Versprechen abgenommen, mich nie wieder meinen Dämonen hinzugeben. Dieses Versprechen habe ich gehalten.“

„Ich weiß, was Liebe einem antut“, murmelte Gideon.

„Nein, weißt du nicht“, widersprach Morgan ihm. „Wenn du es wüsstest, wärst du jetzt mit deinem hübschen Mädchen zusammen und würdest nicht mit uns hier in der Bar sitzen. Liebe macht dich stark. Liebe ist, wenn du mutig genug bist, alles, was du hast, zu offenbaren und es einfach zu riskieren. Ich hatte die Wahl: Ich konnte Audrey lieben oder in der Gosse bleiben und jung sterben. Du bist gerade in der Gosse, mein Freund. Der Unterschied ist nur, du siehst es nicht.“

Da irrst du dich, alter Mann, dachte Gideon. Natürlich wusste er, dass er sich bis zum Hals im Dreck befand. Das Problem war nur, dass es ihm nichts ausmachte. Denn er gehörte dahin. Er hatte es voll und ganz verdient.

Justice warf ein paar Dollarnoten auf den Tresen und stand auf.

„Hast du es von Patience erfahren?“, fragte Gideon.

Justice nickte. „Felicia hat es ihr gestern erzählt. Die Frauen hatten daraufhin eine ihrer legendären Versammlungen. Nach allem, was ich gehört habe, gab es gestern Abend viele Margaritas, Eiscreme und Beschimpfungen deiner Person. Heute haben sie alle einen Höllenkater, also würde ich mich an deiner Stelle von ihnen fernhalten.“ Er machte einen Schritt in Richtung Ausgang.

„Warte.“ Gideon erhob sich. „Willst du mich nicht schlagen oder so?“

„Es hat keinen Sinn, jemanden zu schlagen, der bereits am Boden liegt“, erwiderte sein Freund und ging.

Gideon drückte auf den Knopf, und die CD fing an zu spielen. „God Only Knows“ von den Beach Boys erklang. Der perfekte Soundtrack für seine Stimmung.

Er war den ganzen Tag ziellos durch die Stadt gelaufen und hatte abends sein Training absolviert. Jetzt war er erschöpft, aber nicht müde, ausgelaugt, aber nicht ruhig. Der Schmerz in seinem Inneren wollte einfach nicht weichen, und Schlaf zu finden war unmöglich. Er sehnte sich nach der einen Sache, die er niemals haben konnte. Und diese Sehnsucht wurde immer schlimmer. Morgan hatte völlig recht gehabt – er befand sich in der Gosse und wusste nicht, wie er da jemals wieder herauskommen sollte.

Ohne einen bestimmten Plan im Kopf drückte er den Knopf am Mischpult und aktivierte das Mikrofon. „Heute möchte ich ein wenig über die Vergangenheit sprechen. Über *meine* Vergangenheit.“

Er hielt inne, nicht sicher, was er als Nächstes sagen sollte. „Einige von euch wissen ja bereits, dass ich in der Army war. Dort habe ich Sachen gesehen und erlebt, die alles infrage gestellt haben, woran ich je glaubte. Ich wurde mit anderen Männern gefangen genommen. Mit guten Männern, die ihr Land und ihre Familien liebten. Sie sind gestorben. Ich habe als Einziger überlebt. Lange Zeit dachte ich, das hätte daran gelegen, dass die anderen ihre Familien nicht vergessen konnten. Sie vermissten sie, sehnten sich nach ihnen, riefen sie in ihrer Not. Geschwächt vom Fieber und den Wunden, dachten diese Männer, sie wären zu Hause und würden ihren Kindern Gutenachtgeschichten vorlesen. Aber das waren sie nicht. Sie waren in einer Zelle, und ich sah jeden Einzelnen von ihnen sterben. Bis ich der Letzte war, der übrig blieb. Denn in meinem Leben gab es niemanden, und ich dachte, darin läge meine Kraft.“

Er musste die Augen nicht schließen, um die Gesichter der Toten zu sehen. Sie begleiteten ihn Tag und Nacht. „Letztendlich weiß ich nicht, warum ich überlebt habe und sie nicht. Ich weiß nur, dass ich mir nach meiner Befreiung schwor, nie so zu werden wie sie. Ich wollte nicht den Schmerz spüren, den sie gespürt haben. Ich hatte meine Lektion gelernt."

Was, wenn ich damals schon von Carter gewusst hätte? überlegte Gideon grimmig. Wie viel schlimmer wäre es wohl gewesen? Wie ...

Stimmte das überhaupt? Er hatte niemanden gehabt, den er vermissen konnte, was er immer als Stärke angesehen hatte. Aber er hatte auch niemanden gehabt, für den es sich zu leben gelohnt hatte. Sobald er gerettet worden war, hatte es nichts gegeben, was ihn antrieb, außer das Wissen, überlebt zu haben.

Morgan hatte darüber gesprochen, wie schwer es gewesen war, sich wieder in die Gesellschaft einzufügen. Und dass Audrey ihn gerettet hatte. Hätte Carter einen Unterschied gemacht? Oder Felicia?

Die Lampe, die einen Anruf signalisierte, leuchtete auf. Gideon nahm an, dass er jetzt einiges zu hören bekommen würde, und drückte auf den Knopf.

„Findest du nicht, dass du schon genug gestraft worden bist?", fragte eine Frau. „Gideon, es gibt keinen Grund, dich schuldig zu fühlen, weil du überlebt hast und die anderen Männer nicht. Gott weiß, warum das so ist. Und wenn du zu viel Zeit damit verbringst, über diese Frage nachzugrübeln, vergeudest du das, was dir geschenkt worden ist: Zeit mit deinem Sohn und Felicia zu verbringen. Das ist dein eigentliches Verbrechen. Nicht, dass du mit dem Leben davongekommen bist. Sondern dass du dieses Leben nicht lebst."

Er erkannte die Stimme nicht und hatte keine Ahnung, wer die Frau war. „Okay", sagte er langsam. „Äh, danke für deinen Anruf."

Der zweite Anrufer war ein Mann. „Der Krieg ist die Hölle. Danke, dass du für uns gekämpft hast, mein Sohn. Ich danke allen, die ihr Leben für uns riskieren. Und jetzt lass die Vergangenheit hinter dir und geh auf das zu, was wirklich zählt. Wenn du alt bist und bereit, deinem Schöpfer gegenüberzutreten, wirst du nicht an das denken, was du getan oder was du besessen hast.

Sondern du wirst an diejenigen denken, die du geliebt hast. Also fang heute schon damit an."

Es folgten noch ein paar ähnliche Anrufe. Dann meldete sich ein junges Mädchen, das ihm mitteilte, er solle „weniger altes Zeug und mehr Justin Bieber" spielen.

„Ich werde mal sehen, was ich für dich tun kann", sagte er und legte auf.

Dann lehnte er sich in seinem Stuhl zurück. Das war es, worum es Felicia ging, begriff er plötzlich. Eine Gemeinschaft, die sich um einen kümmerte. Menschen, die einem sagten, wenn man sich idiotisch benahm, oder einen anfeuerten, wenn man auf der richtigen Spur war. Ein Sicherheitsnetz. Andere Menschen, die einen liebten, und deren Liebe man erwiderte.

Er holte tief Luft und stand auf. Bereit, ein Teil des Ganzen zu werden. Bereit, Liebe zu geben und zu empfangen. Und dann kehrten die Erinnerungen zurück. Die Schreie. Die Schmerzen. Das Wissen, dass er, obwohl sein Körper noch lebte, bereits aufgegeben hatte. Dass seine Seele längst gestorben war.

Die rote Lampe an der Wand leuchtete. Jemand war an der Hintertür. Trotz des Zitterns in seinen Händen gelang es Gideon, irgendwie den Kopfhörer abzureißen. So schnell er konnte, rannte er zur Tür. Er stieß sie auf und verzog das Gesicht.

„Ach, du", murmelte er.

Angel hob die Augenbrauen. „Ich hatte eine etwas andere Begrüßung erwartet."

„Und ich hatte eine andere Person erwartet."

Sein Freund musterte ihn. „Ja, das hast du wohl. Nimm es mir nicht übel, aber du bist auch nicht mein Typ. Ich bin hier, um den Rest deiner Schicht zu übernehmen."

„Wie meinst du das?"

„Du kannst ja nicht einfach nur Stille senden. Ich habe gesehen, wie du die CDs einlegst und auf *Play* drückst. Das kann ich auch."

„Zufällig bin ich aber selbst hier. Und ich habe auch nicht vor, wegzugehen."

Angel schüttelte den Kopf. „Du bist genauso dumm, wie du

aussiehst. Natürlich wirst du jetzt verschwinden. Weil einem eine Frau wie Felicia nämlich nur einmal im Leben über den Weg läuft. Und wenn du sie dir nicht schnappst, wird es jemand anderes tun. Du hast eine zweite Chance bekommen. Hat dir dieser Guru auf Bali denn gar nichts beigebracht? Die einzige Möglichkeit, um zu heilen, ist zu lieben und zu vertrauen."

„Als wenn du irgendetwas über die Liebe wüsstest." Gideon hielt inne. Zu spät erinnerte er sich, dass Angels Frau und Kind getötet worden waren. „Es tut mir leid", sagte er schnell. „Wirklich, es tut mir aufrichtig leid."

In Angels Augen blitzte etwas auf. Ein scharfer Schmerz, der in die Seele schnitt. Gideon erkannte ihn, weil er ihn selber schon verspürt hatte.

„Entschuldigung angenommen", sagte Angel. „Aber eines weiß ich ganz genau: Wenn du Felicia verlierst, wirst du das bis zum letzten Atemzug bedauern. Du hast endlich einen Ort gefunden, an den du gehörst. Doch ohne sie wirst du hier nicht bleiben können. Wie heißt es noch in diesem dummen Film? Sie gibt deinem Leben erst einen Sinn. Eigentlich ganz schön lächerlich, dass ich dir das erst erklären muss, Bruder. Im Ernst: Du hast eine Frau, die dich versteht, und ein Kind wie Carter. Und trotzdem weißt du nicht, was du tun sollst?"

Gideon fühlte sich, als hätte ihm jemand mit einem Kantholz gegen den Kopf gehauen. Eine Sekunde lang wurde die Welt um ihn herum dunkel und still und dann wieder ganz klar. Er hatte nach einer Antwort gesucht, warum er überlebt hatte. Doch es gab keine. Oder vielleicht gab es zwei: Carter und Felicia.

Er schaute seinen Freund an, der damals sein eigenes Leben riskiert hatte, um ihn aus dem Gefängnis der Taliban zu befreien.

„Ich bin dir was schuldig", sagte er leise.

„Ja, ich weiß. Und jetzt ab mit dir."

Gideon holte die Wagenschlüssel aus seiner Hosentasche und ging zum Parkplatz. Dort drehte er sich noch einmal um und rief: „Keine schmutzigen Lieder. Es hören auch Kinder zu."

Angel lachte.

Felicia fuhr zügig, aber vorsichtig. Sie bemühte sich, die erlaubte Geschwindigkeit um nicht mehr als fünf Meilen zu überschreiten. Zumindest nicht innerhalb der Stadtgrenzen.

„Das dauert ja ewig“, grummelte Carter.

„Ich will keinen Unfall verursachen.“

„Ich weiß. Tut mir leid. Ich bin nervös.“

So kann man es auch ausdrücken, dachte Felicia. Sie hätte eher „entsetzt“ gewählt. Denn während sie Gideon zugehört hatte, war ihr aufgegangen, dass sie genau das Falsche getan hatte. Wegzugehen war der leichte Weg. Klar, sie war verletzt gewesen, aber sie hatte auch Angst gehabt. Sie war nicht für sich selber eingestanden. Sie hatte ihm nicht gesagt, was sie wollte. Hatte ihm nicht deutlich gemacht, dass sie ihn liebte.

Gideon musste mit einer Vergangenheit klarkommen, die die meisten Menschen umgebracht hätte und zum Tod eines halben Dutzend ausgezeichneter Soldaten geführt hatte. Er würde nie wie alle anderen sein, aber deshalb liebte sie ihn ja so. Weil er so war, wie er nun einmal war.

Sie bog links ab, in Richtung Radiosender, als sie einen vertrauten Truck in Richtung Stadt fahren sah. Sofort trat sie auf die Bremse. Der Truckfahrer tat es ihr gleich.

In weniger als einer Sekunde war sie aus dem Auto und rannte über die Straße. Die Tür des Trucks wurde geöffnet, und Gideon stieg aus. Sie starrten einander einen Moment lang an. Irgendwo hinter sich hörte Felicia eine Autotür zufallen. Das war wahrscheinlich Carter, der sich zu ihnen gesellte.

Gideon sieht umwerfend aus, dachte sie mit schmerzendem Herzen. Groß und stark. Loyal. Er war umgeben von den Geistern der Vergangenheit, aber damit konnte sie umgehen. Gideon würde immer Probleme haben, aber niemand war besser im Planen als sie. Gemeinsam würden sie schon einen Weg finden.

„Ich habe deine Sendung angehört“, fing sie an. „Wir beide. Das war sehr mutig.“

„Nein. Die Wahrheit zu sagen ist nicht mutig.“

„Manchmal schon. Du wusstest ja nicht, wie die Zuhörer reagieren würden. Es hätte sein können, dass sie deine allergrößte Angst bestätigen: dass du es nicht verdient hast, zu überleben."

Er zuckte zusammen. „Woher weißt du das?"

„Du warst nicht dankbar, am Leben zu sein. Du hast versucht, die Vergangenheit hinter dir zu lassen, aber du hast unter Überlebenden-Syndrom gelitten und dich schuldig gefühlt. Ein natürliches Ergebnis dessen, was du durchgemacht hast."

„Lass mich raten: Du hast bereits ein Diagramm erstellt?"

„Ich könnte eines erstellen. Aber das will ich nicht." Sie hielt inne und streckte ihre Hand aus. Carter trat zu ihnen.

Gideon schaute seinen Sohn an. Ich habe ihm vieles zu erklären, dachte er. Aber das hatte noch Zeit. Jetzt war erst mal etwas anderes wichtig.

Er zog den Jungen an sich und hielt ihn ganz fest. „Ich lasse dich nie wieder gehen", versprach er. „Egal, was kommt. Ich bin so froh, dich in meinem Leben zu haben. Vielleicht fällt es dir jetzt schwer, mir das zu glauben. Aber ich werde dir beweisen, wie wichtig du mir bist. Ich hatte … ich hatte Angst. Angst, dich in mein Leben zu lassen. Angst, dich zu enttäuschen."

„Dad", murmelte Carter. „Wir kriegen das schon hin."

„Ja, das kriegen wir, mein Sohn. Das kriegen wir."

Felicia kämpfte gegen die Tränen an, während sie beobachtete, wie die beiden Menschen, die sie auf der Welt am meisten liebte, endlich zueinanderfanden. Es war so perfekt.

Sie atmete tief durch. Jetzt war sie an der Reihe, mutig zu sein. „Ich habe auch Geheimnisse gehabt. Ich habe dir nicht gesagt, dass ich dich liebe, Gideon. Aber das tue ich jetzt. Ich will, dass du, Carter und ich eine Familie sind. Ich möchte, dass wir heiraten und noch weitere Kinder bekommen."

Gideons Mundwinkel verzogen sich leicht nach oben. „Das klingt mir aber sehr nach einem Heiratsantrag."

„Oh. Daran hatte ich nicht gedacht. Es sollte eigentlich nur eine Information sein. Ich würde dir nie einen Antrag machen. In unserer Kultur ist das das Vorrecht des Mannes, auch wenn es stimmt, dass Frauen die Familien besser zusammenhalten als Männer. Frauen sind außerdem glücklicher, wenn sie alleine leben, wohingegen Männer sich in einer Partnerschaft wohler fühlen."

„Felicia", zischte Carter.

Sie drehte sich zu ihm um. „Was denn?"

„Du kommst vom Thema ab."

„Stimmt." Sie schaute wieder Gideon an. „Ich habe dir keinen Antrag gemacht."

Er grinste. „Solange wir uns da einig sind. Aber wenn ich dich richtig verstehe, ist es wissenschaftlich erwiesen, dass ich ohne dich nicht glücklich sein kann."

„Also so habe ich das nicht gemeint. Jedenfalls nicht genau so." Verflixt. Warum war das nur so schwer? Sie liebte ihn und wollte mit ihm zusammen sein. Denn dann würde der Schmerz in ihrem Inneren aufhören, und sie konnte ihm endlich ihr Herz schenken.

„Gideon, ich ..."

Er kam näher und legte einen Finger auf ihre Lippen. „Du musst jetzt einfach kurz mal still sein."

Seine andere Hand legte er an ihre Hüfte und zog sie dann an sich. Sie folgte ihm willig, denn sie musste seine Wärme spüren. In seinen Armen hatte sie ihr Zuhause gefunden. Ohne ihn fühlte sie sich leer und verloren. Um Carters willen würde sie stark bleiben, aber sie freute sich nicht auf den Kampf.

„Es tut mir leid, was du meinetwegen alles durchgemacht hast." Er schaute an ihr vorbei. „Und du auch, Carter."

„Ist schon okay, Dad."

Gideon lächelte. „Gut." Er drehte sich wieder um. „Felicia, du bist der ehrlichste und mutigste Mensch, den ich kenne. Du folgst immer deinem Herzen, selbst wenn der Weg viel schwerer ist. Dafür bewundere ich dich. Und ich wünsche mir so sehr, dass wir alle zusammen sind. Du und Carter und ich. Mein Sohn braucht dich. Ich brauche dich." Er schaute zu Carter, der nickte. „Wir lieben dich, Felicia."

Sie schlang ihre Arme um ihn und wusste, dass sie nie wieder loslassen wollte.

„Okay, Leute", verkündete Carter und grinste „Ich setze mich jetzt wieder ins Auto und schalte das Radio an. Falls ihr beide euch eine Weile küssen wollt oder so."

„Das würde ich sehr gerne", gab Gideon zu und senkte seinen Mund auf ihren.

Felicia ließ sich gegen ihn sinken. Ganz leise hörte sie Angels Stimme aus den Lautsprechern in Gideons Truck. „Dieses Lied ist für ein ganz besonderes Paar – sofern mein Kumpel nicht ein totaler Idiot ist, was durchaus im Bereich des Möglichen liegt."

Gideon lachte leise. „Ich frage mich, welches Lied er ..."

Da erklangen die ersten Töne von Sonny und Chers „I Got You, Babe". Gideon hob den Kopf und stöhnte. „Auf keinen Fall. Ich hasse diesen Song." Er berührte Felicias Wange. „Bitte zwing mich nicht, dazu auf unserer Hochzeit zu tanzen."

„War das ein Antrag?"

„Nein, aber es war das Versprechen auf einen Antrag. Ich dachte, ich mache das etwas intimer, wenn wir alleine sind." Er nahm ihre Hände in seine. „Bitte komm mit nach Hause, Felicia. Du fehlst mir so, und ich vermisse meinen Sohn."

„Darf ich fahren?", rief Carter aus dem Wagen herüber.

„Ich dachte, du wolltest nicht zuhören", stöhnte Gideon lächelnd.

„Tut mir leid."

Felicia schenkte Gideon ein breites Lächeln. „Wir fahren dir hinterher", sagte sie und löste sich widerstrebend von ihm.

„Auf gar keinen Fall", widersprach er. „Du fährst vor. Denn du bist die Frau, die den Weg nach Hause kennt."

– ENDE –

Lesen Sie auch:

Chelsea M. Cameron

My Favorite Mistake – Der beste Fehler meines Lebens

Im Buchhandel erhältlich

Band-Nr. 25749
9,99 € (D)
ISBN: 978-3-95649-014-9

1. KAPITEL

Bei meinem ersten Zusammentreffen mit Hunter Zaccadelli knallte ich ihm eine. Er hatte es aber auch wirklich verdient, sogar regelrecht danach verlangt. Als unsere vierte Mitbewohnerin uns drei Tage vor Collegebeginn sitzen ließ, dachten Darah, Renee und ich, die Zimmerverwaltung des Colleges würde sich schon darum kümmern und uns irgendeine unglückliche Seele zuweisen. Vermutlich ein armes Ding, das sich im letzten Moment entschlossen hatte, das College zu wechseln, um bei ihrem Freund sein zu können, oder jemand, dessen ursprüngliche Wohnungspläne sich zerschlagen hatten. Wir wussten nicht, was auf uns zukommen würde, doch die Person, der ich am Einzugstag die Tür öffnete, hatte ich ganz sicher nicht erwartet. Obwohl mir klar war, dass es auch gemischte Unterkünfte gab, hätte ich selbst in meinen wildesten Träumen nicht gedacht, dass uns das tatsächlich passieren würde.

Denn anstatt eines verzweifelten Mädchens stand er auf einmal da, komplett mit Armeekiste, Rucksack und Gitarre. Das war so klischeehaft, dass ich die drei Sekunden lang, die ich brauchte, um ihn einzuordnen, nichts sagte. Sein Haar war so kurz rasiert, dass er beinahe eine Glatze hatte, dazu trug er einen Dreitagebart. Seine Augen waren von einem stechenden Blau, und er war mindestens einen Kopf größer als ich mit meinen ein Meter fünfundfünfzig. All das wurde gekrönt durch ein großspuriges Lächeln. Genauso gut hätte er sich *Ärger* auf die Stirn tätowieren lassen können. Apropos Tattoos: Es war eines auf seinem Arm zu erkennen, doch ich konnte nicht sehen, was es darstellte. Und sein dünnes T-Shirt war so eng, dass es nicht viel der Fantasie überließ. Wahrscheinlich hatte er es sich von seinem kleinen Bruder geliehen.

„Bist du Darah, Renee oder Taylor? Siehst aus wie eine Taylor“, sagte er und musterte mich von Kopf bis Fuß.

Ich trug nicht gerade mein schönstes Outfit, sondern Kleidung, mit der man schwere Gegenstände tragen konnte: ein blaues T-Shirt mit *University of Maine*-Aufdruck und eine schwarze Fußballshorts. Mein hellbraunes Haar hatte ich zu einem unordentlichen Knoten im Nacken zusammengebunden. Er ließ seinen Blick zweimal an mir auf und ab wandern, und aus irgendeinem Grund ließ mich die Art, wie er mich begutachtete, erröten und gleichzeitig den Wunsch in mir aufkeimen, ihm in die Weichteile zu treten.

„Mist, da muss ein Fehler passiert sein", sagte ich.

Er verlagerte die Tasche auf seiner Schulter. „Das ist ein interessanter Name. Wie kürzt man das ab? Missy?"

„Das meinte ich nicht."

Sein Grinsen wurde noch breiter. Entweder war sein Vater Zahnarzt oder er war ein großer Fan von Zahnseide, denn sein Gebiss war so ziemlich perfekt. Seit meiner eigenen endlosen Leidensgeschichte – drei Jahre lang musste ich eine Zahnspange und nachts zusätzlich einen Außenbogen tragen – fielen mir solche Dinge auf. Ich musste den Retainer immer noch jede Nacht zur Stabilisierung tragen.

„Ist sie das?", rief Darah aus ihrem Zimmer, wo sie ihre gerahmten Fotos so aufhängte, dass sie genau auf der gleichen Höhe waren. Sie war etwas neurotisch.

„Ich bin übrigens Hunter. Hunter Zaccadelli."

Wie sollte er auch anders heißen. Der einzige Hunter, den ich je gekannt hatte, war ein totaler Mistkerl, und es sah so aus, als würde dieser Typ die Tradition fortführen.

Er deutete auf seine Kiste. „Also, kann ich jetzt meine Sachen reinbringen, oder …?"

Mein Gehirn arbeitete immer noch nicht richtig.

„Wer ist das?" Darah kam endlich aus ihrem Zimmer. Meine andere Mitbewohnerin, Renee, war noch dabei, ihre Sachen aus dem Auto zu laden.

„Euer neuer Mitbewohner, hallo", erwiderte er.

„Du willst hier einziehen?" Sie zog die Augenbrauen so hoch, dass sie beinahe unter ihrem langen Pony verschwanden. Dann musterte sie ihn von oben bis unten, wie ich es getan hatte, doch er erwiderte ihren Blick nicht. Stattdessen sah er immer noch mich an.

„Ja, mit meiner Unterkunft ist im letzten Moment was schiefgelaufen. Ich sollte bei meinem Cousin einziehen, aber das hat doch nicht geklappt, und hier bin ich also. Was dagegen, wenn ich reinkomme?"

„Du kannst hier nicht wohnen", sagte ich und verschränkte die Arme.

„Warum nicht? Das sind gemischte Unterkünfte, soweit ich weiß." Er grinste wieder und drängte sich ungerührt an mir vorbei in die Wohnung, wobei unsere Oberkörper sich leicht berührten und mir ein Hauch seines Eau de Toilettes entgegenwehte. Es war nicht so ein billiges Zeug, von dem einem die Luft wegblieb. Es war würziger und roch ein wenig nach Zimt. Ich wich nicht von der Stelle, obwohl er mir einiges an Gewicht und Größe voraushatte. Doch ich hatte den Überraschungseffekt auf meiner Seite.

„Na ja, besser als bei meinem Cousin auf der Couch zu schlafen", sagte er, ließ seine Tasche auf den Boden fallen und sah sich um. Der Gemeinschaftsbereich war klein und bestand aus einer Küche und einer winzigen Esstisch-Nische auf der einen Seite und einem kleinen Wohnzimmer mit Couch und Sessel auf der anderen. Am schlimmsten waren die Schlafzimmer, in denen zwei Betten im rechten Winkel zueinander an die Wand gequetscht standen, die Schreibtische direkt daneben, und in denen ansonsten nur noch Platz für jeweils zwei kleine Schränke und Kommoden war.

„Kannst du dich ausweisen?", fragte Darah und stützte die Hände in die Hüften. „Woher sollen wir wissen, dass du nicht einfach irgendein Spanner bist?"

„Sehe ich etwa aus wie ein Spanner?" Er breitete die Arme aus, sodass ich endlich sehen konnte, was das für ein Tattoo auf seinem Oberarm war: die Zahl Sieben in schnörkeliger Schrift. Mein Blick wanderte zu seinem Gesicht.

„Woher sollen wir das wissen?" Darah baute sich in voller Größe vor ihm auf. Sie waren beinahe gleich groß.

„Hört mal, ich hab einfach nur eine Anfrage an das College geschickt und eine Mail mit einer Zimmernummer und euren Namen bekommen. Hier, ich hab sie ausgedruckt. Behandelt ihr alle eure Gäste wie Kriminelle?“ Er zog ein mehrfach gefaltetes Blatt Papier aus der Tasche und reichte es Darah. Sie faltete es auseinander und warf einen Blick darauf. Dann seufzte sie und reichte es an mich weiter.

Da stand es, schwarz auf weiß. „Warum haben die uns nicht benachrichtigt?“, fragte ich, nachdem ich den Ausdruck gelesen hatte.

„Keine Ahnung“, sagte Darah, die Hunter immer noch misstrauisch beäugte.

„Oh Gott, ich schwöre, ich ziehe nie wieder um“, fluchte Renee, die gerade die Treppe hochkam, die Arme voller Kisten und die Schultern behängt mit zwei Taschen. „Wer hat denn hier seinen Kram mitten im Flur stehen lassen?“

Sie warf einen genervten Blick auf die Armeekiste und den Gitarrenkoffer, während sie darüberstieg. „Ist unsere neue Mitbewohnerin aufgetau… Oh, hallo.“ Als sie Hunter sah, wechselte ihr Tonfall schlagartig von verärgert zu zuckersüß. „Ich schätze mal, das ist deine Gitarre im Flur.“ Sie ließ ihre Sachen fallen und lehnte sich mit geziert in die Hüfte gestützter Hand in die Tür. *Oh, Mann.*

„*Das*“, sagte ich und zeigte auf Hunter, „ist unsere neue Mitbewohnerin. Jedenfalls laut Zimmerverwaltung.“

„Das kann doch nicht sein.“ Renee riss die Augen in ihrem winzigen Gesicht auf. Sie sah aus wie eine blonde, blauäugige Porzellanpuppe, die man in ein Trägerhemdchen von Victoria’s Secret gesteckt hatte. „Wollt ihr mich verarschen?“

„Was für ein Empfang“, sagte Hunter.

„Halt die Klappe“, erwiderte ich. Er lächelte nur wieder. Mann, wie gerne hätte ich ihm einfach sein Grinsen aus dem Gesicht gehauen.

„Ich sollte wohl mal meinen Krempel aus dem Flur entfernen“, sagte er, ging zu seiner Kiste und hob sie hoch, als würde sie nicht mehr wiegen als ein Schuhkarton. *Angeber.*

Er musste Kartons, herumfliegende Kissen und anderen Kram, mit denen die Räume vollstanden, umschiffen, was ihm leichtfüßig gelang. Er fand eine freie Stelle, setzte die Kiste ab und sah uns an.

„Also, mit wem schlafe ich?", fragte er und lehnte sich in den Türrahmen meines Schlafzimmers.

Da Darah und Renee schon letztes Jahr zusammengewohnt hatten und ich die Neue im Bunde war, hatten wir vereinbart, dass die neue Mitbewohnerin bei mir schlafen würde. Aber jetzt, da die neue Mitbewohnerin ein Mitbewohner war, kam das so was von nicht mehr infrage.

„Hast du das gerade ernsthaft gesagt?", fragte ich.

Im gleichen Moment sagte Darah: „Das einzige freie Bett steht in Taylors Zimmer."

„Auf keinen Fall wohnt er bei mir", blaffte ich und verschränkte die Arme noch enger, sodass sie meine Brüste besser bedeckten. Er hatte sie durchgehend angestarrt, seit der Frage, mit wem er schlafen würde. Nicht, dass da viel zu sehen gewesen wäre, aber das hielt seinen Blick nicht davon ab, dorthin zu wandern.

„Nein, wir rufen jetzt sofort die Verwaltung an und klären das", sagte ich und zog mein Handy aus der Tasche.

„Tay, die hat montags geschlossen", sagte Renee.

„Das ist mir egal. Es muss jemand da sein, heute ist doch Einzugstag."

Ich schnappte mir das Campus-Telefonbuch, das wir bei unserer Ankunft auf der Fußmatte vorgefunden hatten, und blätterte es durch, bis ich die Nummer der Wohnungsverwaltung gefunden hatte.

„Ach, komm schon, Missy, du willst nicht mit mir zusammenwohnen?" Für wen hielt sich dieser Typ? Wir kannten uns seit gerade mal zehn Minuten, und er hatte mir bereits einen Spitznamen verpasst und mich angebaggert.

„Wenn du mich noch einmal so nennst …" Anstatt den Satz zu beenden, tippte ich blindwütig die Nummer ein. Darah und Renee flüsterten Hunter etwas zu, jedoch nicht leise genug.

„Wenn sie so ist, lässt man sie am besten in Ruhe", zischelte Renee.

„Ich würde es nicht wagen, mich mit ihr anzulegen", erwiderte er, während ich ein weiteres Mal das Freizeichen hörte.

Schließlich sprang ein Anrufbeantworter an, der mich über die Öffnungszeiten informierte und mir ein paar Durchwahlnummern gab, bei denen ich es probieren konnte. Ich hämmerte die erste in das Handy. Es ging keiner ran, aber es gab wieder einen Anrufbeantworter. Ich hinterließ eine kurze Nachricht, erklärte die Situation in all ihrer Dringlichkeit und wählte dann die zweite Durchwahl. Ich hörte nicht auf, bis ich bei allen fünf Verwaltungsstellen Nachrichten hinterlassen hatte. Dann knallte ich mein Handy auf die Küchentheke.

„Geht's dir jetzt besser?", fragte Hunter.

„Nein." Ich pfefferte das Telefonbuch auf die Couch. Darah und Renee sahen mich an, als befürchteten sie, ich würde explodieren. Ich war tatsächlich kurz davor. „Wärst du ein Gentleman, würdest du anbieten, auf der Couch zu schlafen", fuhr ich ihn an.

„Nun ja, Missy, dann wirst du jetzt feststellen, dass ich kein Gentleman bin. Ich habe jedenfalls vor, die Situation voll auszunutzen." Vor Schreck blieb mir der Mund offen stehen. Noch nie hatte ein Typ so mit mir gesprochen.

„Findet ihr es auch so heiß hier drin? Ich glaub, ich mach mal das Fenster auf", sagte Renee und eilte zu unserem einzigen Fenster, das sich hinter der Couch befand.

Darah sah zu mir, dann zu Hunter und wieder zu mir. „Na ja, wir können wohl gerade nichts daran ändern. Lasst uns seine Sachen reinholen, und dann können wir vielleicht mal nach unten gehen und sehen, ob wir jemanden von der Verwaltung finden", sagte sie. Darah war schon immer die Friedensstifterin gewesen.

„Hört sich gut an", sagte Hunter und ging geradewegs in mein Schlafzimmer, als würde es ihm gehören.

„Ich kann nicht fassen, was hier gerade passiert", sagte ich und schloss entnervt die Augen. Dann hörte ich „Back in Black" von AC/DC aus meinem Raum schallen. Hunters Klingelton.

„Hey, Alter. Nein, bin gerade erst angekommen. Raum 203. Ja, das wär cool ...“ Er stieß die Tür zu, und ich warf Renee und Darah einen Blick zu.

„Ich hätte nicht gedacht, dass das schon so früh nötig sein würde, aber ich glaube, wir brauchen ein WG-Meeting“, sagte ich. Wir hatten abgemacht, dass wir wöchentliche Treffen abhalten würden, bei denen wir unseren Kummer loswerden konnten. Ich war dafür, alles offen anzusprechen, damit wir uns nicht irgendwann hassten. Im Jahr zuvor hatte ich eine schreckliche Mitbewohnerin gehabt, und so etwas wollte ich nicht noch einmal durchmachen.

Ich lauschte, doch es klang so, als sei Hunter immer noch am Telefon. Ich hörte, wie er irgendwo herumwühlte, und betete, dass er nichts kaputt machte. Andernfalls würde ich ihn umbringen.

„Ich sehe das Problem nicht“, sagte Renee. „Ich meine, es ist doch dasselbe, als würde eine von uns ihren Freund hier übernachten lassen. Paul war die ganze Zeit bei uns, als Darah und ich letztes Jahr zusammengewohnt haben.“

„Aber das war, weil du mit ihm geschlafen hast“, sagte ich.

„Vielleicht schlafe ich ja auch mit Hunter“, gab sie zurück. Renee hatte sich erst vor Kurzem von Paul getrennt und war auf der Suche nach jemandem, mit dem sie sich an ihm rächen konnte. Wir wussten alle, dass sie und Paul füreinander bestimmt waren und dass sie das irgendwann auch selbst begreifen würden, doch Renee steckte noch immer in der Wut-Phase.

„Fühlst du dich unwohl bei dem Gedanken, mit ihm in einem Zimmer zu schlafen, Taylor? Das wäre völlig okay“, sagte Darah.

„Warum sollte ich mich unwohl dabei fühlen, ein extrem kleines Zimmer mit einem Typen zu teilen, den ich gerade mal eine halbe Stunde kenne und der die ganze Zeit schmierige Kommentare von sich gibt? Wieso sollte ich damit wohl ein Problem haben?“

„Wenn du willst, können wir tauschen. Ich kann bei ihm schlafen und du bei Renee", sagte Darah.

„Warum kann er nicht bei mir schlafen?", nörgelte Renee.

„Weil du ihn in seinem Schlaf vergewaltigen würdest", sagte ich.

„Man kann niemanden vergewaltigen, der willig ist, Tay", sagte sie und zwinkerte mir zu.

„Du bist krank."

„Wie wäre es, wenn wir Streichhölzer ziehen?", schlug Darah vor.

„Haben wir überhaupt welche?", fragte Renee. „Wir könnten auch einfach Nummern ziehen oder so. Hier", sagte sie und griff nach einem Notizblock, den jemand zusammen mit einem Kugelschreiber auf der Küchentheke liegen gelassen hatte. „Ich schreibe unsere Namen auf, und wir tun sie in …" Sie schnappte sich das Baseballcap, das ich kurz zuvor abgenommen hatte. „Und Hunter zieht einen Zettel. Problem gelöst."

Die Tür zu meinem Zimmer ging auf, und Hunter erschien, mit seinem üblichen Grinsen im Gesicht.

„Ihr habt doch nicht über mich gesprochen, oder?"

Als wüsste er das nicht ganz genau. Ich rollte mit den Augen, während Renee unsere Namen auf kleine Papierstücke schrieb, sie faltete und in mein Cap warf. Dann legte sie die Hand darüber und schüttelte sie durch.

„Zieh einen Zettel", sagte sie und hielt Hunter die Kappe vor die Nase.

„Okay", sagte er, griff hinein und zog ein Stück Papier heraus. Renee faltete es langsam auseinander. Wir warteten alle gespannt, während sie eine dramatische Pause einbaute.

„Taylor", verkündete sie und drehte den Zettel herum, sodass wir alle meinen Namen schwarz auf weiß lesen konnten.

„Scheiße", sagte ich.

„In Touch“ mit MIRA!

www.mira-taschenbuch.de

Lesen Sie auch von Susan Mallery:

Susan Mallery
Drum küsse, wer sich ewig bindet

Justice Garrett ist zurück in Fool's Gold! Nie hat Patience den Jungen, der einst ihr Herz eroberte, vergessen. Jetzt, als erwachsener Mann und erfolgreicher Bodyguard, ist er noch attraktiver als in ihrer Erinnerung …

Band-Nr. 25812
9,99 € (D)
ISBN: 978-3-95649-103-0
eBook: 978-3-95649-394-2
384 Seiten

Susan Mallery
Drei Küsse für Aschenbrödel

Weihnachten! Einfach grässlich, findet Evie! Doch jedes Mal wenn sie auf Anwalt Dante Jefferson trifft, schimmern die Weihnachtslichter ein kleines bisschen heller …

Band-Nr. 25790
9,99 € (D)
ISBN: 978-3-95649-075-0
eBook: 978-3-95649-370-6
304 Seiten

Kristan Higgins
Lieber Linksverkehr als gar kein Sex

Honor stimmt zu, einen unbekannten Briten zu heiraten, der eine Greencard will. Doch je länger die Zweckbeziehung dauert, desto deutlicher merkt Honor: Abwarten und Tee trinken ist nicht das, was ihr beim Anblick ihres sexy Verlobten in den Sinn kommt …

Band-Nr. 25798
9,99 € (D)
ISBN: 978-3-95649-085-9
eBook: 978-3-95649-407-9
304 Seiten

Sheila Roberts
Was Frauen wirklich wollen … für Anfänger

Was wollen Frauen wirklich? Jonathan und seine Freunde haben keinen blassen Schimmer. Bis Jonathan einen Liebesroman kauft. Erst lachen seine Freunde noch über die neue Lektüre – bis Jonathan erste Erfolge verzeichnet …

Band-Nr. 25804
8,99 € (D)
ISBN: 978-3-95649-094-1
eBook: 978-3-95649-375-1
368 Seiten

Wenn Amor zielt, trifft er mitten ins Herz!

Band-Nr. 25773
9,99 € (D)
ISBN: 978-3-95649-050-7
eBook: 978-3-95649-395-9
336 Seiten

Carly Phillips &
Jennifer Crusie
Wenn Amor zielt …

Jennifer Crusie –
Ein Mann für alle Lagen:

Kat sucht den perfekten Mann – das kann doch nicht so schwer sein! Auf den Rat ihrer besten Freundin verbringt sie ihren Urlaub in einem Golfhotel für Singles. Prompt jagt ein Date das andere. Aber mit keinem der Jungunternehmer und Börsenmakler funkt es richtig. Wie gut, dass es Jake Templeton, den stillen Teilhaber des Hotels, gibt! Er ist ein echter Freund – und plötzlich noch mehr …

Carly Phillips – … und cool!:

Noch eine Woche bleibt Samantha, dann ist ihr Schicksal besiegelt! In sieben Tagen wird sie heiraten – nicht aus Liebe, sondern aus Vernunftgründen. Doch bevor Samantha diese Ehe eingeht, will sie ein letztes Mal pure Leidenschaft erleben. Als sie dem attraktiven Mac begegnet, weiß sie: Der Barkeeper ist der Richtige für ihr erotisches Abenteuer. Allerdings ändert dieser One-Night-Stand alles!